岁月苍翠

邱谨根 题

王俊坤 著

江苏凤凰文艺出版社
JIANGSU PHOENIX LITERATURE AND
ART PUBLISHING

图书在版编目（CIP）数据

岁月苍翠 / 王俊坤著. -- 南京：江苏凤凰文艺出版社, 2022.8
 ISBN 978-7-5594-6857-4

Ⅰ. ①岁… Ⅱ. ①王… Ⅲ. ①散文集-中国-当代 Ⅳ. ①I267

中国版本图书馆CIP数据核字(2022)第081438号

岁月苍翠

王俊坤　著

责任编辑	傅一岑
装帧设计	薛顾璨
出版发行	江苏凤凰文艺出版社
	南京市中央路165号，邮编：210009
网　　址	http://www.jswenyi.com
印　　刷	南京迅驰彩色印刷有限公司
开　　本	880 mm×1 230 mm　1/32
印　　张	13.375
字　　数	323千字
版　　次	2022年8月第1版
印　　次	2022年8月第1次印刷
书　　号	ISBN 978-7-5594-6857-4
定　　价	55.00元

江苏凤凰文艺版图书凡印刷、装订错误，可向出版社调换，联系电话025-83280257

序一　率真执着的性情吐露

王正宇

《岁月苍翠》是王俊坤的第一部散文汇集。行走在人世间，人们走过的岁月，葱茏的、火红的、坎坷的、蹉跎的，不论怎样，都有值得回味、念想的地方。苍翠原本含带青绿、深绿之意。生命之树长青，生活之树常绿，本书的作者用《岁月苍翠》作为自己第一部散文集的书名，记录自己人生旅途的经历和感怀，足见作者执着的生活信念。

早几年的时候，我曾经读到王俊坤的教育随笔集《学苑萤光》，突出的印象是作者表现出的独特的发见和专注，那是一位县中校长颇有价值的教育管理心得。我以为，王俊坤属于正牌的知识分子。这样说，一是因为他受到过正规系统的高等教育；二是因为他的身上更加具有中国传统知识分子的气质和秉性。他做过中学老师，当过教育局负责人、县中的校长、广电台的领导，他的鲜明个性是为人率真、做事认真、工作较真。从这个意义上说，他有真性情，是一个真实可信的存在。

拥有率真执着的性情禀赋，倘若他从事文艺创作的话，是能够取得不俗成就的。《岁月苍翠》收录了作者退休两年来写作发表的散文作品。当下，许多退休的人自称为闲云野鹤，意思是说有了大块的自由自在的时光，能够悠闲自在地做自己喜欢做的事情。刚刚退休的王俊坤，选择的是他钟爱的也是擅长的写作，并且一发不可收，短短时间里，洋洋洒洒竟写下一百多篇、近二十万字的作品，令我十分欣喜和惊叹。

看起来，王俊坤是比较适宜文学创作的。有着较好文学功底的他，在自己的创作中焕发出一种特别的才情：他对家乡的热爱非常炽烈，对事物的观察非常敏锐，对生活的感悟非常独特，他的描述非常细腻，又常常在不经意的叙写中阐发深刻的人生感悟，折射出不一般的人生态度和人生思考。

人间烟火甚处，正是心安吾乡。在《岁月苍翠》中，作者抒写的是他出生、成长、奉献的家乡高邮。高邮是闻名遐迩的历史文化名城，这里人文历史悠久、自然资源丰赡、文化积淀深厚。除了读大学的四年，作者几乎没有离开过这片土地。喝着运河水成长，对这里的一草一木、一水一景，对这里的社会万象、人生百态，他有着太多的了解和太多的感动。每每想到此，他的心情就难以平静，他要将自己的见闻告诉人们——一个别样的高邮。你看，书稿中无论是吃食、街巷还是烟火、人气，无论是江湖变迁还是城市变化，都带有鲜明的高邮地域的人文特征，渗透着作者对家乡的浓浓的爱意。

"为什么我的眼里常含泪水，因为我对这土地爱得深沉。"《岁月苍翠》对家乡那份浓浓的爱是无法掩饰的，作者浓墨重彩地把对家乡的那种挚爱倾泻于笔端。他笔下的大运河、搭沟桥、挡军楼、元沟子河、猪草巷、青云楼、水部楼、东大街清水潭、蝶园广场等等，都有着特殊的色调和韵味。《静听镇国寺的钟声》《驻足东塔广场》《漫说蝶园广场》《探访避风港》等，既写高邮厚重的历史和久远的遗存，也写日新月异的变化和现代气息。《水梦廊桥》则从另一个视野详写水乡之美。"高高的东塔是文游路上的美男子"（《老马和他的锦鲤鱼》）等叙写，既可看出作者充溢在字里行间的爱乡之情，也能激起读者一探其美的强烈欲望。

对作者来说，地处高邮城北的北门地区实在是值得深入挖掘的富矿，相关篇目几乎是当地旧时生活的精彩回放，作者为此倾注了丰沛且异样的情感。作者生于斯、长于斯。北门的人物、北门的故事、北门的韵味，注定会伴随并影响他的一生。当代著名作家汪曾祺就出生在那里，汪曾祺小说创作的许多场景也在那里。北门的生活很别致，人物有故事，物产有特色，风景有情调，展现在读者面前的，分明就是一幅幅高邮水乡市井的风俗画、风情画。作者更在这里展示了一群居住在这里的普通人的众生相：面如满月、慈眉善目的杨老师——《难忘胖胖的杨老师》；挑水阿三平凡而复杂的人物性格——《挑水的阿三》；搬运工胡侉子让人唏嘘的离奇经历——《胡侉子》；善良宽厚、乐于助人的踩二轮车的张麻子——《北门有个张麻子》；熟读《三国》《水浒》的金驼子——《戏说北门武林》；还有周大发、文大头、张小虎和一批有名有姓的习武之人。生活在北门的人们身上所具有的那种善良与淳厚、侠义与豪放、勤劳与勇敢，栩栩如生，跃然纸上。通过作者细致入微的描写，这些鲜活的生活场景、鲜明的人物形象、浓郁的生活情趣及草根人们的喜怒哀乐，都给读者留下极其难忘的印象。

　　作者是带着浓重的乡愁回味往日旧事的。那是人生中难以忘却也不能忘却的岁月，总是别有一番滋味萦绕在作者的心头。《岁月苍翠》展露的乡愁，有的是借景抒情、借题发挥，有的是直抒胸臆、尽兴表达。童年记忆的火花闪闪，比如发小之间的打闹玩耍、滚铁环、抽陀螺、捉知了、打乒乓、干水仗，还有不少长存人们心中但已经消亡的物象景观。作者写作时，常常流露出一丝沉郁的思念和淡淡的哀愁。作者当然是在告诉读者，印刻在心底里的记忆，永远那么美丽，那么值得回味，但这样的思绪还是值得玩味的。

　　乡音、乡情、乡愁是文艺写作取之不尽的素材。在当下的这类作品中，作者大都以自己的衣胞之地为描述对象。《岁月沧桑》有许多对渐行渐远的往事的追忆，其共同的特点是清晰可辨、纯真有趣。应该说，类似的创作态度和实践，寄托着作者的思乡之情，寄寓了作者希冀家乡强、富、美的心愿，这是应当充分肯定的。作者意在告诉人们：热爱家乡其实是爱国主义的原始根基，情系故土的人都时刻关注家乡的发展，力所能及地为家乡、为社会做贡献。作者意图告诉人们的还有：时代前行、社会进步、城乡面貌改变是不可改变的潮流和趋势，我们理当为快速发展呐喊助威、加油鼓劲。与此同时，情系故土的人们应该鼓励对于那些具有保护价值的地方，譬如一些历史街区的开发建设，提出更加积极、更加可行、更加合理的建议。

散文写作的题材无比阔大。历史、现实、见闻、琐事、情趣、感受等等都可以落笔成文，关键是要能以小见大，写出品位、情调和哲理，《岁月苍翠》里不少随笔、杂感如《自得其乐》《你包装了吗》《好的表达》等，都具有这样的特色。《北门三笑》通过当年电、广播、自来水的开通，写出人们对北门地区悄然变化的欣喜。《我的健走》在勾画四季不同自然之美的同时，见证了高邮城的变大变美。《一套军装》叙写浓浓的同学情谊。《放风筝》《看灯》《自行车的春天》《印红字的运动鞋》各有一段段令人唏嘘、永久难忘的珍藏。《一本医书》折射知识贫乏的特殊年代。《哦，双肩包》透露出生活品质的提升和嬗变。《花开缤纷》通过油菜花、樱花等旅游景观的描述，说出"小景小点调动不了人们的热情"的大道理。《高邮东大街》既写出老街的底蕴，还阐发了旅游景观的修复观念，"原汁原味是不可替代的"。《有鸟飞来》尽显生活的意趣，揭示了"和谐自然就在举手之间"的主题。《跳舞族》"跳的是舞蹈，快乐的是身心。扭动的是肌体，选择的是自由"。这些作品往往都能在简单的叙述中升华出人生的哲理，给人启发，催人思索。

《岁月苍翠》中有不少描写师生情、老乡情、同学情的动人文字。师恩难忘、温暖如灯的《怀念窦履坤先生》；友善儒雅、学识丰厚的《回忆曹耀琴老师》；性格乖张、不乏成就的《奇人张鲁原》等，作者善于抓取最传神、最生动的细节，让笔底的人物纤毫毕现。作者还记叙了人生中许多有意义的遇见，记录了深厚的朋友之情，如《球友周振林》《柏警官》《圣大中》等，写出了人物的神情、个性以及生活的趣闻乐事。这些清新自然、真实感人的叙写，传递着高尚的人间大爱，让读者倍感人间真情的珍贵。

值得称道的是，《岁月苍翠》中有一批抒情散文颇具欣赏价值。这些作品，文字美、景致美、情思美，显露出温润的抒情调子，实在是作者发自肺腑流淌出来的优美文字。《蔷薇花儿开》既有历史的纵深，也有深刻的寓意，更有曼妙的抒情；《小院竹子青》"可感月色如水，可知市井人情"，展露出对生命蓬勃的敬仰；《冬天的树》写出冬日里树木经受的困顿、孤独、叹息、沉闷、悲怆，指出"等待是最好的选择"；《哦，南石桥》荡漾着可贵的纯真和亲情；《运河权槐青》弥漫着扑鼻幽香，发散着浓郁的生活气息；《银杏的落叶》发源于树，回归于土，是对银杏叶没有喧嚣、没有抱怨、没有炫耀的深情礼赞；《腊月里的春碓声》散发着过年的味道；《野草马齿苋》讴歌低调内敛的秉性和恬淡朴实的品格；《粽叶飘香》折射出满满的家国情怀和融进血液的乡愁。

正是这类作品构成了《岁月苍翠》的基本特色：立足于富有韵味的水乡生活，透过新旧对比和文化思考，吐露积极健康的人生态度；以率真执着的情感、细腻入微的描摹、温婉抒情的笔调，为新的历史时代高声放歌。我们来看《高邮湖的秋天》，这是一篇情景交融的佳作。秋水、秋风、秋草，秋景，构成一幅幅美不胜收秋的图画。"秋就在逐渐稀疏的黄叶上飘着，秋也在芦穗里安静地卧着，秋也在你的眼中鲜活着、灿烂着和沉郁着。"作者用不同凡响的笔调，展现出了动人的情韵之美，令人吟哦再三、击节赞叹。

考察王俊坤的散文创作，不难看出他的艺术才华以及他驾驭文字的能力。短时间内推出如此众多的作品，显然是厚积薄发的结果。但频繁密集的写作，使这部书稿不可避免地出现一些常见的瑕疵：有的作品严谨程度不够、缺少打磨的时间；有的作品在思想的开掘方面未能达到应有的高度；有的作品在抒情的展开方面略显粗糙，一定程度消减了作品的艺术性；还有的作品单篇阅读可以，放到书稿中就略显重叠、累赘。一孔之见，不知道读者和作者能否认同？

衷心祝愿王俊坤在日后依然苍翠的岁月里持续耕耘，创造出更多高质量的精品力作，回馈读者，为繁荣新时代文艺做出新的成就。

2021年10月3日于扬州

（王正宇，江苏省国企改革发展研究会副会长，著有《文艺批评与鉴赏漫步》等多部著作。曾任高邮市委书记。）

序二　北门生活画卷的描摹

朱延庆

俊坤同志的《岁月苍翠》收辑了一百一十八篇散文。粗初读来，可以称得上是高邮城区从二十世纪五十年代至当今的风光、风情、风俗、风物的历史画卷。

作者热爱生活，从小就在平凡而火热的市井生活中健走。作者笔下的人物多为挑夫走卒、引车卖浆者流的平民百姓。劳动是他们的主色调，他们勤劳、淳朴、诚实、友善、正直，有的强悍、刚勇。身处于生活的底层，窘困时时威胁着他们，而在他们的言行中却时时闪耀着人性的光辉，给人以健康的、美感的享受。挑水阿三、草炉烧饼大先生、胡侉子、张麻子、周大发、耙草鬼子张小虎等在作者的笔下都显得鲜活感人。

作者写人大多用白描手法，即鲁迅所说的"有真意，去粉饰，少做作，勿卖弄"。白描手法的运用，明白清楚，平实动人。

作者的运笔很重视情趣。笔锋常带情感，臧否人物、事件，随意自然。一个人应当生活得有趣，倘若没趣就如同生活在荒漠之中。生活得有趣会激发生活的热情，奋斗未来。趣有兴趣、乐趣、俗趣、雅趣、苦趣、野趣等，趣得含情、蕴理、有味。

有时作者会情不自禁地直抒胸臆。花草树木、一鸟一物总关情，行文无情曾何以堪。《戴个眼镜像干部》《悲剧和喜剧》均有情趣。《戏说北门武林》则是情趣的独特表达。所谓武林中人，结合各自的职业，操练各自的武艺，代代相传，强身健体为本，且不忘助人为乐，急人之困，化解危机。《运河上的木排》最后写道："大运河流淌的是金色年华，木排是我的青春驿站。""狠狠地回忆吧,那些火辣辣的岁月。"

作者在叙事中有时也蕴含哲理。《初级诗人》《定下心来看风景》《自得其乐》《打牌》等,在讲故事中谈理,要胜过单调的说教。《喝酒的兄弟》有对传统和社会现象比较深入的思考。作者在行文中总是不忘彰显文化。文化是一个城市之根、之魂。平民文化独具特色,这是中国优秀传统文化的基础。打芦席、窝芡、刮柳等日常生活中的劳事,理发、洗澡、修脚、吃食等生活中的常事,都蕴含着文化。熏烧摊子上的文化、浴室文化等均是高邮城别具特色的文化。平民文化也能熏人、育人,折射一个时代、一群人的文化观念、社会风尚与审美价值取向。

作者很重视文章的结尾,正如白居易所云"卒章显其志",有时会给人以出其不意的"俏"。作者对于高邮的古迹,对于在美国、加拿大等异国的见闻,也都重视文化内涵的思考与表达。对于家乡的文化建设,作者直抒己见,不乏真知灼见。如大淖应当恢复汪曾祺笔下的大淖,文游台要打造成全国一流的文化公园与纪念馆,还专写了《李明烽和他的古城梦》,应当重视古城旧貌的规划与建设。运河故道是大运河申报世界文化遗产特有的依据,是华夏的,也是全球的,要"载体化""鲜活化""网络化",古典诗词"标识化",沿河沿湖景观"珠串化"。

关于文物古迹的维护、修缮、利用,梁思成提出"修旧如旧",冯纪忠提出"修旧如故",不管怎样,都应当保留城市的个性、本味、原味、历史的风貌。个性展现得越充分,现代化的进程就更加快速而稳健。个性化必须吸纳城市的历史文化积淀所提供的滋养,才能彰显特色,焕发新春。

作者对家乡的热爱,对逝去岁月的忆念常常形之于笔端。老街、小巷、古宅、大院、小桥、流水、春风、秋草、童伴、球友、老师、同事、家人等那些历史随意的撒布,都是生命的永驻。作者用笔在历史长河中书写失去的自我，记录逝去的美好，折射出人性的光芒，向老高邮送上脉脉的温情，给人以新的启迪、遐想。

爱国始于爱乡。记住历史，热爱家乡。美丽古老而又青春的新高邮正向我们招手。逝去的岁月苍翠，未来的日子金黄。

是为序。

2021 年 9 月 28 日

（朱延庆，著名文化学者，出版多部著作。曾任高邮市政协副主席。）

目录

一　北门的江湖 001

二　北门的夏天 006

三　荷花塘 010

四　北门的痕迹 015

五　难忘胖胖的杨老师 022

六　鸡蛋打仗的年代 025

七　运河上的木排 029

八　北门三笑 033

九　多子之家 037

十　草炉烧饼店 041

十一　重访搭沟桥 045

十二　运堤杈槐青 049

十三　挑水的阿三 052

十四　胡侉子 055

十五　北门有个张麻子 058

十六　北门周大发 061

十七　大麦茶及其他 064

十八　耙草鬼子 067

十九　熏烧摊上的汽油灯 070

二十　北门的副业 074

二十一　刮柳 077

二十二　文大头 080

二十三　北门之井 084

二十四　腊月里的舂碓声 087

二十五　寻找挡军楼 090

二十六　大摊饼 093

二十七　鹅喜子 096

二十八　戏说北门武林（一）099

二十九　戏说北门武林（二）103

三十　戏说北门武林（三）106

三十一　戏说北门武林（四）110

三十二　静静的枕水湾 114

三十三　砂石库之夏 118

三十四　山芋干的味道 122

三十五　我的健走 124

三十六　京杭大运河上的放生 128

三十七　公厕与偷粪 131

三十八　一套军装 134

三十九　放风筝 137

四十　看灯 140

四十一　一本医书 143

四十二　高邮青云楼 146

目录

四十三　水部楼 149

四十四　花开缤纷 152

四十五　自行车的春天 155

四十六　高邮城及其城楼 158

四十七　高邮东大街 163

四十八　新河之憾 168

四十九　印红字的运动鞋 171

五十　水梦廊桥 175

五十一　静听镇国寺的钟声 179

五十二　驻足东塔广场 183

五十三　漫说『蝶园广场』 186

五十四　读懂清水潭 190

五十五　高邮湖的秋天 194

五十六　李明烽和他的古城梦 197

五十七　大节有亏的王永吉 200

五十八　高邮与巴拿马展会 203

五十九　云端之上的秦少游 206

六十　探访避风港 213

六十一　听项俊东吟唱秦观词 216

六十二　漫说运河故道 220

- 六十三 南门有个琵琶闸 225
- 六十四 马饮塘的春天 229
- 六十五 老马和他的锦鲤鱼 234
- 六十六 一棵枣树 237
- 六十七 有鸟飞来 240
- 六十八 球友周振林 244
- 六十九 柏警官 248
- 七十 圣大中 251
- 七十一 骂鸟 254
- 七十二 感谢『读书日』 256
- 七十三 汪曾祺的『套路』 260
- 七十四 跳舞族 263
- 七十五 临泽汤羊 266
- 七十六 老严理发 269
- 七十七 杜甫的肖像画 271
- 七十八 尼亚加拉瀑布 274
- 七十九 哦，南石桥 277
- 八十 快与好 281
- 八十一 哦，双肩包 284
- 八十二 蔷薇花儿开 287

八十三　龚大师 290

八十四　怀念窦履坤先生 293

八十五　回忆曹耀琴老师 298

八十六　插队尤圩 302

八十七　白求恩和他的故乡 307

八十八　告别广电 311

八十九　张全景在高邮中学 315

九十　奇人张鲁原 318

九十一　小院竹子青 325

九十二　戴个眼镜像干部 328

九十三　喝酒的兄弟 331

九十四　秋草 334

九十五　冬天的树 337

九十六　银杏的落叶 340

九十七　冬日行走 342

九十八　当一名安静的看客 344

九十九　定下心来看风景 346

一百　黄昏也明媚 349

一百零一　遥远的英语 352

一百零二　野草马齿苋 356

- 一百零三　柘垛粮站的日子 359
- 一百零四　说「威吓」 363
- 一百零五　说说「草」 366
- 一百零六　我喜欢每一种植物 370
- 一百零七　悲剧和喜剧 373
- 一百零八　好的表达 376
- 一百零九　人生的价值 379
- 一百一十　假山不是山 382
- 一百一十一　你包装了吗? 385
- 一百一十二　自得其乐 389
- 一百一十三　梦想去当兵 392
- 一百一十四　初级诗人 395
- 一百一十五　风和树 398
- 一百一十六　打牌 400
- 一百一十七　春雨潇潇 402
- 一百一十八　粽叶飘香 405

后记 408

一　北门的江湖

有人群的地方就有江湖。何为江湖？原是春秋时期道家用语。江湖在中国文化中含义比较复杂，主要是指远离朝廷与统治阶层的民间，泛指古时不接受当局管控、法治薄弱的地方。本文所谓江湖，就是指最基层的民间社会。

老实说，二十世纪六七十年代的高邮北门，人口众多。绝大多数都是普通老百姓，尤其从事体力劳动者居多，当干部的少有。所以，北门是一个社会成分比较复杂又相对单一，生活水平相对偏低，读书氛围相对较弱的地方。鱼龙混杂，各色人等皆有。然而，北门的江湖并不险恶，更多是淳朴。

我幼时比较喜欢学习，也读过一些杂书。那时的见识大多源于一些小人书。"文革"前小人书比较兴盛，对各类知识的普及功不可没。我用零花钱在书摊上看了不少，汲取了一些营养。我对冷兵器时代的英雄十分崇拜，如挥舞83斤重青龙偃月刀的关羽，挺着丈八蛇矛的张飞，一把戒刀纵横江湖的武松。而在现实中对于一些力量型的人物也均视为英雄。那时，北门豪杰并起，生活多彩。有几位是我佩服不已的人物。第一位便是"孙小五子"。说是"孙小五子"，其实比我岁数大得多。我那时十岁左右，他已接近三十岁了。由于在家排行老五，北门的男女老幼均称呼他"孙小五子"。孙小五子是开自行车修理铺的。店面在北门猪草巷南侧，对面是连家熏烧摊子。那时，交通工具不多。骑自行车就算是有身份的了。修车铺的生意很好，这与他的人缘有关。孙小五相貌堂堂，体态健硕。双目明亮有神，颜值很高。他之所以有名，主要是为人豪爽，身怀绝技。他身材俊美，两臂肌肉饱满，动作麻利。手提自行车犹如小玩具。拆卸车轮大皮，三下二下，即已完成。修车技艺高超，无人不服。另外，是讲诚信，老少无欺。说是下午几时修好车来取，从不拖延，更不会漫天要价。据说，孙小五子会武功，本领很大。一般小痞子只要听到他的大名便不敢造次。有一次，为救一名被围殴的船民，他力敌数人，毫无惧色，打得一帮人狼狈不堪，名声大振。他仿佛是北门的武松，仗义大侠。那时，高邮肉联厂很红火，厂内有个高邮都不多见的水泥篮球场。我曾围观孙小五子打篮球。他身手不俗，基本功出色。兴趣高时，竟然骑自行车投篮。一手扶车把，一手投篮，还表演车技。双手离把，高速急刹定车。他十分从容自信，举重若轻。我等小孩，看得目瞪口呆，叹为神人。他乒乓球也打得好，打球时十分认真。双目瞪圆紧盯乒乓球，技艺算是精湛。曾获全县男单第三。据说，他后来生意做大，发了财。再后来，卷入官司。真是世事难料。但孙小五子那时的形象，应该算是我儿时心中的一个人物。

　　由于年龄的差距，我是仰视孙小五子。其实同龄略长的人物也有几位，也是我等佩服的人物。他们是朱顺宝、童钢强和陈永亮。

　　朱顺宝，普通百姓之子。家住复兴街坛坡子。男孩排行老二。他精悍孔武，父母和哥姐都是搬运工人。他从小就参加体力劳动，中等身材，练就一身肌肉。他综合能力强，有见识。自然就成为学生领袖。我也是整天跟在他后面跑。虽说不是读书的年代，朱顺宝却十分聪明。老师一讲就会，甚至不讲的也会。他很爱看闲书，什么《施公案》《彭公案》《三侠五义》等看得精熟。他刚读初中不久，我还在读小学。有一次，我们陪他去学校考试。只几分钟，他便完成答卷。一手提着随风飘拂的试卷走上讲台交卷，脸上洋溢着自信。这是一种潇洒的做派，在我心中不可磨灭。果然，他获得高分。名副其实，真是文武兼备。接着，我们去大运河游泳。那时，我们是自由式，他已会蛙泳和蝶泳，总是高出我们一截。还有一次，他们班上开民主生活会，每个人都要做自我批评。轮到他了，的确不同凡响。他说，"我这个人是粪桶改水桶——臭气尚在。学习上不求上进，是马尾巴拴豆腐——提不起来。但有时候，喜欢飞机上吹笛子——唱高调。办事情是小巷子扛房梁——直来直去。对待同学态度不够友好，是张飞穿针——大眼瞪小眼。当然，混到最后是麻雀子演文娱——鸟戏一台。"全班同学大笑，老师也跟着笑。朱顺宝在当时也是一名体育名将，投掷出众，力量冠群。有一次跑800米比赛，他戴着墨镜，一路领先，很酷，得到不少女生的爱慕。他也有点调皮，拍高中毕业照时，试拍的时候规规矩矩，正式拍的一瞬间，他将草帽扣在头上。特立独行，标新立异。可惜，后来运气不佳，未考上大学。进了工厂，据说混得风生水起。近年，热心公益志愿活动，歌舞俱佳，很是活跃。身心健康，颇有幸福感。

另一位是童钢强，和朱顺宝年龄相仿，祖籍镇江，是有名的"四大金刚"之一。其弟，童钢铁，吾小学同窗。童钢强身体好，力量大，石锁、石担和吊环等无不精练。从小爱好体育，我曾随他练习跳高。在房前空地上，搭建跳高横杆，刻苦练之。童兄力大无比，投掷无人能敌，曾获县中学生体育运动会男子组标枪第一。他腿上毛乎乎，阳刚气十足，一声大喊，标枪直插云霄，欢声一片，创县纪录。真是豪气！据说，其父会武功，能使飞刀，高空横飞，双手轮接，名震北门。我幼时常在他家玩耍，其父童大叔友善晚辈，亲切和蔼，慈父类。

还有一位陈永亮，浓眉大眼，性格沉稳。他属于文武兼备型，比较内敛，林冲类的人物。他自幼有勇气，从不张扬。排行老四，人称四石子。据说，曾和童钢强摔个平手，自然了得。我等就跟着他学武功。其实，也没有什么超常，就是学学压腿，举个石担，练练摸高跳远之类。他可能也看过一些闲书，再加上自己的想象和发挥，讲故事很生动。记得他曾说，有个老和尚武功深厚，气韵无敌。在屋内，肚子一挺，气冲屋梁断之。我等大骇，奉若神明。他家编芦席，我等每天帮编之。聚足成品后，我们成群结队抬着送到大淖草巷口集市上卖之。随后便在大淖的沙洲上领略一番野趣，捕鸟捉兔，暮色而归。

上面说的是武的，还有文的。二十世纪七十年代，高邮小红花艺术团是很出名的。北门有三人值得一提。女孩有两位，一是张军，二是韩小琴。她俩担任小红花的报幕员，全县有名。能歌善舞，才艺出众。北门所有民众引为自豪，因为县广播里每天都能听到她们的声音。但后来两人均未从艺。无解。还有一位是毛正，眉清目秀，素质较为全面。我们常在一起学吹口琴。他吹奏的《火车向着韶山跑》很好听，有一定水准。其姐毛金兰，也是才女。其夫就是大名鼎鼎的文学评论家王干先生。北门还出了一位诗人，张荣彩先生，也就是子川，江苏名诗人。老家是荷花塘小学南边的，他好像有位兄弟叫张权彩。其父张二爷颇有文气，擅长书法和象棋。据说，他早先是个有钱人。后来公私合营在荷花塘小学边上杂货店卖酱油，是位文化人。我小时曾自撰自书一副门联，张二爷捋须认可。张荣彩先生是有家学底子的。近年来，又出了一位作曲家朱国祥，我的小学同学。老家是北门外生资公司的，父母均是淮安人。他长相酷似洋人，从小我等以"美国佬"呼之。他厚积薄发，潜研多年，终于井喷，一连串作品发表并获大奖。《小路》《红酥手》等使他跻身名家之列。他唱歌的水平一般，作曲的水平很厉害。一首《逐梦荣光》上了学习强国平台，而且上了央视的新年音乐会。似乎是不鸣则已，一鸣惊人。

善哉！我的高邮北门。

2019 年 10 月 3 日

二 北门的夏天

二十世纪六七十年代，空调还是很遥远的事情。天气十分炎热，但生活在高邮城北的人们却依然平稳度夏，甚至不乏快乐。

现在回想起来，那时的人们十分耐寒耐热，身体适应性超强。在电风扇都不够普及的夏日，靠着大蒲扇、大麦茶、冰棍、酸梅汤和凉开水，悄然地度过了一个又一个的酷暑夏日。

城北是全县城区人口的稠密地，住房普遍矮小，多人挤于一屋，通风散热差。每当烈日西移，太阳落山后，北门大街的女人们就开始往地上洒水，有井水更好。目的是散热降温。过一会儿，家家户户就在大街两旁架起床板，放下晚饭桌，木凳之类，一溜儿排开。下班的男人们便会坐在桌边，喝起了粮食白，菜肴自然是中午吃剩下的居多，有时也会到猪草巷南边的南京佬的熏烧摊上买一二个熟菜，喝将起来。那时，老百姓家几乎没有电视机，少数家庭有收音机。夏风中时不时传出样板戏的熟悉的唱腔，比如《红灯记》《沙家浜》等。有些唱段十分普及，有文化的没文化的几乎都会哼上一二段。

其实,在稍早的时候,在靠近河堤搬运二中队大街的西沿,潘驼子潘二爷的生意早已开张了。潘二爷五十岁左右,因为有点驼背,也有人叫潘驼子。他为人厚道,头脑灵活,笑容可掬。靠着二中队,冬天卖姜枣冲藕粉、炕山芋。夏天卖凉粉、西瓜,倒也养活了一大家子人。下午三四点,太阳晒得北门大街冒烟,二中队西沿街乘凉休息的搬运工人多了起来。他们从早上到码头拉货,现已基本收工了。回家还早,有人便将小板车的车板卸下当床铺,睡在地上,还有人席地盘坐。他们抽着劳动或丰收牌香烟,喝着大麦茶。民间的故事和社会新闻交流就开始了。这时,潘二爷的生意摊子品种齐全,一字排开。大红黑籽的西瓜切成片块,削了皮的山芋也切成片块,白花花的小碗凉粉,作料齐全,香气诱人。此外,还有报纸小包装的名种炒货,葵花籽、五香烂蚕豆、小黄豆等。生意很是不错。

不久,太阳完全西沉,天色灰暗下来。这时候,最热闹的要数猪草巷的熏烧摊了。女主人是南京佬,精明干练,短发稍胖。夫家是人民路上的连家酱园店,在北门做熏烧的名气很响。只见两米见长的摊案上,白色的长方盘子一字排开,猪头肉、牛羊肉、熏鱼卤虾、油炸花生米、兰花干子,油光发亮,远近飘香。摊子上方高悬着一盏汽油灯,亮如白昼。客源主要是搬运二中队和三中队的工人。干活累了一天的工人们纷纷围拢来。"来半斤二刀肉,半斤素鸡",只见南京佬边应付边切肉。刀工娴熟,还有个姑娘打下手帮着收钱。那时,包装用的基本上是荷叶,有种淡淡的清香。买好下酒菜,自然还要买酒。摊后便是酱盐烟酒店,高邮产的粮食白特别畅销。于是,三五成群,便在路边开喝了。自然而平和,充满了惬意。喝到高兴处,少不了几句戏骂。有时,拿老光棍开开涮。"喂,李老六,听说,东头街上钱大炮死了,他老婆一枝花闲着呢,你可要赶紧啊。""是啊,别让张瞎子先下手。""去你的,追一枝花的大爷多了,轮不到咱。""这没用的东西。"

记得打短工的陈二,看别人喝酒吃肉,嘴里馋得不行。可惜身上没钱。他也挤到摊前,左望右望,伸手拈了一个大红草虾,三下二下剥皮到嘴到肚。吃虾子当然要付钱,白吃可不成。陈二掏了半天,只找出三分钱硬币。南京佬苦笑了笑,倒也不为难他。"三分钱一个大虾",这句话正好被一旁玩耍的小孩听见,觉得十分有趣,便暗记在心。第二天,竟有一帮小孩跟在陈二身后,突然跑前头,回头齐声大喊"三分钱大虾",飞快而去。陈二先是一怔,后是忽悟,苦笑摇头。

夏天的夜晚,城北的纳凉场景实在是一道难忘的风景。由北市口向北,北门大街的两侧,几乎都是床铺和桌凳,街心留一条小路供路人通行。夜渐深了,北门安静下来。当然,路灯下也有下象棋、下军旗、下飞行棋的。那时,打扑克的人不多,几乎没有打麻将的。晚风习习,远处传来悠扬的歌声。"月亮在白莲花般的云朵里穿行,……我们坐在高高的稻堆上面,听妈妈讲过去的事情。"

露水浸湿,天色微明。东墩的乡下人上城卖菜了。各家各户纷纷收拾床铺桌凳。新的一天又开始了。

北门的夏天,是童年中最快乐的日子。一是放暑假,不用去上学。作业很少,可以尽情地玩。二是衣衫少了,干脆整天赤膊,大人减少了洗衣的麻烦。三是可以偷偷地下河游泳了。大人们尽管反对游泳,管理却不太严格。北门的孩子不会游泳的不多。我是在小学二年级学会游泳的。刚开始害怕,泡在水里不敢游,也不会游。时间长了,感到有点浮力,竟然游起了"狗爬式",笨拙实用。所谓"狗爬式",就是双手双腿并用,手扒腿蹬,水花四溅。

终于又到了开学。刚会游泳的我等,自然停不下来。其时,我们也有点青春觉醒，不再光腚，而是穿短裤下水了。上岸后，用刺槐树枝将潮湿的裤头支撑起来，像灯笼，晒干。然后到学校上学。小伙伴们一个个皮肤黝黑发亮，正宗的小麦色，健康且有精神。

学校同样也是不准下河游泳的。经验丰富的老教师有办法检查。方法很简单，只要是下河游泳的，太阳一晒，皮肤便干燥，用手指甲一划就是一道白印痕。想赖都不成。有几个倒霉蛋，被老师勒令喊家长了。有的只得天天写检查书。俗话说，上有政策，下有对策。不知是谁，想出了一个绝妙办法，骗过了老师。即游泳后用蛤蜊油在手臂涂抹一层，皮肤变得油腻，无论怎么划，还是无痕。这个办法迅捷普及，完胜。

夏天除了游泳，还有一乐，便是捕捉知了。捉知了的难度要比捉蜻蜓之类大得多。那时，生态环境好，大运河堤的刺槐树上停了许多红蜻蜓。一阵大风，惊飞起来，犹如红霞飘拂。捕捉知了需要工具，徒手有困难。首先是知了一般在大树枝丫上，有高度。其次是知了灵敏，人一靠近，便"嗖"地飞远。捕捉知了，工具一般是一根竹竿、一块面筋。面筋是用面粉制成，反复搓揉，便如胶块，黏力很足。将面筋缠在竹尖，循声靠近，慢慢寻觅。竹竿悄至。突然，只听"嗞"的一声，便已粘住。知了拿在手中，只要将其肚腹两边一捏，知了便叫将起来，其乐融融。

城北的孩子们都已逐渐成长，又都一个个先后离开了。北门的夏天已经十分遥远。纳凉、大蒲扇、小板凳、侃大山、吹牛皮、狗爬式、下军棋等等，都已有些模糊。如今，我走过冷落、凋敝的北门大街，百感交集，恍若隔世。但我内心相信，在北门每一个孩子的心中，从未真正忘却那些个贫乏而又快乐的夏天。

夏天年年会有，但感受和记忆各不相同。

2020 年 6 月 29 日

三 荷花塘

荷花塘是一个优美的名字,她一直保存在我的心里。荷花在中国文化中是一个高洁的象征。唐代孟浩然诗云:"荷风送香气,竹露滴清响。"宋人杨万里赞曰:"接天莲叶无穷碧,映日荷花别样红。"高邮乡贤秦观有《纳凉》诗:"月明船笛参差起,风定池莲自在香。"朱自清更有《荷塘月色》享誉文坛。

高邮是一座历史文化名城,底蕴厚实。在高邮城北原先也有过一个荷花塘。但现在是仅存其名,早已不见了荷塘。然而,清至民国年间确曾有之,遥想当年,北门的荷花塘一定也是莲花朵朵,荷叶田田的。但城北的人们每每提及荷花塘,沉郁多于喜悦。后来得知,荷花塘的诞生竟是和灾难相连。

高邮城又名盂城。秦观诗云:"吾乡如覆盂,地处扬楚脊,环以万顷湖,天粘四无壁。"说高邮城被水包围,水高城低,历来水患严重。清代乾隆年间北门外挡军楼运堤决口,东、西堤被毁数千丈。荷花塘即洪水冲垮运堤后遗留的坑塘。这和马棚湾清水潭的形成颇为相似。后来长满荷花,荷花塘由此得名。优美的名字带来的是痛苦的回忆。

荷花塘的位置大约是在北门大街原荷花塘小学向北至薇风大道之间，从清至民国年间存在。据说，在1931年洪灾后运河拓宽，已和北门外的挡军楼、庙巷口连片沉入运河之中了。荷花塘的名字保留下来了。我从小居住的地方名叫挡军楼居委会，读小学的地方叫荷花塘小学。这里是我启蒙开智的乐园。

荷花塘小学原先也有过其他的名，据说曾名为"空心街小学"。何为空心街？就是街道石板下是下水通道。

我的小学时代是在荷花塘小学度过的。她是我成长的摇篮。幸运的是我没有遭受过洪灾，在荷花塘无忧无虑，沐浴着和平友爱的阳光。虽然，我没有亲历过荷花塘的月色和醉人的荷香，但荷花塘畔良好的风尚仍深深地烙在心上。这里的许多人和事，始终散发着人性的淳朴和善良。

小学一二年级的班主任是黄文鸾老师。她宽厚温和，犹如母亲。对学生充满了关爱，教学一丝不苟。可惜那时，有一些同学不懂事理，对老师的关爱不但不领情，反而心怀不满和埋怨，变着法子捉弄老师。黄老师从不大声呵斥，脸上始终挂着微笑，和风细雨，十分耐心。还有汪碧莲、卢尔云、赵元来、陈淑宜等老师，教学有方，循循善诱。四年级时，汪老师对全县上数学公开课，喊我上台板演，极其成功。汪老师表扬不已，激发了我刻苦学习的热情。五年级的班主任是尹协英老师，教语文的是周瑞祥老师，后来成为高邮实小的校长，也是我儿子的校长。记得站队做操时，周瑞祥老师说，同学们，你们是革命队伍中的一员，一定要精神饱满。我听得认真，噢，人物可以用"员"来称呼。那时候，我们也时常听校长朱文英老师做时政报告，尽管听得似懂非懂，但个个都认真听。

我的小学生活，文化知识学习很简单，课外活动却较为丰富。有两次大的活动,印象尤深。一是行军。五年级时学校组织我们步行去车逻公社拉练。拉练是军事术语,即战备拉动演练。我们冒着烈日,背着自制的被包,扛着红缨枪,走了十几里路。中午吃干粮,喝壶水。虽然有点累,大家兴趣颇高,收获很大。二是捉"特务"。傍晚时分,突然集合,学校要求我们红小兵分组去大运河堤的刺槐树丛中捉"特务"。天漆黑一片,我们头戴柳枝帽,摸索前进,俨然就是身负重任的侦察兵。夜晚的凉风吹得刺槐树叶沙沙作响,不时有萤火虫在眼前飞过。大运河畔寂静无声。我们是既兴奋,又有点紧张。突然,前头爆发了一阵躁动,接着便是"捉住了,捉住了"的欢呼声。原来是一个纸扎的稻草人"特务"被发现擒获。不一会儿,又是一阵欢呼,又一个"特务"被捉。

我体会到童年的无忧和快乐。我们不需要刻意地去学,也没人要求专业化地去学。每个孩子的身心都很自由放松,就像一株株小树苗在小河边自由生长,无人刻意关注。我还记得下课时,几个男生喜欢在地上弹击玻璃球。大球弹击小球,以击坏击损为胜。有一位姓陶的同学有很多玻璃球,时常更新,大家都愿意和他玩。原来他家是跑大船的,他一人寄居亲戚家读书,留守儿童。他父母常从外地给他带好玩好吃的东西,算是补偿。从不断翻新的玻璃球,我们心中就知道,在大运河的远方有着比高邮更大更精彩的世界。

我读小学时正值"文革",为了紧跟潮流,学校纷纷更名。高邮中学更名为东方红中学,城中小学更名为东方红小学,城北小学更名为红旗小学,新巷口小学更名为红星小学,城南小学更名为红风小学,荷花塘小学也不例外,更名为育红小学。

那些年,政治教育抓得紧,每隔一段时间,就要组织集体看电影,接受教育。在文化贫乏的年代,这些革命电影也为我们的生活增添了一些亮色,在客观上也启发了我对美学和艺术的情愫。最难忘的几部电影,几乎是那个时代的巅峰之作,分别是《草原英雄小姐妹》《鸡毛信》《卖花姑娘》《地道战》《地雷战》《平原游击队》《南征北战》和《闪闪的红星》。特别是《闪闪的红星》要写观后感,引发热议。男主角潘冬子的扮演者和我们是同龄人,小女生们羡慕不已,小男生们则普遍泛酸和不屑。或许,这就是情窦初开。说到这,还有一事对我们震动颇大。我们班上有位女生的照片被放大陈列在县照相馆的橱窗里,成为大明星。大家十分崇拜,惹得其他班级的男生不断到我班探视,以期一睹芳容。现在看来,当时的这个轰动不亚于好莱坞大牌访问中国。

荷花塘小学名称很美,但和那个时代的其他小学一样,校舍十分普通简陋。校园由两个较大的院落构成。低年级在南面,高年级在北面,有小门相通。尽管如此,我仍感受到充分的快乐和充实。在这里,我奠定了较好的文化学习基础,培养和提升了综合素养。我有幸被老师们赏识,担任了少先大队大队长,并以双百分进入初中。我感谢那些默默奉献的老师们。

随着时代的变迁,高邮城北的人口逐渐南移,儿时的伙伴也天各一方。热闹一时的北门大街一步步清冷下来。人口流失,小学的办学规模不断压缩。后来,干脆停办全日制小学,改为市聋哑学校,专收有残疾的儿童。二十一世纪初,我在教育局工作,讨论该校的名称,初拟定更名为高邮市聋哑学校。我和郦宏学兄坚决反对。郦宏也是荷花塘小学毕业的。其时,也在教育局任职。我们一致的意见,荷花塘小学是一所有一定历史和办学成果的学校,培养了许多优秀的学生。他们读书的地方是荷花塘,是一个多么优美的名字,怎么能不顾及那么多人的感受呢?后经斟酌,更名为高邮市特殊教育学校。这要感谢时任教育局局长王有益同志的欣然纳谏。现在，该校已迁至城南。原荷花塘小学校区改为困难居民安置小区，继续发挥着作用。

五十余年的岁月，弹指而过。荷花塘周边的人群各奔东西，闯荡天涯。许多人事业有成，功成名就，也算对得起这方水土。现在，我有时在晨练途中特意从北门大街走过，看着冷落破败的街道和物是人非的校园，感慨万千。高邮北门曾是高邮最繁华的地域，商贾云集，人文丰富。怎样才能让北门大街更好融入高邮古城的文化建设进程，怎样才能让挡军楼、庙巷口和荷花塘这些记忆性的文化符号得以保存和流传，还需要不断地建言献策。

岁月如歌。崭新的高邮如日之升，而荷花塘和她的故事依然散发着幽幽的清香。荷花塘的荷花如乡愁般绽放在我的心田。

2019 年 10 月 1 日

四 北门的痕迹

我生于斯,长于斯。虽然为谋生而离开,但我始终关注这里。我的根在高邮北门,这里有我太多的回忆和思念。北门并非显赫之地,遍地草根,市井烟火,无品无位。我从不介意。我的乡愁在这里。正如写诗的不一定是诗人,写文的不一定非得是作家。我的目光聚焦了北门,我的故里。把所知道的真实地说出来,让更多的人知道。

高邮北门是一个应该被关注,也值得关注的地方。高邮北门既是一个地域概念,也是一个文化概念。从地域上说,北门就是高邮城墙北门以外的区域。从文化上说,高邮北门是城北人口稠密、平民百姓最多、平民文化最浓郁的市井区域。北门文化既是平民文化、草根文化,也是商业文化,更是历史文化。高邮北门在高邮城举足轻重,一点也不亚于高邮南门。可以说是高邮文化之珠,可惜,知之者甚少,发掘者更少。现在,北门虽然被称为高邮城北历史文化街区,但规划、发掘和投入远远不够,其文化价值远远没能显现。

高邮城最早始于北宋，据记载是高邮知军高凝祐所筑。知军是一个官职，叫权知军州事，就是军政一把手。宋代高知军所筑应该是土城，明清后成为砖城。高邮城南门到北门五里，在县城算是较大的。近代史上高邮城分三个区域。城中是有钱人居住的，高门大户均在县大衙周边。南门外是一个驿站，财神庙，另外是漕运以及做生意的，主要是挑夫驿卒及鱼贩子。北门外才是高邮真正的商业一条街。而且，街道长且宽，是比较标准的街市比例。不像南门外大街，街短且是半边的。旧时老高邮人把高邮城概括得很形象：西门大街的水，东门大街的鬼，南门大街的神，北门大街的人。那时候，高邮北门人气旺盛，商铺林立，车水马龙，特别繁荣。由南向北，依次有三个板块，一是北门外到北市口，二是北市口到税务桥，三是挡军楼、庙巷口。

　　五十余年前，我读小学的时候，北门就是一个繁华的地方，聚集高邮文化之气。虽然北城门没有了，但城墙遗址仍在。北门的西南是人民剧场，是全县干部集会及文艺演出的场所。东边是著名的高邮饭店。南边就是县文化馆。这里是我孩童时玩耍的乐园。我们从高邮饭店边的土坡攀爬上去，就上了城墙头。在这个制高点上，东看日出，北海、南海麦浪起伏。西眺珠湖风光，大运河如带飘逸。城墙上面有一些小房子。那时正值"文化大革命"，一些房子里有许多毛主席的石膏像。城墙很宽，长了许多树。我们在此纵横奔跑，四周眺望，直至大汗淋漓，衣衫不整。顺坡向南下去就到了文化馆。康仲华先生曾在这里说过《三国》。北城门有护城河，从西边养丰闸向东流，转向南时有一个比较大的涵洞，有点像城门，上弧下方。流水东去。北城门外有一座石桥，向北就是北门大街。据了解，老城墙是1972年拆除的。2002年北门大街修缮。现在看到的北门大街的牌楼原先是没有的，是2005年建立的。我们现在看到的北城门瓮城是2017

年底新建的。这个仿古建筑似乎颠覆了我们的历史认知，与我们幼时真实的北门并不相同。有点别扭，城砖似乎也不是旧的。我想问一句，老城墙那么多的墙砖在哪儿呢？

北门大街的南头有名的当属"一人巷"，对面是三星池浴室。"一人巷"我小时候常去，每次去看电影都要路过这里，名气大，没什么内容。边上是一个清真饭店。当时店面很整洁，店里的人戴小白帽子，好像没什么生意，有牛肉羊肉卖。有调皮的孩子从门口经过，故意高声大喊卖狗肉了。回族是不吃猪肉和狗肉的。由于心虚，怕人家追打，那些小孩溜得飞快。对面是王万丰酱园店，楼面很气派。对望过去是土产公司的一个商店。那时候收购废品，也收购鸟。各色各样的活鸟儿，非常漂亮。收购这些鸟儿是何用途呢？我常怀念那些鸟儿，它们在哪儿呢，是养着还是被吃了？因为收购方是土产公司，结局似乎不妙。向北一点就是承志桥了。我祖上就是这里的。我祖父和父亲伯叔们曾在这儿生活。印象较深的是承志桥上的竹器店。承志桥也是一座石桥。桥头西建有小屋，是一家制作竹器的店。店里有二三人，每天编织着各种竹件，店檐上挂着一些米箩、菜篮等等。那些师傅技艺娴熟，竹片子在手里跳跃，又快又好。再向北行，有些老店仍存有旧迹。路西的一排二层楼在当时颇有名，是最早的百货大楼和日杂门市部。对面是乾泰钱庄旧址，后来是百货公司什么的。北边还有一家旧货商店，可以调剂和典押的。似乎此处曾有一对石狮子。我曾听长辈说，新四军攻打高邮城时，就从沿街屋内打通了所有的房子为通道，在此架起机枪和城墙守敌对射。这一点，研究高邮党史的同志，可深入了解。此处最有名的是聚宝楼和亚洲大药房。这里靠近复兴西街和东台巷，历史上十分繁华，多是做皮货生意的。东台巷内酒肆众多，热闹不已。对面的复兴西街气势不凡，也是十分有内涵的，保存尚好，似乎是高邮文化的一个可着力的地方。著名的杨家就在街中。我在邮中的老同事杨汝栩老师就是杨四房的，其姑母是汪曾祺的生母。此处现仍存有徐平羽故居。徐平羽实在是高邮的文化名人，原名王为雄。1930年入党，老革命，担任过上海市文化局局长、国家文化部副部长。曾率专家组对敦煌莫高窟进行考证抢救，贡献不在汪曾祺之下，高邮宣传得不够。相比于高大上的汪馆，老革命徐平羽的故居不值一提。还有坛坡子，承天寺的旧址。张士诚在此建大周国称王。高邮历史上也曾是国都，历时两年。高邮历史上唯一称帝的人，遗址荒废，遗存皆无。研究历史和执掌旅游的人应深憾之。持宝而穷，不亦悲乎？将来是否能将此处的老酱醋厂和老肉联厂重新规划，恢复大周的王宫旧貌，必定是苏中地区的一个亮点。我小时候印象较深的是聚宝楼。现整楼完好，木质结构。楼上大约有三四间。"文革"时，我曾随家长在此政治学习，每半月要来一二次。斜对面是亚洲大药房，很有规模。北面店面卖西药，南面的店面卖中药。一大排橱柜，满眼的小抽屉，密密麻麻。药师用小秤称药材，业务精熟，要什么药，手到即来，分毫不差。

  由东台巷北去，不远就是五柳园。五柳园是个老饭店，早上卖包子，下午下面条，晚上办酒席。印象里早上吃包子的人不少。五柳园这个名字有文化。我猜测应该源自晋代陶渊明的《五柳先生传》："先生不知何许人也，亦不详其姓字，宅边有五柳树，因以为号焉。闲静少言，不慕荣利。好读书，不求甚解。"五柳园得名于此，五棵柳树，何其雅也。街对面是一家百货店，规模仅次于中市口的百货大楼，货品自然丰富，印象较深的是半自动化办公。中市口百货大楼亦是如此，店堂纵横拉起数个钢丝，挂上夹子，卖东西开票据不用跑来跑去，只"嘶溜"一声，夹上的票据便传向收银处。收银，核毕，"嘶溜"一声返回。这是现代化办公的雏形。再向前是修钟表的，对面是肉类加工的，做熏烧的都要到这里买猪头、猪下水等。北一点是都土地庙，即工人俱乐部。此庙规模不小，东边是舞台，西面是座椅。有时此处有文艺演出。我曾在这里观看乒乓球赛表演。客队是省青年女队，主队是高邮县男队。高邮出场的是夏耀，打出较高水平。工人俱乐部的边上是老饮服公司，管辖面很广。浴室、饭店、旅社、烧饼店等都在管辖范围。街对面是老吉生茶食店，小时候夏天常来这里买酸梅汤，二分钱可买一杯，特别爽口。北一点是人民旅社，"人民"两字很大。对面是陈大房饺面店。大师傅是我的发小徐元庆的大舅陈老大，胖胖的大圆脸，业务精熟，异常干练。人在店外二三十米，便知来人所需。来了，干拌三两，龙须。大面锅里宽水小沸，水上漂着几个面碗，内置作料，炖热。陈大房的汤面，十分可口诱人。我曾和徐元庆在此吃饺面，元庆是其外甥，格外受到照顾。那汤面的美味仿佛就在昨日。一路北去，有利农社、鼎昌商店、陈氏牙科等。这里就是北市口税务桥，是北门的第二个商业板块。路西是半边桥，巷内沿北是菜市街，是个菜场。税务桥早就没有了，只是一个丁字形三岔路。路东即新巷口人民路，现称东大街。原先这里有一个赫赫有名的运输公司三中队，当时有上百名搬运工人，他们的运输工具小板车就整齐地排放在很大的房子里，虽然陈旧斑驳，却也古色古香。这就是高邮有名的当铺。说到高邮的古迹要感谢当年的搬运工人。三中队占了一处，保存完好，成为当铺。南门搬运四中队占了一处，就是现在的盂城驿。当铺对面是车匠店，专门车床柱桌柱把手什么的。车匠操作时木刨花很好看，薄薄透亮地飞出，落花满地，散着木香。东边有布店、工人医院等等。丁字路口东去约200米，就是汪曾祺笔下的草巷口和大淖了，那里也是商铺林立，烟火闪亮。顺说一句，东门大路往昔曾是跑汽车的要道，去兴化的必经之路。

丁字路口向北就是北门第三个板块挡军楼和庙巷口。据说，当年也很兴旺。我们小时候，挡军楼和庙巷口早就不存在了，有名无实。据文献记载，清代高邮城北一带不仅寺庙较多，而且规模宏大。现在，有人把镇国寺说成运河佛城，虽然对，看来不够贴切。清代的高邮，是真正的佛城，有几十座寺庙。个中缘由，未作深考。据说挡军楼和庙巷口的原址在薇风大道西尽头一带。挡军楼系北伐军打败孙传芳后所建，相当于瞭望台，两层，毁于1931年运河决堤。同时被毁的有庙巷口和荷花塘。运河西岸建了决堤纪念碑，可否在运河东岸建挡军楼、庙巷口纪念碑，以志历史。

风流总被雨打风吹去，到了二十世纪七十年代，北门仅存若干传说而已。比较有名的是肉联厂和御码头。肉联厂的一部分就是张士诚称王的承天寺，七十年代是高邮比较辉煌的大厂，有大几百人，经济效益好。高邮县的债券当年就是肉联厂担保的。有车队和船队。

后来市场化，肉联厂不敌小刀手，工人纷纷转岗或下岗。当年，肉联厂的大轮船就停在御码头。御码头得名于康熙乾隆南巡，原址在大运河西侧运河故道。人们习惯上把大运河东也称作御码头。御码头空有其名，什么也没有。夏天倒是一个天然的游泳场，十分热闹。炎夏烈日，河中黑压压一片，全是泡水的。我的游泳技艺即是从这里起步的。御码头通向大街的路叫新马路，估计知道的人不多了。这里原先有个酒厂，当时叫酿化厂。每年搬运工人都要运送大量的麻袋装的山芋干，用来酿酒，产品就是乙种白酒粮食白。我们一边帮助搬运工人推装山芋干的车子，一边掏山芋干吃。山芋干很甜，很粉，吃不了装在口袋里给同学吃。李顺兴蛋行那边有学校，叫荷花塘小学，是一所全日制小学，规模中等。"文革"时更名为育红小学。这所小学出过不少名师，比如周瑞祥、高承琪、尹协英、陈淑宜等。

　　这里，值得一提的还有搬运二中队，有上百名搬运工人，因此，热闹生动，诞生许多鲜活而精彩的故事，成为草根文化的沃土。搬运工人里也是英雄辈出，如周荣贵、肖玉粮、周连发等。或政治发达，或力大无比，或棋艺不俗。此外，还有蛋库、猪库、竹库、草库、木材库、石油库、粮库和搭沟桥等，有米厂、水泵厂、染化厂、船厂，以及土产公司、农资公司、食品公司、饮服公司、糖烟酒公司，等等。数以万计的各行各业的劳动者在这里劳动生活，形成各色人等的劳动圈、生活圈、交际圈和文化圈。许多平凡有趣的草根故事由此衍生并成为传说和回忆。

　　高邮北门，是高邮城的一个发展窗口，同时，也是历史文化渐进的缩影。现在，已沦为高邮最破落的街区，道路破损，生气全无。似乎也是文化的贫乏区。这真是天大误会。我认为，高邮文化的精要正在于此。北门的人物很多，北门的故事众多，北门的韵味也很浓。如果说，高邮历史文化的高地在北门，东大街和南门大街似乎也不委屈。希望主事者知之，思之，有为之。高邮北门，平民文化之根。喜怒哀乐、恩爱情仇或翻身扬名的幻想全都在这里沉淀、消失、泛起、发酵、嬗变，或者被付诸实践？

　　思绪如流水，先把北门的痕迹说个大概。信笔由之，并不拘于文法。目的是为高邮北门喊一声，叹一声，以期引起老北门人和非北门人的关注，如此而已。

2020年5月10日

五　难忘胖胖的杨老师

杨老师是我五十余年前的幼儿园老师。当时，她大约四五十岁，身材高大，颇胖。面如满月，慈眉善目，很像是观音菩萨。她的大名，我并不知晓。可能是她听力不太好的缘故，大人们背后称她为"杨聋子"，这未免有些不太恭敬。

二十世纪六十年代末，高邮北门区域虽然算是经济繁华的地方，但教育是比较落后的，人口稠密，居民多为平民百姓，教育资源十分匮乏。除了一所荷花塘小学，学前教育几乎是空白。在酿化厂北面搬运公司二中队附近，杨老师开办的幼儿园是唯一的。前后几年大约有上百个孩子在那里上过学。杨老师是唯一的老师。她是有历史贡献的人。我上小学前在那里读过一年多时间。

说是幼儿园，其实就是一个大杂院。我们去上学先要穿过唐家和陈木匠家才能到达。这是一个中等院子和两间较大的房间，一间是教室，另一间是卧室。我们自带小板凳排成几排，木板壁上挂着一个小黑板，正中央是毛主席去安源的画像。杨老师站在小黑板边上，用响亮拖长的声调喊道："起——立！"我们应声而起，静默一会，她又拖着长调说："坐——下。"然后，便开始上课。记得那时好像没有什么课本，能有的可能就是一些汉语拼音小字卡和几段毛主席语录。具体的内容早已忘却。

摇铃。下课了。我们争先恐后向西跑入另一个小院子去小便。没有小便池，是个大瓦缸。在高高的榆树下面。院墙有些破败，小屋顶上有不少鸽子，飞上飞下。记得有瓦灰、斑点和凤头之类的。我们兴奋地望着鸽子盘旋。解小便的人多，大家还是记住杨老师的话，要依次排队。然后回到东院玩耍。活动器材是两只小花皮球。我们分成两个组，你传我，我传给你。你抢我抢，满院奔跑，满院子的阳光和笑声。在物质贫乏的年代，童年的幸福就这样简单朴素。

有一次，小花皮球飞进了杨老师的卧室，这是上课教室东侧的一个房间，同学们都不敢去拿球。我胆怯怯走进去找小花皮球。这是一间朝南的大屋，古式的大床、亮闪闪的大橱柜、大方块地砖，像是电影里有钱人家的摆设。那时，我们的家庭条件普遍很差，家里几乎是四壁空空。杨老师的房间让我感到震撼。后来得知，杨老师出生在大户人家，她男人是国民党的一个军官，解放前夕逃去了台湾，丢下她一人，无儿无女。因为有些文化，性格和善，为谋生计，她开办了一个幼儿园。北门外的老百姓，大多数是普通劳动者，也不太讲究她是什么阶级，认为她为人不错，愿意将孩子送到这里来。那个时候，一般的家庭都有几个孩子，父母整天忙于生计。小孩在这里学不学无所谓，总比没人照看好，况且收费极低。可以说，在高邮北门外，绝大多数孩子在读一年级前几乎都是杨老师的学生。

杨老师是半传统的妇女，衣着十分朴素，时常穿着老式的汉服，齐耳短发，两眼特别有神，对学生很关爱。记得有一个同学，奔跑时跌了一跤，头顶上起了包，顿时大哭起来了。杨老师将他抱在怀中，用手抹一点香油轻轻抚摸。杨老师轻声地说，走路要小心，抬头挺胸时，也要看看脚底下的路。她拉着我们的手又说，你们要相互关心，相互照顾。

　　幼儿园的生活其实并不十分丰富，但那时，我们却感到快乐。现在看来，主要是身心自由，没有什么压力。放学以后更是自由无比，弹球、玩洋画、滚铁环。我家住北门大街上，我滚铁环满头大汗，将铁环朝门里一丢，便又和小伙伴跑去运河堤捉蜻蜓。由于是幼儿园的同学，我们许多人结下了终身的友谊。几十年过去了，我们都已长大成人。有人成为官员，有人成为老板，有人成为专家，也有人踏三轮车。虽然天南地北，各自忙碌。但我们内心时常想起我们的幼儿园，我们的金色童年，我们的胖胖的杨老师。

　　用今天的标准看，杨老师也许并不是一个出色的，甚至不是一个合格的幼儿园老师。但在那个特定的时代，她给了我们接受最初始教育的机会。她的善良和爱心潜移默化地影响着我们的成长，甚至奠定了我们一生的基石。在那个简陋的大杂院，我们体会到教育的本质就是尊重和友爱。杨老师教会了我们做人的基本准则：友爱、互助和分享。这是我们的立身之本。

　　难忘北门外的幼儿园，难忘那位胖胖的杨老师。

2020 年 9 月 5 日

六 鸡蛋打仗的年代

鸡蛋打仗的年代已经过去很久了,至少五十年开外。

高邮北门外,有一个猪库和蛋库。是县食品公司的下属单位。猪库是用来收购存放生猪的。收购上来的肉猪在这里养一阵子,然后送到具肉联厂宰杀,成为盘中食品。蛋库呢,当然是用来收购蛋品存放蛋品的。主要是鸭蛋,也有少量的鸡蛋和鹅蛋。猪库蛋库周边住的是食品公司的职工,他们的孩子也是我的一部分伙伴。我们那时似乎刚读小学,几乎整天在一起玩耍。

蛋库和猪库相连相通的,占地很大。北边是猪库,南边是蛋库,东边就是元沟子河。元沟子河北通搭沟桥、横泾河,是一条大河。向南即肉联厂污水的出口。那时候,肉联厂是高邮第一大厂,每天宰杀众多的兽禽类,污水即通过地下管道排泄至此。水质富营养化,虽然不是臭气熏天,但水质混浊。岸边的植物异常繁盛。河东是密集的居民区。河西即为猪库和蛋库。南面就是猪草巷。夏天的时候,正是捕捞金鱼虫的好时机。由于富营养化,水中鱼虫资源极为丰富,为养金鱼提供了丰富的饲料。我那时也随大流养了几条金鱼,每天也到此捞鱼虫。捞鱼虫也是有讲究的。首先要有捞鱼虫的工具,一根木竿,用废弃的袜子做成虫兜。在午后或傍晚去捕捞,这时候,鱼虫密聚,形成深度虫痕,便可顺水捞之,不久,袜做成的捞兜便会丰硕起来。回去喂金鱼,大好。吃不了,还可晒成鱼虫干。猪库和蛋库的场子大,还搭台演样板戏,周边看戏的群众人山人海。猪的叫声和猪的异味对人群毫无影响,样板戏的乐声伴着猪的鼾声飘得很远很远。

我们的主战场是在蛋库。蛋库里有许多树,鸟也多。盛蛋的龙缸堆成一排排,便于玩地道战。既可行间出没,又可攀爬。于是,我们就在这里捉迷藏,忽高忽低,忽前忽后,快乐无穷。墙边上还有几棵高大的桑树,果实累累。我们骑树相对,尽情享受桑树果子。桑树果子微酸微甜,我们慢慢享用。长大后知道,桑树果子大名叫桑葚,是高级天然营养品。我们也不知道,只管猛吃,直到嘴唇乌紫漆黑,才下树回家。

小孩在一起玩,当然高兴的时候多。时间长了,免不了产生矛盾。最终,分裂成两个阵营,走向极端,便是战争。先是用泥块和小砖子互扔,后来,是用鸡蛋开战。

蛋库不仅存放蛋品,而且还买卖和生产。所谓买卖就是将收购来的鸡鸭鹅蛋选择分类后包装卖往外地。有几十名工人每人忙着做咸蛋和松花蛋。后来,这里诞生并走出了"秦邮牌蛋品"。由于季节气温等因素,总有一些蛋品不达标,成为废品,腐败并抛弃。工人们将这些坏蛋放在一边。通常是送到农村当作肥料。不久,就被我的伙伴们发现,有了新的用途。他们将坏蛋整箱搬出,背着家长藏起来。先是游戏,分成两组,每人十个鸡蛋,开始互扔。第一个被砸中的是方家老四,前胸上中了一枚,蛋黄淋漓,臭烘烘的。众人大笑,兴奋不已。后来,有矛盾的双方,干脆用臭鸡蛋作战。两个阵营都有几个纸箱,排开互扔。一时间,蛋如雨下，呼啸横飞，战况猛烈。那些被砸中的，臭气冲天，回家各自挨骂。

鸡蛋打仗赢了的一方，兴高采烈。输了的一方，十分憋气，总是要想办法报复。童氏三兄弟个个厉害，胜多败少。于是，就有人想法要修理一番。童家兄弟在屋前种了一棵桧树苗，大约一米高。童家兄弟异常珍惜，每天浇水培土。有一天晚上，月黑风高。第二天早晨发现，小树被锯成两段。可以猜想是被砸中臭蛋的人干的，但又没有证据。只能装哑作罢。

那时，在猪草巷南面有个柏疯子，道士打扮，席地盘坐。门前排着几个玻璃盒子，专卖蟋蟀和金铃子。很有吸引力。我们每天去看，忍不住也买。一只金铃子小虫儿要卖二到三元。有人说，这么贵，我们去捉。捉金铃子是个精细活。首先要准备好工具，用一只煤油灯玻璃罩，糊上纸袋，袋尖留眼。罩住金铃子时，金铃子会钻进亮光的地方，就到了灯罩中。夏天烈日当空，我们去北头闸农舍旁，选择高瓜叶子茂盛的地方，细找静听，烈日高照，闷热无比，满头大汗。终于听见清脆的鸣叫，循声望去。小虫金翅，鸣如翠玉。欣然捕之。然后，装入玻璃盒，以菱角喂之，示之于众。好不得意。

鸡蛋打仗的年代，正是多趣成长的岁月。那时，我们喜看小人书，获取了不少的知识。有一天，谈到《三国》，强子高声说到，我是诸葛亮，神机妙算。张洪林大吼道，我是孔明，怕你不成？众人大笑。童氏老二说，诸葛亮就是孔明。张洪林说，我就做司马仲达。

荒唐年代自有荒唐事。有一年，我们约好了在灯节吃"兔子肉"，就是用弹皮弓打纸灯兔子。我们几个备足了子弹，寻找目标。正月十三上灯，小孩子拖着兔子灯走着，蜡烛灯闪烁。我们躲在墙角正准备下手，发现都有大人们护着，没法吃"兔子肉"。我们几个在寒风中很沮丧。强子说，别急，我回家喊我兄弟出来拖兔子，你们只能小打一下。打重了，兔子灯坏了，他就会哭。父母出来不好办。众人应之。"小兔子"出来了，强子的兄弟兴致勃勃，跑来跑去，兔子灯格外闪亮。我们倒不忍下手。寒风就那样吹着，我们也似乎清醒明白了许多。

鸡蛋打仗随风而去。庆幸的是后辈们的童年要高雅文明得多。但是，我们的记忆也火花闪闪，令人难以忘却。

2020 年 3 月 29 日

七　运河上的木排

我的家乡在苏中地区，并不是一个林区，不产原木和毛竹。但在二十世纪六七十年代，城区北门外大运河上却有着大片的木排和竹筏。有时竟然能长达几百米，蔚为壮观。这些木排和竹筏，原来是县农资公司和木材公司经营周转的货品。

毫无疑问，这些木排和竹筏都是外地运来暂泊的，是轮船头用钢缆拉运来的。试想木材从大山里运到我的家乡，要经过多少路程。这让人产生了十分丰富的联想。砍伐，整修，运输，扎排，下水。它们也曾是茂密森林中的一朵绿云，只是偶然被伐木人选中，开启了新的旅程。这些木材也许从山涧顺流而下，经历过两岸猿声啼不住的迅捷；也许曾在长江中流击水，体验过长江滚滚东流的豪迈。现在则安静地停泊在运河岸旁，成为一道独特的风景，成为大运河某一段的临时过客。过些时日，或将被搬运工人运走，分散于各地，散落天涯。然后，新的一批木排又从水路而来。这样的循环往复，前后大约要有十年的时光。

木排竹筏来了，我们这些小孩子除了新鲜，更重要的是多了一处玩耍的地方。夏天的风轻轻地吹着，站在木排上十分凉爽，也没有蚊虫叮咬。累了就躺在木排上看天，看太阳，看云朵飘逸变幻。世界在我的头顶上旋转，我们是快乐极了。木排不仅成为我们浪漫奇想的天地，更是我们游戏展示天性的场所。

首先是跳木排。木排紧挨着运河坎，脚一抬就能上去。阳光灿烂的日子，我们三五成群而至。木排之间是有些距离的，中间是河水。我们先跳距离近的，跳过来，跳过去。然后是中等距的，我们依次而过，信心大增。练了几次，胆量大了，就跳大间隔的，一般能跳过去，偶尔也有滑脚湿水的。我们把在陆地上跳堑壕的经验完全用上了。在备战备荒的年代，我们除了文化学习疏松些，其他方面的才能是充分的。木排大部分是齐整的，如履平地。我们在上面奔走，既刺激，更有意想之外的欢快。虽是在大运河上，我们却能体会"极目楚天舒"的气概。相比而言，跳竹筏有点不确定性。毛竹的浮力不及原木，筏面也不太平整。有的看上去挺有浮力，但人跳上去即迅速下沉。不仅会湿脚，而且有危险。我曾跳上一小竹筏，立即下沉，身子不稳，跌入河中。同行的手快，迅捷拖上来。衣服尽湿。记得是初冬，天气已冷。浑身发抖，没办法，只好跑到搬运二中队对面的茶炉上烘衣服。好长一段时间衣衫才烘干，回家也不敢说，怕父母责备。

其次，木排也改变了我们游玩的路线。以往，我们是从运河堤向北到头闸口，这一段是我们乐此不疲的宝地。不是打鸟就是钓鱼，有点远。现在图方便，直接就在木排间垂钓。先是用稻米打窝子，然后用面筋或蚯蚓作钓饵。只要有耐心，总是会有收获。我在木排间和鱼儿斗智斗勇，比试耐性，钓到不少的草鱼，快乐无穷。我曾写有一文阐释过程，名曰《初钓运河边》。

木排极大地方便了我们游泳。那时，我们已读高中，自认为是游泳高手，不屑于从河边下水游泳。而是直接跳上木排，脱衣、甩臂、深呼吸、纵身而下,已到达大运河半中心。这里水质好,无障碍。顿生豪迈之情,大河畅游,中流弄潮。爬船队什么的十分方便。我们大约十来个同学,一起下水,爬上南行的船队,行至车逻,再跃入河中顺水而下,十分畅快。一边欣赏运河两岸美景,一边演练各种游泳样式。前呼后应,比肩向前。那是我们一生中最快乐的时光之一。

还有利用木排在水中练胆和游戏的。我们一帮同学中,游技最高的有周峰和朱国祥,两人游泳的速度相当。要论潜水还是朱国祥更厉害些。周峰一个猛子潜水能达二十余米远,朱国祥说,这不算什么,看我的。只见他从木排这头潜下去,过了很长时间,从木排的另一头钻出来。距离足有三四十米,真是肺活量和胆量惊人。大家无一不服。朱国祥后来告诉我,他是沉下水去沿着原木一根一根向前攀行,直到没有,才出水面。现在看来,危险性还是很大的。但那时,我们年少麻木,几乎不信有"危险"一词。觉得自己无所不能。有时候,我们还躺木排上晒太阳,阳光照着睁不开眼,身下的木头犹如热炕。没办法,只好下水再游一把。

1976年夏天的一个夜晚,我利用暑假打零工回家,已是靠近深夜十二点了。母亲拿来木浴盆盛好水,让我洗澡。我一看水太少,便拿了毛巾和肥皂,直奔大运河木排。其时,雷鸣闪电,大雨倾泻。我毫无惧色,夜色中从木排上游到对岸,又回到木排,然后回家。那时,少年气盛,无知无畏,也造就了我们闪光的青春。

再后来,时光如运河水流走了,木排和竹筏也流走了。竹库和木材库也成过往历史。我有时独自呆呆地望着空旷的运河,感叹精彩不再。许多熟悉的人事,已经成为故事和传说。尽管,我十分不舍,但确实已是渐行渐远了。运河的木排曾带给我多少的快乐啊。那时，我们是多么地年轻和豪迈。年轻真好，无忧无虑，快乐成长。大运河流淌的是金色年华，木排是我的青春驿站。年轻人的世界是那么地广阔和精彩。年龄越大，世界却越狭小。

哦，再见吧，我的遥远的木排和竹筏。呵，狠狠地回忆吧，那些火辣辣的诗歌岁月。

2020 年 3 月 25 日

八 北门三笑

一切都是从那时开始的。那时,发生了什么呢?北门通了自来水了。几乎家家户户都刚安装了自来水龙头。轻轻一拧,自来水哗哗地流了出来,北门人笑了。

我的记忆里,北门人在那段时间,似乎连笑了三回。整个北门都洋溢着节日的氛围。

第一次笑是北门通电了。时间大约是二十世纪六十年代末期。电,改变了北门人的生活。以前,人们都是用煤油罩子灯。灯罩是玻璃的,葫芦形状。每隔几天就要拿下来擦一擦,擦得雪亮雪亮的。每到晚上,街上便是漆黑一片。只有熏烧摊上的汽油灯亮闪闪的,发出"吱吱"的声音,成为一景。普通的居民家庭往往是点一盏小煤油灯。灯光如豆,有些幽暗。那时,北门的人在灯下苦读的人似乎也不多。后来,听说要通电了,大街上竖起了电杆,发电厂的工人忙着拉线、架线。大街的中心每隔百米挂起了高高的路灯。

终于在一个夏日的傍晚,街上的路灯一下子突然亮了起来。

人们一片欢呼,几乎所有的人都走出了家门,站在大街上看。路灯,创造了一个全新的世界。人们异常兴奋,相互交谈。有的在灯下下棋、打扑克、唱样板戏。晚风习习,各种飞虫蜂拥而至,围绕着路灯乱飞。其中有许多是青色的蚂蚱。它们刚从周边的树丛或田野中来,在灯下疯狂聚会。有聪明人立即回来放出了家养的鸡儿,鸡儿乐坏了。本来是晚上睡觉的,现在路灯下这么多的飞虫,鸡儿欢愉极了,大快朵颐。从此,有些人家干脆白天不喂鸡食了,晚上放出来吃活食。据说,鸡儿生出来的蛋又大又好。

北门大街的晚上亮如白昼。每个居民家庭也装上了电灯。那时都是白炽灯泡,普遍的是十五瓦,还有二十瓦的。开关是拉线的,一拉灯亮,又一拉灯熄。有些人家装不起两盏灯,便在墙上打个洞,灯泡挂在中间,两边都可照明。大部分人家是几户共用一个电表,每个月的电费是各自分摊的。电灯,作为实现共产主义的物质标志之一,极大地改变了北门人的生活质态。有老人叹曰,有了电灯,多活了一生。其意是一天抵两天。

第二次笑是家家通上了广播。这是广播史上一次大的飞跃,也是北门人文化生活的一次质的提升。装广播是由政府主导的,每家每户都必须安装。似乎只要缴上购置小广播喇叭的成本费,其他都是免费的。当时安装的都是最普通型的,还带拉线开关。我特地查阅了高邮县志,时间是 1970 年。

小广播带来了许多乐趣。不仅可收听本地新闻,还可收听省台和中央人民广播电台,特别是每早的"新闻和报纸摘要"和每晚的各地"新闻联播",为人们打开了了解本地和全国的窗口。广播甚至还代替了闹钟。每天清晨五点半,广播就会准时响起来。播出时间较长,还可听到高邮民歌、扬剧、样板戏等等。我至今仍记得小广播播放的高邮西北乡的民歌,还有插秧歌,调子拉得很长。每晚九点结束。结束时还特意播报播音员的名字和北京时间。听熟了的名字是李志敏、李娟、邵奇波。后来，还有夏素兰等。由于线路设施简单，一次雷暴过后，小广播被打坏不少。记得我家的小广播在雷暴后发出嗡嗡的电流声，很响、刺耳。尽管如此，人们还是喜欢并热烈欢迎小广播的。北门人的欢笑是由内心迸发出来的心声。

第三次笑就是前面提到的通自来水。在此前，北门人的饮用水和生活用水主要是两个方面，一是大运河水，二是井水。家家户户都有大水缸。最多一二天就要到大运河去挑水。那时去大运河的小路很多，河坎崎岖，一般都是乱石铺垫。我每次挑水都异常小心，从陡坡下来，东摇西晃。过了坎后，穿小巷，上大路，然后到家。水倒入大水缸，放一些明矾用以沉淀水中杂质。没有劳动力的人家，请人挑水，二分钱一担水，倒也算方便。还有一种是吃井水。那时，可用的水井还不少。用小水捅从井里拎水上来，慢慢盛满大桶，挑回去。有时，由于绳子破损，小桶常常掉到井里，还要用自制的铁钩绑在竹梢上下井去捞桶。有时，天连降暴雨，井水还会漫出来。如果是大旱，水位枯落，井水很少。井水含盐高，有些咸，不太可口，还是大运河的水好吃好用。

自来水改变了这种生活状态。以前，人们饮水得不到保障。洗菜、淘米、洗衣要么去大运河边，要么去井栏旁。有了自来水，极大地方便了一切。北门人在家里龙头一开，清泉哗哗，老百姓乐得合不拢嘴，直喊"共产党好，社会主义好"。那时，老百姓的心目中共产主义最质朴最普及的标志是，楼上楼下电灯电话，土豆烧牛肉。现在，电灯有了，广播有了，自来水有了。共产主义也看着不远了。焉能不笑？生活水平的不断提高，穷日子过惯的北门人很满足。为什么要跟着毛主席、共产党干革命呢？

还不是为了更好地生活？

北门的三笑，当然是我国社会主义发展阶段的一个窗口，也是北门人共同的美好记忆。

2021 年 7 月 28 日

九 多子之家

在北门，二十世纪六七十年代，一个家庭有十个孩子左右的，有三家：谢家、李家和张家。

谢家的老爸是供销社的采购员，妈妈是一位家庭妇女。能够养活一大家子人，不简单。谢老爷子整日奔波，甚是辛苦。喜欢喝一点小酒，有时不乏幽默，有时也喜欢小骂几句。估计谢老爷子是有点文化的，对子女教育颇严，有权威。一般的"耙柴鬼子"是不准到他家玩的。

谢家一共十一个孩子。只有老九是个男孩。估计还是重男轻女的思想，不养个儿子不罢休。理论上老九有八个姐姐和两个妹妹。大姐结婚早，早就独立生活。只在节假日带孩子看望父母，一大家子团聚，其乐融融。下面几个姑娘都下放到农村，虽然长得美貌如花，婚姻却不很顺利。

三姑娘是一个大美女，在众姊妹中很出色。由于下放在农村，和一个泰州知青谈起恋爱来。泰州知青很瘦小，又留着小胡子。谢老爷子看得不顺眼，不准进门。有好几次，准女婿备好了礼品，前来拜访，得知谢老爷子在家，慌忙乘坐人力三轮车离去。倒是老母暗中做工作，隔了好几年才准进门。

老九在家当然是受宠的。父母惯着，姐妹捧着。老九为人仗义，且有技能。其一是笛子吹得好，抑扬起伏，颇有韵味。一曲《扬鞭催马运粮忙》水平不俗。我也跟着学过一阵子，无果而终。其二是金鱼养得好。大院子里摆放着几个大龙缸，品种不少，有龙眼、高头、水泡眼等等，有活力，更好看。我曾养有一条大金鱼，是雌鱼，快要产籽，有一条小雄鱼每天追尾咬籽。老九一看说，不对劲啊，一个小男孩追一个老妇女啊。

李家的情况和谢家有点相似。李老爷子是苏北人，妈妈是兴化佬。他们都是勤劳善良的人，靠自己的手艺和辛苦劳作养活一家子人。李老爷子很随和，有时还和我们小辈聊几句。李老爷子会弹棉花，会种植西瓜，曾多次下农村承包种瓜，基本上都是丰收而回。我小时候没少在他家吃西瓜。李家和邻里的关系很融洽。李家曾开过弹棉花店，有一台轧棉机，是脚踩的。将旧棉絮轧碎后，然后用弓弹开，蓬松如花。最后再用脚踩圆盘碾压成型。整个过程漫长枯燥，细致且专业。李家父母凭自己的劳动养育一家人。

李家直到第八个孩子才是男孩。最小的十子也是男孩。李家也是传统观念太重，觉得有男孩才算有传人。李家父母在前面几个女孩子身上是动了脑筋的。其中有位姑娘名叫"小隔子"，意思是隔阻一下女娃。还把两个姑娘的次序颠倒一下，小六子叫小七子，小七子叫小六子。或许是老天怜悯，到了第八个，果然是个男孩，举家欢庆。

我和李小八子是发小，整天在一起玩耍，打乒乓球、滚铁环、抽陀螺。我们曾在李家后院内支起竹匾，撒上稻米，诱捕麻雀，成功捕捉到两只。李家大姐很有气质，端庄典雅，岁数比我们大得多，婆家就住附近。看见兄弟李小八子，眉开眼笑。总是摸摸他的头，问他吃得怎么样。

谢家是十一个孩子，李家是十个孩子，张家是九个孩子。张家父母都是干饮食服务行业的。他家并非重男轻女。第一个就是儿子，早就成家立业。以后又生了五女三男。他家住房小，就两间平房。这么多人生活确实不易。他家有位老奶奶操持家务，孩子能吃饱，不能保证能吃好。他家父母基本上是早出晚归，孩子全是自由生长，倒也健健康康的。

"文革"的时候，政治氛围浓，他家常有些动静。几个儿女都是二十来岁了，有自己的政治观点，而且各自派别不同。有高中学生，有工厂工人，有社会青年，吃饭桌上经常辩论甚至争吵，互不相让。每当这时，总是老奶奶笑着说，管你们是什么派，都叫我奶奶。以后进门是一家人，出门是公家的人。不听，不准回来吃饭。也罢，各自无语。

多子之家是时代的缩影，是传统文化思想的产物。像这样的大家庭估计以后很难再有了。因为现今培育子女的成本太高了。而在那时却要简单得太多。那些孩子几乎是在纯自然的环境中生长的，也有一些令人心酸的故事和笑话。

多子的劳动人民家庭自有一套养育的办法。父母似乎照样上班劳动。大孩子带小孩子。饿了，喂两口冷饭。有的孩子正在长身体，饭量大，粮食不够吃。只好增加粗粮，山芋萝卜代替主食。由于油水少，张家几个男孩的饭量是惊人的。衣服是能穿就行，一般到过年能有新衣服就不错了。大的穿新的，小的穿旧的，程度依次递减。还有男孩穿女孩的衣服的。张家的一个男孩在寒假过后去学校，外面罩了一件新衣，里面是姐姐的旧花棉袄。下课的时间，有调皮蛋故意掀他的外衣，露出了花棉袄，全班男女轰然大笑。他哭着跑回家去了。

由于子女多，大人照顾不周全。卫生环境也差，有的女孩头上有虱子，没办法，只好剃了光头。到校上学，头上顶着大厚棉帽，就像雷锋叔叔戴的那种。也有坏鬼趁其不备，揭下她的帽子高抛，露出光头，也是哭着回去了。

　　如今，多子之家的老人们差不多都故去了，后人们生活得还好，散落在各地。他们各自谋生，有的生意做得很大，算是发达了。许多人早已是子孙满堂了。他们的根仍在北门，心中有一块地方永远记着他们的多子之家。喜怒哀乐都在那个生长的地方。往事如烟，多子之家只存活在人们渐远的记忆里。细思极叹，回味往日旧事，别有一番滋味在心头。

2020 年 9 月 8 日

十 草炉烧饼店

高邮北门外小搬运站北侧，有一家烧饼店是做草炉烧饼的。店面坐西朝东，三间。草炉在最南面的一间门面，里面是揉面的地方。有一个用木板支起的案板，中间是一个玻璃橱柜，用来放置成品。会计姓周，是一位中年妇女。北面是架起的油锅，炸油条、麻团的。烧饼店有五个人，隶属于县饮服公司。"大先生"是组长，相当于负责人。

"大先生"似乎姓沈，家住草巷口一带。有可能是幼时读过一点书，识字断文，在家排行又是老大，故人称"大先生"。大先生是个老实人，话不多。"文革"时已有五十来岁。据说，后来退休时，他的儿子顶替了他。那个时候，大先生是制作草炉烧饼的大师傅。

凌晨三四点钟，大先生就早早到了店里。先是查看昨晚发酵的面粉原料质量如何，然后将店面的木门板一扇扇下开来，电灯亮起来。不久，周会计、老王等陆续到来。大先生说，先向毛主席请示。几个人恭敬地站好，大先生站头排，在毛主席石膏像前，手捧小红书，唱了起来。然后，大先生清了清嗓子，说，还是老规矩。老王你负责擀面剂子，小张炸油条。周会计帮助擀面，老侉子外面去卖。我来贴草炉烧饼。说完，烧饼店开始了一天的运作。擀面杖的声音响起来，高低交错，节奏鲜明，仿佛是一个打击乐队在演奏。烧饼店开张，周边上早班的邻居们闻声而起。起床了，擀面的节奏声胜过闹钟。

　　大先生做草炉烧饼是有点名气的。首先是饼型好看。不大不小，圆圆的，厚厚的。其次是香喷喷的。芝麻火候正好，泛香。三是口感好，有劲道。四是摆得住，可以储存一段时间。大凡妇女坐月子之类的，总是少不了要多买些的。此外，一年一度的中秋节，家家都是要烧饼夹月饼吃的。每到这时，大先生更是忙得不得了。中秋节前夜几乎是不睡的，夜里就开始做草炉烧饼。等到天亮的时候，买草炉烧饼的队伍排得老长，占据了半条街。一般人讲究要吃刚出炉的，冷烧饼夹月饼没意思。

　　大先生做草炉烧饼是很讲究程序的。首先是检查面肥，主要是看碱性是否适当。他先用一小团面肥在炉里烤一下，放在嘴里尝下，恰当了才操作。草炉烧饼的燃料是稻草或麦秸。烧饼店的草料是堆放在后院里的，专门从农民那里收购。大先生先是热一下炉灶，用草把子烧透，烟雾升起。两个草把子烧完后，炉壁热得烫人。大先生双手在清水盆里蘸一下，用一条湿毛巾在炉膛中擦一下，叫作洗炉。目的是去掉膛中的草灰。然后双手拿起一对对擀好的生面饼，左右开贴，动作迅捷。转眼之间，炉膛贴满。大先生这时会用清水擦一把汗，有时会点上一根劳动牌香烟抽上一口。他并不着急，等到炉内的面饼发黄，芝麻飘香，大先生又用一个小草把子放进炉底烧一下，火苗一下子蹿起来。不一会，大先生手持铁铲，一铲一个或几个。满满的竹匾子都是草炉烧饼，成了。只见一个个烧饼黄中带红，芝麻香浓，体态丰隆，很是诱人。

一般情况，大先生一个早晨要做五六炉烧饼。上午九点钟左右，大先生基本上就坐在案板边抽烟喝茶了。不到中午，店里草炉烧饼卖得一个不剩。不久，老侉子也回来了，他的烧饼油条也卖完了。老侉子是外地人，岁数快六十了。为人忠厚，搬运工人很信任他。原先他是挎一个大竹篮子卖烧饼油条，上面盖个厚厚白布。后来，他骑个三轮车在城北米厂、搭沟桥、石油库叫卖。上午九十点钟的时候，搬运工人干活累了，就会喊道：老侉子，拿烧饼油条来。

那个年代，喜欢吃草炉烧饼的人多的是。但一般人是用烧饼夹油条麻团的。小店北侧的油锅是烧炭的，油锅早就热气腾腾。小张将面肥切成细长条，用手拉一下，掐下两头，然后放下油锅，三滚二翻，黄灿灿的油条便成了。小搬运的李八爷来了。"八爷早"，周会计招呼道。老规矩，两个草炉烧饼，两根油条。李八爷是老客，天天如此。他是干体力活的，吃法简单而豪放。他将两根油条对折，直接用烧饼夹起来吃。嗯，好香。他吃了一口。嗯，带劲。又吃了一口。这时候，余姥姥来买油条了。余姥姥是接生婆婆，技术精湛，有名气，当时大约五十来岁。炸油条的小张老婆生孩子就是余姥姥接生的。余姥姥来买油条自然不能怠慢，格外地客气。小张摆放油条面剂时，并未像平常那样将两端面头掐下。所以，余姥姥买的油条看上去要比正常的油条大一些。李八爷眼尖嘴快，故意打趣说，小张大爷，你是看人兑汤啊？余姥姥来了，油条就是大了不小啊。余姥姥知道这家伙是话里有话，有点使坏。笑着说，小八子，你看不得就拿去吃好了。李八爷嘿嘿笑了，大家都笑了。

草炉烧饼店下午也是要做一个晚市的。有的人要吃"晚茶"。所谓晚茶并不是真的喝茶，而是吃一些点心，在高邮北门最普遍的是烧饼之类的。稍为讲究一点的是擦酥烧饼，一般的就吃"火烧镰子"，也就是长菱形的烧饼。大先生做这些手到擒来，毫不费力。其实，早有一部分人已经向南到陈大房、陈二房的饺面店去了。那里的龙须面很有名，档次似乎要更高一些。

终于有一天，大先生退休了。似乎草炉烧饼也没有了。他儿子来顶替，直接用炭炉贴饼。别人问他，为什么不做草炉烧饼呢？他说，谁像我家老头子这样呆？吃力不讨好，不干。大先生身上还有点文气，他儿子一点儿也没有。可能是大龄未婚，至今还是光棍一个，内心有点苦闷。晚上在烧饼店值夜班时，经常又唱又说，骂骂咧咧。什么男的女的，骂累了睡觉。

再后来，北门的居民陆续搬离了，烧饼店的生意也越来越淡。最后，关门了事。

秋风吹起来了，刮得年轻人头发飘飘的。而那些老者却是迎风流泪。风似乎走远了，也带走了草炉烧饼的芝麻香味儿。

2020 年 5 月 5 日

十一 重访搭沟桥

我对高邮北门的情况很熟悉,虽然离开了那里几十年,但幼时的记忆仍异常清晰。我时常会想起一些往事。在一个阴雨霏霏的下午,我又重访了北门外的搭沟桥。

关于北门外的搭沟桥,高邮民间文学爱好者有一些传说,主要是两个内容,都是人和狗的故事。其一是大狗帮寡妇找到了爱情,另一个是大狗帮姑娘传书。后来建桥名曰"搭狗桥",后称作搭沟桥。故事虽然很生动,想象力也不错,但我以为纯属虚构和戏说。搭沟桥就是搭建在元沟上的桥。外加上去的东西有点牵强附会。搭沟桥是元沟子河通向北澄子河上游段的一座桥梁。周边区域人口密集,烟火旺盛。从桥向北,是一条东西向的大河,河面上停满了大小船只,是货运集散码头。沿河有许多大的单位,高邮城北粮库、米厂、水泵厂、修船厂等。桥的西边有生资公司、石油库、竹库、沙石库等。高邮东北乡的许多物资都是在这里周转的。搭沟桥向西约二百米便是京杭大运河。我有好几个小学的同学家就在此地。金红喜家便是搭沟桥西南第一家。几间小平房，父母都是做小生意的，很勤劳。还有杨茂银、朱国祥家也在附近。搭沟桥是我们经常光顾的地方。此桥当属交通要道，人流密集。早先是木桥，后来变成了砖桥。桥南是元沟子，水质发黑，气味不正。桥北通向大河，水质渐清。桥东是粮油店、粮库、米厂、水泵厂，还有一条南北向的支农路。桥西是生资公司、竹库，还有谈家茶炉子和著名的北门大街。

几十年前还有挡军楼和庙巷口。不过，二十世纪六十年代末我读小学时，挡军楼和庙巷口早已不存。

搭沟桥很小，桥长大约二十米。特色很不明显，由于常年有搬运工人的板车通过，桥面坑洼不平。河边有一些野生的杂树。有一些发生在这里的事情我印象颇深。比如，城北粮库是有名的大库，有四大粮仓库房全国有名，分别是日式（日本）库房、苏式（苏联）库房、中式库房和一个巨大的烘干仓房。据说，在全国都不多见。我上高中时曾利用暑假在此打短工，和那些工人一起运输稻谷，挣些学费。粮库边上是粮油店，城北的居民均在此凭粮票油券买米买油。

城北米厂红红火火。该厂也是我父亲的工作单位。1976年夏天的一个夜晚，高邮城拉响了地震警报，人们惊慌失措。我随父亲来到米厂搭建的防震棚中度过一个夜晚。厂区挤满了工人和家属，这是一个多云之夜，月亮时常被遮掩，空气十分紧张。人们时刻等待地震的发生。好不容易熬到天亮，没有发生地震。我有点失望，心想，地震没来，拉什么警报呢？从这一夜晚后，许多的空地上都搭建了防震棚，我们读高一时就是在防震棚上课的。

搭沟桥边的水泵厂也很有名，是省属国有企业，千人大厂。厂里有一支篮球队赫赫有名，经常代表高邮参加比赛。中锋大王，两米多身高；前锋花队长，技术精湛，善控篮板球。他们是高邮的体育明星。水泵厂生产的水泵，质量过硬，供不应求。每天除了大卡车拉货送货，厂北边的水运码头更是业务繁忙，人来人往，大多是挥汗如雨的搬运工人。各种做小生意的人流蜂拥而至，人气极旺。

搭沟桥是名副其实的交通要冲。人流、物流、信息流从桥上而过。桥下则是流水潺潺，杂草茂盛。元沟子河就在南边。

元沟子是一条南北方向的河，长约数百米。元沟子的"元"，表明它在元代就有了。元沟子的最南端连接着空心街的下水道，边上有个猪草巷。顾名思义，是长满了猪草的。同时向西有个草站，也收购猪草。元沟子河实际上是通向搭沟桥以北大河的引河。

猪草巷是下水通道，上面是用长条石搭铺的。这应该是空心街的一部分。我读小学时，石条路仍在。走在上面，可以清晰地听到流水声。水源来自县肉联厂。每天宰杀牲口的血水经此流向元沟子。元沟子被污染了。

那时，元沟子河很宽，也有船只通过。由于水质富营养化，河中有许多小虫子。我曾养过小金鱼，每天都到此捞小虫子喂鱼。小虫子聚集在一起，形成一个黄褐色的长痕虫带，在水中漂动。我便飞快捞之，金鱼极喜而食。有一年冬天，奇寒。元沟子冰冻结实，我等在河面奔跑，十分尽兴。可怜的鱼鹰，因为河面结冰，觅食困难，在空中盘旋。元沟子河的西岸便是县食品公司的猪库和蛋库，也是我们经常玩耍的地方。

现在，我又一次站在元沟子河边，眼前还是一亮。

首先是往日的又黑又臭的河水变得清新鲜活，过去的脏乱差变得宁静雅致。元沟子河两岸遍植花木，郁郁葱葱。那个污水口不见了，河上架了玲珑的小木桥，修筑了亭榭走廊。许多人在此休闲垂钓。我走在花径小道，忽见一老者钓起一条小草鱼，乐呵呵地笑出声。许多居民在亭榭上聚集，下棋打扑克，还有人在拉二胡，悠然自得。

沿河岸北行，杨柳依依，芦苇飞花。河岸景观，翻天覆地。西岸是一条栈道向前伸延，走在河边亲水赏景。东岸则是数百米的连廊，曲径通幽，古色古香。移步换景，甚是宜人。不远处便是搭沟桥了。

搭沟桥早先是一座木桥，后来是水泥砖桥。如今又作改造，似乎是大理石桥。河西的老民居还在，但似乎已没什么人气。河东的粮库、米厂已荡然无存。米厂的地块上现在是利民花苑住宅区。粮库的地块正在开发，数栋高层住宅楼，拔地而起。其名曰润丰苑。由此北去，便是枕水湾和森林体育公园。正所谓旧貌变新颜，故人不相识。

往日的热闹和喧嚣早已远去，曾经的搭沟桥和元沟子河已然是时代变迁的窗口。许多人已远在他乡，只有一段过往的回忆停泊在这里。我只期盼，故地风景大变的同时，文化的记忆似乎不应完全丢失。再过几十年的光阴，谁还记得搭沟桥和元沟子河呢？或许知道，或许不知道。

2020 年 9 月 21 日

十二 运堤杈槐青

大运河是很美的。在记忆中,漫长的河堤两岸全是绿茵茵的杈槐。风吹过去,弥漫着扑鼻幽香。杈槐有成人那么高,一簇一簇的,长圆形的叶子很匀称,枝条长长的,有韧性,很适合编织箩筐之类的。杈槐还有防风固堤的功效,割了又长。杈槐还开花,是白色和紫色的,朴素且美。杈槐下面便是运河。

夏秋的时候,杈槐很茂盛。绿色通向远方,连着天边的白云。杈槐下面很阴凉,我们在杈槐丛中穿行。红蜻蜓很多,飞累了落在杈槐枝叶休息。红蜻蜓似乎很呆傻,一捉一个。我们捉满了手,跑到公路上迎风一撒,红蜻蜓慌张地飞去。杈槐树上还有知了在不停鸣叫。除了常见的蝉,还有小一点的"都溜"。有时还看到"吊死鬼"。"吊死鬼"就是自我吐丝包裹起来的秋虫,已经做好过冬的准备。

河水很清澈。水质甜冽,似乎可以直接饮用。小鱼儿成群地游来游去。大多数时候,河水是向南流,朝着长江而去。有时,也向北流,河水是浑浑的。似乎是江水北上。

大运河是黄金水道，很繁忙。二十世纪七八十年代，水上运输发达。每天运河上的船队来来往往，几乎一刻也不停。船队由轮船头拖着，满载而行。船队一般是单数。9条船或11条船居多，很少成双数的。船很多的时候，除了船上的高音喇叭不停地高喊让道外，船老大还站在船头指挥。很少有船相碰撞的。除了船队，还有大客轮，船舷号是804、805的，好像是每天从淮阴到扬州往返。大客轮也经停高邮上下客，就在老汽车站对面的码头。大客轮马力大，掀起的波涛很汹涌澎湃。"呜——呜呜"，老远就听见大客轮的鸣笛，我们便飞快地奔向运河，脱衣，跳下水。干吗？冲浪。这正是潇洒惬意的时刻，大浪冲来，迎头而上，升高落下，随波起伏，其乐无穷。只是这大浪苦了在运河边洗衣洗菜的妇女，她们拎起竹篮，慌忙避让。但满岸水花，还是打湿了一身衣裳。大运河立刻混浊起来，过后片刻，又清澈如初。

运河东岸便是淮江公路，那时是唯一的省道干线，奔驰着卡车、客车和人流。我们不懂得科学知识，发现汽车排出的尾气很好闻。一大群小孩子追着汽车闻汽油味，殊不知这是有害气体。

大运河边最热闹的就是北门外的大码头了。这里长年停泊着木排和竹排。边上是装卸码头，搬运工人们在此忙碌。有卖油条烧饼的，有卖萝卜山芋的。男人们多数是赤膊的，一身肌肉，满脸汗珠。女人们则穿着大蓝布衣衫，有的头上扎着粗纺毛巾，脚穿草鞋，颇为英武。突然，传来一阵欢呼声，原来是喜欢和妇女打闹的陈二被女搬运工人吊在吊车上。陈二求饶，女人们欢笑。

那时候，居民生活用水都要到大运河来挑。每家几乎每天都要到大运河。生态非常之好，妇女在河边淘米，小鱼就在手边转来转去，抢食滑落的米粒。那些眼明手快的媳妇顺手捉住一条，将鱼肚子一挤，便放入菜篮中。抬水、挑水的人很多，都是些半大的孩子。还有刚谈恋爱的，姑娘拎篮子洗衣，小伙子帮着提水、挑水。

天气很热，下河游泳是必不可少的。小男孩几乎都光腚的，游来游去。有的家长就坐在杈槐下看着。也有稍大的男孩，有点发育了，也光腚。那些女人们，特别是小媳妇也不介意，洗衣说笑，并不回避。大河落日时，火烧云很美，有一位漂亮姑娘在杈槐下练唱，声音传得很远。

运河长堤是天然的美景。西边是珠湖，全国第六大淡水湖。一望无际，水天一色，云彩变幻，遥应着神秘的传说。东边是高邮城，市井烟火，宁静祥和。大运河犹如白锦飘拂而过，而并行的就是那绿茵茵的杈槐。杈槐朴实无华，既美观又实用，留住了那流光溢彩的时光。

天渐黑了，运河也安静下来。小孩子也玩累了，该回家吃晚饭了。不久，运河堤上基本上就只有两类人了。一类是谈恋爱的，月下漫步，杈槐婆娑，不失为浪漫。另一类则是练武打架的，往往是相互不服气，来此摆场子决高下的。谈恋爱的便知趣迅速离开。

运河堤下的北门大街，两边早已是支起了纳凉的床板。人们在等待看飞机打靶。下午就听说，空军和炮兵打靶训练。一连三天，地点在高邮湖中。人们一边纳凉，一边可以看到天空中的实弹训练。晚上九点钟的时候，飞机来了，飞得很高，后面拖着长长的靶子。探照灯全都亮起来了，夜空如昼，目标靶子十分清楚。不一会，炮火响起。炮弹像一粒粒小火球喷发，打了好一会儿，靶子被击落，堕入湖心。运河堤下也是一片欢呼。

晚风吹过，大运河星光点点，月儿弯弯。杈槐也安然入睡，各种夏虫在尽情歌唱。杈槐和运堤下的人们一样，也在等待着大运河的又一个黎明。

2020 年 9 月 7 日

十三　挑水的阿三

阿三是北门外挑水的，瘦瘦小小的。靠近三十岁了，依然是一个光棍。他也给二中队对面的茶炉铺子挑水，张哑吧是二分钱一担，他是一分。为什么？他的水桶比人家小。他个子小，大桶挑不起来。

为什么叫阿三呢？因为他在家排行老三，有哥姐和妹妹的。父亲是做小生意的，母亲是家庭妇女。家里经济条件差，房子又小。哥哥已经结婚了，姐姐也出嫁了。他想结婚？谁嫁给他！没房没钱没模样。虽然挑水也能挣一点，但父母给他的脸色并不好看。

他心里也恨，但胆子小，见到生人说不出话来。他是从农村逃回来的。此话怎讲？他也是读过初中的，后来就被下放了，在靠近兴化的地方。太穷，他又没力气，实在干不下去，偷偷地跑回来的。没地方住，就在二中队摆木板车的地方打地铺。搬运工人见其可怜，也不驱赶他。倒是居委会的主任来找过他几次，说是盲流，要赶回去。他硬是不肯回农村。他父亲又悄悄地托人和居委会说情，就这样赖下来。阿三又没其他技能，只能帮茶炉铺和居民挑水，勉强糊口。阿三挑水还是很卖力的。由于个子小，又瘦，只能挑小一点的桶。挑水当然是要去大运河，河堤很陡，用几块乱石铺垫，上下很吃力。阿三每挑一担，都累得直喘气。只能靠在大缸边上息会儿再挑。这时候，他的小妹妹英花来了，说，三啊，爸要你今晚回来吃饭。大哥的儿子过周办酒。早点回去啊。阿三应道，晓得了。

阿三心里且喜且忧。喜的是大哥有后代了，忧的是自己怎么办。喜酒不是白吃的，得随份子。摸摸口袋，只有几角钱。没办法，只好老一回脸求一下茶水铺老板娘。"二婶子"，他结结巴巴，满脸通红。二婶知他是个老实头，"说吧，什么事？"阿三声音很小，二婶听明白了，是预支五角钱。二婶答应了，阿三松了口气。趁别人不注意，偷偷地撕下墙上的红纸标语一角。凑足一块钱，用撕下来的红纸包起来，作礼钱。这是一个夏天的晚上，清风徐拂。阿三穿了一件下放时的海魂衫回家去吃酒。大哥是随父母住的老家，很狭小，只够摆两桌，赴宴的都是老亲。没人瞧不起他，大伙有点舍不得他，纷纷劝他多吃菜喝酒。阿三很高兴，美美地饱餐了一顿，跟跟跄跄地回二中队车库睡觉。

月亮高高地挂着，星星眨着眼睛。晚风中阿三十分惬意，好久没有这么快乐了。他抄近路走，走到李寡妇家窗外，隐约听到水声。他悄悄扒着窗外往里看，一下子清醒了大半。李寡妇在洗澡。这李寡妇三十来岁，前年刚死了丈夫。丈夫是个搬运工人，从塔吊掉下来跌死了，留下两个娃儿。这李寡妇靠打零工养家，但身体很健康，头发湿湿的，胸前白花花的。阿三看得目瞪口呆，心潮澎湃。正在看得入神，听到有人上茅厕。阿三慌忙躲到墙角。等那人上完茅厕走了，阿三再摸到李寡妇窗外。李寡妇已洗过澡，吹灯睡下了。阿三很失落，只好垂头丧气地走回去。

阿三整夜没睡好，头脑满是李寡妇。第二天早晨起来挑水，想起来就笑。脚下一不留神，从河坎上跌下来。两个水桶滚得老远。腿上划了一个大口子，血淋淋的，十天才恢复。

由于看到了李寡妇洗澡。阿三就有意去李寡妇家问，要不要挑水？李寡妇当然是要的，李寡妇要给钱，阿三死活不肯要。阿三心里有点活动了，就硬着头皮求茶水铺的二婶去探口风。回信是李寡妇看不上他，说已有人说亲了，男方是有正经工作的，水泵厂的工人。阿三一听泄气了。

李寡妇结婚了。窗子上贴了喜字。阿三常常跑到这儿来，发愣。听到人家新婚夫妻有说有笑，心里不爽得很。

阿三还在挑水，价格总是比别人低。他有点面黄肌瘦，也不回家看父母。他孤独如草，在冷风中飘拂。两个妹妹也出嫁了。

终于有一天，阿三上吊死了。死在二中队的车库里。他死的前一天，高邮北门家家通了自来水。

2020 年 5 月 30 日

十四 胡侉子

胡侉子籍贯是安徽无为县，以前是军人，据说是弄丢了身份。他参加过淮海战役，本来是个连级干部，后来无法证明。由于没什么文化，被弄到北门外小搬运站拖板车。胡侉子性格直率，爱憎分明。由于说话的腔调和本地人差距很大，大家都叫他胡侉子。

胡侉子给人印象最深的就是一句像是骂人的话："他奶奶的。"高兴的时候是这一句，不高兴的时候还是这一句。胡侉子那时已有五十好几，干搬运体力活是一把好手，干净利落，不奸不滑。他家就住在小搬运站对面的北边。两间小平房，还有一个摆放板车的大院子。胡侉子的妻子长得清清爽爽的，据说，以前也是一名部队护士，弄丢了身份，成为家庭妇女。胡侉子家里收拾得很干净，养了一条大黑狗，油光发亮，特别厉害。北门外只要有外狗入侵，必须请出胡侉子的大黑才行。

胡侉子每天都要喝一杯，也不算多，一小瓶粮食白，然后就找人打扑克。那时叫打八十分。天黑不久，胡侉子就喊道："打八十分了！"王二麻子和老周等立即响应。小桌子在路灯下摆下来，大麦茶喝起来。开战。胡侉子很高兴，很投入，十分认真。

谁要是打下牌再想收回去,他是万万不会答应的。有力的大手一摊,动也别想动。胡侉子用力地说,"他奶奶的",调主。"他奶奶的",扣底。打胜了,胡侉子乐哈哈地回去睡觉。

有时候,来迟了,场子没他的位置,他就看"斜头"。看得不合他的路数,他就大声说:"他奶奶的,粪牌。"因为是胡侉子,王二麻子也不介意。王二麻子说,胡侉子是个老革命,不能同他计较,我们老百姓讲良心的。

王二说胡侉子是老革命是有原因的。胡侉子老家是安徽无为的,二十世纪四十年代就参加了游击队。后来,加入了正规军,属三野的部队。参加淮海战役时,他是一个带兵的副连长。受了伤,住在一户地主人家养伤,护理他的是地主家小姐,后成为他的妻子,随他参了军。新中国成立后,他在省军区高邮荣校学习。毕业分配回老家无为任县委一个部门的副部长,负责开介绍信的是周科长。胡侉子夫妇带着孩子回老家了。不幸,遇大风,船翻了,一家人性命保住了,偏偏介绍信丢了。无为当地对他的身份不认可。胡侉子无奈,只好回家种田。过了几年,安徽闹饥荒,胡侉子实在无法生存,全家又来到高邮,找到县委要求重新安排工作。可是,当年开介绍信的周科长已经病故了,也没有档案可查。多次询访,周科长当年的一个科员还在,在高邮镇当干部。他说,我依稀记得你来开过介绍信,但没有办法证明你的干部身份。他同情胡侉子,便介绍他到高邮镇北门外小搬运站当了一名搬运工人。胡侉子没文化,也没技能,只能认命。他心里有气,骂道"他奶奶的"。

胡侉子喜欢养狗。他养的狗并不是大型烈犬,而是土狗。是那种矮矮的特别结实的土狗,很凶。看家护院自不待说。我因和他小儿子和姑娘是同学,常去他家,也是胆怯怯的。好在大黑狗认得我,叫两声就没事了。北门大街做生意的多,特别是东墩花王腰圩一带的农民,几乎天天上城卖菜。有时,家里养的狗子就跟着上城，在农人菜担边上站着。有的乡下狗子很厉害，把北门大街的狗子都打败了。三喜家的狗被乡下大狗咬得惨叫。张顺子一看大势不好，飞奔到胡侉子家报信。胡家老二立即带着大黑狗赶来。一场恶战开始。大黑并不特别高大，但结实善斗。对峙的时候，先是背上黑毛竖立，然后是一扑即咬。不一会儿，乡下大狗落败。大黑追咬，乡下狗惨叫逃窜。这种情形，一个月里总会是有几起的。胡侉子家的狗，无敌。

胡家老二也经常带大黑到大街上来玩。大黑很听话，听口令。要站即站，要坐便坐。胡老二随便扔一件东西，都会衔回来。还有下河游泳。我们一趟人游过大运河，大黑也跟着游过去。大黑在我的心中就是神狗。

雪花飘起来了，要过年了。家家都忙着准备年货。北门人喜欢腌肉。家家户户的屋檐下挂着猪头、鸡鹅鸭等，晒得通红，油光光的。中午，我又到胡侉子家找胡老二玩。突然发现大黑不见了。我说，大黑呢，我们带它到河堤去玩。胡老二淡淡地说，今早让我爹给杀了。杀了？我听得目瞪口呆。那么好玩那么英勇的神犬被杀了，你们怎么下得了手。胡老二说，我爹的家乡过年都杀狗的，没什么稀奇的。穷人家都是杀狗过年。我难受极了，一句话也说不出来。这个胡侉子，心狠手辣。

后来，我基本知道，胡侉子养狗，两年必杀。多好的狗啊，那么忠诚，命运不公啊。

改革开放后，胡侉子退休了，命运却发生了神奇的变化。胡侉子的妻子在旧棉衣里偶然发现一枚证章，似乎是以前部队的。通过亲戚向上反映，这是一枚军功章。后面有纵队领导韦国清的名字。几经周折，胡侉子老革命老干部的身份得以落实。他搬离了北门，住进了政府专门建的小楼。后来，再也没听说胡侉子养过狗。"他奶奶的"这一句熟悉的似骂非骂也随风飘去。

2020年9月6日

十五 北门有个张麻子

张麻子很久以前是个踏二轮车的。那时候,汽车站在老淮江公路的大运河旁。汽车站人来人往,公交车是没有的。只有二轮车,一溜排停在汽车站的出口处。说是二轮车其实就是自行车,后座上有块加长的木板,上面有个棉垫子,载客送客。张麻子就在其中。

张麻子家里穷。有一个老母亲,三个儿子,两个女儿。全靠他一人踏车糊口。他早年也曾到上海去干过,由于没文化没技术,只好带着全家回乡。闯上海的痕迹还是有一点,几个孩子都管他叫阿爸。本地上不这样叫的。

张麻子其实也是独子,虽然穷,父母也是惯养的。无奈幼时得了天花,命保住了,落了个满脸麻子。张麻子为人善良宽厚,在同行和邻里口碑不错。总是一团和气,乐于助人。他喜欢喝点小酒,一小瓶粮食白下肚,脸上的麻子闪闪发亮。

他可是火眼金睛。他在上海跑过码头,又在汽车站载客多年。各色人等一眼便知。那些在汽车站人群中转悠的小偷窃贼总逃不过他的眼睛,刚刚下手,就被张麻子拿获。张麻子力气大,手上有功夫，小偷动弹不得，只好求饶。张麻子等踏二轮车的工人曾被县公安局聘为反抓队的便衣，一个晚上在县影剧院前抓获十多名窃贼。奖励当然是有一点的。

张麻子为人很仗义，一点儿也不护短。有一年夏天，在北门大街晚间乘凉，他老婆将一大盆洗澡水泼在大街上，地上积了水。邻居和他老婆吵了起来，惊动了张麻子。他二话不说，回家抱起床上的棉垫单，三下二下将地上的积水擦了个干净，还连连向邻居打招呼、赔不是。在场的人，无一不竖大拇指。他老婆气得直哭，张麻子理也不理。

张麻子有力气，有原则。有一个邻居原先是农机三厂的工人，"文化大革命"时被关押精神受了刺激，回家后经常发作，打骂妻儿。他力大无比，谁也拦不住，见谁打谁。这时候，大家便会喊张麻子。张麻子一个快步冲上去，将其拦腰抱住，用力压住他。如再反抗，立即将其掼倒在地。张麻子一到，他便老实了。张麻子也是善良通融的，有豁达气。他住在北门大街上，有一天，有个乡下卖菜的妇女，因为小便着急了，又找不到厕所，撂下菜担子，冲入张麻子家中，找到一个看似马桶的木桶就小解了。站起来一看，坏了，不是马桶，而是腌咸菜的大瓷缸。这下子，张麻子的老母亲不饶了，非要乡下女人赔。乡下女人自知理亏，答应赔偿，可身上没钱，愿意用一担菜相抵。恰巧张麻子载客从家门口路过。张麻子对乡下女人说，菜就不要了，你今后不能这样。女人家，要自重。我也是穷人，有妻有女的，能理解的。你把菜担挑走吧。张麻子要母亲将一缸腌菜，清洗了数遍，舍不得扔掉，照吃。

张麻子家实在是太穷了，家徒四壁，屋内是烂泥地。两个姑娘十好几岁了，穿得破衣烂衫。有个叫作玉英的，面黄肌瘦，病恹恹的，没钱看病，还要干些家务活。有一天，竟然死在炉灶边上。没有青春，没有笑声，也没有抱怨。张麻子劳作了一天，回来得知大女儿死了，泪如雨下。紧紧将女儿抱在怀里说，姑娘，阿爸对不起你，你来世投一个好人家。一口薄薄的棺板将她埋了。周边的邻居无不叹息，穷人的孩子命苦啊。一个叫玉英的姑娘正在如花的年纪，却在贫穷中凋谢了。

　　张麻子踏二轮车是十分机灵的，精明干练，从不宰客。客人要去哪里，他会帮着谋划路线，从不多赚昧良心的钱。所以，他的信任度和美誉度是很高的。许多人一走出汽车站，便问张麻子在不在。有时，张麻子出车了，客人宁愿等他回来。张麻子总是把车子擦得亮亮的，只要车子有一点毛病，他都要及时修好，确保又快又好又安全。

　　张麻子由于心细曾帮助客人解了大难。有一名军官回乡探亲，晚上出了汽车站，由于路途远、行李多，便在旅舍住了一晚。第二天是张麻子送其回乡的。行至半程，军官突然想起一事，似乎随身带的手枪不见了。赶紧下车，翻遍了所有包裹行李，没有。手枪丢了，这是天大的事。军官心里又急又慌，不知所措。张麻子倒是很沉着，帮助军官回忆梳理行程。军官昨晚才到高邮，又没有外出，当时手枪是在身边的。枪应该是不会丢的，张麻子说，我拉你回旅馆再找找，不收你的钱。骑车到旅馆，终于在衣架上找到手枪。军官千谢万谢，避免了一个重大事故。张麻子始终守口如瓶，他怕说出去，会坏了军官的前程。

　　随着时代的发展，乘坐二轮车的人越来越少了。后来有了农用中巴车，交通便捷了许多。张麻子改踏三轮车。他的四个儿女也长大了，两个儿子当兵，另外一儿一女也顺利就业，均已成立小家庭。日子好过了，张麻子年岁也大了，搬离了北门大街。据说，是自己砌了几间平房，晚景似乎还好。

　　张麻子到底叫什么名字，我也不知道。

2020 年 9 月 25 日

十六 北门周大发

周大发家住高邮北门，二十世纪七十年代是县运输公司搬运二中队的调度兼会计。四十来岁，长得白白净净，浓眉大眼，不胖不瘦。一点也不像搬运工人。他出身贫寒，没读多少书，在社会大学堂里自学成才，在二十世纪二中队还是红红火火的时候，算是一个角儿。人称"周大会"，实权派。

周大发住的柏家巷对面就是二中队。他每天上班很早，随身带着小半导体收音机，听新闻，听样板戏。他从不在家吃早饭，每天都是烧饼夹油条或是煎饼夹油条。然后喝一杯大麦茶，他便在高坡上的办公室忙碌起来。他是调度，要提前派活。太阳升起来，搬运工人们上班了，一切都要安排妥当。

刚到办公室，桌上的电话就响起来了。"喂，是水泵厂啊，有五十台水泵要上船。好，好。""喂，城北粮库，三十吨稻子入库。"那时，是手摇电话，周大发声音清亮，十分风光。二中队有上百工人，分配任务是有讲究的。活儿重，有难度的，叫甲级队去——全是大劳力，什么肖玉粮、大老王、卜麻子都在这里。稍重的活儿，就派乙级队去。一般的小业务，就派妇女去干。搬运工人的子女也不闲着，帮父母拉车推车。那时，二中队的经济效益似乎不错。虽然辛苦得很，但挣钱也不少。

周大发是有名的"铁算盘"，一遍准，从不打第二遍。不管多少货单，每天的账记得清楚，从不出差错。每个月末，他的办公室灯火通明。堆如小山的货单，算盘一遍完成。门口喝酒吃肉的搬运工人还未散去。"周大会，来一口。"周大发笑道，你们喝，你们喝。我要去下象棋了。

周大发虽然没上过学，但头脑灵，象棋下得好，拿过县前六名。据说，他曾拜过名师，对棋谱很熟，钻研后便找人实战。北门外有一个高手，就是张二爷，荷花塘学校边上卖酱油的，原先是做过老板的。他不仅书法好，而且下象棋属泰斗级人物，曾得过县冠军。周大发经常找他下棋，不知胜负如何。反正他去的时候是到南京佬的熏烧摊上买些熟菜的，一般不会空手的。搬运二中队也有高手，就是大力士肖玉粮。他也是自学成才，棋名很盛，几乎无敌。有时，他也放言跪求一败。夏天的傍晚，周大发和肖玉粮下棋了，人群外三层里三层。简直就是巅峰对决，格外引人关注。周大发和肖玉粮各捧一杯大麦茶。小方桌上摆着崭新的棋盘。两人实力相当，经过激战，进入残棋。肖玉粮略显下风。不知是谁喊了一声"杀着"，肖玉粮心中正烦，眼睛一翻，"谁他妈的胡说"。吓得张老四赶紧躲到人群后面去了。人群中"老搬运"李大爹发话了，张老四这东西，不讲规矩。观棋不语懂不懂？棋场立即安静，观棋的人大气不敢出，针掉在地上都听得见。周大发微微一笑，三招后，他潇洒地站起身来，拿好茶杯，说，肖大爷，我回家了，你慢慢想。想好了叫人来叫我。肖玉粮怔了半天，没招。妈的，是输棋了。周大发边走边笑，原来他把记熟的胡荣华大师棋谱用上了。周大发胜了肖玉粮，战报像春风一样，迅速吹遍了二中队和北门。张二爷听后微微一笑。据说，从此张二爷对周大发客气了许多。有人看见周大发去张二爷那儿下棋，竟然是空着手大摇大摆的，也没听到张二爷哼一声。周大发的儿子也学棋，常和小伙伴下棋。周大发有时高兴起来，就和大家下盲棋。一对三，他和三人同时下。三个孩子一字排开，他报棋谱。什么炮二平五、马八进七、车一平二，等等。三人均败，周大发棋名更盛了。

周大发是有名的护犊子。他有二男二女。女孩子老实，男孩子总有点调皮。只要是儿子吃了亏，周大发必定吵上门去，讨个说法，没理也要说出个理来。另一面，他又很是乐于助人，有点仗义。他的邻居家境很差，四壁空空，过于寒酸。邻居大闺女谈恋爱，外地对象上门，家中实在无法接待。大闺女找到他请其假扮二叔帮忙。他欣然相助。他自称二叔，把新女婿请到自己家里，热情接待，喝酒吃饭，促成了婚事。搬运工人个个竖大拇指。

周大发长得英俊，又是调度会计，自然是很讨女人喜欢。女搬运工人，泼辣无忌，眼光热烈，常开一些露骨的玩笑。他一般总是躲得远远的，从不敢放肆。有时，也喜欢和漂亮的女搬运工打打闹闹，讨点小便宜。女人们记住他了，总有机会报仇的。到年底结账分红时，妇女们决定不放过他。周大发老婆原是水泥厂工人，下岗后在二中队送茶水。知道周大发有点小骚，也知道搬运女工一年总是要闹一回的，也不计较。

后来，大运河拓宽拆迁，二中队没有了。周大发也老了，搬运工人们也各自走散。只有大运河的河水还在默默地流淌，不知是淡淡的回忆还是淡淡的忧伤？

2020 年 10 月 5 日

十七　大麦茶及其他

北门的夏天很炎热。炎热就会口渴。饮料是没有的。没有？是的，连这个概念都没有。

夏天出汗很多，当然是要补充水分的。二十世纪六七十年代，父母对孩子也是关心的。最常见的是烧一壶开水，撒一点盐和糖，做成糖盐水，解渴，补充水分。但靠近搬运公司二中队附近的居民家庭除此之外，还有一样也解渴，这就是大麦茶。哪里来的？当然是搬运二中队的。二中队每天有数百名搬运工人干体力活，自然是要喝水的。高温天气时怎么办？最经济实用的就是大麦茶。

二中队对面就是开水铺子，二中队每天都要订购若干桶开水。夏天一般的时日是茶叶末子泡的茶叶茶。茶叶店里卖剩的茶叶末，二中队全包了。夏天最热的时候，搬运公司就会发一批大麦来作劳动福利，于是，就泡上大麦，成为大麦茶。既香又好，祛暑解渴。工人的胸怀是宽广善良的，周边老百姓的孩子来喝大麦茶，并且用茶缸子盛满捧回家，工人们是不计较的。从来没有人制止或说过一句难听的话。搬运工人淳朴善良啊。我印象里，肉联厂御码头以北的人家,基本上每天都要到二中队打大麦茶的。

搬运工人是站在木桶边用大碗喝大麦茶的,仰天而饮,十分痛快。有时,一口气能喝几大碗,很满足。再用湿毛巾擦一下脸和身子,大汗去掉了一半。我自幼对大麦茶是不陌生的,也常去二中队喝茶。站在木桶边,拿着粗陶碗,一口一口地喝,大麦的幽香仿佛直沉丹田。我的喝法比搬运工人要文雅些,小口的,比不了那些粗大汉式的牛饮。我也是喝着大麦茶度过那些个夏天,回味着大麦茶的幽香成长的。

大麦茶是北门人的主打饮料。也不是说,就没有一点其他的东西可喝可吃的了。印象里还有两样,一是酸梅汤,二是冰棒。夏日当头,热浪滚滚。卖酸梅汤的地方在三岔路口南面的工人俱乐部对面,城区有名食品店老吉生。二分钱可以买满满的一瓷缸。颜色是红红的,酸梅的味道很浓酽,诱人得很。店离家有好长的一段路。我往往是饮一口,解馋,然后快步地回家。全家人每人分一点,慢慢地喝。这倒有点像后来的品茶。那种味道几十年都未曾忘记。后来,有酸梅粉卖了,自家开水冲了喝。总觉得没有老吉生的好。

中午吃饭的时候,听到了木棒有节奏的敲击声。卖冰棒的来了。我便不时朝声音的方向张望。终于看见了,卖冰棒的人一般骑着或推着自行车,后座上放一个大木箱子,里面是冰棒。里面有棉服裹着,保温。用小长方形的木块有节奏地敲击木箱,这就是吆喝。小孩子只要一听到,就知道卖冰棒的来了。冰棒品种比较单一,先是糖水冻制的,后来增加了赤豆的。大约是二分钱一支。到了上学的时间了,条件稍好的家庭会给上几分钱买支冰棒吃吃。边吃边走,走到学校教室,吃冰棒的孩子,十分享受和满足,而没有吃的孩子,只能咽口水。没钱买,没办法。

北门的夏天,瓜果也是有的。虽然生活水平不高,但一般老百姓西瓜还是买得起的。买西瓜也是有讲究的，包熟包甜的，价格就会贵一些。卖西瓜的潘驼子高声说道，不甜不要钱。"洋糖"是它的孙子。如果是不包熟，价格只是一半。主要是看你选瓜的本领了。卖西瓜的一句话不说，随你挑。你问他这个瓜怎么样，他是一句不说的。你选定了，当场剖瓜。大红沙瓤算你有本事。剖开来是白瓤，你自认倒霉，付钱捧走。修理鞋子的梁皮匠买瓜是一把好手，西瓜到手一掂，轻轻一按，说，就这个了。当场剖，大红沙瓤。后来，我听他说，这个也不复杂。一掂，是判断重量。熟瓜相对生瓜要略轻。一按，熟瓜有极轻的吱吱声。我家后面的龙家老太爷则更讲究了。上午买来西瓜，要用竹篮沉入自家井中，中午时取上来。全家食用，绝对美味了。

  大麦茶的年代逐渐远去。搬运工人的宽厚和善良已经成为心中美好的回忆。虽然是物质贫乏的时光，但邻居的和谐融洽如在昨日。我曾记得自幼吃午饭，捧着饭碗能串几条街，大家相谈甚欢，无拘无束。大人有事，把小孩寄放在邻居家是常有的事，没有不放心的，更不怕被饿着。

  那是一个开放的、不设防的时代，淳朴、善良、互助是时代的主色调。我有幸有此经历，也是一种难忘的财富和幸福。

  北门的夏天实在是太热了。没有空调，甚至没有电风扇。没有冰镇的各种饮料，没有各种时尚。有的是对生活的自信和对未来的期盼，人们用简朴实用的物理方法度过了那漫长的夏天。我们也顽强地成长起来。没有怨言，不怕炎热，甚至也不缺乏幸福感。

  夏天每年都会有。北门的夏天，似乎渐行渐远。我永远不能忘却的，是那简单的糖盐水和大麦茶以及相关的一些记忆。

2020 年 10 月 8 日

十八 耙草鬼子

高邮虽然不是草原,但草资源是丰富的。草料昔时更多的是作为燃料和肥料被利用的。高邮是水乡,草荡子多。运河之西湖滩自然生长的草料也丰富得很。北门外的大运河堤下曾专门设有草站,收购和储备草料。运输草料的码头主要是三处,南门外的马饮塘、东大街的大淖河和北门外石油库的老横泾河。

太阳刚出来。老横泾河上的雾气还未散去,石油库边上的河面停满了盛草的船。太阳照在绿油油的船上,青草发出幽幽的清香,传得很远。岸边上有几个乡下人在收草。据说,这些青草是回去作肥料用的。那时候,基本上不用化肥,都是自然生态的肥料。难怪稻米是那样地清香。

青草由大运河的船转运到老横泾河,要在陆路上走三四百米,道路并不平整,草料不免会有散落。这时候,北门的小"耙草鬼子"忙起来了。这些小孩飞快地用耙子耙拢草,装进柳条篮子。装满了就卖给收草的,一篮子一分钱。这些穷人家的孩子忙得一头劲儿,最多的一天能挣几毛钱。

耙草的工具有两种。一种是竹子的，耙齿是竹子弯成的。另一种是用粗铁丝自制的耙头，用木棍固定好。走一路耙一路，能够把散在地上的青草聚拢收集。每当有运草的车子通过，小孩子就来回在地上耙，满头大汗，脸上红扑扑的。也有大一点的孩子有些心机，故意在路上放两个砖块，车子经过时必然颠簸，散落一些青草。他们便飞快耙拢起来。

耙草的一般都是搬运工人家的孩子，家境贫寒。被称为"耙草鬼子"，很有些贬义色彩。当然，也有一些其他人家的孩子，觉得耙草好玩，挣钱倒是次要的。在当年的那个氛围里，似乎并没有人觉得耙草可耻。

张小虎家里很穷。父亲是搬运工人，母亲生病，还有两个妹妹。他每天都耙草，挣点钱贴补家用。拖草的和收草都认识他。他耙草是规规矩矩的，从不耍奸玩滑，耙过的地段一个草秆也不会落下。有时他也帮船家搬运草料。他每天都能挣几毛钱，天黑的时候，他会用五分钱买两个"火烧镰子"的烧饼带回家，两个妹妹一人一个。

"耙草鬼子"虽然穷，有时连饭都吃不饱，但也是有骨气的。张小虎有一天耙草时在地上捡起一个牛皮夹子，里面多是五元、十元的大钞。四下无人，是完全可以藏起来的。那个年代，能用皮夹子的人身份肯定不简单。张小虎虽然穷，却不为钱所动，坚持站在那里不走。直到天黑终于等来了失主，原来是一位供销员。供销员见张小虎衣衫破旧，面黄肌瘦，连忙抽出几张大钞揣给他，但他坚决不接受。那是一个纯朴的年代，是雷锋精神异常闪亮的日子。这天，张小虎耙草挣了三毛钱，为父亲买了一瓶粮食白，回家一个字都没说。穷人的孩子真是早当家啊。

盛满青草的船一条挨着一条，中间有些缝隙和距离的。有一个船家的孩子不慎失足落河中，大人又不在船上。小孩扑通扑通直喊救命。其他船上的大人也下不去，船距太小。情况十分危急。张小虎闻声飞奔，一个猛子潜到两船之间，将小孩拖出。众人七手八脚将小孩拖上船。张小虎默默离开，由于赤脚奔跑过急，脚上被划出了许多口子，流血不止。他又默默地在横泾河边耙草，好像什么事情也未发生。夕阳映着他瘦瘦的身影，秋风轻轻吹过河岸。

张小虎小学没毕业就学了瓦匠，登高爬屋，和泥拎桶，吃苦在先，师傅十分喜欢他。那时候，瓦工们也有自己的行规。如果主家招待不周，瓦工就要在上梁时耍心眼。有一个瓦工就在人家屋梁上藏了一把小斧子，意极不利。张小虎看在眼里，偷偷地拿掉了小斧头，并告诉了师傅。师傅抚其背大赞之，后来还把姑娘嫁给他。他也真是争气，头脑灵活，为人善良仗义，后成为大老板。虽然是"耙草鬼子"出身，但没有人瞧不起他。

北门外的"耙草"红火了几年，"耙草鬼子"也纵横驰骋了几年。为了多耙一点青草，他们奔跑、流汗，甚至争抢。耙草使生活更精彩，我至今仿佛还能闻到青草的香气。"耙草"的价值在今天看来，也许意义并不大，但这个劳动的经历却是磨炼人的难忘的过往。被称为"耙草鬼子"的孩子也在艰难中成长了。他们是穷人家的孩子，并不缺乏人性的光辉。他们就生活在我们的身边。

2020 年 10 月 22 日

十九 熏烧摊上的汽油灯

高邮城的傍晚,熏烧摊依然是个热闹的地方。和过去不同的是,现在的物质条件改善了,熏烧摊的设施也改善了。讲究一点的,已经是沿街店铺了,不再露天摆摊。敞亮的玻璃罩着,菜肴品种也大为丰富。卖家头上戴着白帽子,手上戴着透明的手套。墙上一溜排贴着微信、支付宝二维码等等。现在,扫码支付流行,用现金显得老土。

广义上说,熏烧摊当然是一种文化。它是生活的一面窗口,透视着时代的变迁。二十世纪七十年代,高邮北门每到傍晚,最先亮起来的自然是熏烧摊上的汽油灯,照得人心暖洋洋的。在猪草巷南侧的酱菜店的街边,连万顺家的熏烧出摊了。一般是连万顺家的女主人南京佬带上一个姑娘。只见汽油灯雪亮,摊铺用木板支成。上面铺着白纱布,一溜排着一式的白长方托盘,里面放着猪蹄、猪头肉、牛肉、肴肉、熏鱼、素鸡、花生米、卤鸭蛋、卤大草虾、五香蚕豆、兰花干子,等等。色泽俱佳,香气诱人。

南京佬五十岁左右，稍胖，大方圆脸，慈眉善目。动作麻利，一边切肉，一边招呼着生意。身边的姑娘忙着收钱。那时，一张五元就是大钞了。不一会儿，搬运工人们陆续到了，熏烧摊十分热闹，人群围了几层。一般是四两或半斤猪头肉，一碟花生米，一瓶粮食白，分大瓶小瓶的，蹲在路边就开喝了。其实，稍早一刻，肖玉粮、周荣贵等老班子已经坐在酱菜店的小桌边喝上了。买菜喝酒是普通的，讲究一点的还在斜对面烧饼店买两个擦酥烧饼，或者下二两龙须面。"张三爷，来啦。"南京佬头也不抬，老客户。"二刀肉，牛肉，大虾，兰花干子。""二块二。"旁边的姑娘说。"李小五，来了？"李小五双手搓着笑着，"二姑姑，上回的钱要等几天。行呀。""弄一点？""跟以前一样，先赊账。"李小五是小搬运的，家里负担重，钱是不够花，老是赊着。他每天不喝一瓶粮食白浑身不舒服。南京佬做生意厚道，也不介意，从不催人还账。生意特好，来迟了还赶不上。汽油灯照得人影晃动，犹如皮影戏。人们脸上映得亮亮的。这是搬运工人们一天中快乐的时光。直到喝得晕乎晕乎的，就去南边的华清池泡一泡。日子就这样简单而幸福。

　　那时候，物质不很丰富。所以在记忆中熏烧特别好吃。香味顺风吹得很远。一般的普通家庭很少到熏烧摊上买熟食，偶尔能吃上一回，量也很少。熏烧由于制作独特，故而猪肉牛肉味道很芳香。那时候污染少，环保还未成为问题。熏烧食品是用荷叶包裹的，散发着幽幽的荷香。据说，连家熏烧摊每年都要派专人在夏秋季节收购荷叶，晾干后叠好备用，坚持了若干年。那时，不仅熏烧肉用荷叶包，就是买个酱菜萝卜干之类的，也是荷叶。七十年代时，用荷叶渐渐少了，改用灰纸包装，不知是否是专用包装纸，感觉还行。到了"文化大革命"后期，变化就大了。既不是荷叶，也不是灰纸，而是直接用传单和报纸包装。现在看来，这种是最差的了，有的纸上还散发着油墨味，肯定对人体有害，那时的人们似乎也不计较这些。再后来，就改用大家都在用的透明塑料袋了。

在北门，熏烧摊的主力军是搬运工人和其他体力劳动者，一般市民较少购买，除非家中突然来客。现在却成为常态。

夏秋季节，蚊虫苍蝇飞舞。过去店主只好用蒲扇驱赶。后来，人们设置了玻璃罩。有聪明的店主将电风扇叶片拆下装上小红布条，飞快转动，驱赶蚊虫苍蝇，效果很好。

现在熏烧熟食的品种比以前增加了不少。除常规的猪牛羊肉外，鸡鹅鸭兔渐成主打食品。消费的金额也大了许多。七十年代左右，一般有五元能办好多个菜。现在一个菜甚至都买不来。如今正常的消费五六十元总是有的。各家做熏烧的也有自己的特色，有店家猪头肉有名，有的老鹅有名，有的羊牛肉有名，还有做蒲包肉有名。还有的生意做得风生水起，等不到出摊，便已预订了大半，不一会儿，就收摊了。人们现在更讲究方便和质量，消费理念更新了。

熏烧摊也反映出社会风气。记得八十年代中期，东大街有一摊主，老鹅做得特别好吃，生意红火。每晚要卖好几十只老鹅，忙得不可开交。有一个穿制服的人站在离摊几米远的地方，既不买，也不查，反正不说话。一连两日，到第三天，制服又来了，摊主心里直打鼓，忍不住上前招呼，递烟寒暄。制服说："听说你家老鹅味道不错，我来看看卫生条件怎么样。"老板一听，连忙跑到摊上拿出两只黄灿灿的老鹅包好，配好辅料，双手递上。"请多关照。"制服说："客气了。我先尝尝？"挟到腋下走了。过了一阵，估计制服走远了，老板开骂了："妈的，什么卫生不卫生，白吃党。"

北门的熏烧摊早就没了踪影，那盏热乎乎的汽油灯也熄灭了多年。有时,我特意从北门大街走过,熟人已很少了。晚上格外清冷,物非人非。我有时突然想起那遥远的汽油灯来,心里甜甜的又酸酸的,恍若隔世。

2020 年 10 月 30 日

二十　北门的副业

以前读孙犁的小说《荷花淀》，水生嫂在月光下编织苇席的画面很美。芦苇在水生嫂的怀里跳跃，真是神来之笔。这种美好的记忆，我幼时似乎也曾有过。

水乡盛产芦苇，编织芦席也是很常见的。编织芦苇也是有严格工序的。首先当然是要买到好的芦材，接着是抽大材，用小刀将芦材划开，从头到末剖分。然后要碾材，即把芦材铺摊在地上用石碾来回碾压，压到均匀有韧性。接着是用水浸一段时间，然后是分材，大条材和小条材分剥开来，各有用途。下面就是编织了。

北门这一带搞编织的家庭很多，他们都是将此作为副业来做的。我记忆很深刻的是时家和成家。时家的父母似乎没有什么正经的职业，说编织是副业倒不如说是主业。时家有一个比较大的院落，堆满了芦材。编芦席是坐在一个矮矮的木凳上，长短交错，芦材在手中飞快地跳动，不一会，芦材就变成宽约半米的长长的芦龙向前延伸，大约有10至20米，便完成。这就是窝集，围囤粮食用的。我的小学同学时家两兄弟每天都有任务，必须编织好一条窝集才能出去玩。没办法，我们只好在边上帮忙，帮助递送芦材之类的。

成大勇是我们的练武师傅，家里也是编芦席的。我们先是练一阵子举石担子、拉扩哑铃之后，便帮助编织窝集。编好后卷成圆盘状，用草绳扎好，用扁担穿起来抬到大淖去卖。我们一趟人浩浩荡荡，一路东去。不久，就到了大淖边的育肥场，卖了窝集，便在大淖畅游。大淖很美，芦苇飞花，河沟交叉。秋风吹过，鸟入云天。

北门是劳动家庭聚集的地方，这里的孩子从小就要为家庭分忧。除编织窝集芡、芦席之类的，还有编织芦帘子的。这就需要细细的完整的芦材，用木架子支撑起来，用麻绳编织，有点技术含量。成品像一面大大的窗帘，卖给县土产公司。还有打草绳的，用手搓，放在大腿上加力，搓成细细的草绳。也有用麦秸或稻草在机器上编织的。坐在高高的木凳子上一边用脚踩，一边用手喂草。机器转动，出来的就是草绳。机声隆隆，草绳源源而出，颇有成就感。

北门有个蛋库，住着许多蛋库的工人。许多人家里都编蛋草络子。就是用麦秸编成一个长方形的草网，有一个一个的方格子，刚好鸡蛋大小。这是为运输鸡蛋防止破损的草垫子，用量很大。我和童家三兄弟经常干这个，每天要完成高高的一堆。邻家有个漂亮姑娘，大眼睛，名叫小菊子，是编织蛋草络的高手，又快又好。一个人完成的成品是我们几个人的总和。

北门还有剥瓜子的，以及加工杏仁子的，用很小的铁锤轻轻敲裂杏仁壳，拿出杏仁。周家二哥是专门收集废砖敲碎，聚成碎砖头成方卖的。居委会主任家的几个男孩，姓荣，都是加工鞭炮引信的。我和荣氏几个兄弟都是发小，交情甚笃，每天在一起跑步打鸟。但他们有任务，不完成是不能外出玩的。我们就帮他们干活，可以早点去大运河堤上玩。任务是将鞭炮的引信插入鞭炮。每份盘在一起，碗口大小，密密麻麻地排着，要细心插到位。插不到位的鞭炮就是次品。这也可以锻炼人的静气，我虽然帮荣氏兄弟干活，也练就了静气和技能。我插引信又快又好，几乎是免检的。

那时，还有一件比较难忘的事就是刮柳。刮柳似乎不限于北门，全城的小姑娘和大姑娘似乎都干过。那是万人刮柳，在县体育场的大操场上，黑压压的全是人，地上一摊一摊的全是柳条。柳条用水泡着，然后拿起用竹片做的刮刀，刮得"嗞嗞"的，柳皮纷脱，不一会儿便是白花花的柳条。交给专门验收的，合格了拿钱。再领柳条，再刮。我是跟随我家大姐去的，我不会刮，负责泡柳。到了时间，拿给大姐刮。我大姐手快，一天能挣几块钱。这在当时是不小的收入了。

为什么会刮柳呢，而且为什么是万人刮柳呢？原来是县斑竹社接到了一笔业务大单，订购大批柳篮。斑竹社的人手远远不够，只好发动全社会参与了。刮好的柳条由斑竹社的师傅编织成柳篮等。那时候，大运河堤岸上种植的是杈槐，其枝条也是可以编织箩筐等器具的。

北门的副业，已经过去几十年了。青涩年代的回忆，却栩栩如生。这是难以忘却也不能忘却的岁月，因为劳动是北门生活的主色调，许多朴素和健康的美感就蕴含在其中。

2020 年 9 月 23 日

二十一 刮柳

记得以前读孙犁先生的《荷花淀》,觉得很美。特别是水生嫂月下编织的画面,很是恬静浪漫。苇眉子在水生嫂的手里跳跃,不一会就编织一大片了。

编织苇眉子在高邮北门是很常见的。许多老百姓的孩子都会,而且每天都有任务的。我小学同学小定子每天就必须编织两张芦席,否则是不可以去河堤玩耍的。

记得忽然有一天,有许多人去县体育场刮柳了。堆积如山的柳条在那里,刮多少算多少,需自带工具。邻家的少男少女几乎都去了。严家二子说,刮柳并不难,昨天她挣了两块钱。

我家大姐心动了,要去刮柳。我吵着也要去,姐说,你去能干什么呢?我那时才六七岁,想去玩。姐想,反正到哪儿都要带着我,那就让我帮她看东西。我就跟着去了县体育场刮柳。

那是一个夏天,县体育场人山人海,黑压压的都是刮柳的人。那里有许多熟人,几乎全北门的孩子都在那里刮柳。每人一个摊子,席地而坐。先是要去和斑竹社的人领柳,刮好验收合格后才结账。刮柳虽然不完全是一个技术活,但也是有操作程序的。先是要将柳条在水里浸泡一会,然后才刮柳。刮柳是有工具的,似乎是用很锋利的刮子戴在手指上。手指轻轻划过,柳皮便滑落,露出白白的柳条来。

太阳火辣辣地照在每一个人的脸上。万人刮柳,这是一个壮观的劳动场面。我大姐那时大约十六七岁,脸上晒得通红。她很能干,刮柳又快又好。柳条在她手里刮得"嗞嗞"的,从上到下"吱"的一声,从下到上"吱"一声,柳皮迅速地滑下来,三下二下便成。接着又从水里抽出一根来,行云流水。由于要泡柳,我便用小木桶去体育场西边小河去拎水。姐说,慢点,不要掉到河里。看见姐姐大汗淋漓,我便用桶里的水浸湿毛巾,不停地递给她。一天干下来,我姐挣了四块钱。天黑了,散场了,北门的孩子相互交流着。虽然很辛苦,但是感觉他们很高兴。

这样的劳动场面,大约历时十天。每天大早去体育场,并自带了中饭,天黑了才回家。夏天的时候,基本上是烈日当头,也有下雷雨的。刮柳的人便四下逃散,找地方避雨。雨停了又继续干。我大姐和北门的孩子们晒得又红又黑,但挣到了钱。他们自己高兴,家长们也高兴。刮柳只是他们劳动生存的一项,老百姓的孩子什么苦活都能干。编芦席,打草绳,敲碎砖,洗猪肠,钳鹅毛,糊火柴盒,等等。只要有活干,他们就欢笑,甚至有歌声。

刮柳的场面我始终没有忘记。有时我想,高邮编织芦苇是有传统的,竹器制作也有,但编织柳制品似乎是很少的。二十世纪六七十年代,高邮运河堤上遍植刺槐,槐条是可用来编织箩筐之类的,但也无须刮皮制作。

但我们刮的柳并非产于高邮,而是内蒙古的红柳,是从东北调运而来。噢,原来是红柳,是那沙漠戈壁顽强生长的植物。

刮柳的日子已经很遥远了。想起来既亲切又沉重。孙犁先生把编芦苇写得那么美，说水生嫂像是在雪地上，又像是坐在云彩上。我想起万人刮柳的场面，好像是在回忆北门的影视大片。

2020年12月20日

二十二 文大头

文大头家是个干部家庭。那时候，北门大街的尽头，是运河堤。有一个新砌成的大院子，大约六七户人家，住的都是县城的干部。一式的平房，三间一厢。大院子的孩子，不仅穿着洋气，而且优越感明显，把那些搬运工人的子女看得一愣一愣的。特别是大院子有一个女学生，上小学的时候，就是大美女，把照片挂在县城照相馆的橱窗里，全城皆知。好比样板戏的明星，无人不知。文大头就是大美女的弟弟，干部大院里住的。

其实，文大头是家里唯一的男孩，父母很宠爱的。大家叫他文大头也不准确。严格地说，他的头也不算太大，只是比同龄人胖一点。他家里条件好，营养足，长得有点肥头大耳，大家都叫他文大头。文大头人是很好的，虽是干部子弟，和大家也是合群的。他爸爸是一位局级干部，妈妈是一个普通职工，生活比较优越，家里吃的东西很多。文大头也是仗义的，吃不了的拿出来给北门外的"耙草鬼子"们吃。大家都很喜欢他。

文大头喜欢养狗。那时北门的许多人家养的都是土狗，黄的、黑的、花的，不足为奇。文大头养了一条大宠物狗。现在很常见，那时就比较轰动。文大头每天带着他的大宠物狗，估计是金毛或拉布拉多一类的，在大运河堤上溜达，吃的是专门的狗食。把北门的"耙草鬼子"们看得目瞪口呆。而且狗子很听话，和文大头在路上一起遛马路，说走就走，说跑就跑，令行禁止，显得特别高档，把那些小土狗吓得远远的。

文大头家住在北门大街西侧，按地段划分入学，上了县中。大院子的子弟几乎都上了县中，后来出了不少人才，其中有一个小男孩打乒乓球到了省队，成为明星。文大头在县中读书有点名气，但似乎不及他的姐姐。他的大美女姐姐读书成绩好，为人谦逊，初中时就应征入伍。在那个年代，当女兵是一般百姓人家想都不敢想的事情。文大头的姐姐顺利入伍，成为解放军女兵，轰动北门，不亚于诞生了一位国家级大明星，让北门那些百姓子弟羡慕不已，引以为傲。

文大头家的实力不容怀疑。他高中毕业后就进了红极一时的物资系统，由于家境好，也就不刻意于考大学。那个年代，物资系统是最吃香的。我记得有一位中学的老师，就托人调入物资系统，令同事惊叹！文大头是物资系统的"神雀子"，当地人称为"神气把子"。他拥有一定人脉，做生意得心应手，风生水起。那时正值改革开放初期，双轨制并行，这也为他做生意提供了无穷的契机。文大头利用一些资源，再加上不缺乏情商，生意红火，很快就赚了第一桶金。他三十岁的时候就很成功，头真的长大了，肚子挺挺的，俨然成为大老板。在他身边有着一大群人，年纪一般都比他大，却甘愿听他驱使，围着他转。文大头呼风唤雨，志得意满。不仅砌了自家别墅，空调一口气就装了10台，就连狗舍也装上了，开创高邮私家豪装的先河。他还开办了酒店歌厅和桑拿，生意兴隆，引领消费时尚，为一时之冠。文大头位居物资生意链的上端，大小通吃，是当仁不让的富豪。

既然是大老板，当然自有生财之道。那些年，文大头利用人脉，全力经营，手段尽施，气象万千。钢材、木材、汽车等生意悉数参与，是实打实的销售达人，收入颇丰。财富骤增，家境殷实，在水乡古城，傲视一方。文大头为人还算厚道，乐善好施，并不缺乏口碑。对那些来自北门的穷弟兄，时有关照，有些口德。有一个发小，穷困潦倒，找到文大头。文大头二话不说，收入门下，还让人做点小生意。穷发小感激万分，甘为效劳。其人颇有点蛮力，属于斗狠的角儿，扬言谁要敢跟我文大哥作对，看我废了他。

文大头算是发达了，步入成功人士之列，但他还是保留了北门人的一些习气。早晨喜欢来碗阳春面，晚上去大澡池子泡澡。场面有些独特和热烈。

他喜欢到府前街老造纸厂附近的小汤面店吃面。那时尚未改造拆迁，两间小平房，门前有块空地，排上几张桌子。店主小汤下阳春面名气大，是当地颇有声名的阳春面业主，每天到此吃面的人都要排队。他下面的工艺简单实用，酱油是自家熬制的，味道重，且每碗都要在汤锅里预热一下。所以，他的大面锅里漂满了盛好作料的面碗，有点气势和好看。上午大约九时，文大头来了，骑着光洋大踏板摩托。下车后，将大哥大往桌子中间一放。小汤赶紧跑上来，"文老板，还是老样子？"文大头哈哈一笑，"好！"环视所有吃面的人说，"各位，今天面钱都算我的。"大伙儿都乐了，"谢文老板了。"文老板说话是算数的。那时阳春面是一元钱一碗，鸡蛋五毛钱一只。文老板吃过面总是要丢下一张百元大钞的。光洋摩托车潇洒而去，留下许多羡慕的眼神。

每天晚上，文大头都要去中市口的向阳浴室闷一把。向阳浴室是当时县城最高档的了，除了普室，还有雅室。雅室的设施要好得多，干净整洁。一排排躺椅，铺着雪白的床单，顶上有一排挂钩，专门钩挂贵重的衣衫。来雅室洗澡的一般都是有点小身份。这里的服务员特别机灵。只要你来过一次，便记住了你的身份，让你有宾至如归的感觉。"哟，张局长来了，雅座了2号请。""李厂长到，雅座6号请，香茶一杯。"这些跑堂的服务员热情周到，时间长了，混熟了，就积累了一些资源，通过这些有权有势的浴客，也办成了不少事。其中，文大头是最受欢迎的浴客之一。

　　傍晚的时候，天上飘着小雪，很冷。文大头来洗澡了。"文老板来了，老位置。"雅座8号是他的专座，服务员一般是不给其他人的。文大头微笑着和大家打招呼。"张局，王书记，入座。"文大头从皮包里拿出一条红塔山香烟，交给跑堂的老冯，"冯师傅帮散一下。""好嘞！"老冯熟练地拆开，你一包，他一包，"大家都尝尝文老板的烟。"留下两包，他和修脚的小张一人一包。瞬间，雅室的气氛热烈起来，烟雾缭绕。文大头在众人敬佩的目光中下到大池子泡上半个小时，搓背的早就在边上等候。搓干净后再泡上一把。文大头浑身舒坦，回到雅室。雅室立即忙碌起来，烫热的毛巾一条接一条地递上，文大头来不及擦。修脚的小张飞快拿来落地灯照亮，老规矩先修后捏。

　　文大头喝一口清茶。浴室外边下馄饨的小印低低地问，"文老板要不要来一碗呀？""噢，等一会儿。"雅室的热气从气扇口溢出，外面的雪已是满地白了。

　　文大头是特定时期的风云人物，也保持了善良人的本性，捐资办学，做了不少好事，为富还仁。他是改革开放初期的受益者，胆子也不算大，属于小富即安，并不想大闯大干。没有大起大落，算是基本保住了一份家业。当改革大潮汹涌澎湃之时，许多人异军崛起，做成了大事业。文大头这类人反倒不太适应，落伍了，沉寂了，逐渐淡出了人们的视野。

　　这倒值得一思。文大头的为人无疑是比较稳的，不是太张扬。懂得见好就收，这是十分聪明的。不像有些人发得快，败得也快。

　　文大头算是一名成功者，是特定时代特定阶段的弄潮儿。

2020年3月15日

二十三 北门的井

古城有许多老井,北门当然也不例外。井,其实离我们的生活并不很遥远。

关于井,我了解的并不全面深刻。井在中国古代文化中是有地位的。据说井是很早一个叫伯益的人发明的,让人们轻松地获取地下水以供生存。井在古代的城市里是必不可少的,据说每八户人家拥有一口井。人群密集生活的地方被称为市井。宋代柳永的词在当时很流行,全民皆唱。凡是有井栏的地方,必然有唱柳永词的。井是很有文化含量的,隐含着秩序、规矩和乡愁。井井有条,秩序井然,背井离乡。井在古代还和星宿相关,井宿是中国古代二十八星宿之一。

二十世纪七八十年代,北门外还有许多口水井,这些井和北门人的生活紧密相关。比如,铜井巷的铜井、姚家井巷的姚家井就很有名。在没有自来水的年代,人们的生活一是靠河流,二就是靠水井。

我家住北门外挡军楼居委会。这里有许多老井,其中有几处是常去挑水的。去得最多的一处是挡军楼居委会主任郑英家附近的，在一个大杂院子里，住着的几十户人家，共用着这口水井。我称之为挡军楼井。当然，也有一些人家孩子多有劳动力，不吃井水，专到大运河挑水吃，井水只用来洗涤。

挡军楼井是一口标准的水井。有井栏，是石头的。栏口上有许多磨痕，估计是井绳长期磨成的。这口井建成于何时，没人知道。井的内壁都是青砖砌成的。井栏的四周正方形都是条石铺成。这口井水源丰富，水质好，是大家最亲密的生活伙伴。炎热夏天的时候，常有人将西瓜用网兜装好沉入井中，有时好几家都放。傍晚的时候一一拎出，从不出错。西瓜又凉又甜，成为避暑的美味。

我经常来井边打水、挑水。我挑着木桶，手提着打水的小拎桶。人多的时候要排队，依次而进。轮到我了，首先将小拎桶反扣抛下井，然后将井水提上来。两个木桶装满井水要提十多次小拎捅。有时小拎桶抛得不好，要反复提绳摆动，方能拎到水。然后挑水回家。那时候，北门的孩子都会干这个，无论男孩或女孩。

有时候倒霉，拎到半中腰，绳子断了，小拎捅沉入井底。这就要捞桶。用一个很长的竹篙子，有时两根接起来。竹梢绑上铁钩，在井下反复搅动。突然觉得有点沉了，便是钩着小拎桶了。高高兴兴地提上来，重新换上井绳，继续打水、挑水。井边也是一个聚集点，小伙伴便会约好等一会儿去哪里玩耍。

这口井也不算太深，大约十米吧。水质很好，清澈发亮，冬暖夏凉。我印象中大河里结冰，井水也没有冻着。冬天的井水还冒着热气，我母亲洗衣服双手泡得通红，她却说一点也不冷。井水当生活用水那时是正常的。吃井水还是要加点明矾的，井水有点咸味。

这井的水位总体是稳定的。只有在特别干旱的季节，井水才显得枯竭。但在一场大雨过后，井水必定上涨很多。可见，北门的地下水位是比较稳定的。

在那个特殊的动荡年代，这口水井也是有一点故事的。这一天，有一个新婚不久的青年人打井水，不小心将一只手表滑到井里。那时，手表是属于名贵物品。失主心有不甘，约了几个人帮助打捞。他用粗绳捆在腰上，艰难地下到井下，好在水还不太深，齐胸的高度。花了很长时间，他终于找到了手表。据说，井底还有乌龟、泥鳅等。在升井的时候，他的脚抵在一块井壁砖上，感到有点松动。他仔细一看，似乎有点异样。用手一推，竟然有一个方洞，从中掏出一个油布包裹。拿上来一看，竟然是三根金条。这下轰动了，有人将金条藏在井壁中。那个年代，大家的政治觉悟极高，立即上报，金条上缴。藏金条的人会是谁呢？有人说是张大地主。可他家离这上百米，不太可能啊。有人说是染坊的李老头，他当过国民党军官。可是，谁也不承认。最后不了了之。

水井恢复了往日的节奏。人们打水挑水，烧饭洗菜。日子就这样无声地流逝。终于有一天，北门通上了自来水，家家户户都安装了水龙头。水井冷落了。到后来直接就废弃了。似乎在一夜之间，那个很好看的有着多条磨痕的井栏也不见了。

我有点为这老井可怜。那么好的一口井说废就废了。任何事物都不可能超越时代。北门的许多老井，曾经一度辉煌，成为人们生活的必需。在我印象里，其建砌的工艺是十分精湛的。记得有一户人家建房，发现一口废井，有数十米深。进行拆除填埋时，掏出数量惊人的特制井砖。

水井的时代早已过去，那种以水井群居的日子就成了历史。北门的水井见证了那时的日月星辰，自然也是北门市井生活的一面镜子。

我怀念着并痛失了那些老井。

2021年1月20日

二十四 腊月里的舂碓声

北门的冬天也是很热闹的。先是家家忙腌大菜，后是腌咸肉咸鱼等。阳光灿烂的冬日，即使是普通人家，屋檐下也会挂着几条咸鱼，还有咸猪头什么的。咸猪头抹了硝水，晒得通红发亮。这是预备的年货。

过年是一件大事，普通人家都很重视。主要的区别是年货的丰富和贫乏。穷有穷的办法，富有富的讲究。欢庆却是共同的。

北门外运河大堤下，陈家每到过年就十分忙碌。整个腊月里全家男女老少都行动起来了。忙什么呢？加工糯米粉，舂碓！

陈家孩子多，生活困难。别人家忙过年，办年货，他家却是抓住机会挣点钱。进入腊月，陈家的舂碓声就从来没有停息过。陈家专门加工糯米粉，质量好，收费公道。

陈家加工糯米粉就是舂碓。什么是舂碓呢？就是在石臼里用木杵砸碾。这是一种老式的舂米的方法。一人或数人脚踩木杵，高高落下，准确地砸击石臼中的糯米。反复踩击，仔细过筛，直至成为糯米粉。

加工糯米粉是有程序的。首先是要将糯米浸泡洗净,有些人家考虑到不要太黏,还少量掺一些普通大米。浸泡一段时间后将糯米倒入石臼,脚踩木杵,开始加工。旁边还要有一人不时搅拌均匀。这很有节奏感,木杵起落,手进手出,配合默契。陈家的姐妹有说有笑,脚踩木杵,升起落下。"突、突、突"的舂碓声在运堤下回荡。新年就近在眼前了。

那时候,似乎家家户户都要加工一些糯米粉的,主要是包圆子的。圆子的品种不少,大圆子有芝麻的,有荠菜的,还有荤油肉丁的;小圆子一般是实心的。大年初一,家家都要吃圆子的。糯米粉还用来蒸糯米糕,菱形的,小小的,很精致,吃起来绵软可口。

舂碓出来的糯米粉是潮湿的,这就需要晒粉。家家户户都用竹匾子将糯米粉平铺,在太阳下晾晒,除去水分。每晒一段时间,总会用竹筷子梳理一遍,糯米粉上便会出现一道道印子,很是好看。糯米粉如银如雪,在阳光下十分炫目。等到筷子划动有米粉飘拂时,大概就算干透了。储存起来,慢慢享用。我最喜欢的是吃糯米粉制作的"油糍子",香甜绵软,别有风味。

陈家加工糯米粉的生意是很好的,要排队等候的。一般人家都要加工个十斤二十斤的,要有一二个小时,陈家的姐妹是轮流舂碓的。有时,也有邻家的孩子好奇来帮着舂碓,把劳动作为快乐的游戏。不一会,就大汗淋漓,头冒热气,脚踩到一点气力都没有。夜已经很深了,那三间简陋的茅屋里始终洋溢着欢声笑语。腊月悄悄地流逝,春风似乎已经在运河大堤上游走了。

舂碓是一种原始的加工方法。那时十分普遍。舂碓声响起时,过年的味道便弥漫开来了。随着碾米机的出现,舂碓已几乎消失。我之所以想起舂碓的往事,是因为舂碓可以消失,但关于春碓的记忆并未走得太远。特别是人们在物质贫乏年代乐观劳作的影像，以及系列的年趣，犹如一盏小橘灯照亮着我们来时的路。

2021 年 1 月 26 日

二十五 寻找挡军楼

我从小就生长在高邮北门外的挡军楼社区。但从未看见过挡军楼，也没有看见过荷花塘小学的荷花塘。后来，我长大了，离开了这里。但我从未解开心结。

时间过去了近五十年，我周游了职业的世界，又回到了那个不能忘怀的原点。我想知道，荷花塘在哪里，挡军楼在哪里？

我曾询问过我的父亲和同学的父亲，他们知道一些，但不完整，也不一定准确。后来，查县志，记载的话也很笼统，并不能解释我的疑问。

挡军楼在哪儿呢？相关的内容有哪些？关于挡军楼的记载，似乎涉军。似乎这个名字应该是近代的，与军阀孙传芳相关。孙传芳曾做过江苏的大帅，部队驻扎在江苏各地。在高邮时曾在高邮城北门外，修建瞭望楼，二层、方形，可供军事瞭望。因此，留下了挡军楼的名称。但我一直不知道在哪里。后来，得知真相，我心中很是失望。我本以为挡军楼会是一座古代的军事建筑，至少像南宋时抗金的建筑，结果差距甚远。孙传芳的挡军楼无非是军阀混战的产物，似乎价值也不大。

挡军楼在哪里呢？后来得知，已经沉埋在大运河底下，准确的地点，是在高邮北门外薇风大道西尽头，大运河的河水中。我最初得知此情，还是源于倪文才先生的一次邀请。

倪文才先生，高邮知名人士，历任地方官多年，特别倾心于高邮地方文史的研究，尤其是高邮水患的记载与总结，开启了科学研究的先河。他对高邮的水灾，特别是1931年大洪灾有深入的研究，曾著有专述。我那时正在邮中任职，倪先生邀我参加新书的推介会。我第一次了解了挡军楼和1931年高邮洪灾的情况。

挡军楼既是一座军楼，也是高邮洪灾的决口之处。那年，洪水滔天，决堤数百公尺，高邮城居民死亡数万。高邮的名迹挡军楼和庙巷口，沉入水中，从此消失。

这是一次刻骨铭心的巨大损失，更是高邮人民的一次最深刻的洪灾记忆。

高邮北门外，曾是商业繁华之地。挡军楼、庙巷口是生意人的集聚地，是市井生活的一个缩影。早上皮包水，晚上水包皮。但市井的繁荣，终于不敌汹涌的水患。这是极其惨痛的历史。

感谢倪文才先生，不仅总结了大洪灾的教训，还孜孜不倦，寻找到了当年帮助过救灾的国际人士。这是人心人性的一次深刻的交流，也提升和弘扬了高邮人民抗洪救灾的积极意义和深远的影响。

后来，我欣喜地发现，在高邮大运河西堤竖起了1931年洪灾及挡军楼旧址的纪念碑和雕塑。历史终于沉淀在灿烂的阳光下，在人民大众的清晰目光下。虽然只是在旷野中的一个并不高大的纪念物，但它沉重而执着。这是会说话的历史，标志着那个痛苦无助的年代已经从容翻过，人们已经正视和反思。阳光照耀，清风飘拂，云彩注定会在那里沉思和停留。

也许，寻找挡军楼已经不重要，也没有多少实际的意义。事实上挡军楼只是一个普通的军事建筑，并非为抵御外侮而造，仅是军阀内战的一个产物。它已经从现实中消失，深深地埋在大运河的河底。那个荷花盛开、飘香至今的荷花塘也已和大运河融为一片，在历史的波涛中流远。而那个热闹非凡的庙巷口，仅仅是近代市井的一个横断面，也许只是鲜活在那些老者挥之不去的记忆中。但历史不容忘却，也不会那么轻易地忘却。曾经的存在，当然会留下清晰的痕迹。

　　挡军楼已经成为历史的坐标。高邮城已经迈进了新时代。任何丰厚的历史都只能是未来时代的丰富沃土。沃土生长出来的眷恋和动力，必将谱写更加鲜活和崭新的景观。

　　于是，我不再痛苦并执着追思。我在记忆之余欣慰，在感动之余兴奋，在沉思之余行动，在大悟之余释然。我知道高邮北门外曾经有个挡军楼，我更知道，高邮北门外还会有更好的未来。

2021 年 4 月 1 日

二十六 大摊饼

"大摊饼"并不是一个饼,而是一个人的外号。为什么叫"大摊饼"呢?

北门外生活着众多的劳动人民家的子弟,虽然物质条件差一些,但童年的快乐是不缺的。李家的小八子和陈家的老巴子陈小明年龄相当,每日在一起玩耍,抽陀螺、滚铁环之类的。有时不免产生矛盾,最严重的就是打架。这天,李八子和陈小明又打起来了。有人赶快报信到陈家。陈家妈妈身体不太好,头疼,就在额头两边的太阳穴贴着两块圆圆的膏药纸。报信的说,你家陈小明又打人了,小八子鼻子淌血了。陈家妈妈一听,赶紧跑到大街上来。打架已停了,小八子正用衣袖擦鼻子。一群小孩看见陈妈妈两个额头都贴着圆圆的纸,明晃晃的,很是奇怪,都愣住了。夏大头忍不住问,陈大妈你头上怎么啦?陈大妈说,小伢子,我头疼哩。不知谁喊了一声,像贴了个大摊饼。噢,大摊饼!小孩齐笑一哄而散。从此陈小明的名字就没人再叫了,众口一词称之为"大摊饼"。

大摊饼的爸爸在乡下粮站工作,有一个哥哥和三个姐姐,他是老幺儿，妈妈很惯他。大摊饼有点调皮捣蛋，每天喜欢挑事儿，小伙伴们不怎么喜欢他。大摊饼虽然很聪明，学习却不怎么用功，考试成绩不理想。班上有个女生成绩好，不肯把作业给他抄。他放学时追赶女生，女生实在没办法，只好躲进女厕所。他就在厕所外面等。女生叫来许多女同学一起走回家。他恨得牙咬咬的，决定报复。有一天放学后，他躲在小巷子里，等到女同学走过去，他就用弹皮弓打纸团子，女生吓哭了跑回去告诉了哥哥。第二天，一放学，大摊饼就被盯上了。刚出校门，他就被几个大男孩拦住了。据说，被揍了一顿。大摊饼脸上多了一块块青斑，老实了很长一段时间。

　　大摊饼曾被县体委选去踢过几天足球，能够把球踢得很高很远。这一天，一群小孩正在土产公司门口踢球打闹，影响了公司的工作。公司主任出来制止驱赶小孩，大摊饼飞起一脚，皮球正中主任胸怀，众人欢呼。主任本想发火，见是小孩踢球，摊手苦笑。

　　但大摊饼终究不是等闲之辈，很快在北门就又出名了。这一次又是打人。北门有个老仲，是个老职工，有三个儿子，当时年龄还小。老大和大摊饼是同学。这一年，老仲住院开刀，老婆离婚回了农村，就靠大儿子照顾，大儿子当时也只有十几岁。这天，仲家兄弟烧了鸡汤送到医院，大摊饼陪同送去。路上听仲老二无意说，老大将鸡汤喝了，送给老父的鸡汤是后来加水的。大摊饼闻之大怒，一拳打在仲老大脸上，鼻子鲜血直流。大摊饼骂道，妈的，竟敢这样，还是个人吗！仲老大自知理亏不对，未吭一声。大摊饼威名大振。小搬运站的"三国通"金驼子听说此事，高声说，打得好。

　　北门有个供销社的招待所，住了全县各乡镇的供销采购员，神气得很。供销员在这里都有包间，永久、凤凰自行车骑来骑去，权力很大。那是个计划经济时代，供销采购员的能量把北门老百姓看得目瞪口呆。他们呼风唤雨，无所不能，自然就有北门的一大群小姑娘围着这些人转。时间长了，就有流言出来了：某家的姑娘被某人欺负了。老百姓敢怒不敢言，更不敢为。大摊饼知道了，心中暗骂：狗日的仗着有权，欺负人。这天晚上，某个被盯上的采购员喝得半醉，歪歪斜斜地骑着车子，突然脸上被什么东西一击，跌倒在地，狼狈地爬回到招待所。第二天，听说，他的凤凰自行车被人扔到大运河了，但并不知道是谁干的。大家会心一笑，并不多言。

大摊饼吃亏也是常有的事。那些年，东墩乡的人到北门公共厕所偷粪，大摊饼奋勇制止，就被那帮人狠打了一顿，还被人用粪便涂了一身，害得他去大河洗了半天。

这一天，北门外的水泵厂附近有一家失火，火势很旺。那时，没有消防队，只有水龙局一台救火机，靠人力挤压，水力不足，喷水很小。情势很危急，屋里还有一位老妇人没有出来。人们急得直跳，正在绝望时刻，只见大摊饼背着老妇人冲了出来。他脸上烫了许多泡，花一块紫一块的。

北门民风强悍，但正义张扬。虽然读书的氛围不算浓烈，但无疑是一方淳朴善良的热土。大摊饼只是北门的一个少年，后来也成家生子，很平常。虽然，他的大姐夫也曾是县里一位有权的局长，但似乎没有给他什么实质性的帮助，并未听说他干出惊天动地的事业。据说，他后来也下了岗，每天也还是为生计忙碌着。行色匆匆，看上去没有多少朝气和勇气。人们也似乎早就忘记了他曾经被叫作大摊饼。

大摊饼当初的确不是一个饼。但回味北门的市井生活，峥嵘岁月流逝，个中滋味难以尽述。大摊饼其实也的确只是一个饼。

2021 年 4 月 27 日

二十七　鹅喜子

陈大娘有一个姑娘下放到盐城，在那里成家立业。姑娘很思念父母，常常会寄来或捎来一些东西。有一年托人捎来一些鹿肉和一箱鹅蛋。

鹿肉很稀罕，很快吃完了。还有一箱子鹅蛋，吃得慢。我们这里人通常喜欢吃鸡蛋和鸭蛋，鹅蛋也有，但吃的人很少。这一箱子鹅蛋放了一个月也没吃完。还剩两三个。

这一天，陈大娘的另一个姑娘从江都回来了。临时加一个菜，便把最后剩下的几个鹅蛋拿出来炒了吃。前两只蛋很正常，到最后一只有点不对劲。颜色有点发暗，似乎也有点破损。陈大娘以为是鹅蛋放得时间长了坏了。仔细一看，破损的地方毛茸茸的，还有一点动静。哎哟，原来是一只小鹅喜子，已经成形并活着。陈大娘乐了，赶紧用一个小纸盒放起来。没过一天，小鹅儿破壳而出，毛茸茸的，很是惹人怜爱。

陈大娘是一个善良人，看见小鹅儿便想法养活它。好在陈大娘养过鸡鸭，有点经验，便细心地呵护起来。半个月后，小鹅儿毛茸茸的，小眼睛亮晶晶的，很可爱。它记住并认得了陈大娘，满院子跟在人的身后。

几个月后，小鹅长大了，但长出来的羽毛并不是纯白色的，而是有点发灰。陈大娘也不介意，除正常喂一些菜叶之类的，每过几天还要到运河堤后拔些青草喂它。小鹅快乐地成长着，有时还跟着陈大娘去买菜。不久，菜场上的人也认识它了，知道它是陈大娘家的，都叫它鹅喜子。因为它是喜蛋里生的。

不久，放暑假了。陈大娘的小儿子辉子和我是同学。我们每天在一起玩耍。有一天我刚走进他家小院子，鹅喜子便冲了过来，似乎要用鹅嘴叼我。我忙喊辉子。辉子大喊一声，鹅喜子，自己人。鹅喜子这才走开去。鹅喜子还有看家的本领。辉子说，我们去运河堤上玩，顺便让鹅喜子吃点青草。于是，我们带着鹅喜子，到了运河堤。

运河堤是优美的。流水无声，草岸青青。我们眺望着旷远的珠湖，天空是那么地高远。鹅喜子和我们在河堤上漫游。突然，文大头家一只大黄狗从后门窜了出来，直扑鹅喜子。鹅喜子慌忙奔逃，大黄狗紧追不舍。眼看就要咬住，鹅喜子突然飞了起来。我们是又惊又喜。鹅喜子飞过绿壁般的杈槐树，落在远处的河坎上。鹅喜子飞了近百米。鹅喜子会飞？鹅喜子是鹅吗？

回家以后，辉子全家人仔细重新打量鹅喜子。大小和鹅一样，羽毛却是灰瓦色。鹅嘴似乎也不是黄的，有点灰黑。于是，大家疑惑起来，难道不是鹅？后来，有一位在林业局的邻居说，这不是鹅，可能是雁，是一只灰雁。

鹅喜子是雁。大家且喜且忧。喜的是鹅喜子身份不凡，忧的是怎么办呢？日子就这样一天一天地过去，每个周末辉子都要到大运堤上去玩。因为知道鹅喜子会飞，辉子便站在河堤上将它举在手里，抛向空中。鹅喜子便飞起来，振动着双翅飞翔，飞了一大圈后，竟然又飞回来，落在辉子身边，然后跟着辉子回家。

有人听说陈大娘家养了一只灰雁，纷纷跑来看稀奇。还有人要出高价买走，陈大娘和辉子当然不肯。辉子一家商议的结果，是把鹅喜子放生。但怎样才能让它安全回归自然呢？辉子动员小伙们动脑筋想办法。强子说，把它送到盐城辉子姐姐那里去。它本来就是混在鹅蛋里来的，那里有大雁的栖息地。这或许是一个办法。

有一天清晨，我发现大运河上有许多水鸟向南飞去。其中似乎也有大雁。高邮湖是候鸟迁徙的常规路径。我们是否可以把鹅喜子放飞试试，或许它能跟大队伍飞走？说干就干，第二天清晨，我们几个带着鹅喜子在河边等候。大运河上静悄悄的，河西一片朦胧，高邮湖的雾气不时飘来。突然，远处河面上传来阵阵的鸟声，鹅喜子也躁动起来。强子说，来了来了。只见远处黑压压的水鸟紧贴着河面飞来，辉子赶紧把鹅喜子抛出，鹅喜子飞走了。水鸟一阵一阵地飞过，我们站在河边发怔。突然，鹅喜子又飞回来了。哦，这些水鸟不是雁群。

终于，到了初冬。我们有时候看见大雁群从头顶上飞过。大雁排成的人字形很好看，辉子对鹅喜子说，总有一天要让你回归雁群。

机会说到就到。有一天，我们正在河堤上放鹅喜子吃草，一阵大雁悄然而至。或许是天性自通，鹅喜子早就兴奋起来，突然就飞起来了，在空中盘旋了一圈，瞬间升入高空，加入了大雁的阵群。我们先是看，后是跟着追。雁群越飞越远，鹅喜子越来越模糊，最终消失在遥远的天边。

鹅喜子飞走了。从此再也没有回来。辉子流下了热泪，一家人感叹不已。

2020 年 12 月 27 日

二十八 戏说北门武林（一）

提名

二十世纪，高邮北门，人口稠密，精彩纷呈。

北门外读书人不多，张二爷肚子里有些墨水，书法也不错，算是一个文人。把张二爷排为文人第一，几乎没有什么争议。但北门外干体力活的人多，有力气和武功的人比比皆是。要说谁排在榜首，还真不好说。说了，一定会有人不服。

金驼子是小搬运站的调度员，长得瘦精精的，背有点驼，但头脑很聪明，人称"三国通"。讲起三国人物来，头头是道，特别是对三国名将武力值的排名颇有研究。夏天的傍晚，金驼子小酒杯一端，话匣子就打开来。开三轮车的老周、打铁的圣铁匠、搬运站的莫大强等人立刻聚拢来。莫大强喜欢读《三国》，对曹魏大将张郃有好感，便问金驼子：张郃武艺如何，能排前十名吗？金驼子放下酒杯，微微一笑：张郃是河北名将，一把好手。三国前期轮不到他，后期不是前十的问题，是数一数二的猛将。

众人点头称赞。看闲的夏大头说：金三爷，我们不要老说三国，你能不能把北门的高手排个座次？金驼子说：这个不大好说，又没有真正比过，不大好排。夏大头说：水浒里的一百零八将又没有都比试过，照样排名次。众人说：对，对，金三爷您见多识广，对北门的武把子大爷都很了解，排排看，排排看。圣铁匠用热切的眼光看着金驼子。

金驼子喝了一口酒，沉吟道：排座次实际是看综合实力，光凭力气大还不行，还得有活劲儿。金驼子做了一个拳击躲闪动作，快如闪电。金驼子看看圣铁匠，看看莫大强，看看开三轮的老周：你们都是高手，我不太好说。

王大个子的儿子大瓜说：二中队的二牛子算个人物。莫大强说：这个家伙人品不行，酒一喝就调戏妇女，上次差一点和孙小五子打起来。金驼子说：二牛子人高马大，力气大，据说，他一掌下去把屋后的大柏果树上的白果全都震落，满地皆是，一个也不剩。二牛子有点功夫，估计能排前十名。

金驼子说道：先不忙排名次，大伙儿先把北门大侠初步排出来，每个人说出一个特色。然后，再作比较。今日比较仓促，大家回去思考一下，明晚初排。大家称是。消息传得飞速，北门外都知道第二天要排武林名次了。

第二天傍晚，天刚黑，小搬运门口已经簇拥了许多人。有关心武林排名的，有看热闹的，还有伺机闹事的。大约晚上八时，金驼子现身了，手拿小酒杯，高举道：各位乡亲，我金驼子有何德能，岂敢擅排北门武林高手名次。北门乃是藏龙卧虎之地，高手云集。但众说纷纭，标准不一。现今众乡亲期盼有个排名顺序。金某略通文墨，熟读《三国》《水浒》，承蒙各位信任，今出头主持北门武林评议。金某只说几句话，各位允诺此事可续，如不允，只当说笑。其一，北门武林排名只是民间所为，并非政府批准，不可过于较真。其二，先由民间提名，列出各个高手特色。其三，众人公议，排出初选。其四，适时比试，最终定夺。各位看如何？众皆云善：金公所言极是，我等愿听。金驼子大喜：如此甚好，今晚便请各位提名，请据实道来。

话音刚落，王大瓜上前曰：我提名三人可登北门武林之榜。首先是搬运公司二中队的肖玉粮，甲等劳力队的一把好手。特色是，力大无穷。曾将直径一米多的大原木从船上抱到岸上，这根原木十个大汉抬着都很费劲。此等力气，可比倒拔垂杨柳的鲁智深。众人拍手称赞。其次，搬运公司甲等队的项麻子，也是力大无比。曾力举下坠的吊车，擎得住千斤重物，是何等神力。众人曰可。其三，是二牛子，虽然为人有些争议，但一掌击树，白果尽落，功力深厚，虽古时勇士也未必能够达到。众人欢呼。

蛋库的王麻子上前大声说道：我举荐二人。一是蛋库的老童。双臂神力，轮番使刀，高空飞舞，精准绝伦，曾用飞刀击中一只大鸟，有万夫不当之勇。众人惊骇，寂静无声。老童乃外籍人士，久居北门，飞刀绝技，无人不服。二是猪库的老张，所使神棍铁钩，没有一头大猪能逃，且力大无比，挟肥猪如若小兔，实乃当今之张飞张翼德。众人喝彩。

夏大头上前说道：我举荐修自行车的孙小五，此人武艺出众，相貌堂堂。曾力敌船民几十人，为民除恶，是北门英雄。众人齐声：好！夏大头见众人附和，继续高声道：我还举荐柏疯子，此人乃是道士，功力非凡。时小定疑惑说道：有什么见证其功力？夏大头说：听说，他能在几十米开外，就知道蟋蟀的洞穴在哪里。众人叹道：噢，噢。

金驼子说道：已经提名了七位，应该说，都有些特点。开机动三轮车的老周说：我虽不是出生在北门，但也在此生活了二十年。我推举圣铁匠。他臂力惊人，犹如隋唐的尉迟恭，我曾亲眼看见他把粗大的钢筋轻松捏弯，随心所欲，像是扭铅丝似的。他挥起大锤来，犹狂风大作，盐水泼不进，是一把好手。他还是抖空竹的高手，空竹翻飞，轻若春燕，让人眼花缭乱，目不暇接。

我推荐一人。一个苍老的声音从远处传来。众人抬头一看，原来是北门文魁张二爷。大家赶紧让路，张二爷拈须说道：既是戏排北门武林，有一人不得不提，这就是龙老太爷。龙老太爷？大伙有点惊诧。这龙老太爷家是开纱厂的，是个富户。此人长长的白胡子，瘦精精的。平时手持一个拐杖，好像不是一个习武之人。张二爷笑道：这龙老太爷精通拳法，融会贯通。早年在上海曾和洋人交过手，不落下风。他曾一脚踢破石头井栏。人家是真人不露相啊，高人也。众人大惊，金驼子忽然高声喊了一句：好！

小搬运站的胡侉子已喝了一瓶粮食白，也来看热闹。其实，胡侉子当过兵，也是一身好力气，但算不上一流，自然没有人推荐。他心想也罢，我也不争这个。胡侉子大声说：俺也推举一人。他用手一指人群中的莫老二说：他是石锁王，北门第一。莫老二拱拳：不敢当，不敢当。夏大头说：莫老二，你甭客套，担得起。众人附和：担得起。这莫老二也是二中队的搬运工人，比肖玉粮等人晚一辈。他的确也是有功夫的，腕力特别大。在北门掰手腕，基本上是无敌手的。他擅长抛石锁，各种花样，左右皆能。最重的石锁超百斤，他抛接自如，神闲气定。众人喊好。

时间不觉已晚，凉风起来了，驱散了闷热。但人群仍很兴奋。金驼子说：各位，到目前已推举出了十位高手。还请大家细思，不要漏荐了武林英雄。人群中有人说：毛大个子也不错，人高人马大，膀大腰圆，小痞子很怕他，大运河堤就是他的地盘。毛大个子大名毛刚，身高两米，会使拳脚，年轻气盛，算是一个人物。

金驼子抱拳说：今晚大家已排出十一人。改日提出初步排名，请各位公议。

二十九 戏说北门武林（二）

排名

北门武林排座次的风声很大，几乎老少皆知。提名的当晚就有人不肯离去，要和金驼子有话说。其中，有一个张大嫂说：金三爷，你们提的全是老爷们，一个老娘们也没有。水浒里有不少女将，按比例北门也该出一个女的。我看秦大英就排得上。

这秦大英也算是北门的一个人物。秦大英是水泵厂铸造车间的工人，和男工一样干活，力气大，长得粗壮。那时，家家烧煤炉，秦大英家住筒子楼，她双手提起上百斤的煤桶，像拎玩具似的，无人不服。有一年抓小偷，她一手提拎着将小偷扔下楼。金驼子说道：这次女的就不排了。要论起来，还有另外几个女的也很厉害。比如，李贵的老婆陈大胸、方学德的媳妇金珠子，有多少男人老爷们敢不服？张大嫂听得金三爷说得在理，也就默认了。

这排名怎样才算合理且有说服力呢？金驼子犯了难。他特意拜访了张二爷，讨教办法。张二爷说：水浒传的一百零八将只是小说中的人物，尽管有原型，夸大的成分也是不少的，况且还参照了实战的表现。北门武林的排名当然是远远比不上的，但应该确定几个原则才妥。金驼子抱拳：请张二爷赐教。张二爷说道：本就是戏说，不可太当真。一是要有实力，二是要有口碑，三是有机会要表演一下。金驼子说：如此甚好。我们先列个名单，并冠以特色，再请张二爷把关。

不几日，金驼子列出北门十大好汉如下：

一、北门大力士肖玉粮

赞曰：千斤原木怀中抱，健步如飞面带笑。爱憎分明有侠义，深藏不露不自傲。

二、身手矫健孙小五

赞曰：双臂有神力，胆大艺更高。孤身战流贼，拳脚功夫好。

三、空中飞刀童一峰

赞曰：手上有神功，出没在风中。直奔目标去，斩落竿头葱。

四、铁棍张老六

赞曰：一根铁棍走天下，故事一串像神话。大猪呈凶气势旺，铁棍一举全趴下。

五、太极高手龙太爷

赞曰：太极功力深，百练有所成。早年上海滩，打得洋人昏。

六、铁锤飞舞圣铁匠

赞曰：千锤百炼铁掌生，浑身是力涨精神。两臂使力钢筋软，一声大吼脚下震。

七、石锁英雄莫二强

赞曰：百斤石锁手上飞，忽如蝴蝶落花枝。三伏严寒潜心练，神力能把风向变。

八、力擎千斤项麻子

赞曰：双手托千斤，自古皆勇士。白面不改色，烧酒两大瓶。

九、膀大腰圆毛大个

赞曰：身长两米高，大名随风飘。摔跤无敌手，河堤称英豪。

十、举重若轻柏疯子

赞曰：天人合一此道人，功力独到有神术。双臂能拔大树根，遥听辨别蟋蟀音。

金三爷又和张二爷斟酌了一晚，白酒喝得满脸通红。张二爷对各人的赞词逐一把关，并作了修改。金驼子说道：这次排了十名，我纠结犹豫了很久，还是决定不能排上搬运二中队的二牛子。张二爷说：很对，武功再好，他二牛子调戏妇女不能摆。这是民意是非，不可含糊。就这么办，明晚公布。

第二天傍晚，人群早早围拢来。金三爷端着小酒杯，喝了一口，高声宣布排名及相关赞词。众人不停喊好，声音传得很远很远。满天的星斗特别清晰，眨着眼睛，仿佛觉得好奇有趣。

二牛子气得在家喝闷酒：好你个金驼子，竟敢目中无人。他猛地一拍桌子，桌子的酒杯和盘子飞出去很远。

三十 戏说北门武林（三）

表演

北门武林排名公布后，只有二牛子不服，直接要和肖玉粮挑战。消息传到金驼子耳朵，他提着酒壶去了张二爷那里商议。最终商定，择日举行武林高手表演，但并非真的比武。

要高手表演武艺，既难也不难。所谓难，表演什么绝活，这是要讲究的。表演砸了，岂不坏了高手的名声。说不难，真正有武艺的只需稍稍展示一下身手即可。

上榜的十名高手都得知了表演的消息，无人表示反对。倒是二牛子有点兴奋，他觉得机会来了，可以和肖玉粮、项麻子比试一下。其实，十名高手也是暗自准备。

表演定在三天后的河堤码头。

晚上，金驼子来拜访肖玉粮了。肖玉粮说：金三爷来了，正好喝一杯。金驼子也不客气，端起杯子喝了起来。几杯酒下肚，金三爷脸有些泛红，开口说：肖大爷，我今儿来……话刚起头，肖玉粮说：我知道你的来意，是不是这几个意思？一要认真准备，拿出绝活。二是提防二牛子闹事。三是最先上场还是最后上场。金三爷，承蒙抬爱，将我列为榜首。我必当率先出场，不能给大伙儿丢脸。金驼子听罢，抱拳而别。

据说，金三爷逐个拜访了榜上的各位高手。还特意去了二牛子家，至于详说了什么不得而知。二牛子倒是放了话出来，只会会肖玉粮一个，其他不管。

武林表演大会如期进行，地点在大运河北门码头。这天人山人海，里三层外三层，都来看热闹。金三爷，张二爷等人悉数到场。王大瓜大喊：肃静，请金三爷说话。全场立即静了下来。

金三爷向全场拱手道：各位北门乡亲，今日武林表演，意在展示北门淳朴民风，让各位见识北门英豪的本领。此举纯属民间行为，还请各位多多协助。已经征得大家同意，就按公布的十位高手的顺序出场。我再次强调，只是表演，不是比武。金驼子示意王大瓜。王大瓜高声喊道：首先出场表演的是北门大力士肖玉粮肖大爷。

这肖玉粮身材魁伟，双目如电，穿着短衫，腰系麻绳。他稳步走到场中，朝人群拱手道：肖某不才，略有蛮力，献丑献丑。他点头示意，只见八名搬运工人吃力地抬着一块巨大麻石上场。麻石足有千斤，沉沉地压在地上。只见肖玉粮深吸一口气，走上前去，双手搬起巨石，高过头顶，沿场走了一圈。回到中间，背着人群，大吼一声，将巨石抛开十来米。人群爆出一片惊呼：好，好啊！神力！肖玉粮拱手正准备下场，只听场下一声雷吼：且慢！众人一看，是二牛子。二牛子是个红脸大汉，面容凶恶，人高马大。他一步上前：肖大哥，你有些蛮力，但不算什么。能挡我一掌吗？肖玉粮微微一笑：不要说一掌，就来三掌吧。全场人惊得嘴里可吞下鸭蛋，后面的人脖子伸得老长老长。肖玉粮说：你只管放手来，我只挡不反击。好！二牛子也不客气，用力一掌击来，只见肖玉粮双手一挡，二牛子震退了几步。二牛子大惊，随手掏出一瓶粮食白，仰天一口，大喝一声：看掌！用尽全身之力，迅如闪电，肖玉粮仍是双手一挡，二牛子仿佛撞到了墙上，被撞退了五米开外。全场大惊后欢呼：好！好内力！二牛子恼羞成怒，发疯一击，被撞退了老远摔在地上。全场欢呼。二牛子狼狈不堪，头破血流退下。肖玉粮拱手道：二牛子势大力沉，我有一身内功，双掌竖立，坚如磐石。我祖籍山东，几代都练武。练武之人，当有武德。不可恃强凌弱，不可危害他人。谢各位抬爱。全场欢呼。金驼子大声道：武者，止戈也。肖大侠名副其实。

第二位上场表演的是孙小五。孙小五是倒骑自行车上场的。先是溜了一圈，然后一个后空翻稳稳落下。接着是一套长拳，干净利落，如风如燕，来去无影。众人喊好。这孙小五是修自行车的，只见他飞身上车，在车龙头上一个倒立，迅捷竟将一个车轮卸下抛入空中，只剩一只车轮边行边接。这个绝技把众人看得目瞪口呆。

第三位飞刀童一峰上场，中等身材，精明干练。身背两把飞刀，三个儿子紧随其后。三个儿子个个虎背熊腰，充满力量。老童一示意，三子场下止步。老童上前拱手，童某乃江南人士，久居北门，特来献艺。他双手拔刀，先是一段刀法演示。然后，右手抛刀，呼啸而去，左手身后接刀。两刀越飞越快，左右手身后轮接。看得全场人眼花缭乱，目不暇接，不停叫好。突然老童大喊一声：看刀！只见两刀朝西飞去，原来童家老大举着竹竿上置苹果站在那里。第一刀削掉半个苹果，第二刀紧接而至，削去另一半。众人欢声雷动，赞叹不已。

接着张老六表演了棍法，精熟、实用。龙老太爷年逾七旬，表演了手杖一击穿砖，引人惊呼。圣铁匠演示锤舞，古拙力厚。莫二强展示空中抛石锁，百十斤的石锁轻轻落在手臂，犹蝴蝶停在枝头。项麻子表演手托水龙局的储水罐，举重若轻。毛大个子表演了掌击木梁，只一掌下去，粗大的木梁断为三截。

　　最后表演的是道士柏疯子。柏疯子是神秘人物，平时几乎不和邻居交往，来去无踪。此番上阵，道家装束。场中合掌道：我等顺应自然，借力而已。他在场摆着两只碗，一碗满水，一个空碗，两碗相距大约一米。柏疯子轻轻说道：我只一掌，便将满碗之水，移至空碗。众人屏住呼吸，只见他深吸一口气，双掌合一，突然一声：走！满碗的水飞至空碗。全场称奇。众人讨教，柏疯子避而不答，只说借力而已，终不肯说明玄机。

　　十人表演完毕。金驼子大声道：北门人才济济，各怀绝技，高手云集。实乃北门之幸事也。今日展示，民间活动而已。众人信服否？众曰：服。于是散去，各自兴奋不已。

　　北门虽然多为平民，但民风淳厚。武林表演一事，不胫而走，被传得神乎其神，很长一段时间，成为酒桌饭桌上的重要话题和谈资。

　　此后，北门习武之风更盛。十名高手各有崇拜者，时常操练。不数年，北门又涌现"四小金刚"的武林新锐。

三十一 戏说北门武林（四）

四小金刚

二十世纪六七十年代，"文革"前后，北门有"四小金刚"忽然崛起，渐有声名。为何称"四小金刚"？意在区别于以前的武林十大高手。四小金刚其时均是不到二十岁的毛头小伙子，武功已甚为了得。基本上是能够呼风唤雨，威震北门一方了。

这四小金刚分别指的是朱二顺、童大强、成志亮和杨通达。

先说朱二顺，乃是搬运工人子弟。从小就参加体力劳动，由于家里穷，营养并不丰富，能吃饱肚子就不错了。所以长得不算高大，但精干有力。他很喜爱学习，也独自研习了一些武术章法。北门地处大运河边，这里的孩子都擅长游泳，朱二顺可以说是高手中的高手。《水浒》里的张顺人称浪里白条，水中功夫了得。朱二顺也是勇立潮头，可谓是大运河蛟龙。他虽说达不到水上飞的高度，但渡过大运河几乎是一眨眼工夫。有一天，有水上盗贼偷窃运粮船队的大米得手，已扬长而去。有人发现后惊呼，朱二顺听讯，飞奔到河边，一跃而下，破浪如飞，吓得两名盗贼跳水弃船而遁，成功救回失窃的大米。朱二顺名声大振，不仅武艺好，更被北门人称为正直大侠，赢得许多姑娘爱慕。他的母亲也是一名搬运工人，乐得合不拢嘴。

朱二顺胆量惊人。那时北门有几个姑娘在县化肥厂、磷肥厂上班，夜班回家路上时有歹徒劫财劫色。据说，歹徒戴着面具，脖子上挂着猪肝脏器之类，十分恐怖。一时间吓得北门的姑娘不敢去上班。朱二顺听说此事，微微一笑：看我办他。他悄悄地问清了时间地点，对姑娘说：我今晚便去，你遇到情况就喊一声"二顺"就行了。当天，姑娘下夜班，走到荒野处，只见黑影一闪，一只手已抓住了自行车龙头，抬头一看，吓得魂飞魄散。只见一人戴着面具，狰狞无比，舌头挂至胸前。姑娘尖叫一声，"二顺子"，就吓昏了过去。说时迟，那时快，只见朱二顺迅猛而上，一拳将歹徒击翻在地。歹徒也有些功夫，一个鲤鱼跳跃，随即一个扫堂腿袭来。二顺并不避让，一脚踩住，又一拳锁喉，打得歹徒号叫找牙。歹徒自知不敌，大惊，扔下东西钻进树丛。二顺追上前，拾起东西一看，一个面具，还有一个猪舌头，生的，鲜红鲜红的。二顺子和几个同伴将姑娘送回家。由于兴奋，竟将猪舌头去烧熟当作下酒菜，哥几个喝将起来。

朱二顺一举成名，赞誉乍起，崇拜者潮聚，成为北门武林的后起之秀。

另一人是童大强，也是二顺的朋友，北门十大高手之三的童一峰之子。长得虎背熊腰，体毛粗黑，格外健壮。他从父学习刀法，精通摔跤之术，几乎没有对手。他喜欢练习吊环，腾挪翻转，轻松自如。他站立生根，三五个人休想推动他半点。夏大头粗壮有力，曾和他发生口角动手。他只一个回合，就将夏大头拦腰抱起，扔出数米远。夏大头当即求饶。

高邮泰山庙驻有石油勘探队，有几个小伙子听说童大强厉害，前来切磋武艺。有一人身高马大，力量出众，精通擒拿术。童大强拱手，大哥只管来。这人一个猛虎下山，势大力沉。童大强一个躲闪，顺手一拔，一个后踢腿，将其打翻在地。童大强高声说：你们几个一起来。他力敌三人，各个击破。石油职工对他敬重不已。

童大强名震北门，父子齐名。

小金刚之三姓成名志亮，是个美男子，浓眉大眼，有点儒雅之气。他为人沉稳，不急不躁，几乎看不出他身怀绝技。他研习了不少武林典籍，有自己的心得。他的特点是轻功爬高。"文革"期间，各地备战挖战壕。小孩子没事就跨战壕、跳战壕。成志亮就表现出特别的才能，没有跳不过去的战壕，没有爬不上去的高墙。说他身轻如燕，一点儿也不夸张。他就是北门的燕子李三。有一天，北门外有一座小楼发生火灾，有一小孩困在楼上，十分危急。救火队上不去，楼道被火封住。成志亮深吸一口气，健步攀上小楼，怀抱小孩从楼上跳下，平稳无恙。众人钦佩。

杨通达其实算是一位白面书生，也是四小金刚之一。他极喜好看闲杂书籍，文武兼备。身体素质好，举石担是一把好手，爆发力特别强。当时，流行举石担子，几百斤重对他来说很轻松。他很有技巧，抬杠翻腕精准，往往一举成功。他曾多次和全县举重高手周翔切磋，似乎也不落下风。他还是打篮球的高手，场上运球是其一绝。球仿佛粘在手上，很难脱落。篮球场上几个人也看不住他。他如游鱼一样，随心所欲。

他的功力是在一次偶然的事件中得以展现的。有一姓石的人家，几个儿子为了房产闹矛盾，竟然一言不合刀刃相见。老大要砍老二，老二也拿刀准备回击，情势危急。杨通达正好打此路过，便奋勇上前劝阻。这两人岁数都比杨通达大了好多，根本不听这个小辈的话，仍然要互砍。杨通达十分气愤，大喝一声：岂敢如此！右手擒了老大的刀，左手抓住老二的手。两位大汉竟动弹不得，手臂发软。原来，杨通达神力无穷，牢牢掌控，他二人根本砍不起来，一场危机化解。两位老石汉子不得不服。此后逢人便说：杨通达兄弟真是高手。

四小金刚互为朋友，从不相互争风打斗。他们以强身健体为本，引领了正直淳朴的北门风尚。因为有一身的本领，常常能急人之困，钝化一些矛盾，不失为北门武林的一道新风景。

三十二 静静的枕水湾

大运河水向北涌流，行至北门外两公里的头闸。运河水经高邮头闸奔泻而下东南，浪花激越，水量很大。

这里是大运河水通向东乡的源头。此地水系发达。北有清水潭干渠，近有老横泾河，南邻北澄子河、元沟子河等。河网密布，绿野遍地。方圆数十公里，原先是东墩乡的花王、钓鱼村，现在叫作枕水湾。

枕水湾，是个现代名字，很有点诗意。这里应该是北澄子河的上游段。最西边是大型的铁牛镇水的塑像。一头水牛高卧在垒起的石壁上，雄视东方。堤下是静静的河水。河上有造型别致的清莲桥。河的南岸原是城北粮库的地块，现在正开发为居民住宅区，高高的楼群拔地而起。昔日的粮仓和河岸繁忙的人声早已荡然无存。河岸绿树繁茂，河边芦苇丛丛，众多的垂钓者依次排开，耐心等待。河水清澈、明亮。

河的北岸是枕头湾水利广场。原先是民居，现已拆迁建设成法治休闲广场。迎面是一块形态奇特的石头，上书"枕水湾广场"。后面是别致典雅的花窗，西边有一汪池塘，荷叶田田，木质的栈道上立有小亭，颇有意趣。为何名为枕水湾呢？我猜测因为大运河从北而下，先东后南，形成一个大大的河湾，此处恰在湾内，正好枕水而眠，静听水声。放眼西北，运河堤下绿树苍苍，天高云淡。高邮的西北棚户区的改造成果初显，原先污染大户染化厂已改造成为体育森林公园。大树参天，绿草幽幽，湖水清清，鲜花丛丛。各种健身器材一路排开。环型空中步行天桥，横空而生。头闸干渠正畅流而去。这里俨然已是集森林、河流、湖泊、地上环形步道、空中环形天桥于一体的大美之地。

枕水湾的今天，幽静、树绿、花艳、桥美、钓趣，好一派休闲轻松的雅境。而历史上的此地却远非如此。

这里曾是交通繁忙之地。枕水湾广场曾是一个石油储备库，四周有高高的围墙，上面还有铁丝网。墙角建有高高的值班瞭望岗亭。这里是战略物资储备的要地。向东有一个船厂，紧挨老横泾河的北岸。这里还有县物资局的木材建材仓库。仓库堆满了物资，小河里到处是木排。搬运工人进进出出，车水马龙。老横泾河的南岸有粮库和水泵厂的码头，河面上停满了各色各样的大小船只，有运粮船、运草船、运水泵成品的船，还有许多个体的帮船。人群密布，热闹犹如集市。

枕水湾四周以前是大片的农屋和农田。花王村和钓鱼村，是紧挨高邮北门的城郊村，也是我幼时的生活乐园。

我幼时的几个同学都是住在这儿的，有倪金泰、谭开宏、徐灯山等。他们都是朴实的农家子弟，我们一起在荷花塘小学读书。我一有机会经常在这里玩耍。这里，仿佛就是我记忆深处的桃花源。没有喧嚣，只有宁静。冬有小麦青青，夏有稻穗飘香。

清清的渠水来自头闸干渠，从花王村和钓鱼村流过。渠边便是成片的秧田，我们坐在渠水边，河水潺潺，时常看小鱼儿游动。小鱼儿看似呆傻，你若靠近，它则飞快游远。我们将双脚放在渠中，流水轻拂，脚下痒酥酥的。这里，河沟相连，生态自然。我们就在小河边掏螃蟹。这需要有经验和判断。如果小洞边泥土松软，有点小堆积，一般是有小螃蟹的。我们就下去掏，手伸入二三十公分，就会掏到螃蟹。如果小洞过于光滑，且周围有草，则要小心。李小八子就掏出过一条水蛇来，吓得我们四下逃散。后来，有人干脆从家里带来工兵揪，有怀疑的小洞用小揪挖，安全系数就提高了。夏天的太阳很毒，我们还在这里捉蟋蟀。普通蟋蟀常躲在砖片碎石下面，只要掀开很容易捕获。有的躲在洞穴中，就需要用蟋蟀草撩拨良久方出，抓捕须快捷。最难的是捉金铃子。金铃子是蟋蟀的一种，偏小、金翅、声若金铃。这种小虫常附在水边的高瓜叶子上，需要极其耐心倾听其声，侦查其位置。夏天，躲在高瓜叶子丛中，挥汗如雨，且有蚊虫叮咬，捕捉难度大。这当然不能阻挡我们的热情，只要有耐心和韧性，一般是会有所收获的。秋天，我们躺在草堆上晒足了太阳，便去捉麻雀。常捉到一些不会飞的小麻雀，嗷嗷待哺。老麻雀就在周边打转。通常我们会把小麻雀放在树边，不一会，老麻雀就叫唤着把小雀救走。胆子大的，还爬到大树的顶端去掏喜鹊窝，还真有掏到喜鹊蛋的。

　　靠近运河堤下的一户农家，屋前长满了青辣椒，非常整齐，常有野鸡出没。野鸡的羽尾毛很长，奔跑速度极快，一般不容易抓住。我弹皮弓打得准，曾在河边打到过桃花鹦，细腿长嘴。就是汪曾祺先生笔下的那种水鸟。秧田里和小河边青蛙很多，人一走近，便会"扑通"跳进水里，然后潜游，动作舒展，游到水中央的荷叶边躲着。

　　我在这里，接触了大自然，也略知农家的一些基本知识。吃蚕豆荚、挖山芋、拔萝卜是经常的事。我认识了许多农作物，丝瓜、扁豆、大蒜、河藕、南瓜、冬瓜、韭菜、豇豆、毛豆、芋头、茄子等等。我很感谢几位农家的小学同学，感谢头闸干渠边的农田。我在这里，开了眼界，欢快无比。

  我曾探访幼时的乐园，早已是物非人非。农田早已消失，农舍变成了小楼，现在大部分又要拆迁。花王、钓鱼村过去是城郊，现在早已是城市的一部分。只有头闸干渠的运河水依然奔流，老横泾河绿树倒映，而北澄子的上游段盛妆而出，水清景美，魅力闪闪，生态枕水湾就很楚楚动人。

  嬗变的不仅仅是静静的枕水湾，举目四望，何处不是？

2020 年 10 月 15 日

三十三 砂石库之夏

运河边有一个砂石库,成堆的黄沙和石头子儿,都是船队运来的,然后再卖出去。

砂石库就在河东的堤下。向西看去是悠悠的运河。河水时清时浊,但河堤上的杈槐很密,郁郁葱葱的,红蜻蜓飞来飞去。

印峰和黄萍在地磅的小房坐着,称磅。搬运工人的板车都要在地磅上过一下,过磅、打码、记账。

印峰瘦精精的,很黑,能说会道,喜欢说笑话,把黄萍逗得喘不过气来。这黄萍也是高中刚毕业,胖乎乎的,很白,眼睛水汪汪的。据说她爸是局长,是来做临时工的。

下班了,主任说,印峰,给你一个任务,教黄萍把算盘学会。

印峰的父亲是一名会计,很精。印峰算盘很熟,教了几次,黄萍基本上会了,很慢。白嫩嫩的手指拨打得犹豫,印峰就手把手教她。一白一黑,黄萍的脸微微一红。

这几天，印峰很快乐。但黄萍的白嫩嫩的手指老是在眼前晃动。

下班了。印峰走到运河堤上，看运河的船来来往往。风吹在脸上，权槐发出阵阵的幽香。夏天了，游泳的人很多，有个装西瓜的船装得太满，滑落不少西瓜到河里。一群孩子在河里捞西瓜。忽然，有人喊道，李家小五子沉下去了。印峰听闻，飞步而至，一个猛子将李小五从水中托出。李小五还紧紧抱着一个西瓜。印峰曾是县中学生自由泳冠军。黄萍看到了，笑吟吟地说，想不到，你还有这本事，有时间教我游泳。

上班。称磅，打码，记账，统计。终于，日落西下山。黄萍说，我们去游泳。

两人走到靠近北头闸口偏僻的河边。太阳照在水上，一闪一闪的。印峰下水游了几个样式，十分潇洒。黄萍却一点儿也不会游。不会，那就教呗。黄萍脱了外衣，穿着小汗衫下水。印峰教她憋气、打水、挥臂、蹬腿，无意间碰到了她的胸部。她脸红一下，也不特别介意。

天快黑了。印峰先上岸，躲到权槐中换了内裤。黄萍也上岸了，水淋淋的，胖胖的身子完全暴露。特别是高高的胸脯，丰硕结实。黄萍说，背过身去，我要换衣服，不准偷看。印峰笑了，我不偷看。但能看不清吗？去你的。两人说笑着走回家去。

两个年轻人就这样自然地好上了。夏天的傍晚，他们经常坐在黄沙堆积的小山上，看运河水不停地流淌，在晚风中体验着黄沙散发的温热。无数的星星在运河中闪烁，不时有萤火虫在眼前晃一下，又飞远了。

有一天，印峰的外公去世了，他两天没来上班。黄萍心里慌慌的，无精打采。她写了一个字条压在印峰的桌上：几天不见，很挂念，下班一起走。印峰回来了，她立刻高兴起来。又是上班、散步、游泳，这个夏天过得飞快但很甜蜜。

转眼间，恢复高考了。两人都没有考上，怎么办呢？在砂石库毕竟是临时工。

印峰去外地学驾驶。一个月后回来了。晚上，黄萍来了，扑在他的怀里。轻轻地说，我爸知道了，他不同意我和你好。我快顶不住了。今天，我就把身子给你呢。她紧紧抱着印峰，温柔而悲切。印峰很激动，但又很恐惧。他怕自己担不起这个责任。他轻轻推开她，说，我们还年轻。

不久，黄萍就去了县城最好的商场上班。夏去秋来，运河堤上的风清凉起来了。砂石库已不见这两个青年的身影。沙石山仍静静地站着，风从沙上掠过，偶尔会升起一点点沙雾，无声落下。黄萍和印峰也似乎一下子变得陌生起来。

印峰趁着黄萍的父母不在去她家，黄萍淡淡地说，你来了，有什么事吗？然后，就一直忙自己的事，完全忽视了印峰的存在。他有点困惑和茫然，无趣而退。

印峰后来当了一名驾驶员，娶妻生子，日子过得宁静而实在。他始终没有想通，黄萍为什么突然间就像变了一个人。黄萍后来嫁了一个退役军人，老公当了副局长。

多年后，参加学生家长会，印峰和黄萍竟坐在同一条凳子上。两个人的孩子是同班同学。他们两人不约而同地说，你好，这么巧。

运河上的杈槐早已没有了，沙石山也没有一点点痕迹。只有运河的水无声奔流。那个难忘的夏天似乎已经遥远。

印峰有次酒喝多了，忍不住说了和黄萍的事。大家都笑他傻，该下手时不下手，还说自己想不通。只有"老夫子"说他是对的，两个人的家庭有差距，不一定好。李大炮高声道，什么好不好，合适不合适？下手了就合适。下手就是一家子，不下手就是一个故事。众人先愕后默。

砂石库之夏只存在于特定的当事人的心底。也许，初恋是纯洁美好的，青涩更适合回忆。特定的境遇，会有特别的经历。结果会很多样，合理或不合理。

2021 年 7 月 25 日

三十四 山芋干的味道

往昔的时候,北门人口密集。一般的家庭都有五六个孩子,热闹是肯定的。但因为穷,许多孩子是吃不饱的。那些男孩多的家庭,更是如此。有的男孩正值青春发育期,食量惊人,一顿几大碗。没办法,哪有那么多米面?所以,只能用杂粮凑凑。一半米饭,一半是玉米、山芋之类的粗杂粮。

老百姓的孩子不愁长大,自有生存之道。他们知道哪里有东西吃,能够填饱肚子。北门外即城郊接合部,农田很多。五月的时候,乡间的田埂上长满了豆荚,紫色的豆花开完之后,便挂满了青亮的豆荚,随手一摘,剥开便是嫩嫩的绿绿的大豆,有一股清香,味道也不错。小伙伴中有一些就是北郊农家的孩子,由他们带路自然会有许多惊喜。这不,跨过小渠就来到几棵粗大的桑树下,紫黑发亮的桑果子满树都是。桑树果子,酸甜可口,营养丰富。后来知道它的学名叫桑葚。北门的孩子们骑在桑树上,一直吃到满嘴乌紫乌紫的。

山芋干的味道

那时，北门外有个搬运公司二中队，生意红火，业务繁忙。每天有百十名搬运工人从大运河码头上卸货运输。此地有一个白酒厂，酿制乙种白酒，每段时间都要购运大量的山芋干作为原料。每到这时，帮助搬运工人推板车的孩子立即多了起来。名义上是学雷锋、助人为乐，实际上是掏山芋干子吃。搬运工人们知道这些孩子半饥半饱，心照不宣。

山芋干子是用麻袋装的。一般的板车要运载十袋，堆得高高的，用粗绳捆着。二三个小孩帮忙推车，上坡的时候要一起用力，下坡就轻松了许多。山芋干子的麻袋封口是不严密的，常常会露出粉粉的白白的山芋干子，香气诱人。这些孩子一边推，一边掏着吃。山芋干很甜，好吃，又当饱。往往是半天下来，既推了车子又吃饱了肚子。这些个孩子嘴上沾上一层白白的淀粉，衣袋里装满了山芋干子。

这些孩子将山芋干子带到了学校，教室里弥漫着山芋干的香甜味道。那些家境好的孩子也能分到一二块，他们似乎也认同这是诱人的美食。上课了，琅琅的书声响起来了。老师也闻到了这浓浓的山芋干子的味道。看着这些并不健壮的孩子，什么也没说。

有一次，小虎子和同伴打了架，被老师喊来了家长。小虎子三天没有回家，开始老师和家长都不着急，后来到处找，也没找着。小虎子躲起来了，怕家长打骂。到第五天，小虎子回学校了。老师和家长又惊又喜。老师和家长逼问他去哪儿了，他始终不说。后来，他悄悄告诉小伙伴，他口袋里装满了山芋干子，在运河堤边躲了几天。

推车子掏山芋干子的年代久远了，成为北门孩子心底永远的回忆。物质贫乏的岁月，山芋干子的味道似乎也算是一道亮色。

2021 年 9 月 12 日

三十五 我的健走

一晃,我已健走十年了。在江苏的一个小城高邮,我走了许多的路。

健走是一个好的运动项目。不求人,不扰人,自主空间大。不像乒乓球、羽毛球等,需要场地、器材,更需要他人的配合。健走可以是一个人的世界,也可以是小团队的共同世界。健走十年有没有收获?当然是有的。体重降了些,精神开朗了些,见识广了些。损失也是有的,鞋子走坏了好几双,脚板生老茧,皮肤也黑了些。

我知道健走和行走是有区别的。我的健走是稍快一点的行走,不是跑,速度达不到健走的要求。途中人少的时候,我就迈开大步,甩臂的幅度很大。朋友笑我是英式。其实英式倒更接近于健走。我很羡慕那些快步奔跑的人,他们服装统一,三五成群,你追我赶,朝气蓬勃。我力不从心,所以甘于就这么走走。服装也不考究,也不加入什么协会组织,更不参加什么比赛,像个杂牌军,游兵散勇。当然,我倒是有点毅力和韧性,持之以恒还行。一年四季,除了打雷那样的极端天气,一般情况我每天必走,即使下雨也是撑伞而行。有人说,人与人最小的差别是智商,最大的差别是坚持。我深以为然。

我最远的一次走了25公里,是2016年初,单位组织的远足活动,目的地是高邮界首镇。我们共一百多人参加,沿大运河堤北行。几个小伙子轮流举着大旗,北风猎猎,激昂向前。历时五个半小时完成。有不少同志走完了全程,还有几位女员工。由于运动量偏大,我脚板疼了数日。

健走当然是有乐趣的。前人说,读万卷书,行万里路。行的过程就是看的过程。首先是看了不少的自然风景。夏天的时候,晨练的人最多。我一般清晨五时起身,空气很清新。但比我早的人多的是,有些老同志夜里三四点钟就外出了。我开练的时候,他们正回家。夏天风景好,尤其是运河二桥一带,赏心悦目。一边是湖,一边是河。草木茂盛,鲜花点点。边走边看,凉风习习。运河上船队来来往往,西湖畔水鸟飞翔。还有远处的柳树,分外蓬勃。举目望去,烟雾迷蒙,是为烟柳,颇有些意境。走在木栈道上,干净舒适。两旁花草依依,幽静深远。不知不觉中,太阳升起。我已走了近万步,汗水渐湿。该是回家的时候了。

秋天是收获的季节,也是健走人最好的日子。一路有花,心情独好。我曾几次沿着高邮市河行走,全程大约不到三公里。市河改造前环境较差,违章建筑颇多。当时,老百姓称之为穿心河,即穿高邮城而过。我初听之,意极残忍。穿心者穿高邮城之中心而过。我曾向市有关方面反映,绝不能叫做穿心河。现规范称之为高邮市河。改造后的高邮市河,亦是高邮的一个重要景点。沿河种植了几十种花树。有桂花、桃树、荷花、月季、玫瑰、栀子花、枫树等,为一时之盛。市河由南而北,小桥流水,亭台楼阁,还有先贤诗作刻在墙上。汪为《隋堤柳》:"锦缆龙舟万里来,醉乡繁盛忽尘埃。空余两岸千株柳,雨叶风花作恨媒。"杨万里诗云:"城外城中四通水,堤南堤北万垂杨。一州斗大君休笑,国士秦郎此故乡。"

到了冬天,健走的人一下子锐减。只有那些"老健走"还在坚持。这时候,最好的服装是带帽子的羽绒服,保暖又实用。到了三九严寒,人数降为个位。有一年天降大雪,气温降至零下十度。北风狂啸,大雪纷飞。我在凌晨稍作犹豫,仍咬紧牙关外出。天地一片银装,大雪压树,空旷无人。地上的积雪很厚,我走在上面有点弹性。二桥就在前方,满眼苍茫。回望来时之路,一串深深的雪痕。心头顿生一阵欣慰。冬天的清晨经常会看到明月西悬,给寒冷和寂寥增添一些亮色。我站在运堤上看到镇国寺塔尖上月儿悬挂,运西的大树依次排列,确是一幅优美的风景画。我突然吟出一句"清晨明月伴我行,心怀感恩寒风中"。

春天从寒冬中醒来,正是大地万物萌生的时刻。健走的人又渐渐多了起来。柳枝吐芽,迎春花随处怒放。不久,风也柔和起来,桃花杏花开了,我在春光里高兴地走着。最灿烂精彩要数蔷薇了,特别是高邮大公馆西侧院墙的蔷薇,连绵上百米。一路望去,潇洒无拘,灿如明龙,美不胜收。

十年的健走,在高邮小城,我深深地领略了四季的自然之美。景色好的地方也不断增多。运河故道景区、北澄子河景区、运东船闸景区,各具特色。健走改变了我的生活,成为我生活中的一个习惯。十年间,我也曾数次出差在外,只要有可能,我都能坚持每天健走万步以上。我走过秦淮河两岸的步道,走过长江三汊河堤,走过珠海的环海大堤,走过北京的地坛公园,还走过美国加州的乡村小路。健走成为我"读万卷书,行万里路"的一个载体。

十年的健走,我还深切地感受到高邮空气质量的变化。前几年，由于湖滨助剂厂的影响，河堤上时有异味。再加上未在城区禁燃禁放，重大节日时空气质量是较差的。现在，助剂厂搬迁了，禁燃禁放实施了。树绿花红，空气清新。人们走得更欢了。

十年的健走，我体验见证了高邮城的长大变美。我刚开始晨练时，主要的地点是蝶园广场。走一个大圈大约十分钟。我每天大约走六到八圈。那时，可供健走的路径不多。除了体育场，就是运河堤了。西堤虽有镇国寺，但路况不好，道路坑坑洼洼。前几年修了路，栽了树，绿化了运河故道，修建了木栈道。特别是运河故道景区的改造提升，一下子提高了水准和品位。高邮城市建设的迅猛，给人们带来了实实在在的幸福感。东塔市民广场、文游广场、船闸公园、北澄子河两岸步道，以及北门外原染化厂拆迁地块正在打造的森林公园，均成为市民休闲健身的好去处。高邮古城正处在嬗变之中，城东的高层建筑栉比傲立，颇具现代都市的味道，让健走的老百姓心中敞亮。

每个人都有自己喜欢的生活方式和运动方式。健走于我简单而实用。任何人的生活都脱不了时代的烙印。十年前我离开教育，才使我有了健走的选择。我如一片随风落叶，最终随遇而安。沉思，沉淀，沉静。然后，豁然顿悟，边走边看，边走边想，边走边乐，似乎也很好。

2020 年 3 月 7 日

三十六 京杭大运河上的放生

近十年来,我每天坚持晨练健走,无论是晴天,还是风霜雨雪,只要天上不打雷,仍旧照走不误。晨练有一段路程是沿着京杭大运河东堤行走。黎明时分,万物复苏,气象万千。东看孟城驿钟鼓楼上的日出,西看镇国寺塔尖下的月落。一路绿树成荫,遍地草花。空气清新,宁静宜人。最近一二年我忽然发现在运河东堤河畔镇国寺段放生的人逐渐多了起来,尤其是以女性居多。被放生的东西大都以鱼类、龟类最为常见。有的女子手拎一小袋,走到运河边,口念祈语,将放生的鱼儿倒入河中,目送鱼儿缓缓离去。有些讲究的还用了红丝绳扎在鱼身上。有人提着几个塑料袋将鱼、蚌、螺蛳等分别放入河中。也有少数夸张的,直接叫鱼贩子将三轮车开到河码头,大盆小盆、大桶小桶排成一列,依次倒入河中,其量不小。还有的结伴而来,五六成群,手挥小佛旗,沿河虔诚诵读经文,引得路人围观看热闹。

放生无疑是一种善举。放生之人几乎都是善良之人。他们最初的动机是拯救生物。后来，被赋予了其他更丰富复杂的社会内涵。许多人更多的是将此作为一种精神期盼和寄托，有求事的、求学的、治病的、就业的、恋爱的。放生的背后则是内心的诉求的表达。现在，人们的生活压力巨大，放生这种行为似乎也越来越多了，这也从侧面透视出社会的丰富万象。

被放生的最多是鱼类，有黑鱼、甲鱼、鲤鱼、草鱼、鳙鱼等等，有大有小。大多数鱼放生到大运河基本上能够存活，也有的不能。我时常看见运河边漂浮着一些死鱼，有的还是较大的鲤鱼、鳙鱼。究其原因，有些鱼拿来放生时就已经奄奄一息，活力全无，有的放入水中都游不动了。放生的人也许想不了那么许多，只管放，不管活。还有人认为，放生注重的是形式，图的是一个心安。

世界总是充满着因果关系。放生的人自然懂得，围观的人当然也懂得。因为有人放生，所以就有人看到了商机，捞鱼生财。鱼贩子们也很乐见，放生越多，生意越好。现在，每天早晨都会看到有人手提捞网在运河边游走，寻觅被放生的鱼们的踪迹。他们往往会有所收获。据我观察，有些被放生的鱼，由于对环境陌生，往往会游到河边，这就很容易被捞鱼人捞个正着。尤其是黑鱼，无一例外地都会游到水边。由于捞鱼的技术难度不大，捞鱼人似乎也渐渐多了起来。有人刚捞到鱼就拿到南门菜场去卖，并大声吆喝是大运河的野生鱼，价格自然不菲。捞鱼的不仅有个人，还有捕鱼的船只。从镇国寺东堤向北至自来水厂这一段，常有渔船来回下网。可怜那些刚被放生的龟们、鱼们，还没游多远，便又重入网中，最终性命不保。

记得去年秋天，看到有人放生了一只大公鸡，红冠滴水，十分健硕。公鸡活力十足，在东堤小树林跳跃，靠捕捉小虫等生存。每天清晨，打鸣不误。此鸡十分警觉，看见人来便迅速钻入树丛。一二个月后，再见此鸡，已落魄了不少，鸣声渐弱。直至冬天，大雪地白，音讯皆无，估计是性命已失。今年不久前，又看见一只被放生的公鸡，腿上扎着红绳，在运河树丛的小道上张望，等我晨练返回时，却见一人手提公鸡迎面而过。鸡腿上的红绳随风飘拂。有一次，突然看见一人迅速攀越运河边上的防护栅栏，动作异常矫健。我惊愕之余，只见他已将河边一只被放生的巴西龟擒获。

放生的人心中充满着善良和美好，捕捉的人同样感到快意而充实。世界在对立中统一，人们的生活依旧宁静。京杭大运河水日夜奔流，我每天仍然在晨练健走，放生的人们照样放生，捕捉的人们时刻等待。有时我想，这古老的大运河是否是演绎放生故事的合理场所，放生这种行为文化是否是最佳的心理暗示和精神寄托？

2020 年 10 月 20 日

三十七 公厕与偷粪

写下这个题目，我觉得有点遥远并可笑。

二十世纪六七十年代，高邮北门外是有一些公共厕所的。那时，几乎所有的家庭都尚未有卫生间，马桶倒是有的。所以，许多人是必去公厕的。公厕很忙，多数时候是要排队的。公厕也是社交场所，各种马路消息、社会新闻传得很快。

那时基础设施是不够健全的。一般地方的公厕十分简陋。最差的就是一个茅草棚子一个坑，人们称之为茅坑。还有大粗陶缸作茅缸的，上面有个木板盖子。北门大街有几条巷子还是有一二个稍好些的公厕的。厕所的占地还比较大，蹲位不多，基本上坐式的，一大排柜子，木制的，上面有圆口，有点像排状的马桶。印象较深的是公厕的石灰墙上画有漂亮的茅厕姑娘，古典庄重，有点像奔月的嫦娥。公厕每天都是有"清管所"的人打扫的。定期拖运粪便的似乎是新华村的农民。大粪是作为农家肥料有偿使用的，年底是要算账的。

和其他城市一样,北门的女人们清早是要倒马桶的。天刚亮,新华村的农民就高喊了:"倒马桶了,倒马桶了。"于是,各家各户的女人们纷纷拎着马桶出来,倒到菜农的粪桶中。然后,洗刷,放在太阳下晒干。每天如此,大粪是作为农肥被收用的。每年冬天,菜农便用大白菜来抵还。每户都能分到上百斤的大白菜腌制食用。马桶的存在,客观上也减轻了公厕的压力。一些公家单位厕所的大粪也是有收益的。卖大粪的钱款一般是用来年终聚餐。据说,有人戏称为"吃大粪"。

那时候,粪便尚属于有价值的农肥。我家住在挡军楼,常看见有人在大运河东堤刺槐林中拾粪。一般是老妇或小孩子,一手提一个三角形状的提兜,另一手拿着长长的小铲。发现人畜粪便便铲入兜内,作为农肥。

东墩花王腰圩一带的农家孩子就经常在北门外拾粪。拾粪的数量是要算工分的。由于贪玩,有些小孩拾粪数量少,回家常挨家长责骂。终于,有人想出了坏点子,偷粪。

最先遭殃的是柏家巷和猪草巷西侧的厕所。拾粪者直接到厕所里舀之,偷了不少。刚开始并没有被发现。偷的次数多了,胆子大了起来。原先是没人的时候偷,后来,有人也偷。原先偷粪一点痕迹都没有,后来把厕所搞得一团糟,粪便到处都是,弄得人们没法上公厕。于是,事情暴露了,上报到"清管所"。偷粪?闻所未闻。不仅给"清管所"造成经济损失,而且毁坏了"清管所"的社会形象。所长大怒,派人暗中设伏、捉拿。终于,有一天,抓到了几个偷粪贼。是东墩花王的农家孩子,有男有女,都是十来岁的。"清管所"的人不管三七二十一,一顿暴打,没收偷粪的工具。偷粪的风波暂时平息了。

公厕又恢复了正常,卫生也定期打扫。公厕自然还是社交的场所。许多人一边如厕,一边交流社会新闻,甚至国际时事,和谐有趣。后来,又陆续发生过几起偷粪的事件,影响都不大。

时间一天天过去，拾粪的孩子也在不停地长大。以前十来岁的"铲屎官"，现长成半大不大的少男少女。正处于青春发育期，就有可能出现新的情况。其中，有个少男已经觉醒，就经常和他关系较好的女孩"验肚蒂"。游戏次数多了，竟把女孩的肚皮"验"大了。家长吵闹起来，成为笑话。据说，这件事后来私了了。

时代在进步。后来，北门的居民搬走了不少，尽管是老城区，也有人家有了卫生间，但公厕依然必不可少。

大粪以前是宝，后来逐渐变废。以前收购要收钱，现在运粪要付钱。由于化肥的普及甚至滥用，大粪退出了农肥的系列。农民不再把大粪作为天然的肥料。新华村的菜农再也不来收大粪。公厕的压力依然很大。

公厕的发展是城市发展的重要窗口。这些年，党和政府在这方面是下了气力的。成绩是巨大的。公厕的管理水平已经成为城市管理水平的一个重要窗口。但是，公厕脏乱差的现象，比比皆是。现虽有好转，但存在不小的提升空间。有一个细节，成为我判断公厕水平的标志，即自来水龙头的完好度。自来水龙头坏的，厕所基本上是未管到位的。现在有些大城市的公厕已相当国际化，这是很可喜的。据说，日本的公厕是世界一流的，许多人进去就不想出来。

我期盼高邮北门的公厕越来越好。先是城市化、标准化，再进一步文明化、宾馆化，最终也能现代化、国际化。

曾经的偷粪及公厕的故事，今天听来似乎是不可思议的奇事奇闻。但的确是真实发生过的，至少是那个特定时代风貌的折射。

故为之记。

2020 年 8 月 19 日

三十八 一套军装

二十世纪七八十年代，军装还是时髦的。朱国祥就送过我一套。这是很令人激动的事。

朱国祥是我的发小，从小学到高中都在一起玩，学骑自行年、游泳、打鸟、钓鱼，甚至也学会了抽烟喝酒。他长得有点像外国人，除了眼珠发蓝，鼻子也特别大。我们都叫他"朱大鼻子"。据说他有八分之一俄罗斯血统。

朱大鼻子高中毕业后下放到高邮东风公社，后来应征入伍当了基建工程兵，地点在东北辽阳。这套军装是他当兵的前两年硬节省下来送我的。我那时刚上大学二年级，放假回家。朱大鼻子回乡探亲。我们坐在京杭大运河边看旭日初升，看风帆疾驰，畅谈当兵和上学的心得，憧憬美好的未来。他告诉我，部队生活很严格、辛苦，但很有规律，也很充实。他业余正在学习作词作曲。临别时，他从军用黄帆布包里拿出一个报纸包的东西说，送给你。这是一套军装。他说，我知道你有当兵的情结。我说，你自己不穿吗？他说部队每年都要发放的，我省着穿应该可以。我很高兴地收下了。那个年代，军装是最好的时装。我收下了朱同学赠送的珍贵大礼。

朱国祥送我的军装是战士服。上装只有上口袋，没有下口袋的，裤子特别宽大。我穿上军装很兴奋，基本上还算合适，只觉得裤子又肥又大。那个年代，大军裤是时尚的亮色。我终于也穿上了军装，似乎半圆了当兵的梦。我在读高中时曾参加过空军招飞，体检合格了，政审未通过。后来上了大学，和当兵的机遇就失之交臂了。现在，我也穿上了军装，既不失时尚，又仿佛有了当兵的感觉。对着镜子看自己，的确很精神。

回到学校里，同寝室的同学个个羡慕。有人甚至要向我借穿几天，过把瘾。那时候，我们对部队是有很浓的情结的。记得大学军训结束时，我们送别南京军区六十九师的教官，全体同学都流下了不舍的眼泪。1979年刚打完对越自卫反击战，军旅歌曲在校园内盛行。我是整天地穿着这套军装，脏了，洗一洗，又穿起来。上大学的后两年，我基本上是穿着军装度过的。

终于要谈恋爱了。有一年女朋友来看我。那时，经济条件差，又没钱买一套新衣裳。我就穿着这身军装陪女朋友逛商店、看景点。别人以为我是一名退伍军人。有一天正在看风景，天突然飘起雨来，女朋友有点着慌。我却像变戏法似的从大军裤的口袋里拿出一把折叠的小红雨伞来。女朋友很是欣喜。二十世纪八十年代初，人们雨天使用的基本上是大黄油布伞，讲究时髦的也只是刚流行的黑尼龙伞。我却拿出一把可以折叠的小红伞来，确实有点意外。这小红伞是我特意买的，那时候价值十几块钱，算是比较贵的。老人说，谈恋爱是不能送伞的，伞和"散"字谐音，不吉祥。我因为感到这小红伞太时尚了，管不了那么多，就下决心买下了。想不到立即派上了用场。当然，还是要感谢那条大军裤，放一把小伞竟然看不出来。

后来，参加工作了。站在讲台上授课，感到穿一身军装有点"冒"，不太合适。我就将上装和下装分开来穿。一直到结婚，这套军装都是我的主打服装。它是我青年阶段的难忘记忆，甚至充满着我对绿色军营的向往。

朱国祥后来也复员回到家乡工作。经历了就业、下岗、创业，成为比较成功的商人。后来成为知名的作曲家。我们仍经常相聚在一起。为了那套军服，我总是要认真地敬他一杯小酒。

2021年1月7日

三十九 放风筝

放风筝在我国是有历史和传统的。最早发明风筝的人一定是受到鸟儿飞翔的启发。甚至天上的飞机的灵感也是从此而来。据说，历史上最早最厉害的是春秋时期的墨子，把一块大木板放飞起来了。后来，鲁班改用竹质材料。汉代的韩信将风筝用于军事，大概相当于军事侦察机之类的。再后来的风筝可能主要是用来健身娱乐了。现在，风筝的样式越来越多了。山东潍坊还有国际风筝节。

我小时候也喜欢放风筝，地点是在大运河的河堤上。风筝是自己制作的"土风筝"。那时，也没有人专门教过如何制作，主要是看人家风筝的样子吧。具体方法是用芦材或竹枝做成一个方框形的架子，中间用交叉的材料固定结实。那时，没有胶水，只能用面粉制作糨糊，用纸糊上，画上脸谱。再用纸条做出三根风筝尾巴。然后分别从两角和中央用三根线汇成一个风筝"脑线"。这根脑线不能太紧，要有一定的伸缩的空间，连接着大约三五十米的粗棉线。等到糨糊干透后，风筝便可以放飞了。

小伙们便拿着自制的风筝一起到运河堤上放飞。春天的运堤十分美丽，刺槐青青，宛如绿色的长城。刺槐的中间杂生着一些花草，艳艳的，泛着香味。春风从珠湖那边吹来，水很亮，天很蓝，吹得脸上软软的。我拿着风筝快速奔跑起来，大约跑了几十米，抛开风筝，风筝便飞将起来，我突然感到手上力量很大，风筝迎风上扬。我用力拉着奔跑，手上的力量越来越小了，风筝飞起来了，在运河堤上飘扬，仿佛飞机在天空盘旋。风筝鸟瞰着运堤下的屋顶。我们便有了一点成就感。大家眼睛亮亮的，脸上红红的，笑声传得很远。

　　由于制作的技术不精，风筝飞一会儿便出事故了。不是尾巴掉了一根，就是风筝线刮到树梢上了。有时干脆挂到电线或屋顶上，有时线断了，风筝飘走了。但这并不影响我们的热情，我们会再制作再放飞，其乐无穷。这种情绪也会感染家长。记得有一年，强子的爸爸制作了一个风筝"酒坛子"，风筝中还装了风哨，尾巴竟然是一根草绳。借力好风，直上青云，嗡嗡作响，飞得很高很高。引得北门人一片赞叹欢呼。放风筝是一个传统，一方面制作技术很重要，另一方面放飞技术也很重要。像那种酒坛子大风筝，没有相当的技术是飞不上天的。

　　放风筝似乎已经遥远到成为少年的记忆，但那种快乐无忧的日子已经不再拥有了。那时也许贪玩得有点过头，家长们怕我们玩物丧志，便说，清明节以后不能再放风筝了，惹鬼哩。我们也不知真假，真的就不放风筝了。

　　以后几十年，都是为生计而奔波，放风筝似乎和我已不相干。只是偶尔在电视上看到，引发对往日的回忆。现在，人们放风筝几乎不再是自制的那种了，有的放风筝已经不仅仅是人力和风力了。我曾看到用直升机拉放巨龙风筝，这已经是科技实践了。风筝，离我已经很远了。

后来，家住东塔广场附近，闲暇时看见有许多人放风筝。各种各样的风筝，竞相高飞，造型丰富，生动形象。似鹰，似燕，似鱼，似蝶，似蜻蜓。蓝天白云，绿树古塔。成为一道道出彩的风景。

小区里的邻居老张虽年逾古稀，却是一位风筝迷。他每天都要到东塔广场上放风筝。仰天看着高飞的风筝，他笑出声来，像一个无忧快乐的孩童。他玩风筝算是行家了，工具也渐趋专业。他有五六个风筝，每天放的花式不一样。放风筝的线盘都是专业的，高度能达千米。现在的风筝都是专业化制作的，材料是塑料的，轻盈结实，设计也很精妙。但放风筝还是有方法和技巧的。我曾看见一对父子在广场上放风筝，尽管儿子跑得飞快，但风筝就是飞不上去，急得满头大汗。边上一位高手说道，不能太着急，要慢慢地漾，顺势而为。也就是迎着风慢慢地放线，而不是用力猛拉。风筝漾到一定程度，便会越飞越高，最终成为空中骄子。

有一天，我看见一架飞机飞得很低，机身巨大，从东塔上空掠过。第二天，我问老张，放风筝对空中的飞机有无影响。老张说：不会。风筝线最长也就是1000米，放飞有斜角，垂直高度七八百米。飞机的最低飞行高度要在2000米以上。你多虑了。

东塔广场上的放风筝成为一景。风筝在天空窃窃私语，广场上风筝手从容交流，切磋甚欢。太阳西沉了，云霞满天。风筝一只只降落下来，收线回家。东塔广场的夜场盛会即将来临。

东塔广场的风筝很美好，体现了一种健康宁静祥和的生活情趣。当然是值得欣慰的。我却常常想起那些遥远的土制风筝和那个模糊青涩的少年时代。我从心底里深深地怀念着。

2021年2月6日

四十　看灯

中国传统文化活动里就有看灯。元宵节是看灯的高潮。古时候看灯的热闹和诗文暂且不说，只说近年里高邮的看灯。

我是高邮城的土著，生于二十世纪六十年代。我的印象里，往昔的高邮城虽然年年上灯看灯，但都属于民间的自发行为，偶有好看的彩灯，也不成气候，没有什么特别的亮点。印象最深刻的是高邮城区老中山路上高邮镇政府门前的一些花灯和灯谜，尚可一看。其他地方，乏善可陈。

大约是二十世纪九十年代，高邮撤县建市，市政府号召各单位组织灯会，展示传统文化，庆祝撤县建市。那是高邮灯会的一次高潮。各单位纷纷行动，正月十三上灯的时候，高邮城区异彩夺目。当时的高邮城，看灯主要是三条线。一条线是高邮市的传统主街，中山路一线，从城北北门大街至中市口，一路皆是花灯。有传统的兔、猴等十二生肖彩灯，还有老人民剧场、电影院前的荷花灯，龙船灯等，比较精彩的是高邮镇政府前的走马灯，变换出各种景象，引发人们的阵阵笑声。第二条线是府前街，当时也是热闹之地，这里是市委市府所在地，沿途有公检法等大单位，还有人社局、造纸厂、高邮中学等，它们的花灯也是值得一看的。第三条线是通湖路，这里有农机三厂、粮食局、工业局、人民商场等，这些单位都有一定的实力，还有其他一些单位的花灯也在这里展示。他们的花灯不仅独具特色，而且派人在现场值守，敲锣打鼓，声势浩大。

我那时在一个单位担任中层干部，领导将本单位彩灯展示的任务交代给我，必须在北海电影院广场展示有特色的花灯。我苦思冥想，难办：一是时间紧，二是经费所限，单位不可能出大资金操办。没办法，只有一个字：借。我先去扬州大学借彩灯未成，后利用亲戚关系，从扬州玩具厂借了一个巨大的老虎彩灯，用大卡车运到高邮北海电影院广场。配以彩灯装饰，神形兼具，独一无二。观者如潮，引发不少赞叹。最轰动的是广场上一盏高大的龙凤彩灯，栩栩如生，夺人眼球。一方面是制作精妙，另一方面暗喻当时高邮两位最高党政主官，一龙一凤，龙凤呈祥。

那时，人们不仅在高邮看灯，还到外地看灯。有一年，四川自贡花灯在南京莫愁湖公园展览，单位组织员工前去观展。自贡花灯，诚是一绝，既有传神出彩的花灯细节，更有气势宏伟的灯阵，令人叹为观止。观者人山人海，场面宏大。由于人员太多，走失了同去观灯的一个小孩，全团人员焦急万分，延误了返邮的时间。

最难忘的是1984年鼠年春节的看灯。也许因为是市里组织的，声势浩大。俗话说，上灯圆子落灯面。正月十三上灯那天，我们早早就吃了元宵，忙着去看灯了。我和怀孕的妻子从北门大街上了中山路，一路观灯品赏。心情是极佳的，街上的人们也是兴高采烈。大约晚上八时，中山路上老电影院广场已是水泄不通，人流密集。妻子此时已是怀孕数月，担心人多拥挤，不太安全。特别是听说去年江都县灯会发生踩踏事件，死了人，副县长还被追了责。妻说，我们还是回家吧，人太多了。我那时年轻气盛，自以为强壮无比，就说没事，有我护着你，保管没事。于是，我们又随人流南行，行至高邮镇政府门前处，只见人潮汹涌，举步维艰。看灯的人太多了，或许是这里的花灯太精彩了。刹那间，人潮浮动，拥挤异常。我身边有一四十多岁的汉子带一小孩，被人群挤得东倒西斜，小孩吓得大哭。汉子大呼，不要挤了我的小孩，不要挤了我的小孩。我和妻子也被挤得随波逐流。那时，人潮似乎已经失控。有人爬到了路边的树上，有的爬到了屋上。情况十分危急，我用尽了力气维护妻子的安全，不让妻子和胎儿受损。好不容易挤到一棵树下，我用身体挡着人潮，拼尽了全部力量。我妻惊慌失措，十分恐惧。大约过了二十分钟，人群逐渐松动，后来慢慢散去。现场被挤掉的鞋子有好几十双，数十人被送至市人医救治。一场文化观灯活动几乎引发一场群体踩踏事件。我和妻子很幸运，我们只是亲历者，而不是受害者。不久后的四月末，我的儿子出生了，很健康。

  看灯是一项轻松有意义的传统文化活动，让我受益无穷。突发事件只是活动中一朵难忘的浪花。那时候，文化活动还不算丰富，看灯就显得尤为重要了。这也很正常。任何人都只能经历一个时代的文化。而沉淀下来之后，才能真正品味文化的时代。

  看灯，我是难忘的。看灯的乐趣是无限的。邮城人为灯展所付出的劳动、智慧和辛苦是巨大的。灯展活动的组织基本上是成功的，我们不能脱离现状而苛求前辈的努力。它们各自的价值是不可替代的。对于看灯，我的思考和受益则是终身的。

  如果有灯会，我还会抢先去看。

2021 年 2 月 7 日

四十一 一本医书

1976年我读高中的时候，是一个知识贫乏的时代。语数外简单，理化生走过场。没学到什么知识，这不怪老师，怪那个时代。

高一的时候，班上转来一个男生，农村来的。似乎比我们大一岁，人挺老实，有点闷。没几天，我们便熟了。他爸是县某单位的采购员，经常出差，半个月都不回来一趟。他住的地方离学校近，房子又大。很快，我们就交上朋友了。每天放学后，我们都去他家玩，互抄作业，高谈阔论，成为亲密无间的朋友。

同学姓任，比我们懂世情，话并不多，非常欢迎我们去他家玩。经过简叙，他父和我父曾是老同事，于是，更是相见恨晚，相见甚欢，引为知己。

有一天放学后，我们又去了他家。同去的朱大鼻子拿出他父亲出差带回的烟丝说，怎么样，卷香烟抽如何？我们一听甚好。卷香烟抽正合众意。但没有烟纸，只能以报纸代之。大伙七手八脚卷了起来，每人两支。大家抽得趣味甚浓，以为过上了神仙生活。那时,我们似乎也读过《三国》,虽然不比桃园三结义,但也感到交情十分深厚。男同学10人,意气相投,就差点拜把子了。我那时在同学中有点威信,虽然年龄不是最大,但深受大家信任和敬重。

有一天,任同学从床后纸箱里掏出一本厚厚的书说,你看不?我拿到手上一看,是一本很厚的书,名曰《农村医疗实用手册》。我一看是这玩意儿,还以为是什么手抄本的小说呢。那时候,流行手抄本,什么《少女之心》《一只绣花鞋》等等。任说,你仔细看看再说。我连忙翻了一下,内容十分丰富。最重要的有男女生理结构介绍,男女方面的知识非常详尽,还有插图。我看了非常高兴,说,我先看,不要和其他人说。

我足足看了一个星期,对男女之事有了全面的了解。我要感谢这本书,让我了解了男女世界。我们虽然读了高中,却对男女生理结构一概不知。这本书给了我最初的启蒙。我对任说,这本书你不能公开地拿出来,让大家私下里看。我确定了一下看书的同学顺序。

第二个看医书的是小建。他是同学中绝顶聪明的,数理小天才。小建太心切了,竟然拿到班上去看。我们读高中的时候,适逢防震抗震,在地震棚中上课。小建同学趁着没人躲在地震棚的角落偷偷地看。谁知要到上课时候了也不抬头,仍在专注阅读。男同学印峰很奇怪,上前一看。小建竟然在看医书,上面还有男女的相关插图。印峰大骇,正要发作。我说,下面轮到印峰看了。印峰心领神会,微笑不言。

印峰这回看得很认真。平时的教科书基本是不看的,但这医书是下了功夫看的。而且在家里挑灯夜读,被其父发现,原来是研究男女生理结构,不由大怒。竟去学校找老师,老师更是一头雾水,说不出个缘由。

这本医书在我们10位男同学中流转了好长时间，大家心照不宣，都了解了男女世界。时光流转，10名男生都在各自的仓促和兴奋中读过了这本医书。似乎在一刹那，都对世界有了一定的了解，在不知不觉中填补了当时高中教育的空缺。这实属是一个奇迹。

　　这本医书无疑是一本通俗好教材，但同学们始终在偷偷摸摸地阅读和思考的状态中。没有任何人引导讲解，更没有任何人解惑和指点。一切都在暗中进行，在羞与别人谈论交流中感悟。青涩的时代在自然和无知中度过。这也是当时中国中学教育的真实写照。生理现象是有的，生理课是没有的。

　　好在成长很欣慰。我们10个男生都顺利成长。后来成为对社会有用之人。有成长为大公司老总的，有成为基层干部的，也有成为作曲家和小老板的。似乎都没有因为教育的缺失而成为废材和歪材。同学聚会，偶尔有人会提起那本医书，大家都十分感慨，感念它在特殊年代给我们的滋养。甚至可以说，这本医书也是我们人生成长道路上的里程碑。为了这本医书，我们聚会时还专门喝一小杯，大伙儿都没忘记。

　　问起任同学，这本医书到底是从哪里来的。答曰偶然得之。原来是他家一个亲戚，当过赤脚医生，拥有此书。后转行，落在他家，却无意中成为我们高中时代生理教育的启蒙教材。

　　谁能相信，一本医书，让一群男学生难以忘怀呢？又有谁相信，一本医书，让他们了解了一个完整的世界呢？

　　谁也不能否认，一本医书，在特殊年代发挥了特殊作用。

2021年2月24日

四十二 高邮青云楼

高邮老城并不大。一条南北大街是主干。东西也有一条街,即县大衙一条街,后来被称为府前街。南北街商业氛围浓郁,东西街政学风气昌盛。

中市口向西是水部楼。向东在街中央有一座青云楼颇有盛名。青云楼和奎楼有点相似,更像扬州的文昌阁。我小时候曾多次来此观瞻。二十世纪"文革"时被拆除了,殊为可惜。否则,青云楼将会成为老城府前街上重要的文化地标。据高邮县志记载,青云楼始建于明代隆庆六年,即公元1572年,时任高邮知州范惟恭乃是饱学之士,扩充杏坛,兴建青云楼。宋代诗人王禹偁诗云:"青云随步登华榻,红雪飘香入杏园。"青云楼之"青云",是指远大的志向,比喻很高的官位。青云楼是学而优则仕的精华浓缩,取意于"好风凭借力,送我上青天",有平步青云、飞黄腾达的期盼。这的确很接地气,顺应儒生学子求取功名的心声,十分励志。

高邮是重文兴教之地，早在汉代就兴办教育。唐代设县学，宋代设有学宫。明太祖朱元璋洪武元年，公元1368年，高邮知州黄克明始建州署，并重建被元兵毁坏的学宫。过去的学宫是和孔子相关的。高邮老城当然不例外。在州衙的东侧便是孔庙，规模宏大。《乾隆高邮州志》："邮学址在州东九十步，前抵濯衣河，后至瞻衮堂。右界州署墙，左界城隍庙。"青云楼是扩建杏坛时兴建的。何为"杏坛"？典故出于庄子的一则寓言。庄子说，孔子到处聚众授业，每到一处就在杏林讲学，休息时就坐在杏坛上。后人就把"杏坛"称作孔子讲学的地方，也指聚众讲学的场所，即学宫。高邮的杏坛颇具规模，占地三十余亩，主体是孔庙，有棂星门、牌楼，还有高高的石碑，上面刻有"圣旨"："一应文武官员军民人等至此下马。"棂星门外有砚台池，学名"泮池"。这里朱红门墙，绿色琉璃，松柏苍翠，绿草如茵。青云楼就建在南面的青云台上。

青云楼为下圆上六角形砖木结构建筑，是正宗的文楼。除底层外，二三层均为飞檐翘角，三层有风铃。常年风吹铃响，优雅幽远。底部为通道，既可绕行，也可从底层穿行。二三层可登高远瞻。门拱上书有"青云楼"三个大字。青云楼似乎是高邮老城文化地标中不可或缺的一个。

高邮老城从北宋建城，塔和楼是不少的。有东西南北的城门和门楼，门楼名字虽几经演变，文雅有致。城内有西门镇国寺塔，有朝廷治水机构水部楼。城东城墙上有奎楼，城外有净土寺东塔。文化建筑不可谓不丰富。清代光绪年间乡贤韦柏森在他的《秦邮竹枝词》中写道："此地冲繁秦代邮，百千舟过泛中流。双尖矗矗东西塔，前面奎楼后鼓楼。"鼓楼，即青云楼。可见，当年的鼓楼曾是和东塔、西塔和奎楼齐名同列的重要景观。

青云楼为何又称为鼓楼呢？青云楼经历百年风雨，已是破损严重。到了清代康熙年间，公元 1669 年，邑人吴氏和李氏出资修缮楼体，将其更名为忠孝阁。到清同治年间，州衙应一些富商和居民联名请求，在青云楼增添了报时功能。购得五尺直径大鼓，置于楼上，安排专人值更，定时击鼓，遂亦称鼓楼。但青云楼名未废。因此，鼓楼既是文楼，也是报时楼，还是登高观景之楼。

据说，1958 年高邮城重新规划时，曾有人建议以青云楼为中心，开辟南北路，建成青云楼广场，形同扬州文昌阁广场格局。此方案可能要穿破人民公园等，难度较大，未能实现。后来在青云楼偏东处开辟了文化宫路、蝶园路，与府前街交汇。青云楼错失了持续辉煌的重要机遇。

1959 年夏，一个响雷，青云楼被削去二层东南角，破损严重。后经修复，成为高邮老城人士的观景佳处。高邮乡贤李明烽先生曾回忆道："小时候放学回家，沿县府街西行，远眺层层屋脊之上，片片船帆缓缓移飘，令人心醉。"1967 年"文革"中，青云楼和城隍庙大门楼一起被拆除。

二十世纪八十年代，在青云楼旧址南侧建有青云楼商场，保留了人们短暂的记忆。后来，随着府前街一期的改造，整个府前街只剩下州衙门署一处古迹，青云楼的旧址几经变迁，成为现在的龙江商业城。青云楼永远消失了，静静地定格在历史的长河中。

2021 年 3 月 20 日

四十三 水部楼

在大运河淮安至扬州段，有两个古迹不能忽视。一是淮安的镇淮楼，巍然屹立在淮河和大运河的交汇处，目送浩渺之水东去入海。另一处则是高邮运河之滨的水部楼，管理着淮扬段大运河的河务，确保江淮水乡的安宁。

高邮是古邗沟的发源地。是大运河历史遗产城市。高邮也是大运河沿线历史文化名城之一。大运河两千多年的历史，高邮参与其中。尤其至明代以后，大运河结束了河湖一体的时代，实现河湖分道。里运河横空而出，演绎出许多动人感人的故事，也催生了大运河上一颗闪亮的明珠的诞生——高邮水部楼。

高邮从秦王嬴政筑高台、设邮亭起，就是一个重要的水陆交通要冲。秦邮驿，既是陆上的，也是水上的。汉代置县，三国时属魏。为历来兵家必争之地。越两晋南北朝至唐，淮南节度使李吉甫在高邮湖畔修筑平津堰，成为高邮史上第一个重要的水利工程。至宋，乡贤秦观诗云："吾乡如覆盂，地据扬楚脊。环以万顷湖，粘天四无壁。"秦观的诗歌准确形象地描绘出高邮的地理特色。高邮既得益于水，也饱受水患之苦。

因为高邮区域为黄河淮河的泄洪之地，入江通道，水灾成为人民群众的心头大患。从明代起，高邮历史上的重要篇章，就是治水。筑堤，保堤，溃堤。再筑，再保。治水成为高邮生存发展最重要的话题。

历代统治者对大运河都十分重视。春秋起源，隋代开挖。唐宋扩展，元代成形，明清疏浚。明清时期既是大运河漕运的鼎盛时期，也是河道整治的重要时期。朝廷均设有治理大运河的行政管理机构，管理河务。

在明成祖朱棣执政时，安徽人陈瑄将军修筑了高邮湖的第一个湖堤，也就是今天的西堤。明孝宗弘治三年，公元1490年，户部侍郎白昂开凿康济河，修建了东堤。从此，河湖分道。今天的运河基本形成，船在湖外的河中行驶，没有了风涛之险。四年后，明武宗正德元年，公元1494年，高邮迎来了水利史上的重要事件——明朝的南河廊署从徐州萧县迁驻高邮。高邮拥有了朝廷派驻的垂直机构，水部楼应运而生，主管全国的建筑、水利事项。这是极大的信任和殊荣。当年的大运河，共分为五个管理段，从淮安至扬州的里运河段，由高邮水部管理。直到清代清世祖顺治元年，公元1644年，驻高邮的南河廊署改为南河分司（工部分司）。也就是说，从明至清初的近一百五十年，高邮水部楼是作为国家级机构存在的，直到清初才降为地方性管理机构。可以这样说，高邮水部楼的地位在当时不亚于淮安的镇淮楼，是和淮安的漕运总督府作为平行机构并存的。高邮水部楼俯瞰江淮水域，统领治水河务。

水部楼位于高邮老城中市口西侧，始建于县府街和西后街的交叉处，为二层建筑，是过街通道。当初，这是一个垂直的河务管理机构，具有勘察、施工、预警、抢修和日常管理的综合功能。即使到清初，成为工部的一个分司，也是一个特别重要的民生机构。水部楼庄严、肃穆，发挥着稳定人心、掌控治水方略的特殊作用。清康熙十六年，公元1677年。镶黄旗将军辽阳人靳辅任河道总督，次年，撤销驻邮的南河分司（工部分司）。但清廷治理湖河的工作一刻也没有停止。靳辅总督当然是有作为的，他改挑永安新河（清水潭），另筑东西堤，以图永绝决口。建南关大坝，创建滚水坝。后有诸多人物，如张鹏翮、罗文翰等，都是不应被忘记的。康熙、乾隆皇帝数次南巡，均视察河工。但由于技术手段落后，防洪设施薄弱，里运河水患从未根治。

作为治水的管理机构，高邮水部楼并未荒废，仍然在发挥着应有的作用。当地人也称水部楼为水鼓楼，是因为在二层楼安有大鼓。如有水灾情况紧急，则击鼓报警，让城中居民及早躲避。这毕竟是一种比较原始的报警方式，后来逐渐弃用。水鼓楼是当街历史建筑，底层可供市民通行。她静静地矗立在大运河边，感受着河湖之水的苍凉和喜悦，也见证了数百年人民群众抗灾保家的艰难历程。至二十世纪"文革"，水部楼被作为封建"四旧"拆除，运河明珠灭于尘埃。

2015年，市委市府为彰显历史文化，留住人们记忆，遵循旧制，在原址北侧重建了水部楼。

2021年3月31日

四十四 花开缤纷

花开缤纷，春天大美。油菜花在以前不算一个景。春天里走在乡间的小路看，满目皆是。有几棵几棵的，有一簇一簇的，有整片整片的。油菜花黄灿灿，香气四溢，朴素中蕴藏着一种蓬勃力量。农村人觉得平常，就像看麦浪和稻海一样。如果你要是把这油菜花当成一个大景，乡下人会笑你傻。

油菜花成为观赏大景的，那时似乎只有云南的罗平，是全中国有名的看油菜花的地方。山间的梯田，一道道一层层的，八十万亩，那是花的海洋，金浪起伏，青山如绿萍飘浮，很震撼。近些年，东部的人看了受到启发，开发了垛田种油菜，花开了也的确好看。这最有名的算是邻县的兴化。兴化垛田的油菜花火了，有花有水，纵横交错，人气旺得很，在全国都有名。高邮人看了，似乎悟出一些想法，心想这算什么。看我们的，便在湖滩上大片大片地种，一种数万亩，搞成个湖天花海。搞了几年，也成了些气候。于是，人们都很陶醉自得。湖天花海，一边是油菜花，另一边则是碧波万顷的高邮湖。小火车跑起来了，船帆扬起来了，风车转起来了，谁说不是胜景？似乎成为高邮地方独特的新品牌。

　　本来以为创新者生，同质化者死。看来也不尽然，许多同质化的东西不但没死，而且活得坦然盎然。只能感叹我们的市场太大了，人们的需求太旺盛了。就拿油菜花来说，虽然是同质翻版，人气也还是旺旺的，不失为春天浓烈的一景。有人气就有财气，何乐而不为呢？旅游文化既有高深莫测的，也有轻灵浅巧的。油菜花是属于投资少见效快、名副其实的短平快旅游产品。而有些东西，虽然是正宗独特，无奈太高远，又费钱财，还不如靠近的实惠。比如，樱花。真正要看樱花应该去日本，在特定的时间，融入特定的日本民族文化氛围，那可能是真正的赏樱。但不是所有人都有钱去日本的，于是，人们就看武汉大学的樱花。去不了武汉就去扬州看，据说也是不错的。更何况看樱花本身就是凑个热闹，是对樱花如雨美态的一种体验。

　　于是，我想，在任何地方开发旅游都是可以有所作为的。只要是不那么特别讲究，多一点顺势而为，一切皆有可能。

　　作为全域旅游之地，我的家乡已经搞成了成片油菜花，似乎并不缺乏魅力。由此，我倒是思路大开，以为成为旅游景观的风物很多，关键是要做成规模。小景小点调动不了人们的热情。切合大众的，理应就是充满活力的。比如，还可以建一个新桃花源，种万亩桃林，小桥茅屋，曲径通幽，营造出一个宁静悠远的境地，成为喧闹现实之外的洞天世界。当然，还可种上万亩樱花，化神秘为普通，花开了同样迷人，同样可以赢得人们的蜂拥而至。人们同样会乐之，喜之，感叹之。谁会刻意在乎这是否有创新突破呢？谁在乎这樱花是源于何地呢？大众认可便是铁律，就是不二的选择。

接地气的油菜花和高雅的樱花都是自然之花，人们之所以赶集似的欢喜，本质是对大自然的亲近和喜爱，是一种对慢生活的认同和追求。

虽说同质化有点急于求成，眼光不够开阔，但毕竟易学易得，资源就在身边。油菜花似乎算是初步的成功实践，那些樱花的盛开也并不遥远。只要做成了，做大了，谁说什么也没用。

于是，我又想，事物的发展一定是有过程的。当油菜花和樱花有一朝铺天盖地，满眼都是，当人们的审美终于疲劳不堪的时候，同质必将惨杀，最终适者可生，创新必然会从天而降。

花开缤纷，大美春天。这样的春天年年有，各人观感自在心头。所以，先看油菜花，不管是罗平的、兴化的、高邮的，不妨陶醉一番。后看樱花，管它是日本的，还是武汉、扬州的，继续陶醉一番。再看什么呢？大可不必多虑。人类前行的路上，没有不灿烂的春天，也不缺乏激动人心的新景。

2021 年 3 月 24 日

四十五 自行车的春天

自行车是绿色交通工具，它也有过美好的春天。我幼时即会骑，骑姿是"掏螃蟹"。成年后陆续买过几辆。去年退休，又买了一辆，当健身骑行的工具。闲暇时骑车看市容，到运堤看风景，颇好。

稍作观察，现在骑自行车的人并不多。满大街除了汽车，几乎都是电动助力车，快速便捷。真正用自行车当代步工具的，几乎都是老派的一类人。

自行车也是有过辉煌时代的。二十世纪五六十年代，能够骑自行车的一般都是干部。到了七八十年代，能够拥有一辆凤凰、永久或飞鸽牌自行车，绝对是令人羡慕的。其自豪程度不亚于现在拥有一辆宝马级的豪车。在大街小巷里骑上一辆名牌自行车，那感觉多好，清脆的铃声传得很远。那是真正的自行车的春天。整个社会流淌着朴实积极向上的气息。那时的人们十分珍惜贵重的自行车，每天都要将车轮的钢圈擦得雪亮。下雨时，舍不得骑，恨不得扛在肩膀上，怕弄脏了车。有些人没有门路，买不到凤凰永久飞鸽，只好买一辆长征牌自行车骑，又大又笨，但能负重，载人载物方便。

二十世纪七八十年代，自行车不仅仅是个交通工具，也是社会身价的体现。能否拥有自行年，拥有什么品牌的自行车，其内涵当然是不一样的。自行车也曾充当出殡的先导车。有一知名人士的父亲去世，送葬的时候，就是八辆自行车开路，每辆车子的龙头上披着丝绸被面子，慢慢骑行。家人和世人甚觉威风，十分风光。

骑自行车的趣事也是不少的。有一个人结婚，家里摆好了酒席等候。新郎骑自行车去接新娘子。开始说说笑笑，欢欢喜喜。新郎太兴奋，越骑越快。乡间小路不太平坦，有点颠簸。新郎归心似箭，疾驰如飞。全家人站在路口等候，只见新郎全速而至，家人问新郎，新娘子人呢？新郎回头一看，车后无人。原来是新郎在途中将新娘颠掉了而浑然不知。一家人哭笑不得，又回头去找。走了好几里地，只见新娘正坐在桥墩上生气哩。

往昔的日子，交通不够发达。自行年的作用是很凸显的。记得读高中时，我们10位男同学曾骑车去扬州瘦西湖游玩，单程60公里。那是1977年的夏天，我们每人骑着借来的自行车沿大运河堤淮江公路南行，过车逻，穿邵伯，直达扬州。下午骑到瘦西湖，竟下起了中雨，我们环瘦西湖湖堤急行，十分狼狈，根本无暇欣赏沿途美景。我们还去了平山堂。大伙儿骑累了，也饿了，就在路边买西瓜吃，两人一个。这大约是我们平生第一次自驾游。

高中毕业后，我下放去龙奔临城插队。由于离城只有十几里路，所以经常借用亲戚的永久牌自行车往返。这是一辆大半新的自行年，亲戚很注意保养，看上去很光亮，骑起来轻便。那天实在是不走运，在北澄河过摆渡时，由于人挤，我人和车都掉下了河。我将车子拉上河岸，秋风阵阵，我不顾浑身衣湿，将车子擦了又擦，不放过一点细节。终于，觉得车子完好如初，这才放心。我是怕车子弄坏，被亲戚责怪。自行车在当时是重要的财物，更何况还是永久牌的。

时代在发展，人们的生活也在改变。自行车的品种也渐渐多了起来，不再仅仅是过去的钢圈二八的大车了，钢圈二六、二四甚至二二的车子也有了，颜色和样式也丰富起来。我妻刚到邮中工作时，就买了一辆红色的弯杠小自行车，成为自行车流中为数不多的亮色。自行车也是透视百姓生活的一个窗口。

再后来，摩托车流行，小汽车普及，助力车满街。自行车的春天似乎已悄然而过。

我有时仍然骑自行车穿行。虽然略显保守过时，但绿色、环保、健身、自由，更何况没有交警查头盔。

2021 年 2 月 22 日

四十六 高邮城及其城楼

高邮历史悠久，但宋代以前是有县无城的。从秦王筑高台、设邮亭后的一千多年均是如此。

高邮从北宋才开始筑城。那时宋太祖黄袍加身已经十一年，即开宝四年（公元971年），颁布建军城的号令。据《太祖实录》诏文说："惟彼高邮，古称大邑。舟车交会，水路要冲。宜建军名，以雄地望。"除了战略地位重要，高邮本是一个大县，应该受到重视。宋太祖要"雄地望"，就是要提升高邮的知名度。但还有一个原因，说起来有点难堪，为何要在此设军建城呢？因为"多盗"。也就是社会治安不好，常有强盗出没。既有陆路的，也有水上的。所以建筑城池，一方面便于驻军，另一方面便于强化社会治安管理。

这个任务是由时任高邮知军高凝祐实施完成的。知军，既是军事长官，又兼任地方行政长官。高知军修筑的城池并不算大，城四周长一十二里三百一十六步，高二丈五尺，面阔一丈五尺。

这奠定了高邮城的基本规模。城内就是一横一纵两条街。南北街和东西街。在宋代以前，各地的城池多是土城，用夯土筑实。高邮曾发现宋城军砖，但在当时并不普及。到了明代，开始用砖块包装城墙。那时，也是讲究责任制的，谁烧制的城砖都是有名字的，可以追溯城砖的来源。这个举措保证了城砖的质量。到了明代，城墙建设的规范和标准已达到很高的水平。我们现在看到老城东南的那一段城墙遗存，应该是明代的。北宋刚建城的时候，城内还没什么知名的建筑，只在城西门内有一个镇国寺和西门宝塔。知军衙门在中市口东边，但也未成规模，只是一个简易的办公地点。东边有学宫。东门外不远可能就是东海边。西门外是汪洋的湖水。南门外商业活动开始繁多，马饮塘河通着盐河，西边便是运河和珠湖。北门外渐成规模，商铺初起。

　　北宋是我国封建社会经济快速发展的时代。高邮城也有了进一步的发展。文化名人不断涌现，孙觉、秦观、陈造等人，以其突出的诗歌词赋才华，不仅为高邮提升了知名度，也增添了浓郁的文化气息。但宋朝在历史上是一个"积弱"王朝，抗击外侮能力不足，徽钦二帝被掳北去。北宋灭，南宋立。高邮城成为抗金前沿。高邮北门外和东门外都曾有过抗金战事。

　　筑城时间过去了二百余年，到了南宋淳熙十二年（公元1185年），高邮郡守范嗣蠡对高邮城做了进一步的完善。他开南北水门直通市河，并在城池四门上兴建了门楼并命名。东门名武宁门，城楼为捍海楼。武宁之义，即为以武力得到安宁。南宋赵构建炎四年（公元1130年），岳飞在三垛大败金兵。城楼名捍海，捍海就是卫海。可见，当年的东海海岸线是距离高邮不太远的。西门名建义门，城楼曰通泗，即交通泗水。高邮珠湖由众多小湖构成，连通洪泽湖。南门为望云门，城楼为藩江楼。北门名制胜门，城楼屏淮楼。北城门外，韩世忠的部队曾击败金兵，说是制胜，名副其实。屏淮，遮屏淮水。范嗣蠡所名四门和四座城门名，立意高远，既有当时的现实意义，也有美好的期盼，文化底蕴十分丰厚。

高邮由于处于抗金一线，城池建设不断完整。后来，又在城四周开挖了壕沟，成为护城河，并增设了吊桥；还在四门修建了瓮城，用于屯兵。高邮城城防设施完善，成为抗击外侮的堡垒。

至明代洪武年间，黄克明任高邮知州，不仅建了州衙，又加固了城墙，修建了矩堞，即用于射击的城垛；还修建了许多屯兵洞，提升防御能力。当时，主要的外侮是倭寇。明中期以后，倭寇曾数次入侵江淮等地，烧毁高邮盂城驿等。

岁月悠悠，历任地方官都很重视高邮城池和城楼建设，都曾出资修葺。

清代乾隆九年（公元1744年），许松洁任高邮知州，重修城墙和城门楼，并重新命名四座城楼，赋予了新的内涵。东门名把春楼。把，收取；把春，收取春天的美景。当时的高邮东门外，满眼佳禾，春光无限。把春楼正是居高览胜，春光宜人。西为宁波楼，放眼望去，碧波浩渺，企盼湖水安宁，与人和谐。南为朝阳楼，沐浴阳光，欣欣向荣。北为迎恩楼，皇帝南下，恩泽于民，民喜而相迎。此四座门楼的雅名，朴实且有文采，既寄托了地方主官的安民理想，又表达了百姓的主观企求。

岁月又流逝了一百年，到清道光二十二年（公元1842年）高邮知州左仁修缮城垣，又重新命名了城楼。北门名拱辰楼，高大雄伟，颇有气势。诗人高鸿飞诗赞曰："层楼屹立耸千寻，拱北如钦紫极临。……试启帘栊凝远眺，祥光方拥五云深。"拱辰，意拱奉天上的星辰。南门城楼名歌薰楼，诗云："城埵遥接广陵潮，楼下纷闻物产饶。"东门城楼名观稼楼，诗云："东来紫气郁城阿，城上高楼眺晚禾。"西门楼曰小黄楼，诗云："黄州移节领徐州，每忆黄州造此楼。卅六湖光栏楯外，古今都不负文游。"

从宋代建城，历代均有诗人赞美高邮城。南宋杨万里《过高邮》诗云："解缆维扬欲夕阳，过舟覆盎已晨光。夹河渔屋都编荻，背日船篷尚满霜。城外城中四通水，堤南堤北万垂杨。一州斗大君休笑，国士秦郎此故乡。"元代萨都剌《高邮城晓望》："城上高楼城下湖，城头画角晓呜呜。望中烟火明还灭，天际星河淡欲无。隔水人家暗杨柳，带霜凫雁起菰蒲。"明代张羽《高邮城》诗云："茫茫高邮城，下有古战场。当时鱼盐子，弄兵比跳浪。"明代诗人方承训赞曰："湖城楼阁齐，野鹤春巢依阁栖"。清代诗人孙同辙《登制胜门有感》："奇勋冠当代，名藉地常留。斯楼何轩豁，旷望西北陬。"可见，高邮城既是河湖之城，也是文化之城，更是英雄之城。

此后，高邮城又历经风雨二百年，至1945年新四军攻打高邮，实施抗日战争最后一役，高邮城池仍很完整。日伪军据城顽抗，新四军用一周时间最终攻克高邮城，为抗日战争添上精彩一笔。

笔者二十世纪六十年代读小学时，高邮北门和东门部分城墙尚存，我时常登高眺望珠湖。至1972年经省革命委员会批准，高邮拆除全部城墙和门楼，只在东南角保留一段老城墙遗存。从筑城到拆城整整一千年的岁月，高邮城及其城门楼，从辉煌到没落，历经漫长的历史风云，最终永远定格。那些城门和门楼的故事，随着那些古老的城砖一块一块地消失。

高邮共有二千一百多年的建城历史，有两事需要提及。

其一，南宋咸淳初（公元1265年）扬州制置使毕侯，相当于省级军事主官，曾在高邮北城门外，修建过一个新城。其规模和老城相当，新城是用来拱卫老城的，军事意义凸显。至清代已遗址不存。清代诗人孙同辙写有《新城》一诗，云："筑始成淳化，巍巍北迤东。日光平野外，人语近城中。茅屋家无几，荒村路四通。达观壕堑路，谁识毕侯功。"可惜时至今日，新城连一点影子也没有了。

其二，高邮建城二千一百余年，其中约一千七百余年叫作"高邮"，其治所就是现在的高邮城。还有约四百年名称叫"平阿"或"三阿"，其治所在樊良镇。时间大约是隋、唐初以前，其地理位置就在高邮湖中。老人们说高邮湖有个城，即指此城。

千年风雨，"高邮"的名字持续辉煌，而曾经的高邮城不断嬗变和延伸。古老的城墙虽然消失殆尽，但其深厚的文脉仍然活力四射，续写精彩的华章。2017 年，高邮市委市政府修复高邮北门瓮城，建成瓮城遗址公园。这个新建筑和奎楼的一段老城墙，成为高邮人最现实最真切的记忆和安慰。

2021 年 4 月 12 日

四十七 高邮东大街

高邮东大街是一个历史文化街区。高邮是座古城，主街是一条南北向的大街，东西向的有府前街和东大街。

东大街原先称孝义东铺，后称人民路，近年来又恢复成为东大街。

东大街全长大约一公里多一点。西从北门大街丁字路口起，东至文游北路。这里属于老城区，虽然有一些拆迁改造，但总体的风貌基本完整，也是能反映高邮街区历史文化、市井烟火的重要区域。东大街近年来声名鹊起，主要得益于汪曾祺先生的一支笔。他写活了东大街的风土人情，体现出浓浓的爱乡情怀，以至于东大街的名气超越了厚重的北门大街和南门大街。草巷口、大淖成为一种文学符号和记忆，颇有一点知名度。

严格地说，东大街活在过去时，在悠悠的回忆中重生并发光，是先人们留下的一笔财富，让后人们享受。

先从西头说起。高邮城门以北的街道，称北门大街，往昔是高邮的经济繁盛区域。向北是北市口，此处有东台巷、复兴街，均是商铺。再向北就是老税务桥丁字路口,从丁字路口向东就是东大街。

东大街是一条东西向的老街。以前还能跑汽车的,是通向兴化的必经之路。最西头的街南,有过一家烟酒店,东边是华兴池浴室,再向东便是一家老车匠店和老的工人医院。对面路北从西向东分别是熏烧店、理发店和著名的高邮当铺。据说最早是大贪官和珅的产业,后为高邮名流马士杰所有。当铺是近年才恢复的,原先被运输公司三中队占用,周边都是一些居民户。当铺建筑的保存多亏了有三中队的搬运工人们。否则,在"文革"时凶多吉少。当铺,可以被看作东大街的一个大的亮点,有内涵和观赏价值。我岳父家早先就住在这儿,要走过一条又高又长的巷道,墙壁特别高,只觉得超常,竟没想到是当铺的防火墙。那时,这里的民居不算少,有几十户。紧挨着当铺的是一家布店和缝纫服装店,二层楼,现在挂着"仲氏油坊"的牌子。东边有个小巷名陈家巷,是高邮公安局城北派出所的办公地点,北边是酒厂,专产粮食白酒的。小巷对面是一个税务所,向南不远就是都土地庙,后来改为工人俱乐部。东大街的西段,人口稠密,车水马龙。现在,街道路面新铺了大块地砖,看上去舒展了不少。

东大街的中段是从城北医院至窑巷口。城北医院向北是多年前新修的一条路,叫支农路。因为此路向北是米厂、粮库、水泵厂等涉农单位,故名曰支农路,现称为珠湖路。城北医院很有名,承载着城北居民的医疗任务。老人们称其为十六联医院。十六联实际上是第十六公私合营的医院。这里向东有新巷口小学,现已改为城北幼儿园。向东有炼阳观,后开辟为自行车零件厂,现不存。北面即汪曾祺笔下的"阴城"。这里还曾有过一所县属曙光中学,完全中学,既有初中又有高中,培养了不少的有用人才,活跃在高邮及全国的各个阶层。这所学校在二十世纪七十年代建校之初，是全体师生肩挑手提义务参建的。从大淖河边运来的红砖都是学生肩挑手搬到工地的，夯填地基的每一块碎砖也几乎是学生碎聚起来的。现改作城北初中。此处向东是谈家门楼、连家大院、城镇镜片厂和草巷口。

草巷口是东大街的文学符号之一，也是汪曾祺笔下的热土。这里算得上是东大街的最大亮点。汪曾祺的小说散文几乎都是以此地为中心，大约三五公里为半径展开的。草巷口，是因为运送销售柴草而得名，巷子较长，故事也多。草巷口直通大淖河边，往昔曾是东北乡货运集散地。人多，船多，景多，是市井的窗口。这里生态原始自然，有芦苇、水鸟、沙洲，朴素而有野趣，是汪曾祺作品的自然背景。而东大街上商铺林立，五花八门，三教九流，热闹非凡。各色人等在这里周旋，或喜或悲，或爱或恨，或工或游，又成为汪先生笔下的社会背景。正因为如此，东大街才得以鲜活起来，浪漫起来。赵厨房、炕房、如意楼、得意楼、七拳半烧饼店、顾家豆腐店、唐家肉案子、酱油店、中药房和月塘等演绎出许多令人难忘的故事。朱延庆、陈其昌、许伟忠、姚维儒等先生对汪先生作品多有研究考证，常有灼见。这里暂且不表。

东边的大淖巷直通大淖。令人有点遗憾的是大淖河边经过整治改造，脏乱差是没有了，似乎也失去了当年的风采和野趣。朱延庆先生倡导要恢复东大街的市井生活生态，陈鲁高先生呼吁恢复大淖的自然生态，都是有识之见。看来，原汁原味是不可替代的。

由草巷口向东便是炕房和连万顺酱油店等店铺。东望即永安巷和窑巷口。永安巷也可直通大淖河边，当年也是一派繁荣。窑巷口有一个育肥场，承载着里下河地区家禽的中转和宰杀。每年有上百万只的鸡鹅鸭在此圈养和宰杀，供应苏南。窑巷口也是有历史故事的。据记载,是因为此地有许多砖窑而得名,有八百年的历史。相传,因为烧窑就要取土,就不断开挖,所以有了河道。因为烧砖需要大量柴草,大淖这才成为东北乡柴草的集散地。由此推论,大淖之"淖",源于人工取土,是砖窑生产的遗存。

再说东大街中段的南边。由城北医院向东,有汪家巷、刘家巷、竺家小巷、竺家巷、炼阳巷等等。汪家巷已不存。这里有个救火会,也叫水龙局,相当于现在的消防分队。这里比较有名的是县种子站,旧址是天王寺,也曾是高邮八大名寺之一。这是一个规模很大的寺庙,当年佛事很盛。边上便是有名的螺蛳坝。当然,最有名的还是科甲巷,现在叫作傅公桥路。汪曾祺的家就在这里。汪家是大户,房屋众多,还有花园。汪曾祺在此生活到十八岁离开,故乡的情愫犹如一粒种子在他心里发芽生长。他以东大街为背景创作了一系列小说散文,名震文坛,也开启了温婉清新的文风。《大淖记事》《受戒》等一下子提升了高邮的知名度。东大街和大淖河也名扬天下。

由于汪曾祺的巨大影响力,高邮兴建了汪曾祺纪念馆,成为全国文学的高地。每天都有来自全国各地的人士到此学习瞻仰,也引发了一些轰动,主要是汪馆规模宏大,且远超一些文学大家的故居。比如沈从文,在湖南凤凰城的故居也只有三间旧屋。即使鲁迅纪念馆也不能与之相比。据说,当高邮人津津乐道之时,亦有外地人有点纳闷。曰,汪先生诚然是大家,也太高大上了吧?东大街的老百姓可不管这些,他们兴高采烈。汪曾祺先生是一位好邻居、好乡党。

东大街的东段从窑巷口直至文游北路,文游台之南。这里有文游小学,更多的则是一些小商铺。比较有名的是滑石巷。滑石巷也是有历史和传说的。相传巷内道路原是古老的长条大青石,风雨洗磨十分光滑。南宋韩世忠部将抗金时在此庆功发生踩滑，下令巷道废石为砖，但巷名得以留存。滑石巷南边就是月塘，内涵十分丰厚。这里也曾是幼年汪曾祺的乐园。不远处，即人民桥。原先似乎叫作泰山桥。过了此桥，即出了城区，就到了泰山庙了。泰山庙后即文游台了。文游台抢了泰山庙的名号。我读中学时曾多次来此学农，当时就叫小泰山生产队。现在人们似乎已忘了泰山庙，而只知文游台了。

东大街无疑是一条精彩的老街，可以看作是高邮的古老的商业一条街。她既是汪曾祺先生的生长地，也是高邮文化的风情街。东大街的烟火气息很浓，已经渗透交融了许多当代的色彩。东大街不仅有大家汪曾祺，享誉中外，还有学界名流朱延庆，德隆望尊。噫乎，斯诚人杰地灵也。我衷心地期盼东大街不断地丰富，重现昔日的风姿，也祝愿东大街在继承中创新和延伸，使得东大街既古老又年轻，充满魅力和活力。

2020 年 11 月 21 日

四十八 新河之憾

前几天，几位高中的同学聚会甚欢。谈到往昔夏天，我们在大运河游泳的趣事。忽然有人说，我们在新河刚挖成的时候，也常去游泳。新河？是的。新河在哪儿呢？

记得是我们读中学时，高邮北门外偏东的地方挖成了新河。这一段似乎也就几百米长，连通了北澄子河。具体地点是在现在的傅公桥向西的河段。二十世纪七十年代的时候，这条新河很宽很深，水质清澈，县里曾在这里举办过纪念毛主席畅游长江十周年的游泳活动。人山人海，场面热烈。由于是刚开挖的，所以被命名为新河。

高邮的水系是这样的：所有的水都来自大运河。大运河在南门外设有琵琶闸，将运河水引入高邮城。向东一股流向魁楼，成为护城河。从南水关引出一股北去，直到城北小学折向东，绕过城墙向南再向东。现东方商厦的这条路，原先就是向东的河流，在原北海电影院现苏果超市处和从南面流入的护城河汇合。傅公桥的原址就在这里。现在的傅公桥已北移了数百米。城河水在傅公桥向东流入北澄子河。

傅公桥的修建者是清代乾隆年间的傅椿，旗人。傅椿这个人对高邮是有贡献的，功德颇多。从1731年至1740年任高邮知州九年，为老百姓做了不少实事。清乾隆二年（1737年）先修建防水坝傅公堤。傅公堤上种植的是清一色的杨柳，很是优美。汪曾祺在《我的初中》一文说："沿河种了一排很大的柳树。柳树远看如烟，有风则起伏如浪。"后又建桥则称为傅公桥，当年是木制桥。桥以人姓，人以桥传。有如此美名并被当地人铭记的，似乎不多。清高邮学人顾幼学《傅公桥晚步》有云："傅公桥上座斜晖，风柳烟芜众绿肥。试问韶光今几许，榆钱卖得暮春归。"汪曾祺家住傅公桥北越塘，诗云："家近傅公桥，未闻有北海。"当年，这里的风景是杨柳依依，芳草萋萋，绝对的原生态。

新河是新开挖的河。从傅公桥向西这一段，大约三四百米，颇有一条大河波浪宽的豪迈。这里，当初是很热闹的。新河的最西端有新河饭店，来吃饭的是东乡来码头上的人居多。这里有面粉厂、粮食局船队、盐业公司仓库、蔬菜果品公司仓库。河岸之南是装运码头，一派繁忙景象。新河是通往三垛、高邮东乡和兴化的重要水道。二十世纪七十年代，傅公桥重建时是拱形的，主要是为了行船方便。傅公桥的水面宽且深。桥西是新河，水运繁忙。桥东是草荡和农田，连通北澄子河。

我们读高中时，正是新河的鼎盛时期，热闹犹如大淖河边。停船栉比鳞次，我们放学后常到这里游泳。水面宽阔，水质好，无污泥水草。我们一般是从船上下水，纵横来回，十分过瘾。

过了十几年，新河似乎就冷落了。陆路发达了，水运迅速滑坡。后来，小轮船也停开了。新河似乎就没人过问了。县造纸厂排放污水，河边垃圾成堆。水面逐渐萎缩，人群也渐渐散了。新河不新了，短暂的生机停滞了。

　　终于有一天，新河被开发了。砌了许多密集的商品楼房。名曰新河新天地。整体设计是欧式的，还有钟楼之类，似乎也很好看，但最大的遗憾是阻断了水系。原先宽阔的新河变成了一条细长的沟渠。一条大河的新生命彻底地结束了。水流不畅，水质恶化。商品房的吸引力不强。这几年，疏通了水系，水质改观，鱼群似乎又回来了。买房人的脸上有了笑容。来此跑步、打拳、跳操的人也渐多。晚上，也是灯红酒绿了。

　　从新河一路向东，便是北澄子河。这里，保持了原有的生态。河上有一座古色古香的大桥，美观有气势。名曰"水梦廊桥"，颇有诗意。有楹联一副，曰："澄河客伫慕廊桥，画闸涛旋圆水梦"。另刻有《水梦廊桥记》："盂城泽国。湖泊珠串，沟渠璧联。出门即遇水，行路必过桥。明末之始，开浚州治之东水系，名北澄子河。昔为归东海排浸要道，今是里下河引洪要津。水之利害，其莫大焉！得其治，则一方之民享其利；失其理……其莫巨焉……"通篇是讲水和桥的重要。算是赢回了新河憋屈而衰的面子。水梦廊桥的北侧有大禹像，大禹是治水英雄。高邮许多地名都和大禹有关，这也表明水是高邮的重要元素。北澄子河故事颇多，此篇不表。

　　新河是一个特定时期的产物。新河的巨变应该是一个巨大的遗憾。新河之憾透视着理念的冲突和变化，我不认为新河是一个十分成功开发的案例。新河不存了，悲伤一时，遗憾永久。虽然世界时刻在变，但作为有文化底蕴的水乡古城，文脉和肌理应该始终是清晰和长久的。

2021 年 3 月 3 日

四十九 印红字的运动鞋

高邮城在二十世纪七十年代曾有过一个群众体育运动高潮。许多中小学生经过初选都被编成若干个体育运动队参训，有篮球、排球、足球、乒乓球，还有田径、武术、竞走、举重等等。每天下午县体育场真是热闹非凡，人潮汹涌。各种单项比赛，层出不穷。担任主教练的似乎有不少人是下放到高邮来的泰州知青。担任县体委主任的是薛主任薛大胖子。

那时的县体育场的大门是朝东开的，位置并不太正东。大门两侧是毛主席的语录"发展体育运动，增强人民体质"，毛体字迹。常驻体委的工作人员姓周，泰州人，人很好。只要是来体育场健身运动的，一律欢迎。一进体育场，大门的左侧是篮球场，其中有一个是有灯光的，是打篮球者的乐园。我曾在此看过江苏女篮对高邮男篮的比赛。那时，高邮男篮的水平不低，有县水泵厂的大王打中锋，花队长打后卫，石机厂的吴伯龙打边锋，高邮中学的夏家芳老师等打前锋。战斗力很强，和省女篮不相上下。

引发全县轰动。大门右边是县体委办公室兼乒乓球室。后来，乒乓球室砌到了最西边。那时，虽然硬件简陋，但参加运动的人很快乐。我以为高邮的群众体育工作是做得非常棒的。

二十世纪九十年代初，我曾有幸担任过高邮毽球队领队，代表江苏省赴江西省宜春市参加过全国中学生毽球锦标赛，和时任县体育局领导兼毽球教练陆学仁先生有过较深的接触，深知他们当时的训练条件是十分艰苦的。每位参训的运动员，只能喝到自制的糖盐水，补充养分。训练晚了，两个黄烧饼而已。支撑他们的是强烈的体育拼搏精神。

其实，在更早的年代，我中小学的一些同学也参加过县运动队的训练，十分辛苦。学生家长舍不得，似乎也并不太赞成过度严格的训练。但最终还是有坚持下来的。大约是乒乓球队、武术队、竞走队和毽球队等。有些人后来也取得突出的成就，颇令人羡慕。我们是应该向那些成功者和奉献精神极强的教练老师致敬的。曹善亭、陆学仁、杨政和张寿山教练等是那个年代有作为的，也是不应被忘记的名师。

我那时最羡慕参加县体校训练的同学，每人都发有一双白色的运动鞋，尤其是在鞋后侧印有"邮体"两个鲜红的字。那双鞋穿在脚上特别神气有精神，虽然运动裤脚时有遮挡，但"邮体"两个红字时隐时现，特别耀眼。每当在街上看见穿白球鞋的人，我都会特别留意是否有"邮体"二字。如果有，我便立即在内心钦佩起来。这是正在县体校训练的运动员，有一定的运动水准。印红字的白球鞋不是谁都能随便穿的。它是一种标杆、一种认同，既是时尚，也是实力。我似乎有一种对体育明星崇拜的情结。

也许是太羡慕穿白球鞋的人了。我在上中学时也曾买过一双回力牌白球鞋，寻找当明星的感觉。同学说，你这个不行，没有"邮体"两个红字。这让我有点失望，甚至沮丧，心理上受到一些打击。同样是白球鞋，就因为少两个红字，价值差得太远。不仅未获赞美，还有种被认为是冒牌的感觉。好在我那时在学校文化学习成绩较好，体育运动水平也还行。那些个穿着印红字白球鞋的同学对我也是特别尊敬的。那是一个纯朴无邪的年代，充满着以健康运动为美的良好氛围。穿着印红字白球鞋的同学是颇受人欢迎和尊敬的，尤其是在学校举办体育运动会的时候，特别风光。他们基本上都能轻松地拿到项目第一，为班级争光拿分。许多学生簇拥或跟在他们身后。那几天，他们豪气冲天，光芒万丈，是那时真正的明星。

有一天，穿印红字白球鞋的某同学悄悄对我说，要将鞋子借给我穿几天。我笑而乐为之。恰巧，我姑母过生日，我们全家去祝贺。我特意穿上印有"邮体"红字的白球鞋去姑母家吃饭。几个年纪相仿的亲戚见了有点惊讶，他们知道我文化学习较好，想不到现在竟然穿上了印红字的白球鞋。顿时肃然起敬，说，你现在居然参加县运动队训练？我既不承认，也没否认。一双印有"邮体"二字的运动鞋的确具有一定魅力。

多年后，我和体育局的领导和许多当年穿印红字运动鞋的人都成了朋友。他们都说当年他们是如何艰辛，甚至难以坚持。表面上看他们有印红字的运动鞋穿，其实，他们是快乐并痛着，内心也有对前途的隐忧，有时也特别难熬。那是他们特别刻骨铭心的一段人生经历。

一双双印有红字的运动鞋，无数次在简陋的操场上奔驰，见证了若干个披星戴月的场景。寒冬和烈日在脚下滑过，激情和奋斗随风飘远。青春是那么美好和闪光。

一双印有红字的运动鞋，现在看来很平凡，但无疑是那个时代的亮色。不仅仅是那个特定时代的特殊时尚，也是一段令人唏嘘难忘的记忆。

那些红字白球鞋的足音,虽然已经遥远,但并未完全消失。它仍然呼应着我们昔日走过的路径,也一定充分地融会在今日全民健身的洪流中。

2021 年 3 月 5 日

五十 水梦廊桥

高邮是水乡。有水当然就会有桥。有气势的大桥也不少，比如高邮湖特大桥、界首运河大桥、高邮运河大桥、运河二桥，等等。

要论漂亮雅致且有点浪漫气息的，当属北澄子河上的水梦廊桥。

北澄子河是高邮的一条著名的河流，省骨干河道，是通往兴化、盐城等地的水上大动脉。北澄子河水源于高邮湖，从平津堰东出。广义上属淮河流域，已有一千多年历史。据记载，北澄子河上游承接京杭大运河水，运河水从高邮城南琵琶洞流至傅公桥，再向东到北澄子河。1984年，高邮在五里坝兴建船闸，打通盐河和北澄子河。后又经多次疏浚，成为一个主航道。北澄子河西接高邮城，东至兴化河口，全长三十四公里半。

北澄子河的河水清澈。河水并不太深，常可见有鱼儿游动。"澄"字即水静而清。她像一条清澄的丝带纵越高邮大地。传说北澄子河是玉皇大帝四女儿绿衣仙子因私动凡心，来人间游玩，路过东乡三垛，不慎将身上的披帛飘落，落地幻化成的清清河流。北澄子河两岸的风光是特别优美的，农田、茅屋、绿荫、花丛，是地地道道的梦里水乡。杰出的人物也很多，秦观等即东乡先贤。二十世纪七十年代，我多次乘小轮船在其间往返，但见，浮萍荷莲满河，渔网和渔簖排列。虽能通行，然阻碍颇多。似乎有点绕来绕去。

北澄子河上游段支流可达高邮"北头闸"口，前些年有些怨声。老横泾河、元沟子、钓鱼三组河、米河等河道常年淤塞，异味扑鼻，沿岸居民苦不堪言。这些年经过整治也成为风景优美的风光带。或名之枕水湾，或名之九曲溪等。北澄子河多年前已消除了县造纸厂的污水污染，生态渐已恢复。2012年高邮市委市政府又投资打造了北澄子河风光带。水梦廊桥便是其中的一个项目。

据统计，北澄子河上近年来建造了十多座桥。水梦廊桥是最具特色的。何为廊桥？就是一种带有屋檐的桥。可遮阳避雨，供人休憩。亦可交流、聚会、看风景。有的还有供人暂居的房间。廊桥并不是江淮地区所常见的桥型。它的发源地在我国浙江山区的泰顺。历史上的泰顺，村落分散，交通偏僻。人们出外行走几十里都难以见到人烟。在相隔一定里程的大路，要建上一座供人歇脚的风雨亭。而桥上建造屋檐，就是为了方便行人。浙江也是水乡之地，泰顺即有多座廊桥。廊桥之所以名气大，还源于美国的一部电影《廊桥遗梦》，其中浪漫的爱情故事，感动了无数人，也让人们记住了"廊桥"。高邮的水梦廊桥是善于学习借鉴的成果。

北澄子河上的水梦廊桥实在是一座美丽的桥。她造型典雅，气势非凡。远远望去犹如一个缩小版的天安门城楼横跨在水上。该桥对称均匀，廊道宽阔。桥上设有长排座椅，且留有较大的活动空间。双廊展凤翼，玲珑纤巧，古色古香，堪称美桥。站在桥上西眺高邮城区，现代气息浓厚。东看大河东流，盐河和北澄子河在此交汇。可以说是北澄子河风光带的点睛之笔。她的四周风景优美。河水清清，栈道悠远。亭台水榭，芦苇飞花。桥与环境十分和谐。设计者突出了"水梦"的主题，将人们的亲水、爱水、治水、乐水的理念充分展现。人们因桥得便，因桥看美，因桥生乐。我曾在一个夏日的下午到此探访，只见桥上人群聚集。有休闲游玩的、拍照留念的。更多的则是人们在此下棋、打牌、唱歌和跳舞，一派欢乐祥和。

水梦廊桥也是一座水利文化和实用之桥。其实，这座桥是实实在在的水利交通工程，是工程景观化的典范之作。该桥装有12个流量的大型机组，七个小时就能将城北河道水位降至正常水位，对城区的排涝可以立竿见影。同时，她也是便民的交通工程，将开发区与城区连成一片，贯通北澄子河和盐河，将北澄子河风光带与盐河风光带合二为一。不仅体量大增，又体现了景观的多样化，提升了观赏性。北澄子河因为有水梦廊桥，更加迷人浪漫。真可谓是，碧水、岸绿、人美。

水梦廊桥也是水桥文化的展示之窗。大桥中央横眉刻有《水梦廊桥记》，概述北澄子河的历史沿革和水桥情况。其文曰："盂城泽国。湖泊珠串，沟渠璧联。出门即遇水，行路必过桥。明末之始，开浚州治之东水系，名北澄子河。昔为归东海排浸要道，今是里下河引洪要津。水之利害，其莫大焉。得其治，则一方之民享其利，失其理，则一域之众受其害。一桥之要重，其莫巨焉！跨河便走，解困脱扼；越水畅交通，此廊桥仍实现水之梦也。……人游车驰达快，俊赏冬云夏霓。"治水的理念十分清晰：治水患，便交通，赏美景，圆水梦。这是亲水文化的具体阐释，也是"五然"理想的畅想。这"五然"是，"环境自然，生态天然，景观怡然，河道安然，百姓悠然"。有此"五然"治水治物，主导民生，岂不有幸有为哉！

北澄子河的水梦廊桥下,流淌着千年的水乡好梦。两岸的风光正在嬗变为高邮人的梦里水乡。而水梦廊桥已成为高邮人亲水爱美和谐并且浪漫的明证。

2021 年 4 月 16 日

五十一 静听镇国寺的钟声

古老的京杭大运河奔流不息。流入高邮,渐至佳境。京杭大运河高邮段被世人认为是现今保存得最好的遗存。无论是河水河堤,还是沿线历史文化景观。在古驿站盂城驿的北面,宽阔而繁忙的运河中小岛突现,岛上古塔高耸,偌大的古建筑群颇成气势。行船或驾车至此,不觉眼睛一亮。可谓是豁然开朗,境界大变。

这就是京杭大运河上的明珠——高邮镇国寺。

镇国寺当然也是一座名寺。全国共有两座,一座在山西平遥,一座在扬州高邮,都是皇家敕建。"镇国"二字颇见分量。每当新年或重要的宗教节日,高邮镇国寺人山人海,香火旺盛,是名副其实的"运河佛城"。交警们要加班加点,方能保持道路畅通。如今,运河西堤已开发成为旅游风光带,一湖两河三堤,风光无限。高邮湖是全国第六大淡水湖,江苏省第三大淡水湖。水天连接,渔帆点点。成片的草地展现在湖河之间的运河故道,栈道绵延,花木茂盛,风景如画。回乡的游子和外地游客都要光顾镇国寺。观景、看湖、嬉戏、默念、畅想，既领略了深厚的大运河文化，又默默许下心中的期待和祝福。镇国寺的吉祥、安宁的钟声响彻运河两岸。

镇国寺影响日渐深远，镇国寺的钟声充满了沧桑，诉说着不平凡的故事。

先说不平凡的出身。佛教在高邮的存在已有上千年的历史。到了唐朝，佛教大兴，广建寺庙。唐朝共传二十三位皇帝，历时二百八十九年。史载唐朝倒数第三位皇帝唐僖宗李儇，有位兄弟厌恶权力斗争，沉迷佛经，剃度为僧，云游四方。行至高邮，举目四望，碧水连天，绿树环绕。心中欣喜，决定在此念佛弘法。唐僖宗助其弟建寺，赐名"镇国禅院"，赐弟法号"举直禅师"。"镇国"二字颇有政治寓意，有依仗期盼的味道。从中也可隐约透出唐末皇室的衰弱和无助。关于举直禅师的史料遗存甚缺，我们甚至不知其真正的名字，但他是镇国寺的开门祖师。数年后，大师圆寂。弟子感念其诚，上书朝廷建塔珍藏舍利子。于是镇国寺的院中镇国寺塔应时而生。镇国寺塔层高九级，塔高八丈，围长十丈，截面方形，古朴典雅，人称"南方大雁塔"。塔顶青铜葫芦刻有"风调雨顺，国泰民安"八字。镇国寺塔因寺而名，横空出世。

于是，高邮湖畔，杨柳依依，塔和寺相辅相成。晨钟暮鼓，香烟缭绕。僧人和百姓共同祈求长久的安宁。据说，那时因规模宏大，还有"跑马关山门"的夸张说法。

次说不平凡的经历。唐时，高邮是有城无墙。据史料记载，高邮城墙始建于北宋开宝年间。据明清高邮城图册，镇国寺在高邮城内，也就是西门湾。

天有不测风云，历史的遗迹总被风吹雨打。清乾隆年间，镇国寺遭受火灾，寺毁塔存。塔内楼板皆烧毁，只留一座空塔，镇国寺的建筑群荡然无存。嘉庆年间又遭龙卷风袭击，只剩"断塔"。光绪年间重修，塔高七级，保持现状。镇国寺塔初建时共有九级，现存七级。据说有二级埋入地下。因此，镇国寺塔给人的感觉是矮而胖，状若妇人。高邮人戏言为母塔。相对而言，高邮城外东南的净土寺塔，却是挺拔俊秀，戏为公塔。自然的风雨吹灭了镇国寺香火，重创了镇国寺塔。曾经清朗悠扬的佛歌，逐渐衰微成为遥远的回忆。

1956年，京杭大运河整治拓宽。残存的镇国寺塔正好就在拆迁范围之内。周恩来总理提笔批示："让道保塔"。这为历史遗存的重生留下了一条通道。于是，大运河从宝塔东侧而穿，河中留下一块近四十亩的河心岛。镇国寺虽然幸存，却只能孤独地东望古城日出，西看珠湖日落。由于交通不便，只有一条小渡船顺靠可达，河心岛终成荒岛。岛上杂树丛生，一派凄凉。二十世纪八十年代，共青团的干部们看中了此岛，每年组织青年团员上岛除草植树。一时间，团旗飘飘，歌声飞扬，被称为"共青绿岛"。

再说不平凡的重生。古语说得好，是金子总会要发光。到了2001年，高邮市委市政府提出，要深挖历史文化资源，将文化优势转化为发展优势。随着运河二桥的建成，镇国寺苏醒重生的时刻从天而降。2001年，高邮市委市政府将修复镇国寺景区列为当年城建十大工程。2005年6月，镇国寺修复工程正式开工。一期工程修建了大雄宝殿、天王殿、僧寮房、文殊殿、普贤殿、普渡桥、露天观音像、斋堂等等。2006年5月，又重修镇国寺塔。最近几年又陆续增修了清修居士用房等。镇国寺连续数次举办大型佛事活动，其中，最著名的是2014年的"祈福中国千僧斋法会"。规模宏大，影响遍及海内外。镇国寺又恢复了昔日生机，成为高邮运河畔最重要的人文景观。每年重要节日，香客云集,高僧大德莅临,人流潮动,为一时之盛。遥想镇国寺的创建者举直禅师恐怕都未曾想到。镇国禅寺不仅重生,而且繁荣兴旺。正所谓:寺塔重生大美高邮城,经书高唱远播里下河。我以为,饮水思源,睹物思人。举直禅师作为镇国寺的首位敲钟人,理应受到人们的追思。建议在镇国寺中塑像陈列,以资纪念。

随着江淮生态大走廊的建设和高邮旅游业的发展,京杭运河西景区将越来越受到人们的重视和喜爱。自然、亲水、古朴、历史、特产和文化将是绿色旅游的核心要义。欣闻,政府将在镇国寺景区的南侧建成一座跨运河旅游步行桥,将运西景区和盂城驿景区连成一片。这将是一件历史意义深远的盛事。佳期可待。京杭大运河运西景区,人文景点众多,唐平津堰、湖底宋城、耿庙神灯、明丞相汪广洋衣冠冢、清御码头、万亩油菜花海,资源丰富,可开发运用的空间巨大。

镇国寺古老而又年轻,镇国寺塔庄重典雅;镇国寺的钟声悠扬深远。静听这钟声,我们感受到历史的厚重和人间的变迁。

2021 年 5 月 6 日

五十二 驻足东塔广场

高邮东塔广场的全称是高邮净土寺塔广场，建成开放于2011年，是高邮第二个大型市民广场。白天里，人们在这里跑步、打拳、唱戏、游览、放风筝。晚上，更是热闹非凡，可以说是邮城最热闹的去处。每当华灯初上，广场上便人潮汹涌，犹如集市一般。粗略估计，跳舞的至少十来个方阵，鬼步舞、交谊舞、现代舞。舞曲嘹亮，各自不相扰。此外，还有唱扬剧的、练大字的、遛狗的、喂鱼的、看热闹的、搞对象的，还有散步和做各种小生意的。人们其乐融融，和谐而火爆。除非刮风打雷、下雨下雪，几乎每晚都热闹如此。我去过许多大城市，如此大规模的晚间文化盛会并不多见。更不用说国外了。在东塔广场的北面有一二家饭店，西面是小酒吧。生意也不错。

东塔广场的优势主要是广场的面积大、容量大，不仅具有很强的观赏性，更具有实用性。不像有的市民广场，虽然好看，却不怎么实用。东塔广场上设施设计精细，比较现代和周全，供人们休息的木凳较多，还有商店和公厕。最突出是其开放性，全方位的交通，四通八达，进出方便。

东塔广场人气颇旺，逐渐成为邮城的亮点。她在平凡朴实中蕴含着大雅和大气。广场的灵魂无疑是净土寺塔。高邮人称为东门宝塔。净土寺塔和镇国寺塔一样，也是先有寺庙后有高塔。塔因寺而名。净土寺塔建于明代万历年间，共七层。颀长健美，雄伟挺秀，形若俊男。在夜灯的映照下，犹如金塔，气派非凡，是文游路上最抢眼的特色景观。1945年新四军攻打高邮时，日军据高顽抗，从塔上扫射，给新四军造成不少的伤亡牺牲。粟裕司令下令炮轰。东塔的东南角被新四军榴弹炮削去一角，后修复如原状。前些年东塔大修时，清除了塔顶上一棵大桃树，这是鸟儿衔籽自然长成的，十分蓬勃。春天来临时，塔顶上桃树迎风，桃花灿烂，艳若红云，令人称奇。

东塔在邮城东南傲立，历经百年风雨。如今塔存寺废，让人可惜。其实，净土寺要比东塔早得许多。净土寺始建于宋代，有庙房五十余间，是佛教净土道场。佛教在我国历史悠久，最有名的净土道场当数河南洛阳东都净土寺，是唐朝著名僧人陈祎所创，法名玄奘，《西游记》中唐僧的原型。他西天取经，历经艰难，名满天下。高邮的净土寺虽然没有洛阳的名气大，遥想当年也是具有一定规模的大寺，僧人们在此口念佛号，暮鼓晨钟，向往着极乐世界的净土。如今，净土寺荡然无存，历史的遗迹全无。倒是在其废寺的旧址上修建了一些仿古的建筑，问梅馆、竹幽居、博雅堂、廊亭等等。小桥流水，假山交错，绿草如茵，杨柳依依。现已移作商用，开设成了饭店、酒吧和茶馆。清苦中平添些油腻。在东塔之侧，净土寺中，过去是青灯苦守，现在则是灯红酒绿，反差稍大。

东塔广场除文化性、观赏性之外，另一个显著的特点是平坦开阔,十分舒展。市民活动的区域相对宽裕、充分,被多种景观分割得不多。特别是广场的东侧,视野开远,南北通透。少一些高高低低、坎坎坷坷,便于多种展示,人们觉得自由方便。这或许是此处人气聚集的一个重要因素。近期,东塔广场的绿化做了些提升,原先的草坪,种上了大树,增添了石块,通道上添了不少菱形屋椅。我不知是好还是坏。我以为还是保持简捷的好,千万不能复杂化。

东塔广场很美。美人脸上也有斑点。广场灯柱上的介绍性文字,还不够精准。比如,东塔的兴建人知州衷时章,就写成了"袁时章"。一些木质地板损坏不少,雅趣中平添了烦恼。在广场管理上粗放有余,精致不足。此外,适当的商业化当然可以,但如果商气过浓,不免违背了当初兴建广场的初衷。

您好!古老的东塔。你好,年轻的东塔广场。

2021 年 7 月 12 日

五十三 漫说『蝶园广场』

近年来,古城高邮增添了若干个大型市民广场,不仅丰富了市民生活,打造了新景观,也提升了城市品位。广场多了,市民去处就多了,交流的地方多了,心情也就舒畅了,人们的幸福指数普遍增加了。

说到高邮的大型市民广场,位于城南的蝶园广场当属第一。二十年前,"广场"这个概念在高邮几乎是没有的。人们只知道北京有天安门广场,南京有鼓楼广场,高邮南边的江都才刚刚有一个龙川广场。要感谢当时主政高邮的王正宇等同志,能够将县城中心的一大片菜地辟出做广场,真是具有经营城市的超前眼光。

大运河水从琵琶闸东流而下。不远之处,大树参天,建筑古朴。这就是蝶园广场。"蝶园"二字是旧称沿用。"蝶园"原来是高邮明清时名人王永吉的私人别墅花园,有"花香蝶自来"的雅趣。蝶园早已荒废不存,沦为城中菜地,阳光灿烂的日子,空气中弥漫着粪肥的气息。记得长生路边，一溜排大粪缸，蔚为壮观。曾有人骑车不慎撞入。在菜地的东南角上仅存一段旧城墙和斑驳的奎楼。每当夜晚，这里便阴森空寂，了无一人。2002年，高邮市委市政府投资兴建蝶园广场。该广场由上海同济大学设计，面积六十亩，突出以水为源、以绿为美的理念，由费孝通先生题写"蝶园市民广场"名字。蝶园广场由此盛妆而出，轰动邮城。高邮市民感受到了强烈的视觉冲击：自然、田园、亲水、古迹、现代气息。人们蜂拥而至，其乐融融。蝶园广场的建成开启了高邮大型文化市民广场建设的先河。

蝶园广场除了自然之美、设计之美，更多的是散发着浓浓的高邮文化的韵味。

其一，是旧名新用，雅意传承。王永吉是明清两朝重臣，官居大学士。虽是贰臣之列，但口碑尚好。据高邮州志记载，蝶园乃是城中名园。花木繁多，雅致宜人。原有聚星堂、拱门厅等两层楼房，曲径通幽。还有荷亭荷池，文人墨客常聚于此。蝶园既是美景之园，也是文人雅士饮酒唱和之园。而今蝶园重获新生，造福于民。从昔时封建士大夫的私家花园蜕变为高邮人民的市民广场。同样的蝶园，旧地新景，意境格局大变。从小众而大众，还美于民。

其二，是名胜古迹，画龙点睛。蝶园广场不仅有一个好名字，更重要的是有高邮的名胜古迹奎楼和城墙。她们是广场的灵魂。如果仅仅是绿树、花草、水池和草坪，蝶园广场也只能是一个绿色广场。事实上蝶园广场因为是高邮的文化高地而熠熠生辉。魁星是中国民间信仰中主宰文章兴衰的神，在儒士学子心目中，魁星具有至高无上的地位。蝶园的主体建筑是魁（奎）楼。奎楼的兴建也和王永吉家有很大的关系。明朝天启三年（1623年）郡人王自学、孙兆祥、张永烈捐资兴建了奎楼。王自学何人也？王永吉的父亲。他带头捐资兴建了奎楼。据说，奎楼建成后二年即天启五年（1625年），王永吉考中了进士。清顺治十二年，王永吉的儿子王明德再修奎楼，增高一层，达三层。也就是说，王自学祖孙三代人都为奎楼的兴建修缮做出了贡献。奎楼全名奎星楼，顺治年间改称魁星楼，后亦称魁楼，奎、魁两者通用。

高邮明清时代文人常来此登高望远，领略珠湖美景。清代诗人高岑《偕同人登奎楼》："槛前湖水碧千顷，城外夕阳红半村。醉余还拟舒长啸，咫尺星辰若可扪。"情境逼真，魅力惊人。

此外，还有宋城墙。现仅存东南一角，长约百余米，原为夯土，明代改为砖墙。虽是残留的一小部分，高邮城框架及布局却清晰可见。该城墙是高邮当年申报全国历史文化名城的重要硬件之一。据说，前些年修缮过程中也闹出过笑话。当初修缮工人不知"修旧如旧"的原则，修缮时用水泥抹之，以为更加坚固。专家观之大怒，下令返工重修。后用青灰砌之方获认可。

宋城墙及奎楼作为高邮城区重要的文化景观，为蝶园广场增色太多。有诗赞曰："宋城明阁望东南，文星高照八百秋。"

其三，是一场多用，内涵丰厚。蝶园广场建成以来，承载过多种多样的群众文化活动。展览、演出、集会不一而足。单就冠名而言，真可谓任重道远。最初命名为蝶园市民广场，后逐年叠加。现在是，蝶园健康广场、反邪教警示广场、消防广场、反腐倡廉广场、双拥广场等等。诚如一位美女，颇得邮城人民的喜爱。不仅资深，而且时尚。近日，蝶园广场的绿化景观又做了部分提升改造，在一个绿化景观上标注了"好事成双在高邮"的口号。说不定蝶园广场不久又要被命名为旅游广场了。

蝶园广场是高邮最早最大的市民广场，既有品位，更有文化。白天里十分热闹,夜幕下却有些朦胧和清冷。比之东南方向净土寺塔广场的明亮和喧闹,可谓是两个世界。余窃想,是不是过于幽暗的灯光遮掩了她美丽的色泽?

2021 年 7 月 19 日

五十四 读懂清水潭

以前读柳宗元的《小石潭记》，印象极深。文字传神简约，气韵生动。我的家乡也有一个小有名气的潭，名曰清水潭。多年以来，我耳闻许多传说，但从未真正了解。

我终于在一个冬日和几位朋友去了一趟。清水潭在城北二十里运河堤下。真正属于清水潭部分的面积并不大，也没有什么特别的内容。绿树环绕，宁静神秘。水质清冽，暗藏威严。有传说，此潭深不可测，直通东海。这当然不可信，但人们从来不敢冒犯，甚至心存敬意，确是事实。我有一老友，养了只大乌龟，历时数十年。最终选择在此潭放生。老友说，让龟有此好去处，心安矣。和清水潭东边相通的人工湖，近年间似乎鲜活了起来。开发的思路逐渐清晰，且渐成规模。成为扬州重点打造的七大景区之一。先是叫作马棚东湖度假村，现在直接叫清水潭度假景区。真是要感谢陈恩荣先生。他在二十世纪八十年代担任马棚乡的党委书记，率领全乡人改造唐家荡，种植万亩池杉林，成为全省最大的湿地公园,为后来的发展埋下伏笔。

美国著名作家斯蒂芬·金在其代表作《肖申克的救赎》中说过:"那些曾经让你痛苦至极的事情,总有一天,你会笑着说出来。"清水潭正是如此,清水潭因洪水屡次冲刷而生,是灾难的代名词。现在竟然是风景迷人的旅游景区。悲喜两重天,造化捉弄人。祸兮,福兮。

清水潭的前身当从邗沟说起。春秋末,吴王夫差为了北上争夺中原霸权,打通江淮水道。于公元前486年修邗城(扬州),然后掘深沟,南引江水,北穿高邮湖,东北入古射阳湖(宝应),再向西北至江苏淮安入淮河。原先的水道是湖河一体的。清水潭正是水路中的一段。原址就在高邮城北二十里的马棚湾处。长度大约三公里多,是行船的必经之路。明隆庆《高邮州志·卷二》云:"清水潭古州北二十里,故县村所开湖旁,上有龙王庙。"湖堤以东有个叫石梁溪的河段,被称为清水潭。明朝中后期,黄河夺淮严重,高邮境内诸多小湖逐渐汇聚,最终形成高邮湖。由于泥沙堆积,高邮湖成为"悬湖"。每当连续暴雨,洪灾随时暴发。清水潭就是"定时炸弹"。

为什么是清水潭?这和地质构造相关。石梁溪是一条古老的河流,它从安徽滁州的山涧流出,往东流经高邮境内,正好流入一个地下断裂带,这里就是清水潭。当黄河水灌入高邮湖,因为巨大的落差以及重力作用,泥沙一下子落在断裂带底,再经过一段时间沉淀,上层就成了特别清澈的水,潭便因此得名。这也就解释了清水潭深不见底的原因。宋代以后,高邮境内的小湖泊汇成新开湖吞没了石梁溪。漕运船直接在湖上行驶,湖面风高浪急,翻船沉船不断。后来,为了安全,修建湖堤,实施湖河分离。这个湖堤便是今天大运河西堤的雏形。再后,又往东修筑新的河堤,即运河东堤。而清水潭便在堤的东侧。大堤建在石梁溪的淤土层上。因此，每遇洪水冲击，大堤必溃。清水潭成为洪灾的代名词。查阅王鹤先生编著的《古代诗词咏高邮》，咏叹清水潭的诗作颇多。清代宝应人陶季《清水潭》云："高邮望湖波，怵然忆昔戒。过坝易轻舟，庶以忏宿诖。不知清水潭，堤决岸崩坏。洄溜急盘涡，巨舫吞如芥。频年筑未成，势涌沧溟隘。长老为予言，渊内有灵怪。每乘风雨来，粮艘因覆败。若能塞上流，高家堰为界。慎用水衡钱，东南起凋瘵。"清代诗人孙蕙，曾任高邮知州，主持清水潭湖堤修筑。他感受深刻，多次以诗抒怀。蒲松龄曾随孙蕙来邮做幕僚，多篇诗文写清水潭，感叹洪水的凶险和灾难。清代诗人陈锦《过高宝湖望清水潭》云："峭帆侧侧剪波行，万顷澄湖似镜平。鸥鹭只知春水信，鱼龙曾作夜潮声。风流甓社应常在，烽火秦邮幸不惊。借得洪涛消浩劫，银潭从此百年清。"诗人李绂《高邮湖决叹》曰："湖堤东决一百丈，万壑雷轰气奔放。其余断缺如齿牙，百里高邮何荡荡。……灾民无屋编蓬茅，水中行乞方嗷嗷。一时捕捉事官役，遥牵百丈随波涛。"由此可知，历史上的清水潭实乃灾潭，祸害一方。

1956年，大运河拓宽取直，明清运河故道东堤外另开新运河，并修筑了新的运河东堤。原先的清水潭已有部分并入新开运河内。当年最深的一个大潭和一个小潭均沉入现在马棚湾段大运河中。由于新东堤的隔断，清水潭实在小了不少。估计已不足原来的五分之一。

正所谓西边不亮东边亮。清水潭缩小了，但是，清水潭以东的湿地却苏醒了。东湖应运而生，并和清水潭相连相通。灾难的洼地孕育成秀丽的景色，风情万种，分外迷人。

其实，清水潭所处的马棚湾，因为治水，曾留下一头铁牛静卧在临湖的河堤上。刘伯温为镇水铸铁牛的"九牛二虎一只鸡"的传说，带给人们无限的遐想。就在这洪水频发的潭边，也曾走出过一位十七岁的英勇少年,他英武过人,获得武状元的荣誉。他决然而去,从此再也没有回来。他不是一个庸者,也曾赫赫有名,惊天动地,但争议太大,高邮人一般羞于提及。他就是吴三桂。当然,不提他,清水潭的今天同样美丽。

清水潭美在生态。有万亩的池杉林、成群的白鹭、森林小木屋,正所谓"水清鱼读荷,林静鸟谈天"。我曾带多名外国友人来此参观,登观鸟台,看绿色波涛白鹭点点。还有"恩荣亭",颇具感念意味。"小桥流水杉林出诗境,浅渚碧荷飞鹭入画图。"清水潭美在野趣。野鸭放飞奇人陆高中,使得美国绿头野鸭具有灵性,呼之即来,飞归自然。清水潭美在花海。春风吹拂,花海连天,人在花中,花在云中。清水潭美在享受。温泉、美食,弥漫休闲之趣。清水潭美在活力。游船、小艇,在水上森林穿行。清水潭美在理念。亲近自然,享受自然,保护自然,造福自然。

有如此清水潭,不亦乐乎?

2020 年 5 月 15 日

五十五 高邮湖的秋天

我曾在夏日的黄昏独坐高邮湖边静看日落。从下午直到夕阳完全西沉。当最后一丝霞光消失的时候,湖面上安静极了,景色很壮美。不一会儿,飞虫四起,热浪袭面。我心想,高邮湖的夏天太热,如果是秋天该有多好。

转眼间,秋天来了。风开始清凉了,芦花也灿烂起来。天似乎也更蓝了,湖水也渐渐透明了。我又来到高邮湖边,寻找秋天的踪影。

那么,秋到底是什么呢?除了季节的概念,大自然的标志就是秋景。古人面对秋景,往往产生秋思和秋愁,皆是因为秋天的肃杀和荒凉而引发的感慨。而在我眼中的秋景,却不完全是这样的悲观。我以为秋比夏更多了些成熟和丰厚。秋天是四季中的黄金季节。

高邮湖的秋在哪儿呢?宏观上说秋天是一种感觉和视觉,她给人以无限的遐想。秋风起了,秋水明了,秋阳柔了,秋叶红了，秋空高了，秋云淡了，秋月亮了，秋夜远了，秋霜重了，秋雨密了。秋天很神奇，有况味，甚至神秘。当然，秋天也满世界的都是。高邮湖的秋天就在眼前。

　　高邮湖是秋天的一个窗口。湖水格外清澈，水天相接，气象万千。在运河二桥的西边，运河西堤文化公园景区，停泊在湖中的帆船，俨然成为高邮湖的地标。我以为是高邮湖秋天的经典象征，给人一种寂寥、旷远的感觉。似乎秋就藏在不远的地方。我曾泛舟湖上寻秋，在湖的深处，秋风瑟瑟，四望苍茫，天高水阔。而湖底一览无余，茂密的水草犹如墨绿色的海带在水中摆动，浪漫而飘逸。似乎秋就在这流水和水草的运动之中。湖水一波接一波地拍打湖岸。岸边的杨柳分外地蓬勃和妖娆，柳丝如美女长发般楚楚动人。几名钓者在耐心地等待鱼儿上钩。一条木栈道向南延伸，一边是湖，一边是景。秋天就在这里花枝招展地站着、笑着、跑着，直到散步的人们静看太阳的西沉。第二天清晨，湖边的码头热闹而繁忙，渔舟穿梭，鱼虾满舱。

　　秋草也分外地绿。湖边有大片的湿地，自然很热闹。秋天的各种色彩都在这儿呈现。最突出的当是明清运河故道上的绿色草地。秋草似乎已经吸足了夏天的力量，正散发着旺盛的热情。茂密，舒展，韧性。曾经的河床完全成为巨大的地毯，一直铺向远方。就像秋天的车轮在河道上驰骋。人们在这里聚集，享受自然的宁静和野趣。风筝在蓝天上和秋风互动，孩子们的笑声传得很远。点点帐篷散落在林荫中，人们躺在秋天的怀抱里。

　　湖风送来阵阵荷香，这是秋的气息。在湖的浅水区域，碎碎的莲叶铺满了水面，密密麻麻。出水的荷茎很高，碧绿的荷叶随风晃动，有不少的枯叶间夹其中。现在已经过了荷花盛开的时候，残留的一些荷花还在展示不多的花朵。蜻蜓依然在上面盘旋，偶尔有飞鸟掠过。朱自清先生笔下的荷花虽然很美，但和高邮湖的荷花相比，只能算是小家碧玉。高邮湖的荷花在规模和气势上要强大得多。我想，秋也许就在莲叶和花朵上停留，秋也在蜻蜓闪动的翅膀中，秋在荷叶滚动的水珠里，秋更在荷花已经盛开而衰败的梦幻里。秋就在湖上飘着，像风。

能够和荷花媲美只有那一望无际的芦苇了。《诗经》中有"蒹葭苍苍，白露为霜"的名句。界首的芦苇荡是湖上最有特色的秋景。春天，芦苇初长，不成气势。最茂盛的自然是夏天了，芦苇蓬勃，宛若一个个巨大的方阵。现在，人们多乘游艇穿梭在芦荡之中，虽然冲浪和弯道的飞越增添了冒险的情趣，但我以为远不如泛一叶小舟，一竿一桨悠悠穿行。秋天的芦苇荡气势惊人，那种蓬勃的力量令人震撼。面对大片的芦苇，寻秋当须慢行，如此更能体会秋苇的妙处。清晰的湖中倒影，秋风中的摇曳，还有芦花的飞白。秋就在逐渐稀疏的黄叶上飘着，秋也在芦穗里静静地卧着，秋也在你的眼中鲜活着、灿烂着和沉郁着。湖水清清，芦苇无声，朦胧如黛，几只白鹭装点，秋天就在这里等待，或将离去。

高邮湖是美的。秋天的高邮湖更美。湖水浩渺，湖岸叠翠。秋风吹过，落叶纷纷。大自然就这样循环往复。秋景年年有，观者心态各不相同。若心有暖意，秋景自然美艳动人。若心如寒冰，纵然蟹肥菊黄，也是索然无味。

其实，我们何尝不是秋景的一部分呢？我们正随秋风而行，曾经青春着，旺盛着，丰富着，灿烂着，终将飘远。如果心中淡定了，高邮湖的秋景就可以称之为永远。因为总有一个地方就是我们的秋天。

不管怎么说，珍惜眼前的秋景吧。她给我们安静和安慰，她也让我们坦然和从容。秋天一定会离开，春天也一定会回来。

2020 年 10 月 8 日

五十六　李明烽和他的古城梦

秋日某天，老领导邱谨根打来电话，说有个老同志想和我谈谈高邮古城建设，因为看了我写的几篇高邮北门的怀旧文章。我坦言并非这方面专家，恐无真知灼见。邱谨根先生说聊聊又何妨。好在我是高邮城区的土著，多少了解一些，总不会胡说八道，便答应第二天到茶社一叙。

第二天，一见面的确是一位长者，也是高邮人，一直在外工作，高级工程师，姓李名明烽。寒暄后得知，他弟兄几个都是不错的高邮乡贤。他的二嫂就是高邮中学的知名校友汪云女士，担任过周总理专机的飞行员。李明烽早已退休，常居上海苏州，有时也回故乡高邮。他曾数次带着上海苏州的朋友回邮观光，有自己的心得。

李先生说，走了许多地方，人造的景点多，大同小异。花海草地，仿古亭榭，没什么大的意义。人们更喜欢原汁原味的东西,越古越真越好。高邮是座有历史文化的古城,具有先天优势,应着力发掘和保护,应该恢复高邮古城的面貌。他拿出一个小册子,名曰《高邮古城之梦》。

我大吃一惊。恢复高邮古城这事非同小可,并非是我等可以妄议的。如此巨大的工程如何能够启动实施?听他讲述后,他的古城梦主要是扩充南门大街盂城驿,保护规划好北门大街和东大街。其核心是恢复府前街一路的古建筑,形成一个完整的老高邮城。我提醒道,如此宏大的工程恐难实施。首先是当局的主事者和上级主管者和政策法规要认可,并且愿意去做。其次需巨额的财力投入,没有大的财团不行。再次投资效益如何保证。我和邱谨根先生均认为,想法很好,实施很难。姑且认为李先生有一个恢复高邮古城的宏大梦想。

李明烽先生这样写道,高邮如果要发展旅游成为重要产业,就必须设法吸引尽量多的高邮以外的"外地人"来高邮,鼓励他们在高邮消费。旅游开发应避免和其他城市,尤其是周边城市相似雷同,防止"建设性破坏"。高邮既有千年文化传承,又糅杂了沪宁苏扬城市的近代风格和市井文化,要坚决防止"千城一面"。他畅言,古城开发要修旧如旧,返璞归真。最理想的格局是,高邮东部是现代化新高邮,西部是高邮古城景区。

李先生的思路是十分清晰的。这些年他也走了许多地方,有自己的见解。他认为,高邮近年来发展很快,以大魄力、大手笔建设了一批旅游景点,提升了知名度和文化品位,但仍然不够,有些似曾相识。他认为长城内外,大河上下,所到之处,都是一片一片花海。梅花开罢有桃花,桃花落了看油菜花。有水之处,都有湿地公园。各种度假村,更是星罗棋布。

所以,你若想要人家来,就得设身处地,琢磨人家喜欢什么才行。高邮不但历史悠久,旅游资源也非常丰富。我们还有自己的东西，真正有特色的，别人无法仿造的，这就是高邮古城。她原汁原味，但要精心打造，抹去"现代化"的痕迹，恢复当年的面貌，使之为高邮旅游产业再立新功。

李先生的具体设想是，恢复府前街古貌，以县衙为中心，重建一系列古建筑。整修中山路，打造北门大街和东大街。复建古城墙，形成一个完整封闭的区域。这样，古城、盂城驿、县衙、当铺、东塔、西塔等景点，组成"高邮古城景区"。古城外，形成现代化旅游集散地。城内城外互动，必将盘活高邮的所有景点。

作为身在异乡的高邮长者，李明烽先生的拳拳爱乡之心令人钦佩。因为爱，才为之思。也因为爱，才畅抒胸怀。李先生恢复高邮古城的梦想，自然有其共鸣者。或许有人认为此论过于高远迂阔，可算是一种展望。不论是否能够实施，这都是有意义的事情。

2020 年 8 月 30 日

五十七 大节有亏的王永吉

近读王鹤先生编撰的《历代诗词咏高邮》，有一首小诗，兹录如下：

昔日文山今铁山，
文山殉节铁山还。
更有叠山能蹈死，
三山相过问谁惭。

作者叫尚应轸，高邮人，是王永吉的老师。其他事迹不详。王鹤先生加注说，王永吉于北都陷后削发归，其师尚应轸作诗前两句，又有人续之。

也就是说，这首小诗有两个作者。前两句是尚应轸写的，后两句是另外的人写的。这首合作的诗虽短，态度却异常鲜明。是投向王永吉的有力匕首，将其牢牢地钉在历史的耻辱柱上。

先来解读这首小诗。

题目是咏王永吉。咏是咏叹感慨。王永吉是高邮名人，历史上是一个贰臣,即明朝大臣降清后继续做官的。尚应轸是王永吉的老师,年龄应该比王永吉大,是位明朝的读书人,王永吉幼年时的先生。老师写诗骂后来做大官的学生,情况肯定是不一般。

"昔日文山今铁山,文山殉节铁山还。"过去有个号文山的人,当今有个号铁山的人。"文山"指的是文天祥。据《宋史·文天祥传》,文天祥,字宋瑞,又字履善,自号文山,与陆秀夫、张世杰被称为宋末三杰。文天祥很有气节,是著名的爱国诗人,始终和元兵抗争。他在《过零丁洋》中写道"人生自古谁无死,留取丹心照汗青"。《指南录后序》中提到,他曾在高邮与元兵周旋。其诗《发高沙》就写的在高邮的经历。"小泊稽庄月正弦,庄官惊问是何船。今朝哨马湾头出,正在青山大路边。"他最终为抗元而献身,是英雄。"铁山"指的是王永吉。王永吉字修之,号铁山。明朝天启间进士,官至蓟辽总督。李自成攻陷北京前,崇祯皇帝急调王永吉、辽东总兵吴三桂和昌平总兵唐通等率兵入京勤王。但王永吉弃山海关而逃回高邮,后降清。这句是说,过去有文天祥,现在有王永吉。文天祥为了国家殉节而死,王永吉为了保命弃关而逃。王永吉逃回家乡,隐居在界首镇国寺,吃斋念佛。如果能够这样终其一生,也没有多大的非议。问题是他对清朝招引动了心,再度出仕。这就是大节有亏了。尚应轸作为他的老师,应该是一个讲义气的正直文人,看不下去,写诗讽刺他。拿他和文天祥相比,实在是大节差距太远。

又有人出于义愤,补写了两句。"更有叠山能蹈死,三山相过问谁惭?""叠山"是谁?就是谢叠山。名枋得,字君直,号叠山。江西人,与天文祥同科进士,著名爱国者。在中国历史上,和文天祥齐名,被誉为爱国主义"二山"。他一生讲究气节,南宋末年,不惜倾家荡产,聚集民间义军抗击外侮。南宋灭亡后,他守怀抱节,严词拒绝元朝高官厚禄利诱,绝食殉国。谢叠山有一句名言："大丈夫行事，论是非，不论利害；论顺逆，不论成败；论万世，不论一生。"这两句是说，更有谢叠山为民族大义能够殉节，文天祥、谢叠山和王永吉这"三山"相遇，请问是谁应该感到惭愧而无地自容呢！

三位都是进士、读书人，又都曾是朝廷要员，在国家危难时刻表现出来的气节却截然不同。文天祥、谢叠山慷慨赴死，始终保持正直的气节，而王永吉明哲保身，理应羞愧万分。

这首小诗语言朴实明快，巧妙用文人的自号相衬，对比鲜明，彰显正气，反映了人心的向背。后来，王永吉虽然也做过一些好事善事，但终是一个大节有亏的人。虽贵不羡。于史而论，不冤。

2020 年 9 月 1 日

五十八 高邮与巴拿马展会

美国有一个城市叫旧金山,十九世纪中叶在淘金热中迅速发展,华侨称为"金山"。后为区别于澳大利亚的墨尔本,改称"旧金山"。旧金山市是美国的文化之都。这里曾举办过首届巴拿马万国博览会。旧址就是旧金山的艺术宫。几年前,我曾参观过这座艺术宫。

这是一座仿古罗马废墟的建筑,由著名建筑师梅贝克设计,非常壮观,环境优美,气势非凡。现在既是公园,也是艺术学院。这是当年万国博览会的主要建筑,起建于1913年。艺术宫主要是一个圆顶大厅,配有拱门和石柱。据说,当时参赛各国曾自建本国特色的建筑。中国也自建了亭台楼阁式的特色建筑。这个作为展会主体建筑的艺术宫,本来只是为博览会而建的临时建筑,所以用了一些简单的材料(石膏及纤维的混合物)。展会后这个建筑原本应该拆除的,但在旧金山居民的强烈反对下,得以成为唯一保存下来的建筑。后改用了永久性的建材，现成为该市的一个著名景点。

首届巴拿马万国博览会是 1915 年在这里举办的。展会从当年 2 月开展，到 12 月闭幕，展期长达九个半月，参观人数超过 1800 万，开创了世界历史上博览会时间最长、参加人数最多的先河。中国作为国际博览会的初次参展者，第一次在世界舞台上露面。

二十世纪初，美国开挖了巴拿马运河，沟通了大西洋和太平洋。这是航海交通的创举，全世界为之欢呼。为什么不是巴拿马，而是要由美国旧金山来承办巴拿马运河通航庆典和万国博览展会？这是因为巴拿马是个小国，能力有限，且完全依附于美国。

关于巴拿马万国博览会，最著名的传说是茅台酒。说是展览举办了几天，茅台酒几乎无人问津，情急之下，参展的中方人员故意摔坏一瓶，酒香弥漫，引起轰动。茅台酒获得金奖。此说是茅台酒厂自称的，并做了海量的广告。

首届巴拿马万国博览会的影响力是巨大的。中国在这次展会上收获了巨大的成功。中国赴美参展品达十余万种，共 4172 个送展单位和个人。展会共设六个奖项：大奖章、名誉奖章、金质奖章，以上为一等奖；银质奖章为二等奖；铜质奖章为三等奖；奖词，为鼓励奖，无奖牌，只有奖状。中国共获奖章 1218 枚，为参展各国之首。其中尤以丝绸、茶叶、瓷器等产品大放异彩。博览会后，中国的产品出口额出现了明显上升。这也是袁世凯执政时期的亮点之一。

其实，高邮作为一个鱼米之乡的大县也参加过巴拿马展会。据高邮县志记载，民国四年 (1915 年)，高邮县物品在巴拿马赛会上被列为二等品的有黄应夔画《杨贵妃出浴图》一种，三等品有柳条格布、王万丰酒及香醋、瞻衮堂豨苓膏、李田虾籽、各种豆麦稻五种，四等品有淑华女子小学线结花篮、北门女子小学线结手工制品、吕承祚白芝麻三种。

另据相关资料记载，扬州及所属各县送展展品以农业类为主，奖次较高的有谢馥春等。概括高邮获奖的展品，大约是艺术品、农产品和手工制品。我看来看去，偏偏没看到高邮麻鸭和双黄鸭蛋。这多少有点出人意料，颇为遗憾。高邮获奖的展品，有二、三、四等奖。二等品黄应夔的仕女图，属于银质奖章，表明高邮文化艺术底蕴丰厚。三等品有五种，数量不少，属于铜质奖章，彰显较强的实力。其中，柳条格布代表纺织水平；王万丰是个老字号，酒和香醋质量过硬；瞻衮堂的豨莶膏是一种中草药膏，主治风湿痹痛；李田虾籽，正是高邮水乡的特产；至于农产品各种"豆麦稻"，实为高邮农会送展的蚕豆、黑豆、扁豆、红糯和白糯，这些也确是高邮鱼米之乡的特色。应该说，一个县能有上述展品获奖，实为难得，当以为豪。

当然，我也有点纳闷，有些获奖的东西怎么就没有很好地传承并发扬光大呢？比如，王万丰名下的酒和香醋。这让人百感交集，殊为不解。王万丰的店铺不存了，这些有名商品似乎也就这样消失了。

可惜可叹，可期可盼。

2021 年 6 月 4 日

五十九　云端之上的秦少游

今年是秦少游诞辰九百七十周年，其故里高邮将要举办一系列纪念活动。这实在很有必要。作为高邮籍的乡贤名士，秦少游在中国文学史上的地位很高，影响深远。可以这样说，能够取得如此重要成就的，千年以来，在秦邮土地上的文人墨客无出其右，即使放眼扬州，也是无人比肩。秦观，的确是站在云端之上的"国士"。

秦观，原字太虚，后改字少游。因自号淮海居士，人称淮海先生。高邮盂城的得名就源自他的《送孙诚之尉北海》这首长诗中的前四句："吾乡如覆盂，地据扬楚脊。环以万顷湖，天粘四无壁。"近千年以来，高邮人均以秦观为骄傲，但真正全面了解秦少游的却不多。大多数高邮人只知道其词作中的一二个名句，比如《鹊桥仙》："两情若是久长时，又岂在朝朝暮暮。"还有《满庭芳》的首句："山抹微云，天连衰草。"高邮文游台内有秦少游塑像，一派儒雅学者的气韵。实际上，真实的秦少游并非完全如此，而是另一番样子。据史料记载，秦少游豪爽、喜酒、美髯、大腹便便，这全然突破了关于婉约派的想象。由于生活的磨难，他逐渐沉郁。秦少游墓地现存无锡惠山，秦氏后人多居无锡秦村。在高邮，秦少游故里武宁左厢里历史遗存不多，深入研究秦少游的也不多。近年来，人们关注秦少游，是因为他的《鹊桥仙》正在演绎成为七夕情人节，甚至中国情人节。虽然氛围逐年加强，各种活动也越来越多，但规模和效应与秦少游的名望不够匹配。关于其人、其事、其词、其文、其字等，研究运用的空间仍然十分广阔。

秦少游的一生，并不算长寿。史料记载，1049年生，1100年死。五十一岁。秦少游出名很早，做官却较晚。直至1085年第三次才考中进士，其时，已是三十六岁。他在官场上先后闯荡十五年，官阶不算高。他是一个政治上的弱者、诗词创作上的巨人。可以肯定的是，秦少游在三十六岁前，大部分时间是生活在高邮。其间，他曾不断外出游历。他在出仕前，主要是读书、创作，颇有名声，交往的大多是当时的文化名流，其中最突出的是苏东坡。

苏东坡比秦观大十二岁，出名早，做官也早。苏东坡是最早赏识秦少游的名人。说他有"屈、宋之才"，尤其喜爱他的词作。苏东坡曾将秦观和柳永并论，"山抹微云秦学士，露花倒影柳屯田"。因为两人关系过于密切，又同属当时旧党人物，苏东坡影响了秦少游一生的政治走向。两人亦师亦友，气味相投。时人将秦观归附苏轼门下，人称苏门四学士之一。秦观死后，苏轼十分悲怆："少游已矣，虽万人何赎"。秦少游一生诗词成就十分耀眼，然在政治上始终失意，为官生涯多处于贬逐之中。更为险恶的是，秦观死后，宋徽宗听从宰相蔡京的主张将秦观等数百名正直的大臣列入"奸党"之碑，并祸及子孙。一直到二十八年后，南宋高宗下诏彻底平反，并追赠苏门四学士秦观等直龙图阁。这才有后人称颂的"秦龙图"。

秦少游的一生创作丰富，著有《淮海集》《淮海居士长短句》。具体地说，有词一百多首，诗四百三十多首，文二百五十余篇。由于政治上遭贬，千古以来，人们对秦少游的评价均从诗词入手。其实，他在许多方面成就很高，由于词作过于优秀，从而遮掩了其他方面的光辉，尤其是诗。他是宋诗中的大家，但未获得应有的文学史地位。最不地道的是金代元好问的评价，他在《论诗绝句》中说："有情芍药含春泪，无力蔷薇卧晚枝。拈出退之山石句，始知渠是女郎诗。"他将秦观和唐代诗人韩愈相比，认为韩诗雄浑壮美，秦诗柔弱。这不免有失公允，是偏激之论。然而，此说影响深远，致使秦诗评价偏差较大。毫无疑问，秦少游最杰出的当然是词作，是一代词宗。《四库全书总目》评价他："而词情韵兼胜，在苏黄之上。"秦少游传世词作一百余首，均是高质量。综合多种权威版本，最著名的大约有十来首。分别是《鹊桥仙》、二首《满庭芳》以及《望海潮》《木兰花》《浣溪沙》《八六子》《阮郎归》《如梦令》《江城子》等。

具体看三首，体会秦词特色。其一是《鹊桥仙》：

纤云弄巧，飞星传恨，银汉迢迢暗度。金风玉露一相逢，便胜却人间无数。　　柔情似水，佳期如梦，忍顾鹊桥归路。两情若是久长时，又岂在朝朝暮暮！

《鹊桥仙》词牌有两种调体。一种是五十六字，始自欧阳修，因词中有"鹊迎桥路接天津"句，取以为名。另一种是八十八字，始于柳永，此调多咏七夕。秦观的该词写的就是神话传说中牛郎织女的爱情故事。起句展示的是七夕独有的抒情氛围,"巧"与"恨"突出了爱情故事的悲剧性。接着写牛郎织女的悲欢离合,歌颂爱情真挚高尚。最出彩的最后的结句"两情若是久长时,又岂在朝朝暮暮",鲜明地表达了作者的爱情观,成为千古佳句。这个近千年前的爱情宣言,超越了时代和国度,具有普世的审美价值。今天读来,仍感到激情扑面,鲜活动人。此词为秦观的力作,但显然并不能反映婉约的特点,而是直抒胸臆,明快热烈,其热情爽直不输豪放派大家高手。

其二是《满庭芳》:

山抹微云,天连衰草,画角声断谯门。暂停征棹,聊共饮离尊。多少蓬莱旧事,空回首、烟霭纷纷。斜阳外,寒鸦万点,流水绕孤村。

销魂。当此际,香囊暗解,罗带轻分。谩赢得、青楼薄幸名存。此去何时见也,襟袖上、空惹啼痕。伤情处,高城望断,灯火已黄昏。

这首词写的是恋人离别的忧愁。上片写景,引出离别之意。作者炼字的功力十分出色,"抹"与"连"两个动词表现一幅高旷与辽阔的风景画面。"断"字已显出凄婉的情调。停下船来,喝杯离别酒。看四周景色,令人伤悲和迷茫。"斜阳外"三句,空旷寂寥,悲伤情凄。下片用白描的手法,叙写自己的落魄无奈。今日离别,相见无期,唯有泪痕。结尾三句,写船愈走愈远,离别之恨越来越深。回首"高城",只见到昏黄的灯火,万般无奈。虽只写景,实为抒情。这首词,摹写景物,气象生动,用词巧妙,很能传神达意。抒写离情别愁,技法娴熟,婉约如诉,颇能代表秦少游词作的本色和水准。

其三是《如梦令》：

遥夜沉沉如水，风紧驿亭深闭。梦破鼠窥灯，霜送晓寒侵被。无寐，无寐，门外马嘶人起。

这是一篇词人贬谪途中的作品。秦少游夜宿寒冷荒僻的驿舍。遥夜，就是长夜；驿亭，即驿站，古代旅途供过往官员差役休息、换马的地方。高邮的盂城驿就是明朝的一个驿站。梦醒时发现老鼠胆怯地望着灯盏，想偷吃灯油。寒气逼人，无法入睡。等到天刚破晓，门外驿马长鸣，人声嘈杂。艰苦的贬谪生活又将开始。这简直就是一个纪实的词作，通过环境描写和景物烘托，把旅人的艰辛和失落表达得真切感人。他善用白描的手法，简练、传神、细腻和悲情。

此外，秦少游的诗也达到宋诗一流的水平。其诗长于抒情。大约是婉约派的名声太大，有些人也总喜欢将他的诗作划入婉约一类。敖陶孙《诗评》说："秦少游如时女游春，终伤婉弱。"其实，他有许多诗写得清新明快。例如《秋日三首》中的一首：

霜落邗沟积水清，寒星无数傍船明。
菰蒲深处疑无地，忽有人家笑语声。

将高邮的水乡特色表现得十分逼真，一片秋色中传来笑语。动静结合，灵动传神。再比如，一首《纳凉》：

携杖来追柳外凉，画桥南畔倚胡床。
月明船笛参差起，风定池莲自在香。

秦少游善于捕捉生活场景，并富有情趣。"参差起"极富层次感，画面清晰，颇有意境。"风定"之后荷香沁人，令人陶醉。该诗表现了较高的艺术水平。

秦少游流传后世的诗作四百余首，风格并不尽统一。有的写得明快，有的写得比较伤感，也有的写得比较阳刚。总体来说，虽然并不是篇篇上乘，但佳句名联颇多。他在赋文、书法等方面也卓有建树。

秦少游犹如一只迎风高飞的漂亮风筝，千年以来，始终吟唱于文学的云端之上，魅力四射，难以超越。能够跟他齐名的都是文坛大家，诸如柳永、欧阳修、苏轼、李清照等人。他是宋代文学天空中的一颗耀眼明星，江淮地区的超级大腕。因为秦少游，高邮的知名度得到提升。宋代黄庭坚《送少章从翰林苏公余杭》："东南淮海唯扬州，国士无双秦少游。"宋代杨万里《过高邮》："昔日船篷尚满霜，国士秦郎此故乡。"清人王士稹《高邮雨泊》："风流不见秦淮海，寂寞人间五百年。"当代著名作家汪曾祺诗云："我的家乡在高邮，女伢子的眼睛乌溜溜。不是人物长得秀，怎会出一个风流才子秦少游？"秦少游站在高高的云端上，后人愧望其背。

但同时，我们也应客观地看到，作为词宗的秦少游，在其故乡高邮的土地上仍显得孤独和清冷，其名人大师魅力尚未得到有力、有效的彰显。高邮方面对于其历史遗存的开发和运用，还处于零散起步的状态，离做大做强秦少游的品牌还很遥远。高邮人常说，古有秦少游，今有汪曾祺。所幸者，高邮文风强盛，领导乐助。当代著名作家汪曾祺纪念馆即将落成，必将成为一个崭新的文化新坐标。我们呼唤秦少游纪念馆也能惊艳出世，让这位风流才子的文采和深情更痛快淋漓地展示和流淌。人们十分期盼相关方面，能够长远规划，集聚力量，以文游台景区为依托，打造全国一流的秦少游文化公园或纪念馆；收集资料，广揽资源，刊印秦少游全部著作，普及秦少游最精彩诗词，拍摄秦少游专题片，汇集宋代诗词研究成果，演绎传说和爱情故事，等等。让秦少游这个充满才情的名字，响亮起来，丰富起来，鲜活起来，真正散发出巨大的人文魅力和吸附效应，德润高邮故土和淮海大地。

2021年6月10日

六十 探访避风港

国家为了保护长江流域的自然生态，明令长江流域十年禁捕。高邮湖流域贯通长江，也参照执行。这样，高邮的许多渔民将全部失业或转业。其成本也是相当可观的。

那么多渔民失业，那么多渔船将废弃。我突然想起了高邮湖的避风港。

据说，高邮共有四个大的避风港。一个在界首，一个在湖西。两个在高邮城区。一是镇国寺西南侧的"石工头避风港"，二是运河二桥北侧的"万家塘避风港"。

何为避风港？就是渔船或其他船只规避台风等自然灾害的港湾。高邮湖面积达647平方公里，气候多变。常会形成强对流天气，并有"龙吸水"现象，破坏力极大，对渔船和其他过往船只构成威胁。历史上船毁人亡的事件时有发生。避风港是避害的方式之一。一般来说，在湖面上作业的渔船只要及时驶入避风港，基本上是安全的。港湾外的高邮湖白浪滔天，风大雨急，港内却是一片安稳和平静。

在一个夏日的下午，我骑车去探访石工头避风港。沿老淮江公路骑行，凉风习习。虽然是骄阳似火，但公路两侧大树繁茂，林荫可人。汇金大公馆北面的运河下，野泳的人颇多。这里似乎是一个聚集点。河里游泳的人不少，一般是向北游至二桥，然后折返。入夏以来，这里人气颇旺。看来，运动的热情是无法阻挡的。我骑过二桥向南，现在是西堤文化公园，风景尤美。高邮旅游的标志高高矗立。这是一个富有创意的标志，历史内涵厚重，即使是高邮人也未必知道。这个标志是由三个数字构成，似乎是一个"邮"字，但分开来，似乎是三个数字，即"二二三"。其寓意是，高邮是在公元前223年秦始皇当政时"筑高台，设邮亭"而诞生的。这不能不说是一个精妙的创意。西堤景区西侧是高邮湖，东边是运河故道。高邮人自豪地定义为"一湖二河三堤"。自然遗产和文化遗产为高邮的旅游发展预留了空间。西堤景区现在是芳草萋萋，鲜花万丛，芦苇迎风，荷花弄姿。还有一条木栈道南延直达平津堰。不远处便是镇国寺了。镇国寺的塔和寺都有厚重的历史和悠久的传说。

从镇国寺向南折西是石工头避风港。迎面而来的是一个大石碑，上书"石工头避风港"，落款是江苏省海洋与渔业管理局和高邮市人民政府。一条宽阔的水泥路向西南蜿蜒。所谓石工头，就是用石头砌成的人工湖堤，把辽阔的高邮湖和内港隔开，在高邮湖的东侧和大运河的西侧之间形成一个内湖。面积也不小，能够停泊几百条渔船。其南端有一出口，可通高邮湖。出口处停靠着"中国渔政"的两条执法管理船。

石工头避风港由省渔管局和高邮市政府共建，投资数千万元，分二期建成。整个封闭大堤均是用石头砌成，气势非凡。避风港是高邮渔民的安全港湾和幸福港湾。这是党和政府对渔民关心的重要举措。放眼南望，数百条渔船依次排开，红旗飘拂，井然有序。通湖出口处有大运河运西船闸，一南一北屹立着两座高高的灯塔。

在港湾北岸有渔船改建的饭店，上书"高邮鲜"和"高邮湖大闸蟹"。禁捕令即将实施，对渔民的影响是巨大的。有的渔民头脑活，立即干起了旅游观光服务，用小汽艇载客去高邮湖观景兜风。现在，数百条渔船停泊在港内，等待它们的命运似乎是收购和拆解。为了保护生态，国家的投入是巨大的，渔民的损失也是巨大的。我有点不舍地扭头北去，炽热的阳光照在我的脸上。

从运河二桥沿湖向北便是万家塘避风港，途经杨家坞。杨家坞曾是湖边最早的鱼市之一，现已不存。不远处就是明清运河故道世界文化遗产纪念碑。从这里眺望高邮湖，美不胜收。蓝天白云，水天一色，船帆片片，杨柳依依。万家塘也是一个内河塘，据说明清时就存在。这里，曾是轮船码头。河塘有一出口和湖相通。整个避风港呈长条状，长约三四百米，亦可停靠近百条渔船。看上去有点杂乱。此避风港有些年头，由于长期有渔民在此生活，环境质量似乎不够理想。鸡鸭鹅成群，家犬游荡。高邮曾多次清理，未达到理想效果。

随着高邮湖水产禁捕的实施，避风港似乎即将成为历史。一方面既要妥善处置好渔民的生活，另一方面也要留住高邮湖的历史记忆。这无疑需要智慧和眼光，似乎还不能一关一拆了之。最好的安排是将避风港融入高邮湖旅游圈，使之转化为高邮西堤景区的一个单元、一个历史文化的记忆符号。

如果可行，岂不善哉。

2021年9月12日

六十一 听项俊东吟唱秦观词

秋天的一个日子，我陪外地友人游览文游台。文游台景区今年刚进行了提档升级，果然变化不小。尤其是秦观的展馆不仅规模扩大了，而且内容分序列，内涵也大大丰厚。而原先泰山庙的气息有所减弱。将来的发展趋势是把文游台打造成为以秦观为主体的宋代特色文化景区。这一思路，我深以为然。

这次游览给我印象颇深的是文游台负责人、导游项俊东先生吟唱秦观词作。项先生是一位朴实的中年汉子，并非专业导游出身，却是一位文化人。他对文游台历史沿革和秦观生平、创作及评价有些研究，讲解起来得心应手。有激情，有深度，颇感人。

我和项先生有点熟悉，但听他吟唱秦观词却是第一次。在前后大约一个多小时的导游讲解中，他共吟唱了四首。第一首便是《鹊桥仙》，"纤云弄巧，飞星传恨"，深沉舒缓，深情如诉。唱到最后两句"两情若是久长时，又岂在朝朝暮暮"，高昂激越，力穿云霄。这是一种颇有新意的导介，引得友人啧啧称赞。

据我所知，关于古代诗词的吟唱，现在仍处于探索阶段。关键点是吟唱的曲调是否原汁原味。古代诗词原则上皆是可唱的，而现在基本上是没有人真正会唱的。原因是许多曲调没有流传下来，更多的是今人的演绎。中国文化传统就是"诗言志，词抒怀"。诗人借诗表达胸中大志，借词抒发心中的情感。在古代，尤其是唐宋时期，诗一般是不唱的，而词则是可唱的。词一般都有词牌，实际上就是曲调。比如《蝶恋花》《清平乐》就是唐教坊曲。《水调歌头》就是水调曲的开头部分。俞文豹《吹剑录》评价柳永和苏轼的词时就这样说："柳郎中词，只合十七八女孩儿执红牙拍板，唱杨柳岸晓风残月。学士词，须关西大汉执铁板，唱大江东去。"秦观是北宋公认的抒情歌手，名气很大。少游词在"元丰间盛行于淮楚"，唱遍青楼。项俊东先生吟唱秦观词除了是力图还原当初的流行状态，更多的是抒发秦少游对人生、社会的无限感慨。

我读大学时，教授唐诗的赵继武老先生就经常在课堂吟唱。赵先生双目紧闭，仿佛沉浸在遥远的意境中，时而深沉，时而响亮，唱得投入而自得。我们敬佩不已，神游远古。教授宋词的黄进德先生也时常吟唱。唱到妙处，手舞足蹈。和平时儒雅颇异，几乎判若两人。但两位先生均坦言，虽然唱了，但不能确定就是原调。因为曲谱并未流传下来，不一定就是原味。我在广电台工作时，曾请扬州大学文学院的刘勇刚教授开设古代诗词讲坛，他是高邮籍人士，学问很深，且有创意。他也是边讲边唱，唱到高兴处，以白酒助兴。抑扬顿挫，起承转合，很有味道。

项先生先引导我们看了秦观像，后登上文游台。在盍簪堂讲解范曾作《四贤图》时，说四贤者，苏轼、孙觉、秦观和王巩，以文会友，名闻天下。此文游台之得名。1988年范曾为四贤雅集作画，名曰《莽莽神州，悠悠此河》，画中苏轼豪放洒脱，凝视河水，身后孙觉、王巩、秦少游。项导说，范曾大师这幅名作，存有点私心。他是将苏轼的相貌按照自己的模样画的。我听了有点惊讶。仔细分辨，哑然一笑。是有那么点意思，苏轼原本是个瘦子，却画得稍胖。而秦少游是个胖子，却画得稍瘦。

我们向东走进一个小院落，刚入门就看见一个"山抹微云"的景观，山石堆垒，雾气升腾，以期营造一种身临其境的氛围。项导又唱起来。"山抹微云，天连衰草，画角声断谯门……"唱到词末"伤情处，高城望断，灯火已黄昏"，颇有沧桑凄凉之感。令人唏嘘。他把握得十分精准到位，显示出他良好的功底。这首《满庭芳》艺术成就极高，亦可称是秦词巅峰。苏轼大赞，曰："山抹微云秦学士，露花倒影柳屯田。"

在秦观生平陈列室，十分突出了秦观"邗沟之子"的乡愁。他的故居高邮武宁左厢里就在邗沟东道三阳河畔。他在那里读书、创作并不断成长。三十六岁走上仕途，十五年的为官生活颠沛流离。项导讲到他多次被贬，随口唱出《踏莎行》："雾失楼台，月迷津渡"，"可堪孤馆闭春寒，杜鹃声里斜阳暮"，"郴江幸自绕郴山，为谁流下潇湘去？"一唱三叹，一字一顿，十分动情，凄苦至致。我们一行人围听静思，伤怀动容。一方面钦佩秦观的才华，同情其遭遇，也感谢项先生的倾情演绎。

项先生对秦观有一定的研究，讲解如数家珍，更多的是体现了他对秦观和高邮的热爱。秦观多才多艺，在诗、词、文、赋以及书法等方面，皆是行家里手，是故乡高邮的骄傲。其名人效应还需进一步彰显。

临别时，项先生又唱了一首小令。我们在秦观像前合影留念。而友人对秦少游、对高邮留下深刻的印象。他对我说，来高邮接受了一次中国传统文化的熏陶和洗礼。高邮还应该把全国历史文化名城这一金字招牌擦得更鲜活更靓丽。

　　高邮正在打造知名文化旅游城市，正需要一大批像项俊东先生这样既有激情又有创意的文化导游。

　　　　　　　　　　　2020 年 10 月 20 日

六十二 漫说运河故道

我是高邮土著，对运河故道略知一二。

高邮运河故道是近年来的新词，以前称老运河或里运河。

我小时候，高邮确确实实有两条运河。东面的称为京杭大运河，很宽广，船只南来北往，十分繁忙。西边的称老运河，三四十米宽，幽静偏僻，人迹罕至。东面的大运河是活水，一般是从北向南流，河水清亮，白花花的。偶尔也有从南向北流的，水浑浑的，是江水。老运河是死水，河水碧绿，水草很多，但也很清澈。河里小鱼很多。过了老运河就是高邮湖，风高浪急，像海。

我年少时喜欢游泳，经常和小伙伴们游过大运河到老运河边玩耍。那时，老运河河堤主要有两种树，一是高大的杨柳，二是茂密的杈槐。我曾在老运河钓鱼，是用大头针自制的鱼钩，钓饵是蚯蚓。老运河的鲹子鱼太多了，刚放下去就抢着吃，一拎就是一条。不一会儿，就钓了几十条。我也曾在老运河里游泳，有点怕。一个人不敢游，约几个人一起游。老运河的河水异常清澈，水草缠人，还有众多的野菱角。河上还有摆渡船，一条长绳跨河而过，渡河的人自己拉着绳子过河。那边就是珠湖。

高邮的老运河，也称里运河（是其一段），应该是古邗沟的一部分。邗沟是春秋时吴王夫差在公元前486年为北上争霸而开凿的。但它不是一次完整规划的工程，那时的人力物力有限，更多的是借用已有的水域，将之沟通相连。所以，古邗沟并不是真正意义上的一条大河，而是河湖交织，河湖一体，由湖而入淮。高邮区域基本上是湖，史称邗沟西道。这样，行船的风险就比较大。三国时代，高邮是古战场，人烟稀少。隋朝国力稍有康复，故隋文帝和炀帝投入较大国力，开挖大运河，成效显著，那应该是和山阳河相关的邗沟东道。本文所说的运河故道，主要是高邮湖相关的邗沟西道。据《旧唐书》记载，高邮在唐宪宗时，淮南节度使李吉甫在高邮湖筑堤为塘，灌田数千顷，又修筑富人、固本二塘，不仅保证了山阳渎水力的充足，又增灌万顷之亩。这可以被看作高邮区域内最早的水利工程，但还不是里运河的成型。此后，宋元明代均有人企图将湖河分道，做了许多的努力，以保障行船安全。直到明孝宗弘治三年（1490年），户部侍郎白昂于高邮诸湖老堤东，越农田三里，开凿康济河，长四十里，捍隔农田者为中堤，东为东堤。自此，今里运河基本形成。船在湖外行驶，无复风涛之险。关于高邮湖、里运河，明清时代的许多文人留下了很多咏叹之作。明代诗人张琦《舟至高邮》云："故园初解木兰舟，渐觉长河水倒流。杨柳乱鸦寒色里，西行一月到高邮。"明代诗人沈炼《过高邮》："宛转舟行逐岸斜，短篷细雨正思家。春潮渺渺春蒲绿，两两鸳鸯戏浅沙。"清代大儒王念孙《晚泊湖口》："落日澹湖津，远水平于掌。云间万树浮，天末孤烟上。靡靡渚花静，摵摵蒹葭响。空翠漾我舟，川光夕滉瀁。遇物聊自适，地僻任俯仰。清风左右来，习习形神爽。浩歌酌余霞，曲尽延幽赏。睇彼孤雁飞，独掠平芜往。"

如此说来，里运河的形成也是经过若干年的探索的。自然和历史的风云，最终会有归结。里运河高邮段形成于1490年，1956年在里运河外，从镇国寺东开挖至界首四里铺成为新的京杭大运河高邮段，里运河共存在四百六十六年。被废的里运河全长约26公里，其后又延存约三十年，虽是停航死水，却也曾碧波荡漾，鸟语花香。至二十世纪八十年代为确保京杭大运河西堤安全，老河道被填平。至此，运河故道正式诞生。

刚开始时，运河故道荒凉不堪。水利部门在老河床上种植了一些柳树、水杉和杨树等，杂草丛生，也无道路可通。就连西门宝塔也是破落不堪，孤独地位于荒岛上。更不要说什么唐平津堰、耿庙石柱了。

1995年高邮建成运河大桥，实现了运西和运东的连通，圆了高邮人多年的期盼和梦想。2000年又兴建了高邮运河二桥，为运西的开发打下坚实的基础。紧接着，又修复了西塔，重建了镇国寺，新建了普渡桥，新修了运河西堤的区间公路，镇国寺景区诞生。

中国大运河申遗为高邮运河故道的重生创造了难得机遇。高邮大运河段是京杭大运河保存状况较好的河段。运河明清故道是十分重要的历史遗存。老运河虽然被填平，但河床的轮廓清晰，多处前人建造的河岸石工陆续被发现。运河故道的价值很是凸显。运河西堤文化公园应运而生。运河明清故道不仅自然颜值高，而且历史内涵十分丰厚。2006年成为全国文保单位，现为世界自然文化遗产。

运河故道南起镇国寺西边的老船闸，北至界首四里铺，全长26.5公里。西临高邮湖。高邮湖是全国第六、江苏第三大淡水湖，物产丰饶，传奇久远。高邮湖的魅力逐步得以彰显。"秦邮八景"的传说，有一半和高邮湖相关，这就是"邗沟烟柳""珠湖雪浪""耿庙神灯"和"甓社珠光"。这里有镇国寺塔,唐骨明表,人称南方大雁塔。边上有唐代平津堰的古遗存,是大运河上最早的水利遗存。向北沿线有石工头避风港、杨家坞旧址、耿庙石柱、河工遗存、万家塘避风港、御马头、挡军楼旧址、马棚湾救生港遗址、马棚湾避风港、马棚湾镇水铁牛和界首大码头等等。古老的河道,满满的文化。

运河故道历史上虽然带来航运的便利,为漕运做出过很大贡献,但由于抗洪能力薄弱,明清以来,给里下河人民带来无数的洪灾。损失巨大,记忆犹新。挡军楼、庙巷口、荷花塘等的永远消失就是明证。《高邮县志》有多处水患的记载。

岁月无痕,春风依旧。运河故道的自然流水和历史时光一同流逝。而今,运河故道的自然风光,焕然一新,十分迷人。在运河二桥西北边的观湖栈台上,人头攒动,人们争相拍摄湖帆碧空美景。每当夕阳西下,西堤上站满了游人,人们陶醉在湖光晚霞中,或欢呼雀跃,或望湖兴叹,抑或思绪万千。运河故道绿草茂盛,远接天涯。其旷远之景,令人不能自禁。平坦的河床,成为广阔的草坪。跳舞,踢球,放风筝,忘情奔跑。休闲的帐篷星罗棋布,人们在这里亲近自然,享受宁静,体验幸福。诗在故道,远方便在高邮湖。放眼健身步道两侧,杨柳依依,荷叶田田,各色花朵竞放,芦苇高挑,野菊灿烂,芦花耀眼如雪。运河故道已经成为高邮人和外地人的网红打卡地。要么不爱,要爱就爱高邮湖。每年的环湖自行车大赛,高手云集,切磋技艺,更让高邮明清故道名扬天下。"一湖二河三堤"的口号声音渐响,清新和纯朴正从水乡高邮款款走来。

运河故道日渐红火,其进一步发展的空间巨大。自然美景和文化气息相辅相成。我期盼运河故道的文化遗存进一步载体化,有韵味的文化传说进一步鲜活化,众多有影响的高邮文化名人进一步网格化，大量的优美的古诗词进一步标志化，沿河沿湖的景观进一步珠串化……

  运河故道当然是美不胜收。在她的南边还有一年一度的油菜花海和特色独具的珠湖小镇。运河故道在不断地扩充和丰厚。她不仅是明清的，也是当代的；不仅是高邮的，也是全国的；不仅是华夏的，也是全球的。

2021 年 9 月 4 日

六十三　南门有个琵琶闸

高邮是个古城，秦王时筑高台，设邮亭，但直到北宋时才有高邮城墙。高邮建城后历经多任知州完善，在城墙四门建立了城门楼，南门名望云楼，也曾称南熏楼，此处异常热闹，商贸活动活跃。宋朝时，南门外商贸活动渐成气候，到明清时已然成熟。在南门外形成了繁茂的商业街，店铺林立，人气旺盛。

高邮城临河而立，是重要的南北驿道。西临大运河和高邮湖，东临广阔的水乡平原。南门外更是非同凡响。明朝初年，建成了盂城驿，每日迎来送往。东边是马饮塘河，东达北澄子河，商贸繁荣。南门大街，因有驿站而繁盛，因有运河水而兴旺。一时间人潮汹涌，沿运河东堤形成街市，为高邮繁盛地之一。

南门外的西侧就是大运河。大运河在此形成了一个巨大的河湾，方便了商船的停泊，注定了这里必然是商贸繁荣之地。这里，不仅有盂城驿，还有南门大街和商贸交易的码头，人流、物流、信息流交织，当然是热闹之地。据说，此处当年为高邮城热闹之首。

人群聚集，生活用水至关重要。清代康熙年间在运河的大湾处，为解决居民生活用水和农田灌溉，于大运河上首开琵琶洞，将运河之水东引，解决居民生活用水和农田灌溉。琵琶洞，也就是琵琶闸。

　　至于为什么叫琵琶洞或琵琶闸，史籍无记载，只在民间有传说。传说是否可靠，无考。考察高邮其他涵洞的名称，几乎均是以地为名。比如车逻洞、界首小洞等等。但琵琶洞或闸名称的由来，既非地名，亦非人名，似乎只有传说，并无另外的答案。

　　相传琵琶闸的运河水东流而下，沿河绿树成荫，民风淳朴，温柔敦厚。住的都是平民人家，以劳作为生。有一张姓人家，以弹奏琵琶卖唱为业，勉强糊口度日。其拥有一琵琶，乃是当世绝品。有一州官到任，也喜欢摆弄琵琶，奈何水平一般。听说，南门外有一户人家有一绝品琵琶，便想法占为己有。其子乃好色之徒，早有妻室，见张家女儿貌若天仙，琵琶技绝。于是，州官和其子仗势硬抢去琵琶，逼迫张女嫁为小妾。张女凛然，曰：先归还琵琶，然后可从。州官和其子无奈归还琵琶。张女召集众乡亲高声弹唱，声沉入地，高音震林。唱罢，怀抱琵琶，纵身跃入引水洞下，不知所终。其后，洞水悠悠，乃闻如泣如诉之音。洞水奔腾，仿佛又听见张女弹奏琵琶的悲怆之音。众人感叹，此洞遂命名为琵琶洞，洞闸为琵琶闸。

　　琵琶洞和闸的传说，不仅充满神奇，更反映了劳动人民不畏强暴、宁死不屈的正义心声。这是民间文学的力量，爱憎分明，流传甚广。

　　无独有偶。在琵琶洞流水向东的南门城根下，供奉着奇女子毛惜惜。据《高邮县志》记载：毛惜惜，官妓，淮安人。宋端平二年(1235年)，别将荣全据高邮叛宋降蒙古。宋制使派人用武翼郎官职招降荣全，荣全伪降，并想杀死使者。一日与同党王安等宴饮，派人叫毛惜惜陪饮，惜惜不从。后被强拉而来，但不肯强作欢颜，背对荣全。荣全很难堪，斥责毛惜惜道："我是太尉，能与我亲近乃是你的荣幸。"毛惜惜反斥道："当初说太尉要重新降宋，我还为太尉获得新生而高兴，但现在你闭门不纳使者，且纵酒不法，这是叛臣逆子的行为。朝廷何处对不起你？我身虽贱但怎能侍奉你们这些叛臣呢？"荣全大怒，命人以刀割其口，并碎剐而死。三天后，宋将李虎攻克高邮，荣全被处死，其妻子及王安等叛贼百余人均被绳之以法。毛惜惜的事迹被上报朝廷后，皇上封她为"英烈夫人"，高邮人为她在南门外城墙根下建庙祠一座，名英烈祠。而今，祠废不存，现有重建的毛惜惜汉白玉像，怀抱琵琶，面南而立。

历史上有许多忠义之士、文人墨客，盛赞毛惜惜的英勇壮举。清代诗人端嗣玉的《惜惜墓》云："孤忠报宋让红颜，慷慨捐生白刃间。甓社特钟英烈气，舌锋骂贼敌常山。夫人殉节愧须眉，一死堪扶宋室危。血渍土花终古碧，灵旗只向露筋祠。"琵琶闸的流水淙淙，向这位奇女子表达敬意。

琵琶洞是大运河上古老的涵洞之一，洞闸一体。高邮历来就是一个水城，为了宣泄高邮湖水和运河之水，历史上曾于运河东西两岸设置多个泄水涵闸洞。至民国十年（1922年），高邮运河两岸计有九闸九洞。其中东堤六闸九洞。至1985年运河东堤四闸七洞。四闸分别是子婴闸、界首小闸、头闸、车逻闸。七洞是周山洞、水厂引水洞、南水关洞、琵琶洞、南关洞、八里洞、车逻洞。高邮城区有琵琶洞、南水关洞和水厂引水洞。

琵琶洞始建于康熙年间，乾隆五年重修。主要功能是供应城市居民生活用水和近郊农田灌溉。民国二十三年（1935年）于上游增建浆砌石裹头。1956年在运河整治工程中，进行接长加固，闸门重三吨，琵琶闸的最大过水量是1.22立方米/秒。大运河水一路向东，沿琵琶河到魁楼护城河。另一路向南经南海子河直达马饮塘河。

因河而有涵闸，因水而有人居。而今，琵琶洞的流水潺潺有声，继续滋养着城南一草一木。作为4A旅游景区的盂城驿景区，日益繁盛。南门明清古街活力倍增，散发着浓浓的文化气息。古老的琵琶洞曾经的悲鸣，早已远去，成为遥远的记忆。琵琶闸潮水欢畅，正在弹奏着一首时代新曲。

2021年9月6日

六十四　马饮塘的春天

马饮塘不仅仅是高邮城南的一个水塘，而且是一条河。说它是塘，因为这里曾是盂城驿的众多驿马饮水的池塘。说它是河，是指马饮塘的东边连通着盐河，盐河连接着北澄子河，是一条重要的水上通道。南宋德祐元年（1275年），文天祥出使议和被扣，逃至京口（镇江），后到高邮，即由高邮南门马饮塘河抵秸家庄（龙奔附近），留下《高邮怀旧》《秸庄即事》《发高沙》等诗篇。马饮塘边上仍留有运粮、运盐码头的遗存。该地四周巷子繁多，是生意场和集散地。从宋代就开始兴商，明清民国时繁盛。如今，明代的盂城驿和南门明清古街，是网红旅游之地。马饮塘河的春色也格外迷人。

马饮塘河的北面通向琵琶洞。琵琶洞是大运河上古老的涵洞，它将大运河的水东引而下。一路向东直奔奎楼，另一路经南海子河流向马饮塘。马饮塘向南以前是没有河道的，四周被称作老虎圩。后来向南延伸了一条河叫新华河，大约一千米。二十世纪七十年代又在新华河的东面开挖了一条河通向盐河，这就是大寨河。从名称中可以感知到当年"农业学大寨"的痕迹。马饮塘是盂城驿的重要水源之一。

马饮塘河因水源通达而兴旺，东连盐河，北通琵琶洞，南延新华河，再东折大寨河延至盐河。悠悠河塘，辐射四方。

春风无数次地吹过马饮塘，马饮塘也因此而滋润鲜活。早在宋代高邮建城后，南门外的运河边由于漕运而繁忙起来。各种商贩逐渐集聚，小买卖开始活跃。这里具有独特的地理优势。西临大运河，紧挨高邮湖。连天的芦苇形成巨大的芦荡。秋天则是巨大的草场，取之不竭的芦材，运往四面八方。马饮塘在嘈杂和喧闹中迅速苏醒和成长。高邮城南门外运河的东堤下形成了半边街市。东边的小河塘除了满目的芦苇，偶尔也有盐河来的商船靠岸。人气渐多，烟火四起。春天的时候，琵琶闸的运河水一路欢歌而来，麻鸭划浪，鲜花满塘。四望是绿油油的庄稼，谁能说这不是一块宝地？

机遇说来就来。到了明代洪武年间，安徽凤阳人黄克明来到高邮任知州。这个人想干事，又和朱元璋是老乡，说话管用。他深知高邮是一个水陆要冲，驿路重地。在任期间，先修建了高邮州衙，气势不凡。然后，他将眼光落在马饮塘畔。这里西邻大运河，东引盐河，是一个难得的好地方。于是，他根据朝廷规划，于洪武八年（1375年）在此大兴土木。"盂城驿"应运而生，成为京杭大运河畔的一个重要驿站。盂城驿站气势宏大，建筑连绵，驿马成群，占地广阔。驿站开张，迎来送往。驿站东侧的小河塘，因为每天有上百匹驿马来此饮水，故正式得名"马饮塘"。

从此，声名大增，数百年间都经历着高光时刻，马饮塘的春天更加迷人。大运河堤下矗立起高高的牌坊，名曰"皇华"。典雅的楼阁巍然屹立，名曰钟鼓楼。盂城驿站完全继承和充实了秦邮"筑高台、设邮亭"的内涵，一脉流长，翻开了全新的历史篇章。盂城驿的驿丞，虽然比不了知州威风，却也是一个中央垂直机构的主官。盂城驿有数十座建筑，功能齐全，分工明确。有传递公文、接待官员、关押犯人等相关职责。只见，驿马飞驰，官船往返，驿旗飘扬，灯笼高悬，驿楼擂鼓，丝竹缠绵。大量的人流、物流、信息流，在马饮塘畔集聚，各种故事应运而生。不久，南门大街俨然发育成熟。从南城门向南直至华严寺，长达数百米，商铺林立，粮行鱼铺，出差的、运粮的、贩猪的、收草的，各色人等，蜂拥而至。马饮塘畔人气高涨，商船满目，延伸远至盐河。

高邮作为比较富庶之地，历史上数次遭到日本倭寇犯境。据《高邮县志》记载，明嘉靖三十六年（1557年）五月，倭寇犯境，高邮城南、东、北三门外房舍和盂城驿被烧毁殆尽。可见，盂城驿的兴衰是和国家的命运紧密相连的。

驿站的运行，给大明王朝带来极大的便利，也成为明王朝的极大的财政负担。人员众多，支出巨大。再加上各级官吏贪腐，到明末崇祯时已不堪重负。驿站纷纷关闭或废弃。大量的驿卒下岗，成为无业游民。其中陕西米脂有一个驿卒，能量巨大，失业后竟聚众起义，掀翻了大明皇帝的宝座。这个人叫李自成。

清代，恢复了盂城驿。马饮塘又重现一派生机。作为国之动脉上的重要一环，盂城驿无疑发挥了重要作用。盂城驿的主官和幕僚不乏能人雅士。清康熙十年（1671年），文学家蒲松龄随同乡好友、原宝应县令调署高邮知州孙蕙来邮，为幕宾，兼管盂城驿事务。在盂城驿的马饮塘河畔有柳荫禅林，极为幽静。为何称柳荫禅林呢？因为此处位于小岛，四周环水，柳荫拥抱，是修行的佳地。这里有一间小房，曰柳泉草屋，就是蒲松龄的寓所。多少个夜晚，蒲松龄在马饮塘的月光下，构思和创作，讲述了人和鬼狐的故事。在《聊斋志异》中留下《巧娘》《蒋太史》两篇，多与高邮相关联。柳荫禅林这座古寺环境僻静，杨柳依依，宁静致远，和热闹的盂城驿，一动一静，对比鲜明。而马饮塘边的运粮码头、运盐码头、南门大街和那些众多在此谋生的人们，他们的恩爱情仇和喜怒哀乐，则是构成了一幅十分精彩的马饮塘"清明上河图"，诠释着明清时期高邮市井风俗。马饮塘沉浸在遥远的春光里。

其后至清末，由于交通逐渐发达，邮局兴起。清光绪年间，电报业务繁忙，高邮境内电杆改为双线。盂城驿废弃。马饮塘杂草丛生，柳荫禅林人去寺空。盂城驿犹明珠暗投，消失在人们的视野。但历史的回响余音未绝。馆驿巷、盐塘巷、大猪集巷、小猪集巷、运粮巷这些含有历史记忆的名字犹存。马饮塘只是沉寂，并没有消亡。

二十世纪八十年代，一次文物普查揭开了历史的尘封，盂城驿重获新生，恢复了大约三分之一的建筑面积，影响力巨大。放眼全中国，这里竟然是唯一保存完整的明代大型驿站。不仅是"中国邮驿文化的活化石"，也是全国邮驿文化的高地，引领邮驿文化研究的动态和方向。原在马饮塘河中小岛上的水产公司搬迁了，重建了柳荫禅林古寺，还建成了植物园。近年来，又恢复了秦邮大公馆，兴建了中国集邮家博物馆，邮驿的内涵不断丰富。现为扬州市六个4A级国家旅行景区之一。这必然成为高邮定位于东方邮都的又一个新起点。

马饮塘的春天更美了。犹如沉睡已久的美人轻盈而出。柳荫禅林四面环水，在小岛上静立无声，数以百种的植物在此竞相生长，郁郁葱葱，各展姿容。沿河的垂柳苍翠如烟，清秋桥典雅庄重，清宁桥玲珑别致，还有马饮桥简朴实用。各类花儿沿河盛开，文天祥的塑像坚毅凛然。琵琶闸的流水，穿越叠石，波涛响亮,浪花飞扬。波碧潭深,曲径通幽。正所谓"柳荫夜灯禅影瘦,碧潭秋水佛心宽"。人们在此散步读史,静思往昔,感悟人生。那片驿马的群雕在马饮塘的水边,演衍着往日的故事。运粮码头的塑像倾听着渐远的劳动号子。盂城驿和南门大街簇拥着好奇的游人。马饮塘在春光里微笑,流水东去。不远处,盂城东市的仿古建筑群连片而起,高大的"馆驿巷"牌坊,古朴庄重,其联曰:馆驿和风万里文书传古道,珠湖晓月一堤烟柳入新图。

马饮塘既是一个普通的河塘,又不仅仅是普通的河塘。它装满了一塘记忆的星星,见证了邮驿的变迁。它又是充满憧憬的希望之窗,东方邮都的复兴之路从这里开启。马饮塘的春天,绿草繁茂,鲜花盛开,散发着清新的文化魅力。高邮古城的人文古韵,满河流香。

马饮塘河源远流长,水质清亮,生态健康,沐浴着自然和时代的春风,通向远方。

2021 年 8 月 12 日

六十五 老马和他的锦鲤鱼

老马夫妇经营高邮东塔广场的鱼食供应点已有十年了。经常披星戴月,生意似乎还不错。既丰富了市民的休闲生活,也维持了生计。

东塔广场是高邮最大最热闹的市民广场。高高的东塔是文游路上的美男子。到了晚上就是灯光闪闪的金塔。只要不下雨下雪,每天晚上人流密集,热闹非凡。

老马的鱼食点就在广场中间桥西的大柳树下,巨大的柳荫可以遮阳挡风。他在桥端边上支个小桌子。桌上放着一排排纸杯盛的鱼食,每份2元。白天和晚上都经营。晚上灯光亮起来,如同白昼。正是做生意的良机。广场上人山人海,唱歌跳舞的,跑步遛弯,带孩子闲逛的,多得很。而河中的众多锦鲤鱼,正是饱食的美妙时刻。鱼食?不贵,2元一份。微信扫码支付,现金也行。老马夫妇微笑着。

喂鱼点在桥北下面。小河的西岸,用不锈钢管围起来,约20米的围栏。晚上,河边的灯光一亮,鱼儿便自然地聚拢到这里，抢着吃游人喂的鱼食。一份2元的鱼食很快就吃光了。一般的人几乎是意犹未尽，再来一份！老马乐哈哈地递上。鱼食刚刚入水，鱼儿便疯抢起来。红的、黄的、花的、黑的，色彩繁多，互不相让，激起阵阵水花，也带来一片欢笑。锦鲤鱼已经长大了，肥硕、有力、好看。锦鲤体格健美，色彩艳丽，花纹多变，泳姿雄然，是"会游动的艺术品"，颇具欣赏价值。有的已超过十斤重。看着鱼儿争食的场景，老马夫妇脸上满是欣慰。

东塔广场是2011年落成投入使用的。广场的水面是较大的，从南至北有数百米。特别是广场的北端，小河环绕东塔，杨柳依依，曲径通幽，很是雅致。老马还是具备前瞻眼光的，环境美、人流大，放养观赏鱼应该是一个具有潜力的选择。刚开始，放养的鱼较小，生意很一般。那时，东塔广场的水系与南面的马饮塘河是不通的。

很快，老马就有了烦恼。北面的古色古香的房子开起了饭店和茶馆。人气是有了，但环境污染随之而来。饭店和茶馆的排污设施是不够完善的。小河的水一天天地混浊起来，开始死鱼。有时，鱼竟成片地死去。要知道，这些锦鲤鱼都是老马花大价钱买回来的。老马知道死鱼的症结在那儿，于是，不停地投诉。终于引起了媒体的关注。在政府相关部门的协调下，污染源化解了。锦鲤鱼又欢快地畅游了。更为可喜的是，政府为了彻底净化东塔广场水面，又投入较大资金，打通了广场水系与马饮塘河的地下连接。这样，东塔广场的水面就成为活水。此举，给东塔广场和锦鲤鱼们带来了永久的福音。

广场的水不断地清澈，鱼儿更加自由自在。除了锦鲤鱼，老马是严控其他鱼类的。只要发现有害鱼种，便立即清除。老马很勤劳，每天清晨都要认真地巡河查看，及时清理河中杂物，还要定期投洒药水。游人较少的时候，他还要投放食物，确保锦鲤鱼的生存和安全。

但是烦恼也是防不胜防的。有人看锦鲤鱼漂亮、值钱，于是就偷。特别是在狂风暴雨之夜，夜深无人，有人便偷偷撒网，偷走不少好鱼。据说，一条好的锦鲤，价格是不低的。我曾看见一个瘦瘦的身影，经常在河边张望。后来得知，便是老马。他是悄悄巡察。老马说，他曾一个夜晚被偷几百斤鱼，损失惨重。据说，后来破了案。他每年都要补充一些锦鲤，有时，补充达千斤。

一般情况是，春夏秋天的生意要好一些，游人多，鱼儿也活跃。满河是游动的花朵，煞是招人喜爱。冬季稍微差一些。当然，主要还是取决于天气。如果是阴雨天，基本没戏。如果是晴日，阳光灿烂，老马夫妇就要从早忙到晚，直到广场熄灯。虽然累得不行，但身心很快乐。

喂鱼食的尤以儿童居多。他们热爱大自然，好奇心强。看见鱼儿吃食很快乐，孩子们的笑容很灿烂。喂鱼食，使他们更加亲近自然，珍爱小生物，体会到人与自然和谐的乐趣，又增长了知识。许多爷爷带着孙子来喂鱼，喂了一份，再来一份。爷爷乐哈哈地掏钱。孙子喂鱼，爷爷拿出手机拍照。其乐融融，令人羡慕。有的孩子环保意识很强，态度很鲜明。我曾看见一个孩子正在喂鱼，鱼儿吃得正欢。他的时髦妈妈却向河中吐了一口痰，漂浮在水面上。孩子大声喊道：你不讲文明，怎么这样没素质。时髦妈妈被弄了个大红脸。

老马夫妇依然很忙，锦鲤鱼也在小河中快乐地生活。东塔广场越来越美，广场改变了人们的习惯和生活。

有空闲的时候，可以来东塔广场看看老马的锦鲤鱼。

2021 年 9 月 12 日

六十六 一棵枣树

鲁迅先生有一个散文名篇《秋夜》，开篇说，"在我的后花园里，可以看见墙外有两株树，一棵枣树，另一棵还是枣树。"读大学中文系时，曾华鹏教授是研究鲁迅的大家，就这两句的解析，足足讲了几堂课，让我们佩服不已。鲁迅的两棵枣树的背景，早已不复存在，但两棵枣树也成为我的深刻的记忆。许多年过去了，我已经觉得枣树离我们很远很远了。可是，二十年前，我搬家的时候，隔壁邻居在院子里种了一棵小枣树，我在院子里种了一棵桂树。

刚开始的时候，我家的桂树很蓬勃，每到秋天，树上开满了桂花，满院子香气。邻居很羡慕，说：你家的桂树好，花香满院。你看我家的枣树，长得瘦弱，每年只结几颗小枣子。不好吃，不中用。我说：枣树是很好的，你要注意施肥哟。

第二年，邻家的枣树果然蓬勃起来，枝头挂满了枣儿。许多成熟的枣儿掉落在我家的院子里。由于树很高，许多枣儿并未及时摘下，引来许多飞鸟。这是越冬鸟儿的幸福树。

邻家的枣树越发长得高大了，半个树身已超越院墙探到我家院里了。每年春夏，我也似乎是半个主人，见证了枣树的生长。只是这棵枣树，后来越长越大，真可以说是硕果满树。我以前一直认为，枣儿是山东的产物，大红枣儿甜又香。想不到，我家乡的枣树也能够结出这么大的枣儿。不夸张地说，邻家枣树的果儿先青后红，足有小鸡蛋那么大。每当大风吹过，总会有成熟的果儿落地。我一是羡慕，二是可惜。我很纠结，我家院子内外满地都是大枣儿，半青半红的。忽然间，邻居敲门了，来送枣儿，给我尝尝鲜。我说：正愁哩，我家院里已有了不少，正想着是不是要给你送去。邻居笑道：我来打招呼，枣儿落到你家院里，给你添麻烦了。落到你家的归你，这是我送你的，枣儿又甜又香。

　　邻家院子的枣树太丰硕了，结果能上几百斤。树很高大，每年只能用竹竿敲落一些。有时，不得不请人来摘枣子。年轻人爬到高高的树上，手都摘累了，也摘不完。我说：就算了吧，留一些把鸟儿吃。

　　邻家还有一棵石榴树，每年也是硕果满枝。石榴没人要，好看不好吃。每年大部分石榴也是挂在枝头，在秋风中摇曳。落地了，也没人要。这可方便痛快了那鸟儿。

　　我家院子种的是桂树、蜡梅树和紫竹，都是些只可看不结果的。妻说：你看邻家硕果累累，我们家是开花好看，不实用。我安慰道：各有千秋，我家满树飘金的时候，别人不都很羡慕？花香扑鼻也是很好的。这是有品位是不是？更何况，我家院子里还有富有诗意的小竹林。

　　后来，我发现，我住的小区内还有很多棵枣树。这引起了我的观察。枣树实在是不平凡的树，并不需要特别的护理。那些枣树瘦瘦的，似乎也不够健壮。春天的时候，各种花儿盛开，枣树不起眼，更不出众。但到夏秋的时候，那些花儿撑不住衰败了。

瘦弱的枣树却结满了枣儿。小区的大嫂大妈们连忙找来木棍支撑，防止满枝果儿的枣树倾覆。枣儿先是半树地青，后是满树地深红，让人十分喜悦和赞叹。这很像社会上那些木讷不善言辞的人们，不张扬、不炫耀，一旦出手，却是实实在在的奉献。

枣树是平凡的树。没有丝毫的夸张，低调、内敛，却始终甘于寂寞。即使是满枝硕果时，也没有一点特殊的动静，它是不善也不屑表白的劳模，是我心中敬佩的英雄。在当今这浮夸和表现欲旺盛的年代，枣树的质朴更显得可贵。

一棵枣树仍然在我的邻院默默地生长。高大，茂盛，甚至可以算是挺拔。它在春风里欢笑，在夏天里沉静，在秋光里从容，在寒冬里无语。但始终都有鸟儿飞来飞去，太阳和月亮的光芒在它的枝间滑来滑去，春雨和秋雨从树干流入树根，冬雪停在枝头展示或飘落。每当大风刮起，树干和树枝不断地摇晃。但，每年的那些个嫩芽，最终都成了青青的红红的枣儿。

于是，我内心不得不说，鲁迅笔下的枣树，创造了现代文学的经典。我家院外的一棵枣树，也不愧是一个纷繁精彩的世界。

2021 年 9 月 26 日

六十七 有鸟飞来

鸟是大自然中的小精灵。有鸟的世界才是完整健康的形态。如果没有鸟,世界一定很沉闷和悲哀。这几年,生态环境好了。鸟儿明显多起来了。据悉,高邮湖区域已经有一百七十八种鸟了。这当然得益于环境的改善。每天清晨,我听到鸟儿清脆的鸣叫,心里顿觉亲切美好。我家有一个小庭院,种植了些花草,其中较突出的是一棵桂花和一棵蜡梅。这棵金桂已快近二十年了,高大、茂盛,高度已超过二楼的窗户。每年秋天满院流金,香气逼人。当然,树大招风,也招来了一些飞鸟。似乎每天晚上都有鸟儿栖宿于此。我清晨起身跑步,有时会惊扰着鸟儿。它们"哗"地一下飞走了。看着它们仓皇逃遁的鸟影,我有点惶恐和不安。我打扰了鸟儿,毁坏了它们的美梦。

其实,我内心是很喜欢鸟儿的。小时候,我父亲在农村粮站工作,曾托人给我制作过一个精致的鸟笼,方方正正,金属网格,但无鸟可养。我养过几只麻雀,无一成活。后来知道,麻雀性野,难以养活。那时,我家住在高邮北门外挡军楼附近。夏秋清晨时，常常看到东墩乡那边的农民，挑着担子，前后都是一个个鸟笼子，里面有各色各样的鸟，好看极了。活蹦乱跳，羽毛鲜艳，惹人喜爱。我就跟在农民的鸟笼后面跑，发现这些漂亮的鸟儿都卖给县土产公司了。我很是伤心，很受刺激。

我的鸟类知识并不丰富，对鸟儿捕食生存的情况知之不多，却偶然发现鸟儿喜吃水果。有一天，我在家整理纸箱，发现有几个苹果遗忘在其中。拿出一看，并未腐烂。我顺手放在庭院水池台上。下班回来发现，苹果多了好几个小洞，有咬啮的痕迹。开始我以为是老鼠所为，仍旧放在那儿不动，暗中留心观察。终于发现是几只飞鸟前来吃食。体型比画眉鸟大，又不是乌鸦，有点像野鸽子。竟然叫不出名字来。有了这一发现后，我家的水果就派上用场了。即使有点腐坏，我就用小刀清除干净，随即放在花盆中，鸟儿自会来吃。一个苹果两天就吃完。另外，我还放了些其他食物，再摆上一盆清水。就这样，鸟儿领会到善意，天天来吃。我想，一棵树、一个苹果、一点善意，竟赢得鸟儿的信任。有时候，和谐自然就在举手之间。鸟有灵性，你不得不信。由此推及鸟及非鸟，确实关乎万物的生存理念。

其实，我家是养过几次鸟的。2002年，我儿子考上大学去南京读书。我们节假日去看望或陪伴小孩，常常一家人逛逛南京的夫子庙花鸟市场。一家人都喜欢小动物。特别是2006年孩子准备出国留学，去南京的次数就更多一些。有一段时间，我妻杨玲在南京陪孩子准备出国材料，空闲常去夫子庙。先是买了一条小狗，后又买了一只"绣眼"鸟回邮喂养，配备了鸟笼、鸟食。养了一阵子，死了。心有不甘，又买了一只"绣眼"。养了好长时间，养熟了。我把鸟笼打开，小鸟飞出来后，在客厅里乱飞。然后，自己又飞回笼中。小绣眼鸟非常活泼可爱，叫声洪亮，身披翠玉，很惹一家人喜爱。有一天，我下班回家，突然发现小鸟死了。我大吃一惊，仔细一看，笼边还有散落的羽毛和血迹。原来，我将鸟笼挂在庭院中雨篷檐下，估计是被野外来的大鸟啄死了。我们只能怪自己粗疏大意，伤感了好一阵子。

我妻杨玲在南京陪伴儿子期间，还养过一只画眉鸟。画眉怕光，每天都要用布罩罩之。每天清晨都拿到室外空地小树林，和其他鸟儿挂在一起。画眉鸟竞相鸣叫，十分热闹。鸟主人在一旁欣赏和评论。人和鸟似乎都很高兴，太阳完全升起照过来，各人自会收起鸟笼回家。

孩子出国后，我家还养过一只鹩哥，也是在夫子庙买的。这是一只生在南京、在南京受训的鸟儿，很聪明，会说话，会唱歌，还会学开汽车的口技，一口南京腔调。有一次隔壁邻居大妈修整庭院花木，站在木凳上，头刚超过院墙，突然听到一声："你好！""恭喜发财！"邻居一愣，看四下无人，原来是我家鹩哥和她打招呼。她乐了，连忙笑着说："你好，你好。发财，发财。这么礼貌的小鹩哥。"这个鸟儿很有趣。杨玲引它唱歌，起个调："世——上——"鸟就唱起来："世上只有妈妈好。"我们去上班，它就把已会的技能依次展示："你好。""恭喜发财。""世上只有妈妈好。"然后是汽车发动的口技。标准的南京佬。邻居们也很喜欢。养了一年多，后来由于吃了淋雨的食物，生病而去。我只恨自己没有养鸟的丰富知识和技能。可见，爱鸟，除了爱，还得会爱，才能爱好。没那么简单。

鸟儿也是地球大家庭中的一员。爱鸟即爱自然、爱环境，甚至是爱生活。鸟儿为世界增添了许多亮色和精彩。没有鸟的世界，将是无趣和沉闷的末日。听清脆的鸟鸣是多么地享受。因为有鸟，才会有鸟趣。有鸟趣，才会有人趣和乐趣。

近些年，我努力践行人与自然和谐的理念，养过金鱼和热带鱼，也养过小乌龟，养过狗儿和鸟儿，体验过许多欢乐和忧伤，增添了人生阅历，也增加了几多人生感悟。

有鸟飞来，当然很快乐。至少显示出一种被信任，也显示出世界的和谐和精彩。请人们多一点耐心和爱心，包容鸟的纷扰甚至带来的烦恼。因为鸟的思维，远没有人类那么广阔和严密。在自然界，人类是强者，鸟儿当然是弱者。给鸟以家，让鸟有爱，与鸟同乐，世界定是迷人之境。让我们一起爱护和珍惜各色鸟儿，用心倾听鸟语和鸟声。一乐？真乐也。

2020 年 4 月 22 日

六十八　球友周振林

一叶一宇宙，一花一世界。周振林当然是独一无二的。

我和周振林很早就相识。我比他年纪稍长。他小时候在县体委业余少体校学打乒乓球，虎头虎脑，十分机灵。我那时也学打乒乓球，但是属于"野路子"。无人指导，自己在水泥台上和门板上乱打。也有自己的心得，算是乒乓球业余爱好者。

后来数年，大家各自求学、成长、成家，忙着自己的事业，交集不多。多年前我在邮中任职时，他儿子周阳读邮中有过相托。十年前，我调广电工作，业余时间重拾乒乓球，和周振林又重新交往。主要是打乒乓球，也喝点小酒。听他谈天说地，很有趣。

周振林的球技在高邮仍处一流水平。尽管这些年有点退化，但童子功仍在。和钱进、于惠勇、季群等比肩。虽然，新人辈出，他的打法略显陈旧；但宝刀不老，有时仍寒光闪闪。他曾多次取得不俗的战绩。扬州公安系统男单冠军，扬州政法系统男单冠军，江苏省公安系统男单第三。兼任着市乒协副主席。高邮两次乒乓球王大赛，一次获第四，一次获第二。周振林原先担任市公安水警大队教导员，现退居二线。他坚持每天打球。一方面是锻炼身体，另一方面是以球会友。

我喜欢和周振林打球，主要是球路相合，打起来有趣、带劲。一个球，能打几十个回合。几局下来，大汗淋漓。然后再相互交流得失，其乐融融。

周振林打球肯定是讲艺术的。一方面是情商高。他的水平比我高，但平常打球总不占上风。据说，他与长者和领导打球都是如此。他平时并不看重输赢，有时，会故意输一两个球，让打球的人高兴。他头脑灵活，适应性强。水平高的可以打，水平差一点的也可以打。但真正打比赛或是赌晚饭，那就完全不同了。他会换胶皮，刷拍子。打球注重变化。长短结合，左右转换，攻防有序。特别是防守，他颇有心得。有时对方大力扣杀，他只轻轻一拨，突然变线，飞向大角，令对手猝不及防。他一般是不输的。另一方面他对乒乓球的理解是比较深刻的。和融媒体侯军主任交手时就十分突出。斗智斗勇，打长斗小，拧正压反。边打边有术语，什么"金鸡独立""回头望月"等等。

周振林人缘好，社交广。我们一般打球都是在下午下班时间。他骑着小电动车，挎着大挎包。进门照例先来一句"向王台学习""向于书记学习"。名义上是学习，实际是挑战和指导。打球的过程中，周振林的电话不断。听得多了，我们知道一般是约晚饭的。接电话必然影响打球，有时正打得激烈，手机响了。我便对周振林说：简约一点，说吃晚饭的时间地点就行了。从此，周振林手机一响，大家喊成一条声：时间，地点。哈哈大笑，氛围极好。

周振林善于思考，有主意。有一次，我和侯军等人闲谈。我说三百六十行，行行出状元，只要把工作做好极致便是专家。

现在，各行各业都在竞赛，真是要解放思想，力求创新。周振林说道：在电视上打乒乓球也可以赛出球王，扩大乒乓球赛的影响力。我那时任台长，觉得有理，当即安排侯军负责筹办相关事项。后经商议，由市广电台牵头，联合市乒协、市体育局举办高邮市首届乒乓球电视球王大奖赛。一是设立"球王"称号；二是设立万元现金大奖。时任广电台广告部主任的侯军同志组织能力出色，托朋友请了世界冠军陈玘为高邮电视球王赛做广告推介。先是海选，后是预赛，最后在市体育馆决赛，乒乓球迷几乎全部到场助威。市领导张秋红、钱富强莅临观摩，电视现场直播，轰动高邮城乡。并且聘请了国家一级裁判担任比赛裁判员。比赛取得圆满成功，在高邮掀起了一波打乒乓球的高潮，提升了乒乓球运动水平。我的定位和评价是，往日很精彩，空前不绝后。

因为爱好乒乓球，所以经常在一起切磋。于彤、秦荣琪、姚斌、柏玉亭、陆玉平、姜文国等人相互交流，各有心得。经常是相互不服，用小比赛说话。赢球的沾沾自喜，战报远播。输球多的，跑到其他地方苦练一阵子，手感有了便再来挑战。如此这般，时间竟过去了几年。

周振林做事很认真。前些时日，我们搞了一个小型比赛，聘请他担任裁判长。他十分认真，亲自到教体局调看比赛规则流程，亲力亲为，丝毫没有乒坛元老的架子。用他的话说，以球会友，快乐多多。

球友在一起时间长了，自然就成朋友了。高兴时，我们也有一些私人小聚。周振林的太太赵明霞烧得一手好菜。我称之为以球会酒。谈论的都是球技球艺球德，表现出来的是喝多喝少喝好。周振林劝酒有一套，例如，劝秦荣琪："东西南北中，喝酒看秦公。"东北有"三宝"：人参、貂皮、乌拉草。老秦有"三宝"：松香、烙铁、万用表。老秦原先在县五交化公司工作，会修电视等电器。周振林巧妙化用。老秦无奈，端起酒杯就喝。喝到高兴处，周振林小唱一段《火车向着韶山跑》，声情并茂，意趣盎然。周振林小时候就有点文艺天赋，功底不错。不觉已经夜深了。

打乒乓球很快乐，他陶醉在其中。现在，周振林已经有了第三代，看上去仍很年轻帅气。每个周末，都要去扬州看望"小乖乖"，享受天伦之乐。

2020 年 4 月 29 日

六十九 柏警官

柏警官是一个较真的人。工作较真,打乒乓球也较真。他是一名交警。长得瘦瘦高高的,脸有点扁圆,戴一副眼镜。谈不上英武,有点像马云。他是老资格,警龄长,已是二级警督。当交警他就是一个"真"字。做真人,说真话,办真事。他对交通法律法规烂熟于心,运用自如。交通违章想要逃过他的眼睛,门都没有。不要看那些司机长得人高马大,胳膊印花,有的甚至态度野蛮。但见了柏警官,立即肃然起敬。他执法严格,中规中矩。只要违章,不管你找谁打招呼,不理。领导既喜欢他又怕他。喜欢他是这个人真干、能干,完成任务不含糊,一个人抵两个人用。怕他是因为他不解人情世故,不透气。

柏警官是严肃的。有一位女司机违章了,不接受检查,驾车逃逸。柏警官哪吃这一套,开车穷追。追了几十公里,大路小路,最后追到田埂。实在没办法,女司机下车求饶。柏警官不为所动,依法处理。

柏警官的家庭很幸福。老婆漂亮贤惠,曾是某镇上的一枝花,是柏警官的动力源,对他既关心又崇拜,已有了第三代。他的爱好不多,业余有时唱点歌。据说,唱得不错,有味道。和当地有名的女歌手搭档也是不输气场的。

当然,他最大最有名的爱好是打乒乓球。在高邮,一般打乒乓球的都知道他。他的球路很怪,既有章法也无章法。看上去软绵绵的,柔若无骨,实际上很难缠,是老拗筋。他拜周振林为师已有数年。

周振林在高邮乒坛是个名角儿。也是一名老公安干警。从小在县业余体校练球,球技也曾是一流的。柏警官拜师很专一,矢志不移,认准了和周振林学艺。周振林打球时,柏警官专注地研看并体悟。柏警官打球时,周振林就会在边上指导。两人很默契,话不多,但有效。比如,周说"推右",就是要柏拼命推逼对方的右手位。对手接球往往下网。比如,周说"磨",柏就不再起板,管你什么情况,死磨几十个回合。再比如,"压左",就是要柏一味往对手的左手位打球。就这样,柏警官作为怪球手打败过多名乒乓球高手。

柏警官打球总体是野路子。动作不算潇洒,甚至有点难看。他发球时咬牙切齿,动作古拙。但会因人因时变化,忽长忽短,忽左忽右。他的态度始终是认真的,看重输赢,看重每一个球。当对手要发球,他就紧张地扶一下眼镜,双目睁圆,不停移动着小碎步,如临大敌。打胜了,激动地高举右拳。他喜欢分析交流得失,津津乐道。据说,他在社保局乒乓球俱乐部的排名很高。但他和我打球,负多胜少。他有点烦恼。

他时常会创造奇迹。有一次他和周振林等人代表高邮公安参加扬州比赛。高邮的两名主力都输球了,他是第三单打。如果输了,就是0∶3惨败。他的对手是一名年轻人,攻防兼备。第一局对手打他11∶0,第二局他也是大比分落后,连教练周振林都觉得大势已去，只说了一个字"磨"。柏警官反正心里没负担，两名主力都输了。他就横下心来和对手死磨，坚决不起板。你来我往，并不着急。对手终于按捺不住，频频起板，频频下网。居然将比分追至9：9平，最终，柏拿下了第二局。第三局决胜时，柏警官的太太来看球了。他太太是他的"核动力源"。她一出场，柏就精神大涨，格外神勇。这一点，比他师傅周振林强。周振林打比赛，太太一出场就输球。害得赵明霞不敢看球，只能听别人说球。决胜局开始，柏坚持用同样的战术，只磨不攻，只等对手失误。最后竟然获胜。全场球员和观众无不惊诧。高邮公安队竟反败为胜。全队信心大增，一鼓作气。荣获团队前三。潘万宝政委一定要他上台领奖。他身着二级警督制服，走上台领奖。全场喝彩。

　　长江后浪推前浪。柏警官也五十好几了。虽然还在坚持打球，但球技提升也难了。这几年，高邮乒坛新星辈出，老人逐渐落伍。丁晓泉教练曾这样评价柏警官：他打球的水准是一个标杆。以前打赢他是高邮一流水平，如今打赢他是进入二流水平。柏警官听了且喜且恼。喜什么呢？恼什么呢？

　　你想想便知。

2020年8月7日

七十　圣大中

圣大中是个帅哥，他是快乐乒乓的代表。

年过半百的他是一位乒乓爱好者，还负责管理一个乒乓球俱乐部。人们都称他为董事长，他也默认。

圣大中为人热情，交游颇广。所以经常有人来他这里打球，尽管只有一张球台，有时也有高手光顾。正常打球的十几个人，人气不可谓不旺。

圣大中每天要打几十局球，和各种人打，球技算是中等偏上。他是打长胶的，进攻不是强项，但拗劲大、防守好，一个球不打几十板是打不死的。他也是有过辉煌的，最佳战绩代表高邮人社局参加扬州市人社系统比赛，击败过许多高手，拿过很好名次的。这是他的资本和骄傲。

圣大中打球是不服输的。不管你是什么高手，他输了都不服。打了一轮再打一轮，直到让你累得不行。他适应性是很强的，刚开始和我有些差距，后来熟了，有球打。有时也赢球。赢球的战报传得很快，俱乐部的每个人都知道了。他很是得意：某某人让我办掉了。大家习以为常,呵呵一笑。

圣大中和纪和打球可谓经典之战。纪和退休前是一位副局长,打球是为了健身。虽然从小未练过,但进步很快。会进攻,能防守,球"粘"人。和圣大中棋逢对手,将遇良才。他们每一球都能打几十个回合。先左后右,再右再左。先短后长,先长后短,边攻边守,忽左忽右。看得人眼花缭乱。两人不仅打得激烈,斗嘴也很激烈,像是说相声。你来我往,乐趣无穷。纪和说:看我进攻,一个抽杀。圣大中说:兵来将挡,将球防回。圣大中说:吃我发球,一个长偷袭。纪和说:小儿科,看我对付,一个小三角。看他俩打球,像是看戏。高潮迭起,笑声不断。两人是老对手,谁也不服谁。只好每天较量一番。

圣大中性直率,好为人师。别人打球,他常指点,且有点自负。自认为水平不低。他常看着打球的"蒋子牙"说:打他左边,发短球,起板。如果赢球了,他便说:怎么样?指导就是不一样。如果输了,圣大中又是另一句话,说是"蒋子牙"贯彻战术意图不坚决。圣大中打球的确是善于动脑筋的,有时处于下风球,他便会玩些花样,一会儿放长,一会儿摆短。实在被逼急了,也能猛推右边大角。有些也能奏效。

圣大中自认为是高手,经常让"蒋子牙"几个球。一般是让四球。"蒋子牙"不服,就开战。一轮五局,五局三胜制。"蒋子牙"开局时信心满满,打着打着,信心下滑,最后总是输球。我看了几回。一是"蒋子牙"信心不足,意志不坚。二是打法守旧,不善变化。三是放不开手脚,有怕输的心理阴影。关键是主动侧身攻的意识不强,常常失去战机。输球了,没办法,上街买西瓜给大家吃。

还有一位俞明,球打得很好。圣大中也不服,经常挑战。败多胜少。俞明发球独特,拉弧圈球厉害。动作勇猛,我担心他胳膊要甩掉下来。圣大中防守好,能防四五板,比赛有些看点。圣大中每天打球,球技是熟的。再加上是两面长胶,一般人也不容易赢他。据说,他前些时日外出和其他俱乐部赛球,赢了一名高邮准一流球手,着实兴奋了好几天。摩拳擦掌,准备寻找更强的对手。

圣大中作为俱乐部的管理者是很称职的。每年都要举行排名赛,激发大家的热情。安排也是有序的,能照顾到各人特点,让大家愉快。陈志勇是后来学球的,完全是野路子打法,但装备是不落后的。球衣、球鞋、球拍都很上档次,且充满自信,有不怕输的精神。胆子大,无所畏惧。他说,打球就是愉快,就是刘国梁来了照打不误,输几个球呗。这很对圣大中的胃口。圣大中也陪他练球。陈志勇输了就去买西瓜。

圣大中人缘好,打球有特点。最重要的不是竞技,而是以球会友。打球的乐趣要比结果重要得多。输赢并不重要,重要的是快乐。名利是一时的,健康快乐是永久的。你懂的,球友当然会更懂的。

2020 年 9 月 24 日

七十一 骂鸟

　　星期六上午走进大淖社区第四网格，参与创建文明城市活动。第四网格的基础条件较弱，其主体是北水上新村。与两年前相比，现状似乎改善了不少。原先杂乱无章、杂草丛生的河边小路整洁了许多。特别显眼的是新建了一排不锈钢衣架，解决居民晾晒的困难。路边种了些花草，有些树木已很高大茂盛。高邮镇党委政府投入了一定的资金，成效显而易见。

　　出乎意料的是，在第四网格两次听到社区居民骂鸟。骂天上飞的鸟？不错。居民认为绿化特别是树上的鸟，影响了他们的生活。我们一行人沿桥北的小路巡查，一簇盛开的玫瑰映入眼帘，散发着幽幽的清香。大淖河水静静地北流，不远处，几位老大妈正坐在大树下闲聊。社区陆海凤主任发现树间私自拉起篷布，立即上前劝导，要求现场拆除。几位大妈自知理亏，再加上陆主任满脸微笑，态度亲切，大妈们同意拆除。一位大妈说：我不是要拉篷布，而是树上落鸟粪。不是一点点，而是一大片。天天如此，没办法才拉篷挡鸟粪。都是这该死的大树和该死的鸟。

骂鸟

听她一说,我们仔细看,地上的确散下了不少鸟粪。大妈说,这里鸟太多,不仅吵人,而且鸟粪影响了我们晒衣服。洗都洗不干净。她要求将大树锯掉,断了鸟路。陆主任和大伙儿再三解释,我们无权砍树,可以建议修枝。吴新东劝道:大妈啊,鸟语花香多好啊。说明你们这里生态环境好,鸟才高兴来。大妈苦笑并不认同:好什么?该死的鸟。另一位大妈说:绿化是对的,树种不好,招鸟。树枝太长太密,把我家屋檐都挡了。瓦坏了,公家要赔。夏天的时候,毛虫掉掉的,有什么好?我们听后沉默。看来及时喷药和修枝是必不可少的。

大淖社区第四网格平房是主体,间距很小,道路不规则,属老旧城区,整治难度大,社区的同志吃了不少辛苦。我们和陆主位挨家挨户查看劝导,大多数居民表示理解。比较突出的问题是毁绿种菜和杂物乱堆乱放。在河边最北端,有一块空地种满了菜,铲了又种。社区喷了药,过后又长。有人建议在此处兴建一个健身小广场。这个主意非常好,但需要有关部门研究实施才行。居民的废弃杂物,桑德环卫需派人及时清理。

第四网格东北侧有一处新建小区,名字是文游美和居。小区和周边平房反差很大。小区南围墙种了一大排冬青树,有几米高。树上结满了黑色的小果子。老百姓意见也很大。还是鸟儿惹的祸。一位大爷反映,冬青树虽然四季常青,但果实招鸟。每天有许多鸟来此觅食,然后排便。害得周边居民晾晒困难。说吃黑果拉蓝屎,洗也洗不掉。他建议更换树种,改种桂花。花香树绿,皆大欢喜。更能促进和谐。

百姓骂鸟,虽然意外。仔细思考,也是新题。如何做好绿化美化,怎样才能生态和谐,似乎需要听得更多,看得更远。

2021 年 4 月 18 日

七十二 感谢『读书日』

"读书日"是个舶来品。中国人有读书的传统，但并没有个特定的读书日。"世界读书日"是联合国教科文组织1995年倡导设立的。早在1972年联合国教科文组织就向全世界发出"阅读走向社会"的召唤，要求社会成员人人读书。让读书成为必需。中国在1997年开始响应。为什么是4月23日呢？是为了纪念1616年4月23日同一天逝世的西班牙的塞万提斯和英国的莎士比亚。他们都是知名的文学大师。中国明代戏曲家汤显祖，创作了《牡丹亭》等多部剧作，也是同年去世的，时间稍后三个月。看来，中国的影响力和话语权是不够的。当然，在全球倡导阅读和写作无疑是件好事。

要感谢那些勤奋写作的人，因为他们的奉献，世上才有那么多的好书好文。这些好书好文创造了一个个精彩多元的空间，影响或惠及一批批的读书者。应该说，每一本书，每一篇文章，均有可读可取之处，或正或反。有人说，读书越多，世界越大。也有人说，多年不读书，满身市侩气。诚然有理，有点夸张。

我坚定地认为，认真读书会有收获。长期读书，会有惊喜。如果抱着尊重、包容和欣赏的心态来看，大凡文章，都是心血和思考的产物，总有可取的地方。那一本本书、一篇篇文章好比大千世界的各色各样植物，洋溢着多彩的生命气息。只有认真阅读了，才能有属于自己的判断和取舍。

我有读书的兴趣，近年来有些下降，但一直坚持读。最近一两年，我又把上大学时的一些教材，细读了个遍。有些收获和感悟。我既不属于深钻深挖型的，又不属于粗疏不求甚解类的。可能是比较豁达吧。我把读过的书分为三类，即记录、描述和研究。

第一是记录类。比如历史著作。其要点是真实。能够真实准确的记录才是可信的历史。有人说，受客观条件的限制，一个写作个体很难有力把握宏观的时代记录，但至少你的观察和记录必须是真实准确的，最好是第一手的资料。如果道听途说，甚至自作推理，极有可能不真。许多野史就是这种情况。我在网络上常看到这样的新闻，说某地发现一个古墓，出土了一些文物遗存，颠覆了我们的历史认知。因为出土的东西和历史的记载不符，甚至于相冲突。如果偶尔这样，情理上是可以接受的。但如果成为常态，发现一个古墓，颠覆一个历史认识，还有谁相信以往的历史记录呢？历史书籍真实吗？可信吗？有用吗？由此可见，记录历史的人当有大义，难怪古代史官是不怕杀头的。还要讲责任。有千秋之心，方有千秋之文。更须有文德。秉公客观，摒弃个人好恶。

第二是描述类。可能大部分书籍和文章都属于这一类，描述事、人、物、情、景等。只不过有人描述得生动、细致、传神、感人，有人描述得简单、呆板、肤浅，不好看，不耐看。我读汪曾祺先生的作品，感觉就是平和的描述。其中许多篇描述的是二十世纪三四十年代高邮大淖河边的风土人情和市井烟火，从中反映时代和人物的生活和精神。他的描述很独到传神，展现的是一幅幅平民风俗画。

再如陈忠实的《白鹿原》，尽管叙事宏大，有史诗色调，也就是陕西特定时代特定区域一群人的生活描述、恩爱情仇，从中看出社会的动荡和演进。现在网上有许多关于方方日记的讨论，我认为是方方描述得不够全面，不够客观，选材是有偏颇的。这种描述当然不是历史。显然，描述的文字是不能当历史读的，这是常识。我现在常发现有人把文学当历史较真，没有意义和价值。比如，网上讨论三国时代的吕布和赵云谁的武艺更高更厉害。这就较真了。这些东西不是历史，无法真实精准。

第三是研究类。主要是学术研究、科学探索方面的书籍。一种是归纳、整理，通过大量相关资料的收集、比较、提炼，发现规律、确立观点。我们身边有些先生做得卓有成效，佳作频频。另一种是实验类研究。通过科学实验、样本分析，发现新的元素和形态。科学研究和学术论著，必须建立在大量的收集、整理、提炼的基础上，方能有所发现。科研需要耐心和耐力。任何人想一蹴而就都是不现实的。胡适曾提出，大胆假设，小心求证。强调的是一种创新突破的路径，并非完全不可能。当前关于新冠病毒的研究，其手法很类似。

写作的人不简单，读书的人也不轻松。功利少的人无疑会更快乐些。互联网的时代，对读书有一定冲击。许多知识网上能轻易获悉，不需要依靠广泛阅读甚至苦读来实现。但优劣是明显的。通过阅读得来的，往往比较扎实，潜移默化，转化为能量和内涵。而网上查询，更多是利用而已。

我们知道，断判好书好文的标准，并不在于文字数量的多与少，而在于质量。读书就是交谈，好书好文往往能激发思想的火花，给人以启迪。读到精彩处，会心一笑，味道悠长。有些文章，短而精，有干货，充满智慧，让人过目不忘，爱不释手。有些文章，篇幅长，架子大，内容却一般般。更有甚者，犹如一个好看的松软面包，看上去很大，捏起来很小，营养自然不会很丰富。

腹有诗书气自华。读书让人柔和，读书让人谦雅，读书让人自信，读书让人增添幸福。我们要感谢"读书日"，这表明阅读是世界性的潮流。读书是快乐的长征，也不不仅仅是一个"世界读书日"这样简单。

2020 年 4 月 23 日

七十三 汪曾祺的『套路』

汪曾祺先生的文学创作算是独树一帜。汪曾祺纪念馆的规模在全国都是高大上的。就连其子汪朗也坦言，没想到。他写道："老头儿做梦也想不到家乡人会给他建立这么一座精美的纪念馆。"设想，若是汪曾祺地下有知，不知作何感想。想当初，汪曾祺打报告给市里请求落实三间房尚不可能，现在，竟会是这样。真有点世事难料。现在，汪曾祺笑了，汪氏家族笑了，甚至整个东大街都笑了。

纵观高邮历史，名人也不少。能够和汪曾祺一争高下的首推秦观。秦观一生坎坷，文名很大，文学史上的地位显赫。尽管文游台流传四贤把酒论诗的佳话，鸠占鹊巢，把泰山庙变成文游台，但文游台的建筑体量尚不能和汪馆相匹敌。少游翁只能愧望后辈了。

高邮是个崇文尚德之地。汪朗说，高邮市政府在资金十分困难的情况下，花巨资修建该馆。这笔资金本来可以办一些其他民生的事，现在却办了文学，令人感动。不仅高邮，估计全国的知名作家都感动了。

那么，汪曾祺先生到底有哪些贡献配享殊荣呢？值得不值得建这样一个汪馆呢？

研究汪曾祺先生的文章很多，都很有建树和学问。我只说我的看法：

一、汪曾祺开一代文风。汪曾祺为什么出名？主要是他和别人不同。别人写小说散文都是主题很突出，人物高大上，情节复杂多变。

可汪先生简简单单，平平常常。留白很多，读者能想到的他不写。我归纳起来三句话：一是爱怎么写就怎么写，不特别考虑和在乎章法。写小说的常规套路他没有，写散文的技巧他不用。他是"顺水淌"。所以，他的文笔轻松而自由。这样，反倒是显得有特点。二是写自己最熟悉的。汪曾祺的小说和散文有相当部分是写故乡高邮的。因为他生于斯，长于斯，他对熟悉的人和事中有提炼和感悟。他从不"硬写"。所写的基本是和他或家庭有交往的。三是能不说的就不说，舍得割爱。他的作品基本上没有太长的。能不写的就不写。这是很高明的理念。就像绘画，画满了往往多有败笔。画得少而传神，往往独到。因此，汪曾祺的作品耐看、有味，有想象的空间。

二、关注底层人的生活状态。有人说，汪曾祺是中国最后一个文人士大夫。我觉得不够贴切，似乎有点夸大。汪先生到他父辈家道已经没落，又非高官，只是比一般人多读了些书。但汪先生是很热爱家乡的。可以说故乡高邮是他创作的重要源泉。据统计，他从出生到离开高邮，共十九年。他写了46篇小说和大量的散文。而他笔下的几乎都是生活底层的小人物。一点儿也看不到"士大夫"的影子。我们看得最多的是，和尚、尼姑、炕鸡的、赶鸭的、车匠、锡匠、瓦匠、银匠、画匠、小贩、货郎、卖米卖菜的、药店店员、小店老板、挑夫、地保、打渔的、卖唱的、吹喇叭的、水手、卖艺的、跑江湖做生意的、收字纸的、保安团长、医生、兽医、画家、中小学教师、小学教工，以及他所熟悉的小人物。他写这些人物身上发生的事，有趣的、无趣的，意在反映他们的生活状态。他们的衣食住行，透视着时代和人性。应该说，他笔下的小人物基本都是善良之辈，是有古风的自食其力者，没有什么恶徒。他的散文，简练淡雅。大淖、沙洲、运河、老街、阴城等，都是一些典型的画面。市井烟火，凡人故事，构建了高邮水乡市井的"风俗画卷"。

三、全力推介了高邮。试设想，假如汪曾祺不是一位作家，高邮是否有知名度？回答应该是肯定的。但汪先生的作品提升了高邮的知名度和美誉度，扩大了高邮的影响力。没有汪曾祺，估计一大批知名的作家是不会慕名到高邮的。高邮更不会成为文学高地。自然就不会以"汪迷"进而成为"邮迷"。尤其是他笔下的大淖河的风光，已经成为高邮的一个文学符号。高邮似乎已成为汪派小说的一个圣地。这当然要归功于汪曾祺。现代文学史上，赵树理创建了山药蛋派，孙犁创建立荷花淀派，我们也可以自豪地说，汪曾祺创建了大淖水乡派。过去，汪曾祺以故乡高邮而自豪，今天，高邮因为有汪曾祺而骄傲。

从这个意义上说，花巨资建一个汪馆是值得的。它的文化价值要远远高于经济价值。更重要的是表明高邮人崇德尚文有了一个巨大的鲜活的充满潜力的载体。关键是如何用好汪馆，使其发挥应有的功效，让汪曾祺纪念馆连同东大街文化街区真正成为文化高地、全国的标杆，真正让汪曾祺笔下的文学元素，活起来、亮起来、强起来。

因此，汪馆的建设只是一个起点，大幕刚刚拉开。道路似乎正长，高邮以及崇尚汪曾祺的文化人仍须不懈努力。

2020 年 12 月 2 日

七十四　跳舞族

这些年很流行跳舞。广场上的大妈舞似乎已经过时了。代之而起的潮流是劲舞,鬼步舞跳得花样翻新,随心所欲,刚柔相济。很好看。

净土寺广场很大,晚上很热闹,有许多个跳舞的部落。各自为阵,音乐震天。最常见的是大妈部落,现代舞不像现代舞,劲舞不像劲舞,有点老套。精气神似乎也不足。跳交谊舞的是中年男女,有的还化妆,热情颇高,三步四步的,还有小拉,似乎有吸引力。跳现代舞的少妇们是另外的一群,她们衣着讲究,舞姿妙曼,基本功扎实,一招一式很像样,自我陶醉,有些艺术美感。还有一支庞大的队伍,与其说是跳舞,不如说是健身操,是抖音现场直播的,人气很旺。领操的是一男一女,身材矫健,舞姿刚劲。他们一边喊口令,一边示范。跳的过程中,口号震天响亮。有年轻的,有年老的,有城区的,也有刚上城的。

还有学拉丁舞的。都是一身黑衣,每晚坐车来的。男男女女,学得很专一。动作幅度大,学的难度也大。踩着节拍,甩胳膊甩脑袋，坚持不懈，令人钦佩。

最好看的鬼步舞部落，基本上都是年轻人，女性居多。领舞的几位是有扎实的功夫的。他们先是自学，对照视频学，有的还去北京广州专程学。几年前的冬夜，我常看到一簇青年人在广场上练各种动作。这是黑暗时刻，他们自身在苦练中积累嬗变。最终，他们动作潇洒，成为翩翩的舞者。

跳鬼步舞的人服装是讲究的。紧身衣，棒球帽，耐克鞋，一身英气。有一女子白天卖鱼，晚上跳舞。粉丝一大群。她舞姿美，动作幅度大，领舞有一套。有一位男士，白天在单位工作，晚上跳舞，一天也不空。自带音响设备，简直把跳舞当成事业，女弟子一大群。他跳起鬼步舞，动作猛，幅度大，常有高难创新动作，引得围观者啧啧称奇。

有一女子原先很胖，跳了一年后，瘦了几十斤，简直判若两人。老公开始很支持，认为老婆苗条好看了。谁知不停地跳，而且还节食，已经很瘦了。老公大怒，不准再跳了，说跳得胸脯都没有了，哪还有一点女人味？看来，跳舞也是要讲究度的。

现在，跳舞的网红很有影响力。这也刺激和影响了一群舞者。东北有个女网红，每天换舞服，就是一个三步叉，跳得风生水起，获财无数。还有一位八十老翁，自创舞蹈动作，每日被女粉包围，红极一时。

跳舞生财。这也启发了有些人。有人干脆当起了教练，收徒教舞，500元一个，包教包会。在城市的许多地方，每晚劲舞节拍响起的时候，教学也就开始了。有人学会了，成为跳舞族。也有人没会，学费是不退的，依然是个看舞族。

还有清晨在体育馆跳舞一族。似乎要有门票的。这群人以女性居多，年龄似乎不算小。他们更讲究些，有的舞伴是固定的。总不外乎三步四步的。活劲儿和自由度好像不如广场。当然，乐趣肯定是多多的,否则,不会那么多人来跳并坚持。

跳舞族跳的是舞蹈,快乐的是身心。扭动的是肢体,选择的是自由。生活不能没有舞蹈,舞蹈表达的是快乐生活。

2020 年 3 月 12 日

七十五 临泽汤羊

王四瘪子已死去了好些年了,但临泽汤羊的名气仍然很响。以前是四乡八镇的人上门来喝、来吃,现在已成为一个品牌供应各大超市。但要体验喝正宗临泽汤羊的氛围,还是要亲自去临泽。

王四瘪子是临泽镇的一个市民,因为会制作汤羊而出名。"汤羊"其实就是羊肉汤,全国各地都有。但要论讲究,非高邮临泽莫属。全国各地产羊很多,能够把羊汤做到极致的,似乎不多。王四瘪子算一个。

做汤羊是有讲究的。每年大约只有两个月的时间。即每年的12月至次年的2月,超出这个时间是不做的。其时正是高邮的冬季,天气寒冷,北风呼啸。高邮四乡八镇的人们自然会不约而同地想到,去临泽喝羊汤。

临泽王四瘪子做汤羊是很讲究的,说是祖传秘方。仔细考察下来。可能有这么几条:一是选料讲究。高邮临泽是水荡地区,草料丰盛,自古就养山羊。这是地道的食草动物,绿色健康。一般都是选择一二岁的本地山羊,瘦而不肥,绝对不用外地产的。

二是制作工艺讲究。山羊宰杀后要用淘米水泡上二十四小时，反复清洗，去其膻味。三是烹饪方法独特。先煮后拆。要将整锅羊肉剔骨后每二两切块盛入网袋大火猛煮，再温火慢慢细炖。四是配以独特的作料。具体说来就是一青二白三香四辣五红（葱、蒜、香菜、辣油、胡萝卜丝）。

这样王四瘪子汤羊制作算是完成了流程。至于是否还有其他独到技艺便不能多说了。

王四瘪子的汤羊香气四溢，在寒冷的冬季飘扬很远，是无声的广告。魅力颇大，食客早就迫不及待。但王四瘪子并不立即开张，每天要到下午四时半以后才开门营业。王四瘪子的门店在临泽镇的后河边上，并不在闹市。房子也不大，是个住家店。装修极简，大约也就三四个小房间，每晚却是门庭若市，稍迟一步便没有座位，只能等二场子。有人看王四瘪子营业场所简陋，不以为然。王四瘪子并不刻意留客，坦言不满意就去别家好了。王四瘪子长得高高胖胖的，洞察力很透，脸上堆着笑，眼光有点狡黠，边切羊肉边自言自语道，有本事不到我这儿来吃羊肉，不就得了。语气虽然有点大，竟没有一个走的，他的汤羊太诱人了。可以说是好汤好肉不怕巷子深。

王四瘪子的汤羊是有程序的，并不是一开始就上汤羊的。先是冷盘，有几个特色小菜。牛肉，春卷，松花蛋，花生米。王四瘪子的牛肉不简单，可以说是先声夺人。他是选用上等的水牛肉，精心制作，香气四溢。数量并不很多，每人大约就是二三片，但十分可口。香、软、烂、韧，令人胃口大开。一般都推荐配以当地的白酒，客人兴致颇高。接着是炒羊肝、炒羊腰、炒羊肚等，有点像全羊席，烘托氛围。接着是每人一大碗羊汤，里面有一到二块二两重的大块羊肉，热气腾腾，汤中有葱、蒜、胡椒、香菜等，大半碗下去已是热汗直冒。未等喝完，王四瘪子笑吟吟地用大瓷缸子给每人又加了一遍。如果有哪位头上没有冒汗，他会悄悄加上一点辣油，某人便立刻大汗淋漓。王四瘪子会适时地说，上羊蛋，即羊睾丸制作的特色菜，工艺独特，味美新颖，有点罕见，但十分可口，众人称赞不已。此时，服务员奉上临泽特产金刚脐子，也就是一种类似面卷的面点，泡在羊汤里，有味、有劲，众人大悦，香气满屋，令人啧啧称奇。尝过王四瘪子的羊汤，可以说是迎冬而来，携春而去，全身温暖。

王四瘪子的汤羊名气很大，可以看作是临泽美食的代表。一般的食友都要买一些羊肉、牛肉、金刚脐子带回去。王四瘪子的大名就这样传开了。周边县市的人也慕名而来，一时间，临泽后河边人声喧哗，车水马龙。

王四瘪子的汤羊成为临泽甚至高邮的品牌。凡是冬天来临泽的，如果没有喝过王四瘪子羊汤算是白来了。即使来临泽喝过羊汤，但不是王四瘪子家的，别人都认为不算数、不正宗，务必要到王四瘪子店里重喝一回，不留遗憾。

王四瘪子名气越来越大，当然制汤的工艺也就不断改进。虽然不是大店，但身价也就不同。在临泽数家汤羊店中，名列前茅。其中，最突出的是概不记账，不管是地方党委政府，还是部门企业，一律现金结账。王四瘪子的确很牛。有人虽有意见，但也无可奈何。品牌的力量，几乎无敌。王四瘪子的汤羊自然一路狂奔。

后来，王四瘪子得病死了，但他的技艺被其后人发扬光大。王四瘪子汤羊代有传人，还注册了王四瘪子品牌商标。其精心制作的羊肉牛肉，销路大开，供不应求，成为一个工艺独特、名不虚传的知名品牌。

王四瘪子汤羊，当然是舌尖上的精品。冬季里的一碗热腾腾的羊汤，除了美味，更多的却是难忘的记忆和浓浓的乡愁。

2020 年 7 月 5 日

七十六 老严理发

老严很有气质,一看就像个大干部,长得仙风道骨,双目有神。严格说来,老严只是一个正科级公务员,但在小县城,其权力和影响并不亚于省城的一个厅长。老严在县里担任局长,手下有几百人。这天,办公室主任通知说,明天市里有个表彰会,市党政主要领导参会,要求部门一把手身着正装,登台领奖。

老严决定去理发,形象还要是讲究的。其实老严头发很少,谢顶。只有少许长发横越在额头。老严很低调,并不去那些豪华时尚的理发店。只去了离家不远的小理发店。

理发店里的师傅是一位漂亮姑娘,很热情,是刚从上海学艺回来开店的。先是洗发,飘柔之类的,香气沁人。然后是吹干,热风冷风,老严很舒服。接着就是理发了。

老严已年过半百,实在是只剩几根头发。这几根头发长长的,可以在顶上盘旋,是重要的装点。如果没有这几根头发,可以说就是一个秃子,根本无须理发。但这几根头发,让理发师姑娘为难了。只见她梳过来梳过去,刚准备下剪,心想,不妥。又梳过来梳过去，她拿剪瞄了瞄，还是不能下剪。剪短了，额头就没有头发了。寸发寸金啊。又梳过来梳过去，反正是下不了剪。

话说老严是中午下班吃了饭去理发店的。心想，有个半小时，估计差不多了。下午还要上班。想不到，两个小时过去了，这头发还未理好。其间又接了两个手机电话，说有人在办公室等候汇报工作。老严说，姑娘能不能快一点？姑娘说，快了快了。她又梳过来梳过去，最终决定，不能剪。剪时痛快，要是剪短了，这头发可接不起来。她又怕老严知道，装作剪了又剪。终于说，好了。不知您满意不满意。老严在镜中一看，几根长发仍盘旋在额头，满头荒芜中青丝尚存。虽算不上气宇轩昂，气质和神采是满满的。老严高兴地说，好，好！30元理发费一分不少。

赶到单位，处理好公务。办公室主任说，严局长气色不错，健康有活力。老严说，我刚刚理过发。办公室主任一怔，说道，理了发啊，气象一新，气象一新。

从此，老严就选定了这家理发店。一直到老严退休搬家为止。后来有人询问理发姑娘有何经验可传。姑娘说，我知道他是局长，服务态度必须一丝不苟。洗、吹的程序是严格的。至于动剪子，要十分慎重。领导只剩这几根头发，剪了难长。没有了这几根长发，领导或许便没有了自信心。我是每次都是装作认真地剪了又剪，实际上每三个月只是剪下一点点。但每次理发时间都必须在两个小时以上，有时还夸赞领导有新头发生长的迹象。理发姑娘因为手艺高超，且情商不俗，深得老严信任。老严还出力帮助她解决了不少的难题。

如此看来，理发的技艺是次要的。理发的社会心理造诣才是最重要的。不服不行。

2021 年 5 月 9 日

七十七 杜甫的肖像画

杜甫当然是名人，而且是唐诗高扬的旗帜。杜甫的诗我是多少知道一些。像"朱门酒肉臭，路有冻死骨"，"感时花溅泪，恨别鸟惊心"，等等。要说我真正能识别杜甫的模样，那是达不到的。根据他的生平事迹，大致可以推出他的基本形象。应该是多愁善感、面容憔悴、饱经沧桑的那一类。至于说杜甫到底长得什么模样，那只能查看史籍了。

严格说来历史书上也是没有的。不仅杜甫没有肖像画流传，许多历史名人都没有。那么，我们目前看到的杜甫等名人肖像画是从哪里来的呢？回答是现代人创作的。

蒋兆和是我国现代著名人物画的一代宗师，是和徐悲鸿先生齐名的大画家。二十世纪五十年代时，遵照周恩来总理的指示，为杜甫等一批历史文化名人作肖像画。蒋兆和先生查遍了古籍，也未查到杜甫画像。也就是说，谁也不知道杜甫长的是什么模样。蒋兆和先生为了完成任务，十分烦恼。有一天偶然看见镜子中自己，面容清癯，眼光深沉，沧桑满脸。他心里一惊，这和杜甫何异？于是他灵机一动，依照镜中自己的模样创作了杜甫肖像画。并且依照他的岳父萧龙友的模样创作了李时珍肖像画。依照好友竺可桢的模样创作了祖冲之肖像画。蒋兆和功力深厚，中西结合，运笔独到。所创作的历史人物肖像画，神形兼备，一炮而红，广受社会各界认同和好评。他如法炮制，又陆续创作了曹操、张仲景、孙思邈、张衡、僧一行、刘徽等一批历史人物肖像画，其原型都是自己身边的朋友和熟人。有人戏称，历史名人都在蒋兆和先生的朋友圈。我们不敢妄议蒋兆和先生的历史名人画像创作随心所欲，他是有底蕴和严格的人。他的眼光犀利而独到，能抓住人的魂魄，其历史人物肖像画的创作是十分成功的。

无独有偶。蒋兆和先生的学生范曾在历史人物画创作中也曾数次以自己的肖像为基础创作过苏东坡、秦少游。高邮文游台有一幅《四贤图》，画的是苏轼、孙觉、秦观和王巩四贤在古运河畔高台雅会，吟诗论文。其中的秦少游面庞稍胖，细看和范曾大师何其相似。范曾大师创作该瓷画，一方面或许是缺乏历史人物的真实肖像的资料，另一方面也可能是表达对历史名人的敬重向往之情。

历史上的文化名人限于当时的条件，并未有真实的画像流传，这是可以理解的。创作者依据其生平事迹和历史评价创作肖像画，可以作合理的想象和推论。杜甫的成就是数量可观、质量一流的唐诗，表达的是沉郁顿挫的忧国忧民的情怀。紧扣这个特点，人物肖像的风格基本可以确定为沧桑类的。倘若是李白，则是要有一点灵动和仙气的。

有的历史人物的长相即使史书上有记载的，也不一定靠谱。比如明朝的朱元璋相貌较丑，但宫廷画师画出来的人物肖像却十分英武。再比如儒学先师孔子，据说面若枯木，有点不中看。我们现在看到的孔子像似乎是很温润高雅的，人们也能接受。倘若把孔夫子画得太丑，人们恐怕很难认同。

　　看来，历史的东西并非一定完全是真实的。历史上文化名人的肖像画只是一个特定的文化符号，支撑的主要是内涵和记忆。毕竟，影像科技是后来的事。因此，绝大多数历史名人肖像画，也只能用来参考，倘若真的以此作为唯一的标准答案，似乎未必立得住。比如，大诗人杜甫的长相，教科书上的就是那样，谁能说不是呢？

2020 年 10 月 6 日

七十八　尼亚加拉瀑布

多年前的一个中秋节，记得是 10 月 3 日。我正在加拿大学习，恰逢休息日。主事者说，今天是中秋，怕大家思乡孤单，我们一起去看尼亚加拉瀑布吧。于是，我们就从多伦多出发了。

天上下着小雨。一路的风景依然斑斓。大多是枫林，植被很好。中途休息是在一个加油站。周围是大片的草地，散落着许多雅致的铁椅子。几乎看不到人。加拿大是一个地广人稀的国家，全部的人口只是江苏省的一半，而且比较集中地居住在靠近美国的一侧。

尼亚加拉瀑布是世界最大的跨国瀑布，位于美国和加拿大之间。它是世界七大奇景之一。瀑布是在伊利湖水流入安大略湖的一段河面上，被称为尼亚加拉河。这里水势惊人，平均流量 2407 立方米 / 每秒。主瀑布形似月牙，加国安大略省境内是最佳的正面观赏地。美国境内只能侧观。主瀑布气势磅礴，落差 56 米，宽为 675 米。河水冲入悬崖后，流速惊人，在河宽不足 2000 米的河道奔流，水质清澈，秀色迷人。

尼亚加拉大瀑布以前一直不为人知。直到1678年被一位法国传教士发现，他作了详细记录，称之为"不可思议的美"，并撰文向欧洲介绍。真正使其出名的是法国皇帝拿破仑之弟来此度蜜月，大赞其景为奇迹，轰动了欧洲。从此，声名鹊起。尼亚加拉是印第安语，意思是"雷神之水"。印第安人认为瀑布的轰鸣是雷神说话的声音。他们在没有看到瀑布的时候，就已听到巨大的雷声。

我们终于到达景区，这里是加拿大的一个国家公园。首先映入眼帘的是高高的观光塔，类似于上海的东方明珠塔，高百余米，电梯直达。可以从高空看大瀑布。像这样的塔共有四个，三个在加国境内，一个在美国境内。不远处，便是著名的美加跨国彩虹桥，也是两国界桥。桥的东侧是加国高悬枫叶旗。桥的西侧是美国高悬星条旗。桥上无任何岗哨，随意通行，美加是免签互通的。

来到此地，除了远看大瀑布，最精彩的是乘船钻到大瀑布附近去看。我们买了票，乘上了著名的"雾中少女"号游轮。每人发了一件薄薄的雨衣，大家都挤在高高的甲板平台上。船先行到美国一侧的瀑布，气势恢宏，场面震撼。等到驶入加拿大的瀑布中，真可谓雷霆万钧，瀑布如排山倒海，倾泻而下。我们虽身穿雨衣，仍然浑身湿透。其时，涛声震天，浪花飞溅，大雨狂注。"雾中少女"号游轮在波涛中穿梭，上下沉浮。许多人无法站立，纷纷蜷缩在甲板上。命运似乎已不能自我掌握，大约有两分钟。游轮飞出了瀑布，所有人都真正感受到了大自然的动人心魄的力量。游人虽然浸湿了衣服，脸上均露出欣慰的神色，大瀑布值得一看。

其时，已是中午，我们在一家中餐馆用餐，边上是华人开设的加拿大特产免税商店，吸引了许多游客。该店主要出售海豹油、深海鱼油等，生意兴隆。店主笑容可掬，应接不暇。

我们还驱车参观了皮利泰里庄园，这里是全世界最著名的冰酒产地。有葡萄园、酒厂和酒庄。不少人购买了冰酒作为纪念。

途中，我们看到几个大型的加美共建的水力发电站，充分利用了尼亚加拉河丰沛的水资源，向当地提供电力服务。据说，有两座水力发站获得了世界环保奖。

我们还参观游览了尼亚加拉滨湖小镇。该镇坐落在尼亚加拉河入湖口，最大的特色是皇后大街，有众多的古老建筑。大多是维多利亚时代的，你能感受到浓浓的英伦风情。街上主要是枫树和橡树，繁茂高大，美而不俗。爱尔兰著名剧作家乔治·萧伯纳曾到访于此，故而街上有萧伯纳的塑像，小镇的剧院每年都上演萧伯纳的作品。出了小镇，周围就是农村了。带队老师说，这是标准的资本主义社会新农村。我们看见的是一个个的农庄，大片的土地。最大的特点是规模化、机械化，人口少，产值大。的确有值得我们学习的地方。

傍晚时分，我们快回到多伦多了。早晨出发的时候，秋雨纷纷。现在则是一派霞光。不知是谁，喊了一声：彩虹！快看。只见西边的天空上忽现闪现出一道巨大的彩虹。同行的加国土著笑说，在多伦多有"三变"是常见的：天气、职业和女人。彩虹是雨后的美景，我们特意停车，不约而同地向彩虹挥手。

2020年10月3日

七十九　哦，南石桥

高邮城区的人都知道有座南石桥。其位置大约从中市口向南数百米。过了南石桥不远就到南门天桥了。再向南便是南门大街和盂城驿了。

南石桥是座古老的桥，是架在南濯衣河上的过街石头桥，是那种黄褐色的巨石铺制的。现在虽然还有桥，但已看不出石桥的影子。似乎也没有名字了。倒是西侧不远的桥有名字，曰西市桥。南石桥在历史上也曾称作南市桥的，可见这里早就是人流密集的地方。石桥下的流水来自南水关，是老高邮城居民生活用水之河。淘米洗菜，沉星映月，犹如血脉枝蔓千万人家。

南石桥曾经很有名，很神奇。桥北有个古巷曰前观巷，巷中有口井，衍生出两个传奇故事。其一，相传北齐时有姓郑的道士父女两人居此汲井水炼丹，积年而成。父女服丹而得道成仙。井中飞出一白鹤载郑道士父女升天。引发两岸居民轰动。据说，曾因此改称南石桥为迎仙桥。其二，前观巷中有一古庵名优钵罗庵，庵中一和尚，忠厚老实。偶遇一白鹿，养在庵后菜园中。白鹿经常吮和尚小便的石槽，竟怀孕生下一女，十分漂亮。后被人发现乃和尚之女，她羞愧投井而亡。井中飞一仙鹤载女而去。这两个传奇故事构成了"秦邮八景"之一的"鹿女丹泉"。故事不一定可信，但愿景十分明朗。

我很早就知道南石桥。我外婆家住南门外马饮塘。我幼时每年的重大节日，端午、中秋和春节，都随母亲回娘家，给舅舅们拜年问安。我家住北门外，那时走亲戚都是步行。去外婆家就是从高邮北门到南门，南北一条街游览一遍。那时，觉得很远，走到南石桥就离外婆家不远了。路过南门大街的时候，许多人都认识我母亲，一路打招呼。"三姑娘，回娘家了？"我母亲是女姊妹老三，还有三位舅舅。刚过端午节，天气已经热了，我脖子上挂着鸭蛋，跑得满头大汗。柏大娘笑着说，"三姑娘，带儿子回娘家吃馊粽子啊。"

南石桥我每年要走好几回。除了走亲戚，我和发小也常来。他是我荷花塘小学同学，他父亲那时就在南石桥北面的煤油店工作。他父亲曾是一位老干部，二十世纪五十年代也是挎盒子枪的。由于讲真话，被错误打成"右派"，后竟被判刑。出狱平反前被安排在煤油店工作。他母亲家庭成分也不好，一人独自抚养他，日子过得清苦艰难。他父亲刚出狱怕连累妻儿，不敢来往。我常常随发小同学偷偷地来看他父亲。我们一般是中午时间，趁他父亲一个人值班的时候来。他父亲总是十分高兴，问这问那，还悄悄地揣钱给他。然后，我们就在南石桥附近游荡，什么前观巷、极乐庵、高邮师范都很熟悉，还在濯衣河看人家游泳、捕鱼。对于在这游泳，我们颇为不屑，那时我们常在大运河游。有一次，我们看见有人在桥洞捕到一条大鱼，足有三四十斤，很是震惊。小河里竟有如此大鱼，真不可小看。我们或多或少地见证了南石桥畔那个遥远的动荡年代。

记得有一天下午，我和一群小伙伴又闲逛到南石桥。突然看见我的二舅骑着凤凰自行车迎面而来。本想回避，已经来不及了。只好硬着头皮喊道，二舅好！我二舅一看，大惊道，小家伙，从北门外跑这么远来干啥的？我说，星期天我们到处玩哩。二舅说，早点回家去。说着从口袋里掏出五毛钱给我，摸摸我的头：跑饿了吧？你们几个买几个"火烧镰子"吃。于是，我们就买了不少的"火烧镰子"，三分钱一个。

南水关的水不停流淌，南石桥边斗转星移。转眼间，我已读高中了。有一天母亲说，马上要过年了，你把家里的肉票拿去找三舅买些猪肉回来。那个年代，物价很便宜，但是要凭券购买。油米是这样，猪肉更是。这一天，我便拿上肉票去南石桥边上的食品公司的门市部买猪肉，我三舅在那儿卖猪肉。还未到南石桥，就看见买肉的队伍排得老长。没办法，只能硬着头皮上前先去露出个脸。我三舅正忙着，抬头一看。哟，外甥来了，知道是来买肉的。人多没办法，三舅说，排队吧。我只能排队，排到你该买什么肉就是什么肉。最终要轮到我了，有·大块猪后座不错。排在我前面的人指定要一大块，三舅说，你肉票不够，不可以超购。那人不听，指定要购这购那，三舅的刀始终劈不准。总算到我了。购了一块较好的猪肉。回家的路上同学王建国笑了，你三舅厉害。一句话不说，态度很好。人家指哪儿，劈哪儿，就是劈不到这一块。他心里早想好了要留给外甥。我也觉得让三舅为难了。

南石桥南面就是城南医院，1979年初的一天我至今不忘。这是我上大学的头一个寒假。刚回家，我母亲便慌张喊我，快去南石桥，你二舅不行了。我和母亲飞奔至桥南的城南医院，其时大约下午四点钟。在抢救室我见到了二舅，身上插了几根管子，输着氧气。他神志还算清醒，看见我来了，说了一句，放寒假啦？还笑了一下。我呆板地站着，十分难过。二舅刚过六十岁不久，身材魁梧，相貌堂堂。想不到竟病至垂危。医生和护士不断地忙碌，三舅也来了，表兄表姐们都来了。不一会儿，医生说，不行了，抬回去吧。我们是满含眼泪看着二舅断气的。这一幕我至今难忘。

　　南石桥的记忆透视着我童年的岁月，纯真和亲情在南石桥畔荡漾。南石桥的流水和河风，始终没能带走我心底的思念和呼唤。

　　南石桥是一座老石桥，或许真的是老了。几经改造，褐黄的石头已不知去了哪里。这桥在历史上也算有些名气，动人的传说，小桥流水，杨柳依依，古巷夕照。南石桥的西边便是西塔巷，直通西门宝塔。大画家王西楼曾居于此，留下许多佳话。作为历史文化名城，这里既有名声又有文化，似乎不应被忽视。然而，南石桥现在只是一个普通的小桥，籍籍无名。只有南石桥下的流水依然东去，让那些怀旧的人想起渐行渐远的往事。

　　令人欣慰的是新改造的市河，风采不俗，从这里盛妆而北。

　　哦，南石桥。

2021 年 1 月 16 日

八十　快与好

这些年每天健走，几乎走遍了高邮的大街小巷。感到市容市貌变化很大，成绩斐然。城建项目如春潮，一波接一波。这当然是好事。一方面说明项目多，建设势头猛。另一方面也有可能是局部返修率偏高。有些道路，修了又修。总感到建设质量要进一步提高，期望能真正做到又快又好。

前几天早晨下雨，我撑伞步行。步至蝶园路上，两侧十分畅通。记得是不久前新铺的方块大理石，既平整又好看。由于主路积水较多，当然是走便道。不承想，看上去平整的大理石，一脚踩上去，水柱冒得老高。脸上和身上皆湿，鞋子里也进了水。原来，看似平整的路面，暗藏"杀机"。由于铺得不实，多块石板松动，冒水成为必然。不久前，在魁楼南侧实验小学操场北栅栏外，刚踏上方形下水道的铁板盖，盖子忽然凸起，险些摔下来。我只能苦笑。估计这种现象并不是个别。

近年，我们国家基础建设很快，有基建狂魔之称。这当然是好的，实力强劲。有了速度，更需注重品质。"中国制造"应该是一种美誉。记得国家领导人曾多次强调，中国经济建设要既快又好，又好又快。这是有深意的。我们在惊叹高邮建设速度飞快的同时，更希望要增强建设的精细度。让老百姓的幸福指数越来越高，让老百姓的舒适性越来越持久。

最近，全国文明城市创建活动如火如荼。许多硬件薄弱点得到迅速整治和提升，老百姓拍手称快。大运河东堤景观进行了全面改造和提升。这无疑极大地提升了大运河景观的品质。速度当然是快的，估计质量似乎仍不够同步。比如，新修的健身步道，虽然喷了红色，粗一看还可以，但走近了许多地方坑洼不平，略显粗糙，虽快不优。或许用不了多时就得重修。运河边的砖铺步行道一是保洁不够，二是下水道不畅，天一下雨就积水。还有，在运河边修建了不少的亭台阁榭，虽然古色古香，但似乎设计的安全性不太高，合理性亦不突出。可能是仿古做法将木柱直接抵在石块上，稍有震动，必危。也许，古法是这样建的，现今应做些改进才好。我还想说，改造也要兼顾面上的平衡。有些地方固然可以锦上添花，有些地方却急需雪中送炭。比如，高邮北门大街的路况十分差。昔日繁华街，已成崎岖路矣。再比如，大淖社区北窑庄，环卫工作不到位，责任未落实。如此等等。这些区域不仅不能代表高邮形象，很有可能会拖后腿。

2017年我曾去美国学习，走过几个地方。总的来说，基础设施有点陈旧老化。但建设的质量是高的。纽约市的一些大楼，建于二十世纪初年，虽经百年风雨，其外墙和地面仍非常光洁。不仅建得好，后续的管理也好，有值得我们学习的地方。在旧金山市有一处修路，修了很长时间，每天造成交通堵塞。随行的翻译说，这路修了快半年了，还未修好。要是在国内最多一个星期就成了。意思是美国人懒惰，办事效率差。但他又说，中国虽然修得快，损坏得也快。美国虽然慢，但质量是有绝对保证的。我们听了觉得不无道理。我们已经有了速度，再注意一下质量。岂不是又快又好？

这几年，我市城建成就巨大。有限的投入取得巨大的成效。期盼能进一步提升质量，加强后续管理。建一个，成一个。成一个，则赞一个。让那些基础设施、便民设施，选点准，建设快，品质优，管理优，口碑优。让那些大道、小道、健身步道成为舒心道、休闲道和幸福道。

2020 年 5 月 9 日

八十一　哦，双肩包

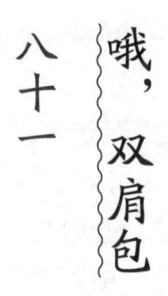

据我观察，在职干部背双肩包的几乎没有。一般乡科级干部都已经是用比较像样的大手提包了。背双肩包的干部也有，一般是休闲旅游的时候。但正常上下班背双肩包就显得有点特别。

背双肩包的大多是年轻人。方便实用，看上去也有朝气。走在大路上，各式各样的双肩包，满眼都是。我的儿子和侄儿侄女，都喜欢背双肩包，我看得顺眼。我认识一个干部喜欢背双肩包，很大。骑自行车也背着。有一次，我问他，你为什么喜欢背双肩包呢？他笑道，方便，盛的东西多。我说，现在一般的干部都不背的，你也有五十多了，还像个小青年？他笑了，说习惯了。有一次市里开干部大会，参会的清一色的大手提包，他背个大双肩包匆匆而来。尽管许多人诧异，但他很坦然自若。

其实，背包不仅是一种实用和时尚，也有不少的职场文化内涵。背包甚至也不失为市井的一个窗口，透视着时代的变迁。

我小时背的就是军用黄帆布包，当然也是书包。那时斜挎在肩上，很得意。包里有几本薄薄的教科书。开学时用报纸包的，很平整。半学期下来就坏掉了，到期末甚至连教科书的页码都不全了。现在中小学生的书包都是双肩包，不仅科学，而且品种颇多，实用好看。

以前用包的人似乎很少。大街上的人行色匆匆，用包的不多。我是大学毕业参加工作后才使用包的。那个年代，真皮的很少。大多是皮革塑料的。花钱少，也不谈品位。社会上也不注重这个。

包作为重要的装饰品，好像是从二十世纪八十年代开始的。改革开放，打开了国门。人们的审美观念发生了变化，蛤蟆镜、喇叭裤、收录机、大背头流行起来了。当然，还有包。先是流行大哥大包。像个大砖头，有真皮的，也有革的。一般装着一个大哥大移动电话。持有者身着西服，大背头，声音洪亮，很有派儿。接着是小皮包，花样品种也很丰富。小老板们和一些有头有脸的成功者腋下是必不可少的。里面一般有多张银行卡和若干现金。我有一朋友，多年前在南京请我吃饭。结账时小皮包一亮，里面一层一层都是卡。随手一掏，买单。很潇洒。

当干部的就不用小皮包。这不符合身份，没有庄重沉稳感。小皮包虽然有钱，但缺乏政治身份。当干部虽然有身份，但钱又不多。约定俗成的是到了乡科局这一级的，一般就用大手提包了。很大，可以放很多会议材料和讲话稿。甚至，手提包越大越好，说明身份高。在小县城，如果不是手提大皮包，似乎就不像个干部。肩挎大皮包也不行，给人的印象是跑销售的。但到了地市这一级干部，亲自手提大皮包的就少了。省以上的几乎没有。领导不提包，提包的不是大领导。包的仪式感强的还是在县处以下。我曾参加过多种会议，会场基本坐定，会议即将开始。领导们皆身着正装，手提大公文包，鱼贯而入。会议正式开始。

也有一些人既不用小皮包，也不用大手提包。一般是被社会边缘化的人。他们出门一般手提布袋或塑料袋，让人觉得不太入流，也不够有品位。倘若去大机关，门卫总是要反复盘问的。门卫阅历丰富，看人也是有门道的，以貌取人，以包取人，是一般通行的规则。

随着时代的发展，包的变化是越来越丰富了，也形成了基本的规律。年轻人，各类学生一般是双肩包。方便，实用，有活力，也隐含着一些时尚。我去过国外，基本也是如此。一般的职场也有背双肩包的，更不说休闲旅游地了，那是双肩包的天下。机关干部上班基本不用双肩包。老同志年长者一般斜背着一个小包，或帆布，或皮革。里面放着手机、钥匙和一点现金。

至于那些爱美的姑娘和时髦的女士，有品位的小坤包是必不可少的标配。花样多，品牌多，丰富多彩，真真假假，情况复杂。非一言能尽述之。

生活的品质在不断提升，生活的理念也在不断地嬗变。从简到繁，从繁到简，螺旋式渐进。随着简约的理念深入人心，简约的生活方式当然就是未来的方向。而年轻人喜欢的运动装、运动鞋、双肩包，似乎也正成为新时代的亮色。

2020 年 12 月 29 日

八十二 蔷薇花儿开

蔷薇花开的时候，已经是暮春了。黄庭坚《清平乐·春归何处》："春归何处？寂寞无行路。若有人知春去处，唤取归来同住。春无踪迹谁知？除非问取黄鹂。百啭无人能解，因风飞过蔷薇。"这是经典的寻春词。黄鹂是春天的使者，它也不知道春天去了哪里。"因风"就是乘风。黄鹂乘风飞过了蔷薇。蔷薇花已开了，真的是春末夏初了。

近年，我有时去南京出差。初夏，最让人震撼的便是南京的蔷薇花。特别是南航明故宫校区，蔷薇花团锦簇，汪洋恣肆，十分灿烂。行人无不驻足赞叹。黄的、红的、粉的、白的，无拘无束。有人戏言，这是南京最文艺的地方。随手一拍，就是花的大片。

蔷薇如此美妙动人，我以前关注不多。于是，我便留意起来。在高邮健走的时候，很快就寻得蔷薇的胜景。这便是运河东堤汇金大公馆的西院墙。一路铺开，粉白为主，沿墙枝蔓，已成气势。几位姑娘在花下摆拍，相互比美。我住的小区也是蔷薇怒放,幽香扑鼻。其中一户人家,去年刚种的,今年已是枝越栅栏,花满门楼。不由得想起唐代高骈的诗句:"水晶帘动微风起,满架蔷薇一院香。"

蔷薇是正宗的中国植物。很早就有了。蔷薇其实是一个大类。理论上带刺开花的均在其中。现在人们常见的是蔓藤的变种以及园艺品种。蔷薇、月季和玫瑰并称为中国蔷薇三姐妹。蔷薇茎上带刺,花节六七朵共生,花状圆锥伞状,生于枝条顶部,每年花期一次,便是在暮春初夏。李时珍在《本草纲目》中云:"此草蔓柔靡,依墙而生,故名蔷蘼。"

因此,大多数蔷薇都是篱笆或院墙的密友。其藤状的姿态和小花让人心仪喜欢。也有独立成树的,十分蓬勃俏丽。白居易《戏题新栽蔷薇》云:"移根易地莫憔悴,野外庭前一种春。少府无妻春寂寞,花开将尔作夫人。"蔷薇花你好好地美吧,少府大人要把你当夫人爱了。

我在前年向邻居要了几根剪枝,栽插在盆中。不久便新冒了嫩芽。今年初夏竟也开了花,红黄紫粉均有,我甚欣悦。

蔷薇在国外也大受欢迎。基本上都是从亚洲传过去的。其中法国人尤喜蔷薇,据说拿破仑的皇后约瑟芬深爱之。蔷薇在西方形成了独特的文化。最有名的是英国当代诗人西格里夫·萨松的代表作《于我,过去,现在以及未来》。意思是再凶狠的老虎,也会有细嗅蔷薇的时候,忙碌而远大的雄心,也会被温柔和美丽折服。每个人皆有阳刚与阴柔两种气质。著名诗人余光中将其译为:"心有猛虎,细嗅蔷薇。"不愧是一个妙句。蔷薇因为美好,花语丰富,被赋予许多积极的意义,诸如美好、爱情、坚强、丰收等等。

蔷薇是一种大众普及的花,易栽易活,耐热耐寒。喜爱阳光,而能承受阴暗。就像一位健康活泼的平民姑娘,美丽而不娇气,随遇而安,始终保持自己的秉性,也能活出一方天地。

记得盂城驿附近有蔷薇巷,虽然蔷薇不多,已经让人觉得有韵味。原先府前街那里有菊花巷,大概总会有些菊花吧。我想,如果有关方面做一些设计和引导,比如,以各种名花命名街巷和小区,号召居民自发种植养护某一品种。比如桂花、梅花、荷花、兰花、茉莉、月季、石榴、玫瑰等。相对集聚,长此以往,收获自当可期。

"不摇香已乱,无风花自飞。"我已经喜爱上蔷薇花了。

2020年6月3日

八十三　龚大师

龚大师是美术大师，全名叫龚定煜。因为国画出色，人称龚大师，是江苏省国画院的画家，著名画家朱葵的嫡传弟子。据说，其画作在上海拍卖行是有较高价位的。一平方尺也有上万元的。可见，其影响力是不小的。他的确一看就是一名画家。中等身材，圆脸，长发。眼睛不大，有神，充满了笑意。性格是很好的。

龚大师是土生土长的高邮临泽人。父亲是开中药房的，和绘画并无渊源。但他从小就喜欢绘画，且有一定的天赋。据说，刚学绘画时，曾将卫生纸误作绘画的宣纸。但这不影响他的成长。

有天赋和爱好是不够的，如果没有人指引，也不会有什么奇迹出现。龚定煜遇到了识才的伯乐。朱延庆先生在临泽任教时，发现龚生可铸。一封书信将其推荐给当时下放到高邮文化馆的朱葵。朱葵见龚生憨态可掬，并有绘画的天赋，喜收之，并招之上城住在高邮旅社学画。朱先生尽心教，龚生用心学。绘画的种子深植于心，龚生痴迷不已。后来，龚生进入南师美术系，画艺大进。视野拓宽，始入学院派行列。毕业，分配至邮中任教，开始了绘画的精彩人生。

龚定煜和我的太太是邮中的同事。1983年我结婚时，物质条件很简陋，但也有温馨。龚先生已小有声名，作《水仙竹石图》一幅相赠，是我们婚房中独显艺术性的力作。我印象极深。画作清新简约，颇有创意。由此画我和他结识了。

龚定煜刚当美术教师时，绘画在高邮算是有品入流的。一般单位的会议室经常可见之，社会上也有了一定声誉。但他被社会所看重的似乎并不是美术作品，更多的却是一些美术理念，特别是建筑装潢的理念。一时间，在高邮，龚定煜不仅仅是一位画家，更多的是一位装潢设计师。

二十世纪九十年代，我在高邮中学分得住房。我本意简单装修一下，估计一二万元。不知谁告诉了龚老师。他下课后来到我的新房，立即指点应如何设计，随手捡起一块小砖在水泥墙画图，并要求用什么样的材料。许多瓦木匠闻声前来围观，并对龚老师的设计赞叹不已。纷纷用纸照抄下来，兴奋地对别人说，这是龚老师设计的。龚老师的设计的确是好的，但花钱要多一些。效果自然是满意的。

龚老师对绘画很钻研，很用心感悟。只要有机会都要外出观摩写生。由于艺术的融通，他的摄影技术是高超的。在邮中，大凡重大活动，都是由他操作的。他曾去新疆、西藏、四川、山西、安徽、江西等地采风写生，丰富了他的绘画创作素材，创作了一大批生机勃勃的画作，多次参加各种画展。其知名度和美誉度与日俱增，成为省内知名画家。他为人热情，长期担任邮中工会主席，乐于助人，有良好的口碑，可谓德艺双馨。

他画艺精湛。有一天早晨，邱谨根校长和我及龚老师闲谈。谈及名片的设计要突出个性，不要千篇一律。龚老师听后不语，第二天为邱校长设计了一张漫画名片，将其特点画得惟妙惟肖。

我们大笑之余，暗叹龚定煜精准的观察提炼、简洁的白描手法。这也从一个侧面展示了他绘画的水平。

龚老师擅长国画山水，气韵生动，格调大气。既有豪迈的雄浑之气，亦有清秀淡雅的特色。其画室名曰驻云居，颇有创意。他师承朱葵等名家，山水图作隐约有版画的底蕴。近年来似乎有逐渐趋淡的倾向，这表明他也在不断地探索。他始终走在学习、提升和创新的道路上。《运河情》的创作标志着他的新跨越。

龚老师在画坛笔耕不辍，成果丰硕，已然成为一位名师。我虽不懂画艺，但也认为艺术的真谛在于创新和突破。我对龚老师长期专志于山水，既钦佩又不太赞成。我曾和他戏言道，要想成为大师就必须有独到的东西。名师都要自己的标志，徐悲鸿画马、齐白石画虾，还有许多名家画牛、驴、鸡、鸭、鹅、鱼等等。我建议他画螺子，他粲然一笑，乐了。我接着说，画螺子的人不多，有成为大家的机会。关键还是在观察，螺子也是姿态丰富的。水中的螺子，游动时两根芒须也是很好看的。画出神韵即是大师。你喝三两酒后再画。龚老师点头称是，我虽是戏言，他听懂了真正的含义，是期待他有新的创新和突破。

龚定煜无疑是一个高手，为人至诚。多年的积累为他的拓展奠定了厚实的基础。他为邮中的美育教育贡献颇多，培养了大批优秀的美术人才。他为高邮地方文化建设也是倾心尽心，誉满一方。更重要的是他和他的老师朱葵一样，有一颗拳拳的感恩报国之心。

因此，龚大师真正成为"龚大师"为期并不遥远。

2020 年 5 月 31 日

八十四 怀念窦履坤先生

2020年7月27日下午,窦先生的女儿窦茵电话告诉王志强学长,窦履坤老师因病在南京逝世。享年八十五岁。王志强学长立即将此噩耗电告了我。7月30日下午高邮原临泽中学72届的王志强、陈旭东、宝珍元、陈国光、沈国杰、张俊斌和原曙光中学77届的朱国祥、纪和、王建国、周峰、吴建民、黄玲、杨玲、王立宏和我等一帮学生奔赴南京窦先生家中灵堂祭拜。第二天早晨一起参加了在南京殡仪馆举行的向窦履坤老师告别仪式。省教育厅教研室董洪亮主任致告别词。学生代表、原高邮市政协副主席兼统战部部长王志强深情追忆了窦先生的教书育人、为人师表的感人细节。窦先生女儿窦茵致答谢词。窦先生火化后,我们随亲属赴雨花功德园墓园安葬了窦先生的骨灰。墓区号是至尚世家19-1。

窦履坤先生是我的高中语文老师兼班主任,时间是1975至1977年。那时,高邮的高中教育尚未有重点中学与非重点中学之分。按地段划分,就近入学。城北偏东的上曙光中学,城南的上红旗中学（一中），城中及西后街的上东方红中学（邮中）。窦老师是江苏沛县人，1964年南京师范学院中文系毕业，和书法家尉天池是同学。先在高邮临泽中学任教，后调入县曙光中学任教。改革开放后，调回南京在省教育厅工作。从事中学语文教学研究和管理。曾多年担任江苏省中学语文研究会的秘书长，编撰出版过多部中学语文教学的著作，是全省知名的中学教育专家。

  因为是班主任，窦老师和我们接触相对较多。窦先生学问人品均高，为人温和儒雅，善于且乐于助人，和学生的关系十分融洽。他教态亲切、坦诚，是标准的学院派。他任教语文，主题、段落、分析、概括和提炼，中规中矩，毫不含糊。尤其是漂亮的板书，既严谨又夸张，有毛泽东主席书体的部分风格。我最喜欢看他写的作文评语，是用红墨水蘸水笔写的，潇洒飘逸，龙飞凤舞。我们皆模仿之。有一阵子我模仿得很像。以至于后来上大学时写信给同学，同学以为是窦老师写的。

  窦老师学识功底厚实，见解独到。有一次上班会课，班长领学《人民日报》的社论，署名"梁效"。后来，我们得知"梁效"即北京大学、清华大学两校写作班子。窦老师说，这篇文章不简单，是个大手笔。窦老师担任曙光中学语文教研组长，为了推动阅读和写作，他和其他老师做了一件很有意义的工作。即每学期编写《优秀作文选》。从初一到高二，选择学生佳作数十篇，编印成册。发至全校每一位学生。这样做，其激励作用无疑是巨大的。我的两篇习作曾有幸入选，极大地调动了我学习写作的兴趣。那时，习作入选不亚于在报纸上发表文章。至此，我对写作有了激情。曾看到杂志上外国诗人写的"宝塔诗"，也就是比较注重形式的那种。我也写了两首，送给窦先生看，期待他的表扬。谁知，窦先生说，追求新形式，当然可以，问题是中学生的底蕴是不够的。他指导我说，还是多读点唐诗宋词，打牢基础。我深信之，并铭记在心。我读高中时，正值"文革"，教学很少注重抓质量的，但窦老师有自己的要求。他常常会在课上搞些小测验抽查之类，比如听写、默写等等，还推荐一些课外读物。其目的是强化我们的基本功。

窦老师也很注意教学改革。1982年我大学毕业分配到曙中任教高中语文。我任教的班级，有一个学生在上初中时就曾被窦老师选为人物肖像的模特。他以此形式指导学生作肖像描写练习，然后集中展示点评。由此可见，窦先生是很注重教学创新的。

窦老师当班主任是比较民主的，放手让班委去干。参加学校重大活动，均有班委会组织实施。遇到困难，他才出面解决。他管理有办法，沟通讲艺术，几乎和每一位学生都建立了良好的关系。这一点，我印象深刻，深为叹服。

生活中的窦先生也很有情趣。他是钓鱼高手，在曙中时教会带动了一批人。调回南京后，他曾在某水库钓上几十斤重的大青鱼。他也是制作松花蛋的专家，自购鸭蛋，自己制作，效果奇好。

1977年7月，我高中毕业下放农村。1977年11月，恢复高考的消息刚传出，窦老师立即想办法通知杨玲、王建国和我等同学，抓紧复习功课准备参考。并帮助我们准备一些学科资料，以弥补我们在校学习时的不足。

1978年，我在插队的龙奔考上大学，窦老师非常高兴，特地请我们原高二（1）班的班委看电影。记得是日本故事片《狐狸的故事》，电影十分精彩。狐狸的父母，精心养育小狐狸，等到它们长大了，把它们一个个赶走，让其独立生存。当时，我们看了觉得很残酷，想通了很赞叹。这实则是大爱。窦老师只教了我们两年，但一直保持联系。我们高中毕业十年、三十年的同学聚会，窦老师总是从南京赶来，共叙师生情谊。有一年，我请窦老师到高邮来，我们突然在聚会的席间点燃了生日蜡烛，唱起了生日歌。窦先生方知，是我们学生给他过七十岁生日，他非常感动。

窦先生在高邮大约工作了二十年，教了不少学生，桃李颇丰。王荣平、王志强、葛桂秋、宝珍元、陈旭东、毛金兰、方仪、吕庆良、杨玲、纪和、王建国和朱国祥等，均系其弟子。窦先生为人和善，虽是北方汉子，却是谦谦君子，特别有人情味。我们班上有一个同学，生活困难。他得知后，悄悄托人送上3000元，聊以小助。我是班上唯一继承其中文衣钵的学生，窦先生给了特别的关爱和帮助。我刚工作不久，他就邀请我参加全省语文教学参考书的编写。特别是二十世纪九十年代后期，他兼任《扬子晚报》"作文园地"的特约编辑，数次和我约稿，推荐选登高邮中学学生的优秀习作，产生了广泛的影响。其中有一个专家点评栏目，窦先生约我参与，并在电话中鼓励我说，你从教多年，又是高级职称，你就是专家。我应约点评了几篇。窦先生一直在关心我的成长。记得刚教书不久，产生想深造读研的想法。窦先生得知后予以支持，并帮助我联系了南师大的导师。那时，我已有了小孩，再加上英语已荒疏，终未去读研，辜负了老师的期望。2004年我在邮中工作时，搜集整理出版了教育随笔集《学苑萤光》，窦先生欣然写了序，以资鼓励。

窦老师夫妇在2017年夏天，重访高邮，和老朋友和学生们欢聚一堂，其乐融融。窦先生夫妇伉俪情深，相濡以沫。他的爱人马瑞芬老师是南京人，比窦老师小两岁。大学毕业分配到高邮农业局工作。马老师原本是不愿意窦先生来邮工作的，想让他在南京工作，马老师也好调回去，特地发电报要他不要来邮。想不到，窦先生还是执着地来了。一干就是二十余年。窦先生和马老师的青春和美好岁月奉献给了高邮。在灵堂，马老师体弱多病，已欲哭无泪，她喃喃说道："老窦啊，你答应先送我走的。你怎么说话不算数，你自己先走啊。"我们一行人潸然泪下。

2018年9月窦先生应临泽中学72届和曙光中学77届学生邀请回邮畅叙师生友情，游览了新的文体中心和运河故道景区。其时，窦先生情绪乐观，身体十分健康。前年下半年他突然被查出癌症，且是晚期。由于年龄偏大，只能保守治疗。近日，病情突然恶化，竟不幸离开人世。令家人和亲朋猝不及防。远在美国留学的外孙窦屹也因疫情未能回国悼念外公。真是人生的扼腕之痛。

我不能相信窦先生就这样离我们而去。我不能忘记在殡仪馆悼念大厅迎棺的场面，6名礼仪人员抬着寿棺，乐队奏着哀婉的李叔同的《送别》："长亭外，古道边，芳草碧连天……天之涯，地之角，知交半零落。"我不能忘记，两个小时之后，一顶四人抬着的小轿送出，在《友谊地久天长》的音乐声中，窦先生已化为灰烬，在一方小骨灰盒里走完了曲折的人生。

窦履坤先生是我求学和成长的恩师和领路人，他的丰富的学识和与人为善的品格是我心中永远的路标。师恩难忘，温暖如灯。他的音容笑貌永远鲜活在我的心中。愿窦先生在天堂一切安好！

2020年7月31日

八十五 回忆曹耀琴老师

曹耀琴老师离开我们已经四年了。他一生从事教育工作，在高邮教育界算得上是一位知名人物。看名字，像是女性，其实是一位儒雅的男士。享年七十八岁。

曹耀琴先生祖籍是扬州人。他长成于高邮。1958年毕业于高邮中学。由于家庭出身和自身身体的原因，他没有读过大学。但他却是一位通才，精通文理，学养丰富。桃李满天下，交游极广。是一位颇有成就的平民教育家和社会活动家。

曹耀琴先生是我的老师、同事和领导。他比我大二十余岁。是一位宽厚善良的长辈，和我熟识、交往四十余年。

我是1973年在高邮县曙光中学读初一时认识曹先生的。那时，曙光中学是一所完中。其总部在县人民医院西侧。分部和部分教师宿舍在人民路上。我们初一共三个班，是一排平房教室。每次下课去东面的厕所都要经过曹老师的宿舍。他那时刚刚出狱不久，赋闲在家，未授课。孤身一人每天在宿舍里看书。三十好几了，也未成家。他很和蔼。我们一群小孩吵吵闹闹，他也不介意，总是面带笑意。有一次，我在课间到他宿舍请教他一个数学题目，他非常耐心解答。他的宿舍很简陋，一张床、一个木桌和一个书架。他每天都在看非常厚的硬面大书。我内心认为他一定很有学问。过了两年，我上高中了，曹老师果真成了我的老师，但不是教他最强的数学，而是高中化学。曹老师上课很亲切，循循善诱，娓娓道来，由浅入深，十分流畅。板书清秀、雅丽。他大约教了一个学期，就改教下一届的数学。不久，他便名震高邮、扬州教育界。他指导培养的 78 届高中的成涛、朱建平获高邮中学生数学竞赛一等奖，并代表高邮赴外地参赛勇创佳绩。曹老师也一举成名。

不久，高考恢复了。曹老师开始忙碌起来。不仅结婚成家，而且成了高邮市数学骨干和专家。他虽然没有读过大学数学专业，但他长期刻苦钻研，特别是解题技巧造诣深厚。他思路独特清晰，教授得法。一道数学题能演示多种解法，大大地拓展了学生的思维能力。一时间，声名鹊起，大受欢迎。然后是学校开设高考复习班，每晚教室内外爆满。曹老师尽情讲授，驰骋在数学天地。有一次讲到精彩处需要板书，一时找不到黑板擦子，他竟用衣袖擦之，完全是一种忘我的情境。他时常讲课忘了吃晚饭，他夫人冯老师便将一碗面条送到教室来。曹老师对学生十分关爱，无论是官员子弟还是百姓小孩，他均一视同仁。且对家庭困难的学生，慷慨帮助，全然不介意金钱。由于教学业绩突出，曹老师先后担任过教务处副主任、工会主席、副校长，并多年担任县政协委员，成为高邮名师之一。

曹老师前半生是比较坎坷的。他由于家庭出身不好，失去了上大学的机会。又由于肺结核病，被判为半条命。1982 年 7 月我大学毕业分配到曙光中学任教，和曹老师成为同事，有了更多的接触了解的机会。有一次，他去上海请专家看肺部摄片，专家看罢说，这个人早就应该不在人世了。听说他还活着，而且活得很好，大惊不解，赞叹他顽强的生命力。曹老师身上始终有一种乐观豁达的精神，他是一位充满阳光的人。他既有一点旧式文人的气息，又具有比较开放开阔的眼界。他可谓生不逢时，刚参加工作时，据说比较喜欢外国文学，且收藏外国电影明星画像。被人检举：崇洋媚外，里通外国。他曾在日记里表示对外国生活很向往，有一点浪漫情调。这在今天看来，也不稀奇。但在那个年代，简直是石破天惊，骇人听闻！再加上平时说话不够严谨，常发议论，竟然被打成"现行反革命"，被捕入狱。在游街示众时，他头昂得很高，内心并不服。他是一个讲究气节的人。他当然不是"反革命"，后来平反了。

由于成家晚，曹老师对一双儿女十分关爱，倾注了全部的热情和爱心。记得多年前的一个冬天的晚上，那时曹老师的孩子大约十余岁，我看见曹老师拎着一个竹篮在大街上奔跑，气喘吁吁，十分着急。我忙问何事，他说，孩子要吃肉。他在满街寻找肉铺，寒风吹乱了他的华发。我望着他渐远的身影，深为感动，为人父者爱子心切，莫过于此。

曹老师爱好不多，除了教学，大约就是喜欢集邮。他从中学时代就开始集邮，珍藏了不少邮品。记得他常去邮局购买邮票，并和他人交流。什么猴票、虎票、错票、什么"祖国山河一片红"等等。曹老师为人热情不古板，西装流行后成为常服，也穿牛仔裤。晚年时也打些小麻将，饮点白酒，偶尔下下围棋。他是属于下快棋的，让赵麟老师四子可完胜。一个小时能下好几盘，纯娱乐。他是一位知足、随遇而安的人。当然，生活中也有点小狡猾。记得有一次，他在办公室和一位老师打赌，谁输了就在办公室的地上爬一圈。先是那位老师输了，那位老师果然极其认真地爬了一圈。不服，再赌。曹公输了，大伙起哄要他在地上爬。曹公实在躲不过，只好两根指头着地飞快地虚爬了一圈。全办公室的人乐得人仰马翻。曹老师是一个能人，社会接触面较广，乐于助人，教职工有难事都会来找他。他能量大，有"路子"，能办成事。曹公见多识广，曾转述某领导言"有本事的男人是不回家吃晚饭的"，我等深为叹服。有时，傍晚看见他无饭局。我即戏言道，曹公，今晚看来是没本事了。哈哈一笑。

曹老师退休后，继续发挥余力。付出了巨大的心血创办了朝阳中学。其间颇多烦杂艰辛。我那时在教育局工作，也给他一些必要的力所能及的帮助。朝阳中学作为民办高中，也发挥了很好的作用，成为曹老师晚年最精彩辉煌的一笔。曹老师一直比较乐观，身体状态似乎不错。想不到因患急性白血病，短短两三天就溘然长逝。

呜呼，曹耀琴老师已经远去，但他的丰厚学识和友善儒雅的风范却永远地留在我的心中。

2020 年 3 月 15 日

八十六 插队尤圩

悠悠岁月，往事如烟。沉淀下来的东西，总是值得回味和感慨。

1977年高中毕业那年，我十七岁。7月份刚离校，8月份就开始搞"下放"了，而且是最后一届。我算是赶上了上山下乡的末班车。

幸运的是，我77届高中生的下放地点，就在本县农村。我们班上四十来人，大约下放的不到一半。

先说是如何下放的。按当时的政策，叫二选一。即如果一个家庭有一个孩子留城就业，那另一个就必须下放。假如你家是六个孩子，一半留城，一半下放农村。我同胞三人，大姐那时做临时工，未下放。自然是轮到我下农村。我父亲是县粮食系统老职工，那时在城北米厂工作。厂里做思想工作很简单，已形成套路，就是每天派一帮人来你家敲锣打鼓。同意下放了，撤人。不同意，每天继续敲。最终也不得不同意。

我刚高中毕业，城北米厂的锣鼓队果然准时而来，迅速敲打起来。我那时很有豪气，也不知道下放会有怎样的遭遇，便果断地对带队的厂长说：你们别敲了，我同意去。但我有个条件，答应了就成。领导问，什么条件？我说：按政策我是应该去农村，但首先必须给我大姐安排正式工作。她现在只是临时工，等安排了正式工我就去。领导听说有理，回去向上级请示。过了两天，答复来了，同意将我姐安排去县制药厂工作。我立即同意去农村。所以，敲锣打鼓就不再来了。谁知，母亲却哭将起来，舍不得我去农村。因为我是家里唯一的男孩。一旦去了农村，不知何年何月方能回城来。我原先有个哥哥，一岁时得病死了。后来生我，我母亲辞掉了工作专门养育照顾我。

　　粮食系统的知青点在龙奔公社。我也就下放到龙奔。送我去龙奔的是城北米厂的工会主席李同义。他戴一副眼镜，文质彬彬，比我大十岁左右。他代表城北米厂送我一套藏青外衣、一些生活用品。印象最深的是一个笔记本，嫩绿色塑料封面，扉页写着两行字："上山下乡干革命，铁心务农志不移"。赫然盖着公章。接着是开欢送会，粮食系统这一批大约十多人，每个人都要发言，粮食局的领导亲自到会。我因声音洪亮，表达清晰，颇受时任粮食局局长言金贵的重视。他指示让我去县里发言，佩戴大红花，照片挂在县文化馆的橱窗里。有一天，高中母校的刘传义校长在大街上看见我，高兴地对我说：小王啊，表现不错。好好干。

　　8月的一天，一辆大卡车停在我家门前的大街上，米厂的几位工人将我的行李、生活用品装上车。父亲、母亲、姐姐和姐夫等全都上车送我去龙奔。我的人生掀开了新的一页。

　　知青点在澄子河边的龙奔公社临城大队。东边是一个烧窑厂，地上排满了砖坯。所谓知青点就是一排红砖房子，大约有七八间平房。知青一共17人，包括前一年下放的几人。分别是孙琪、孙怡、邱顺琴、严根琴、周庭芳、王碧霞、李玉明、李春玉、吴声兰、乔士宏、姚士娟、胡秀清和男小陈等。如今已有三人离世，他们是谭正荣、陈德林和陈立娟。当时，有四五间宿舍，两间是厨房。厕所是没有的，好像在屋后有个茅草棚子。

然后是分队。男女知青分别被分在龙奔公社临城大队各个生产队。我和谭正荣被分在尤圩生产队。该队在知青点的南面，距离大约有2公里。队长姓尤，会计姓龙，还有一个民兵营长姓高。第一天去队里报到，妇女们笑着说，新农民来了，欢迎欢迎。

尤圩生产队西靠盐河，与高邮化肥厂隔河相望，是最靠近县城的一个生产队。这里民风淳朴，景色宜人。特别是一片金色的麦浪，颇有气势。我在这里，度过了一年的插队时光，成为我一生的财富之一。

我在尤圩生产队相当于"走读"。我们在知青点集中居住，吃饭住宿均在知青点。每天到队里上下班。队长和社员对我们非常客气和友好。有一个小唐，年龄和我相仿，谈得比较投机，热情邀我去他家玩。他母亲非常好客，立即在大锅灶上弄好了三个水蛋，一定要吃下去。还有一个老卞，是一个上海返乡知青，整天唱着阿尔巴尼亚电影歌曲，"赶快上山去吧勇士们，我们在春天里加入了游击队"。中午在他家做客，是大蒜炒咸肉，香气扑鼻，异常美味。若干年后，我在饭店，常点此菜，再也没有吃到过那种味道。尤圩的男女老少淳朴友善，对我们十分关照，几乎没有把我们当作人劳力使用，所以，我们所挣的工分也不多。但有几件事情，使我终生难忘。

一是挑氨水。那时，为提高单位亩产，普遍使用化肥。有一次，队长说，氨水船来了，要大伙儿去挑。装氨水的是一条水泥船，停靠在队南面，有一二里地。队长问我去不去，我想，平时在家里经常到大运河挑水吃，肩上的功夫还不错。我立即应声去挑氨水。一担氨水重量并不重，但我却感到困难。一是氨水气味大，刺得眼睛睁不开。二是挑担下船难。我看队里的男女社员从踏板上走下来很轻松，即使有点共振也很协调。当我挑着氨水走上踏板时，却由于共振迈不开步伐，急得大汗淋漓。好不容易走过踏板，沿着田埂挑回到队里。挑氨水让我真正体会到当一名农民的艰辛和不易。

二是挖草肥塘。每个生产队都有草肥塘。就是将一些秸秆和杂草包括养猪的粪便泡在水塘中，经过一段时间发酵，再捞出来当作庄稼的肥料。这个活绝大多数都是妇女干的。她们干活时有说有笑，似乎并不费力，能够轻松地一连干好几天。队长说，能不能试一试。我说没问题。我刚十八岁，身体健壮，又当过运动员，力量和协调性不差。刚开始，我干得很生猛，和那些妇女齐头并进。不到一小时，便感到力不从心，十分吃紧。再看身边那些妇女，面不改色，操作如常，仍然有说有笑，快乐无比。最后，我实在干不动了，请求退出。妇女们乐了：新农民啊，不适应吧。

三是看场打赌。农忙时，队长安排我和小谭看场子。所谓看场子就是晚上在晒谷子场上看管稻谷，防止偷窃。我和小谭早早吃过晚饭来到队里的晒谷场。这是一个平整的小土操场。整个生产队的收获均在此。谷场上堆放的稻谷用油布盖着，边上还有几个石碾子。

在场地尽头用竹竿挑着一个电灯泡，发出昏黄的灯光。蚊虫飞舞，凉风习习。

和我们共同看场的是队上的光棍老屠。这个老屠三十好几尚未娶妻，肥胖有力。圆脸上泛着红光，估计喝了一瓶粮食白，有点兴奋。看我和小谭岁数小，他大谈自己如何有本事，很显摆。他说：高营长算个屁，他和老唐加起来也不是我对手。他亮着结实的胳膊。我们虽然刚到队上不久，也听说此人喜说大话，且常撩拨妇女。小谭故意逗他说,"黄牛天上飞"。老屠听不懂,牛在天上,还飞?问啥意思。我说有下句,就是"有人地上吹"。老屠听懂了:你们两个小伙不相信我的力气?老屠说着走到场边,搬起石碾子走了几步。看见吗?搬它就像搬纸箱子!老屠很是卖弄。我有点少年气盛:这不算什么,我们比一比其他的。老屠大喊,比什么,怎么比?我说,我们比抬水泥管子。农村那时每年都要兴修水利,场外边存放着不少的大口径水泥管道,估计每一段要有好几百斤重。我和你抬水泥管子走30米,谁走不动谁输。好!拿杠子来。我也不知哪来的胆气敢和老屠一比,反正豁出去了。我个子比老屠高,说,你在前,我在后。小谭当裁判。"一、二、三,起!"我和老屠抬起管子走起来。沉重异常,尚能承受。走了四五米,老屠脚下打晃,突然停下认输。我估计一方面是力量不足,另一方面是酒精发作。打赌之后,我在生产队名声大振。老屠逢人便说,乖乖,新农民小王厉害哩。

  转眼到了1978年,我们渐渐地学会了不少农活。不久,队长安排我上城专门为队里采购农资物品。改变命运的时刻终于来到,高考恢复。我的人生将又一次被改写。

2020 年 5 月 2 日

八十七 白求恩和他的故乡

亨利·诺尔曼·白求恩一度在中国是一位家喻户晓的人物。毛主席的《纪念白求恩》一文给予他极高的评价，称赞他是一位高尚的人，有道德的人，一位纯粹的人，一位脱离了低级趣味的人。由于白求恩的感人事迹，中国和加拿大的两国关系也曾融洽。但在加拿大白求恩的知名度并不算太高，当地少数人甚至认为他是一个有点另类的人物，中国人普遍是不认同的。

数年前，我曾有机会去过白求恩的故乡加拿大安大略省中南部的一个湖区小镇白求恩纪念馆参观。

从多伦多出发，大约两个小时便到了格雷文赫斯特小镇。白求恩的故居是马路边上绿灰色的一座二层小楼。风景很美，高大的枫树十分茂密，红黄灿烂。草地如茵，落满了枫叶。这里十分偏僻、宁静，似乎周边也没有多少住户。入口处一幅红底黑色的白求恩的画像十分醒目。白求恩就出生在这里。

白求恩出身于一个天主教牧师家庭，父亲是长老会的牧师，母亲是传教士。他的长相酷似他祖父。他从小受到良好的教育。他毕业于多伦多大学医学院,是当地著名的外科医生,曾发明过多种医疗器具,并撰写发表多篇医学论文,是英国皇家医学会和美国医学会的成员。如果沿着这条轨迹走下去,他必将成为北美地区的一代名医,也就没有后来的那些故事。

当地少数人说他有点另类可能是基于以下几个方面。

一是他多才多艺,感情充沛,却特立独行。他本是学医行医的,有令人羡慕的医生职业,却忽然热心于绘画和写诗,而且十分投入。他的油画画得十分出色,可以跻身一流画家行列。后来又热衷于写作。他放着成为名医的大道不走,偏要涉足旁门,被认为是不务正业,性格独特。

二是抛弃深爱他的妻子,令人不解。1923年秋,三十三岁的白求恩到英国爱丁堡参加外科医学会会员考试,结识了苏格兰姑娘法兰西丝。法兰西丝非常漂亮,是一位富家女。两人一见钟情,很快结为伉俪。一年后,白求恩染上了肺结核病,这在当时有点恐怖。他认为是不治之症,对医学缺乏信心。为了不把肺结核传给妻子,他坚决要求离婚。但法兰西丝深爱着他,始终拒绝离婚。白求恩却无情地向法院诉讼离婚。此举也受到一些人的批评。

三是热衷政治,加入加拿大共产党。1935年白求恩加入了加拿大共产党,次年,赴西班牙参加反抗法西斯的武装斗争。1937年12月前往美国纽约向国际援华委员会报名,主动申请组建一支医疗队到中国北部和游击队一起工作。1938年3月底抵达延安,受到毛泽东主席的接见。后来,随八路军转战750公里,做手术300余次。1939年因手术时被感染患败血症去世。终年四十九岁。中国河北唐县建有白求恩纪念馆。

虽然白求恩的人物形象在少数当地人的眼中也许并不那么完

美，但在中国他受到大众的高度好评和认同。尽管他在中国参加抗日工作不到两年，但是精益求精和无私奉献的胸怀令人赞叹。

毛主席说："一个外国人，毫无利己的动机，把中国人民的解放事业当作他自己的事业，这是什么精神？这是国际主义的精神，这是共产主义的精神。"同时，白求恩是有良知的，他在临终前曾写信给聂荣臻司令员，要求将他的遗物分给和他一同战斗的战友，并且致信国际援华委员会请求给他离婚的妻子经济上和生活上的帮助。他放弃优裕富足的生活，毅然决然地走向反对法西斯的前线，正是他人性光辉的闪现。他是一个超越民族和国界的英雄。

鉴于白求恩在中国的巨大影响，1976年中加建交后，加拿大政府购下了白求恩父亲在格雷文赫斯特镇租住过的小楼。该小楼始建于1880年，是专门租来给小镇的牧师住的。加政府特意将其恢复到1890年白求恩出生时的原样，建成了白求恩纪念馆。在门前草地上有三块纪念牌，分列英文、中文和法文。为什么会有法文呢？白求恩的祖籍地是法国。故居为二层，一楼是书房卧室，有白求恩父母的卧床、白求恩的婴儿床。二楼是纪念馆，是白求恩的生平展览室，还有一些白求恩用过的物品。该纪念馆被列为加拿大国家文化遗产。每年，到此瞻仰的大多数是中国人，这里是知恩感恩的中国人心中的圣地。

格雷文赫斯特小镇是安大略省中南部的一个小镇。因为是白求恩的诞生地而成为一个著名的旅游景点。该镇南离多伦多180公里，位于马斯科卡湖和海鸥湖之间，是个湖区别墅区，山色斑斓，沿湖是一望无边的森林，宁静优美。小镇有一条以白求恩名字命名的路，在歌剧院前有白求恩塑像。该镇是加拿大"枫情"小镇之一，最大的特色是枫的灿烂和湖的幽静。

但在中国人的心中，这里最美的不仅仅是风景，而且是因为有一个曾经在中国抗日的八路军战士白求恩。尽管被当地个别人别有用心地认为有点另类，却丝毫不能损毁白求恩的魅力。列宁曾有句名言，雄鹰有时飞得比山鸡还低，但它终究是鹰。白求恩不仅伟大，而且唯一。

　　在中加关系十分困难的今天，想起伟大的国际主义战士白求恩和因为政治原因遭到加拿大当局拘押的华为财务官孟晚舟，真是百感交集。世间风云，变幻无常，难以捉摸。竟一时无语。

2020 年 10 月 2 日

八十八 告别广电

　　一切过往，皆为序章。转眼之间，我已为国家服务四十三周年，职业生涯画上句号。我从一个英武青年变成了一位鬓角染霜的较老者，成为一叶"前浪"。

　　2010年7月，我五十周岁的时候，从高邮中学管理岗位上转岗。高邮市委决定调我至广电工作，任市广电台首任台长、党组书记兼市委宣传部副部长。虽然，我对离开工作近三十年的教育行业有些不舍，但由于大家都知道的原因，高邮市委已经为我承载了不小的压力。后来的历史证明，这显然近乎一个闹剧。然而，对于一个讲真话、为百姓办实事的个体而言，当然是有代价的。好在公道自在人心。

　　老实说，我对广电工作不太熟悉。但我有信心，毕竟我是学中文出身，多年从教，且有较长的管理岗位的经历。新闻属大文科类，和教育有共通之处。赴任前，市委书记和我谈话。他说，组织上派你去广电，认为你是能干实事的。市委对你过去的工作是肯定的，相信你一定也能干好广电工作。你去当务之急是要把有线数字电视整体转换工作搞起来。人大代表议案提了几年，政府也有压力。

初来广电，首先是了解情况。为何有线数字电视整转没有启动呢？主要是没钱。我的前任局长和我是老朋友，因为缺钱，事情当然难办。那就想办法贷款吧，一了解，也不行。贷款要抵押，广电没什么资产抵押。后来，我偶然听说南通有家电视台通过上海一家上市公司贷到了款。我联系上了这家上市公司，最终经过风险评估，谈成了，且贷款利率低于我市所有银行信贷。打交道的都是不到三十岁的年轻人，关键是他们理念新、视野广、效率高，认为投资广电行业风险低，有线数字电视刚起步，前景看好。贷款总额7000万元，三年还清。解决了资金问题，在市委市政府的强力支持下，数字电视整体转换工作一马平川，如火如荼。城区第一个试点，在盛丰福邸小区，时任市长夏正祥、市委宣传部部长张秋红和副市长钱富强等亲临指导并讲话。乡镇第一个试点三垛镇，时任市人大副主任兼三垛镇党委书记孙明如同志亲自指挥协调。广电人只争朝夕，全员发动。一年的任务，三个月即告完成。全市首批整转18万用户，涌现出一大批吃苦耐劳、勇于担当的好同志。

有线数字电视首战告捷，极大地激发了广电人的工作激情。我们决定，乘势而上，解决模拟信号传输数字化的问题。购置了先进的数字化设备，经过技术部和新闻部的通力合作，终于实现了非编系统的数字化，告别了模拟系统，迈步进入数字化编辑的新天地。

广电的同志工作很辛苦，既要赶会更要赶稿，因为每天高邮新闻是必须准时播出的。我常常看到新闻记者因为采访而吃不上午饭。为了帮助员工解决就餐的困难，经集体商议，兴建了职工食堂，较好地解决了这一难题，受到大家的欢迎。

接着是高标准地兴建了广播中心。我来广电时,广播中心仍在旧址办公,条件十分简陋。随着政府行风热线的不断完善,必须搬迁广播中心。我们经过外出调研,借鉴他人的成功经验,精心谋划,精细操作,精准实施,用最少的钱建起了省内县级一流的广播中心。广播中心的同志心情舒畅,工作愉快。

我们还审时度势,抢抓发展机遇。那些年,市委市政府重大活动较多,每次现场直播都要租用外地的电视转播车。不仅租金高,而且时间上有时得不到保证。我向市领导建议,我们自己添置一部电视直播车。在方桂林市长和王正年常务副市长大力支持下,高邮广电台终于有了自己的电视转播车,极大地提升了广电台举办或转播大型活动的宣传能力。

新闻立台,靠的是宣传质量。我们不断努力,积极创作精品,举办各种活动,提升广播电视的影响力。先后打造了《民生视线》《玩转新时尚》《视点》等栏目。同时,举办了乒乓球球王电视大赛、少儿才艺大赛、城市形象小姐大赛和高邮好声音大赛等一系列活动,较大地提升了广电的影响力。

2014年,根据省委省政府文件,台、网实施分设。由于角度及认识的不同,也产生一些议论和误解。在省、扬州市委宣传部指导下,高邮市委市政府于2015年初挂牌成立了江苏有线高邮分公司,我也走上了新的工作岗位,任总经理、党委书记。我的职业生涯算是比较丰富的,做过教师、当过团委书记、教务主任、办公室主任、副局长、校长、台长和副部长,现在又当了国企老总,成为一名商人了。高邮有线在省、市公司的正确领导下,在高邮市委市政府的大力支持下,在所有同仁的共同努力下,工作是有成绩的。每年都能较好地完成营收和利润任务,紧紧围绕中心工作,全力服务于地方党委政府和广大人民群众,既重经济效益,更重社会效益。2017年和2018年被高邮市委评为服务地方先进单位。

但是，高邮有线从事业单位脱胎而来，进入市场较晚。在市场意识、竞争机制、人才机制、考核奖惩机制方面仍需提升。一是经营压力大。经营项目单一，用户流失加剧。二是安全压力大。每年安播节点多、责任大。三是历史遗留问题多，诉求突出。我是草根之辈，虽有人本精神，与人为善，但面对实际问题的处理仍十分吃力，只能竭力为之。我的上级领导给我很大的支持。赵浩嵩老总谦逊亲切，和风细雨。施茜老总勇于担当，求真务实，严于自律，成绩斐然。特别是关心下属，颇有人文情怀，令人感动。扬州分公司的其他领导也给予了我大力的帮助。我要特别感谢高邮分公司的广大干部和员工的支持和理解，他们特别敬业爱岗，特别能吃苦，特别能战斗。风里来，雨里去，始终秉持"服务至上"的理念，深耕细作。正是由于大家的共同努力，高邮分公司能够在商海大潮中，奋力前行。当然，由于我个人的学识和能力的不足，也留下一些遗憾。

十年的广电时光，迅捷而过。我结识了一大批朋友，深切地体会到真情和友谊的珍贵。我会铭记在心。我深知，任何人都只能在宏伟的事业中做一部分，做一个阶段的工作。我成为一束"前浪"是历史的必然。我期盼并相信"后浪"会更努力更精彩。

岁月如歌，我心依旧。我感恩时代、领导和父母，我感激妻儿、同学和亲朋，我感谢平台、同事和球友文友。是你们的培养、历练、赏识、鼓励、宽容、理解、批评甚或误解造就了我的独特人生，是你们给我充实快乐。

"政声人去后，民意闲谈中。"告别的时刻已经来到，我衷心地祝愿高邮广电、高邮有线的明天更加美好。

2020 年 6 月 23 日

八十九　张全景在高邮中学

2004年11月1日,大清早一上班,就接到市委办主任王志强的电话,说有接待任务。他马上就到邮中来,有领导同志要来视察。王志强主任做事认真细致是出了名的。我立即询问,有什么具体要求。他说,我和你先把视察路线确定一下。于是,我和副校长王康、黄仁云同志一起随王志强主任选择视察校园的路径。

当时,高邮可看的地方不算多。高邮中学是2001年新迁建的校园,设施齐全,景观独特,是城区的一个重要景点。一般外地来人,都要来看,就连著名歌唱家宋祖英等也曾到邮中校园演出过。我们陪王志强主任从甘雨楼向北,然后折西而行。一路走过,道路整洁,绿化优美。邮中校园的墙面设计是以哈佛红为主调,大树参天,遍地草坪。王志强主任对此很满意,说,领导大约上午十时来。要求我们九时半就在甘雨楼前等候。

上午十时左右,邮中东大门一路车队驶入,从登云大道直抵甘雨楼前。我们站在车边迎候。从面包车上走下来一位微胖的长者，戴着宽边眼镜，头发花白，面带微笑。市委书记王正宇介绍道，这位是张全景同志，中组部原部长，现任全国党建研究会会长。张会长亲切随和，握手问好。陪同张全景会长的有省委组织部的盛部长，扬州市委副书记王军，还有高邮市委组织部部长黄为民同志。我向张会长等一行领导简要介绍了邮中的历史发展沿革，特别是校园迁建和运行相关情况。领导们听得仔细认真，对高邮市委市政府在经济困难的情况下，坚持优先大投入办教育表示赞同。接着，我和王志强主任引导领导们视察校园。

先看了学生宿舍。学生宿舍楼当时有四幢，环境整洁，管理规范，基本上达到星级标准。张会长特地看了一间宿舍，干净、整齐、美观、设施完备。路南是科技楼，楼名由高邮籍著名科学家夏训诚题写。向西是学生食堂，折向南边是教学区域。分别是明理楼、德益楼和雅信楼，对应是高一、高二和高三年级。校园的东南是邮中图书馆和钟楼。图书馆是老校友朱奎元赞助的。当时，电子阅读刚刚兴起，朱奎元先生捐赠了60台电脑。他是高邮湖西人，建议命名为"神山数位图书馆"。神山者，神居山也。数位，即数码。"神山数位图书馆"意思是神居山电子图书馆。时任校领导董玉海、邱谨根欣然接受。馆名由朱奎元题写。朱奎元先生和知名校友汪曾祺先生是邮中35届初中同学，其热爱母校之心，令人感动。

环行校园一圈，一行人回到行政主楼甘雨楼前。甘雨楼广场视野开阔，大树名木颇多，还有不少文化石。大树和大石几乎都是各届校友捐赠。"甘雨楼"三个镏金大字由汪曾祺先生题写，旁边的"谷旸楼"由著名书法家萧娴题写。甘雨楼前矗立着世界十大名人塑像：从南向北分别是毛泽东、爱因斯坦、诺贝尔、达尔文、屈原；从北向南分别是鲁迅、居里夫人、马克思、贝多芬、孔子。甘雨大厅内陈列着邮中的办学宗旨：培养具有中国灵魂、世界眼光的高素质世界公民。领导们点头认同。

临别前,张全景会长把我等悄悄喊到边上说,你们楼前的世界十大名人很好,目光很远大,特别是我看到了毛主席。张全景同志是一位老干部,山东人。今年已近九旬,他对毛主席感情深厚。

往事如烟,张全景会长的教诲如在昨天。共产党人是最讲恩德和人情的。今天是毛主席的诞辰日,特作小记以为纪念。

2020 年 12 月 26 日

九十 奇人张鲁原

说张鲁原是一位奇人，并不夸张。

张鲁原是做中学教师的。二十世纪五十年代末毕业于兰州大学中文系，科班出身。2017年5月去世，享年八十九岁。他无疑是高邮最具有争议的人物之一。作为江苏省作协会员，要论创作成就，他在高邮甚至全省都是算得上的。一生共出版11部著作，都是出版社公开出版，新华书店有售的。最风光的时候，他也曾参加售书签名活动，应该算是一位有知名度的大家。但他由于个性独特且过于偏执，影响了社会，特别是高邮学界对他的评价。客观地说，张鲁原的优点和他的缺点一样突出。但人们似乎记住了他的缺点，忽略了他的优点。这是很遗憾的。

张鲁原的成就主要是临近退休和退休之后取得的。11部书的创作不能不说是一个辉煌的壮举。这11部著作列举如下：《古谚语辞典》(北京出版社)、《常用谚语辞典》(上海辞书出版社)、《失眠有效疗法》(农村读物出版社)、《睡眠健康指南》(上海科技文献出版社)、《中华碑文化璀璨辉煌》(群言出版社)、《中华古谚语大辞典》(上海大学出版社)、《武媚娘秘史》(中国社会出版社)、《武则天女皇笔记》(企业管理出版社)、《吴三桂正传》(企业管理出版社)、《绝代佳人陈圆圆》(企业管理出版社)和《杨广大帝》(线装书局)。张鲁原以个人之力写出几百万字实在令人敬佩和赞叹。一些本地媒体和外地报刊也曾做过宣传推介,但影响不大,未达到张鲁原心中所期待的高潮。于是,他在前4部书出版之初,就自己宣传推介起来,闹出不小的动静。最有影响的是在高邮南门大街174号小平房寓所,自制"四书志"碑,并号称"中国当代民间第一碑",兼具六大特色。一是公益碑。二是励志碑。三是促进碑。四是奇迹碑。五是活人碑。六是自诩碑。此碑横空出世,引起巨大轰动,也引发巨大争议。此碑建了拆,拆了建。现在,人去屋空,"四书志"碑仍在。在南门大街南端的河堤下,默默站立。夕阳西下,晚风吹过,清冷寂寞。

我曾经和张鲁原老师数年同事,对他有一定程度的了解。我只想比较客观地描述和呈现他的为人和创作,还原一个比较真实可信的张鲁原。

一、教师张鲁原

他生于1928年6月,江苏高邮人。中学高级教师。关于他早期的历史,我了解不多。张鲁原是二十世纪五十年代末毕业于兰州大学中文系。兰州大学是一所名校,名师众多。他作为调干生在那里读了四年,文化功底是扎实的,具备一定的学养。大学毕业后,他先后在兰州体育学院、《人民日报》农村工作部工作。1962年到高邮中学任教。"文革"后到县曙光中学任教。在邮中工作期间,教授初中语文,担任过班主任。那时,他即开始文学创作,据说,曾满怀激情创作《文游台赋》等。"文革"中受到学生的批判和冲击。后调入县曙光中学,一直任教高中语文，直至退休。

张鲁原当教师工作是认真的，但并不怎么突出，在学校的口碑一般。虽然满腹经纶，但不善于表达。他身材魁梧，国字脸，戴一副黄边眼镜，不苟言笑，比较自尊自负。教学虽然尽力，学生却不怎么喜欢他，背后戏称之为"张大肚子"。二十世纪八十年代，我和他成为同事。觉得他是很有抱负的，学问和功底不错，特别是对古谚语有浓烈的兴趣。那个时候，人们对高考虽有热情，但关注度远没有现在高。张鲁原任教的是普通高中的普通班级，教研的氛围似乎也不太浓烈。有一年，张先生和我教同轨高二语文，一共四个班。三人任教。我教两个班，张公教一个，另外一个老师教一个。我任学科组长。期中考试到了，领导进行期中视导，集中阅卷评分，然后由领导分析点评。其时，时兴大作文和小作文。一份语文试卷大约分为语文基础知识、阅读分析、古文言和小作文、大作文。满卷120分，小作文占10分，大作文40分。我分工说道，张公批阅四个班的小作文，我负责批阅全部大作文，另外一名教师批阅语知部分。张公和另一位老师欣然同意。经过两个半天操作，完毕。我因为是小组长，须复查一下试卷批阅情况。看到张公批阅的小作文，我不禁笑了，说道：张公啊，您老先生是否太精细了啊，校长又不看，只是我看，不必如此。张公也笑了起来。原来，张公为了表示自己批改认真和精准，多处打分用了小数点之后的数字。10分的小作文，他常常打5.5分或6.5分。此举虽然算是认真了，但增加统计的困难。我说：张公啊，向您学习。下次小作文我们就不要用小数点之后来区分了。如何？张公又笑了起来。张公虽然没有教过我，但他是我老师辈分的，在语文组里有点孤傲，和我却很融洽，私交尚好，有时还是可以说点知心话的。

张老师其时有一儿一女，妻子姓张。家庭有点不太和谐。

不久，就离婚了。那个时段，他住在大淖河边草巷口内。暑期到了，张公对我说：小王老师，我下学期可能暂时不来上课了。我说为何？张公说：我已经向刘校长请了创作假，获准了。我要去上海图书馆查阅资料，完成谚语辞典的创作。我向张老师表示祝贺。我知道张老师一边教书，一边写作。汪曾祺先生第一次回故乡高邮时，张鲁原曾去拜访。汪先生得知他毕业于兰州大学中文系，积极鼓励他写作。汪先生说，只要坚持写，出书是完全可能的。汪曾祺的一番话增加了他写作的信心。其时，他的两部巨著《古谚语辞典》和《常用古谚语辞典》即将完稿。应该说，他的这两本书是具有文献价值、富有开创意义的作品。写作过程的艰辛，难以言表。他是凭借个人之力，多年在浩如烟海的古籍中搜寻整理。而一般情况下，这是大学的教授率领研究生团队干的。由此可见，张鲁原是很了不起的。

在我印象里，他有时也是有点情趣的。有一年，学校有个年级师生去苏州旅游，张公很想去，但他不在这个级部任教，去找相关分管领导请假。我表示愿意为他代课。分管领导当时未置可否。曹耀琴老师正好在场，劝领导说，你就睁一只眼闭一只眼算了。张老师就去苏州旅游了。不知是谁，告知了主要领导，说他私自调课。主要领导在教师大会上作了批评。虽未点名，大家心知肚明。张公私下对我说：说好了睁一只眼闭一只眼的。现在倒好，两只眼睛都睁开来了。不仗义。

张老师在上海图书馆搜集资料是很辛苦的。有时，他翻阅几十部古籍也找不到一条谚语的出处。这是一门苦行僧式的学问。我曾去过他在大淖边的寓所，房间不大。稿纸堆得有两米高。我十分叹服。张老师在上海，每天上午图书馆开门进入，晚上闭馆才出来。全天是两个烧饼和一瓶水，清苦至极。图书馆的管理人员都认识他，被他的精神所感动，都很乐意帮助他，为他提供一些方便。

时间到了1990年，几经波折后，他的两部书都由权威出版社公开出版发行。他得到了几万元的稿费，成为名副其实的万元户。那个时候，万元户很稀有，别人是做生意挣来的，而他是爬格子爬出来的。

张鲁原又回到学校上课了，还是一名中学语文教师。只不过他现在有点名也有点钱了。他想再婚成家了。他买了一辆嘉陵摩托车，每天在高邮城的大街上骑行。一方面是时尚，另一方面也有点自豪。有一天，张老师对我说，他有个想法，想在报纸上登征婚启事。那个年代，登征婚启事是一个壮举，很少有人为之。我说：张公您一直特立独行，不缺勇气。只要合法合规，有何不可？后来，他真的在报上登了征婚启事，引起轰动。一时间，应征者还不少。有一个湖北时髦女子来应征，跑到高邮来。张公很满意，时髦女子似乎未看上他。反倒是对其他人有兴趣。后来闹出矛盾。我劝他，婚姻要讲究缘分的。他苦笑。征婚最终是有结果的，有一个云南女子嫁给了他。他又一次成家，生有一子。

张鲁原到了退休的年龄，回家帮助妻子开个小店，小日子还算平稳。后来，妻子生重病离开，离婚。张尽力抚养幼子。后来，他又折腾好一阵子，又再婚离婚。屡有传闻。特别是经常上访，逐渐成为有争议的人物。

二、作家张鲁原

他的大部分著作都是退休后完成的。这表明他勤奋过人，始终执着笔耕。他著作等身，不断自我超越，的确不同凡响，令人敬佩。他出版这么多书，自己没有出过一分钱，每本书都拿稿费，是很了不起的。他不精通电脑，所有手稿都是密密麻麻的手写钢笔字，且写作环境很差，几乎家徒四壁，唯有散乱的书稿。他的著作大约分为三类。一类是工具书类的，代表作是三部谚语辞典。第二类是养生保健的，有关睡眠养生的，这是他跨界研究的成果。第三类是人物评传和长篇小说，基本上是新视角产生的新评价。涉及杨广、武则天、吴三桂、陈圆圆等。其中最有价值的是古谚语的辞典。最有争议的是《中华碑文化璀璨辉煌》，书中他将自己的"四书志"碑列为中国民间第一碑。

张鲁原作为一名退休中学教师、省作协的作家，其成就巨大，也是不能抹杀的。关于其创作，高邮媒体和外地媒体也曾有过报道和推介，可能是未达到他本人所期望的广度和深度。的确，作家张鲁原，在高邮虽有些声名，但不显赫。反倒在市外，知道他的人较多。有许多外省的人慕名拜访他。有点墙内开花墙外香的味道。于是，他决定自我宣传，立碑，拉标语。一时间南门大街174号成为邮城关注的热闹之地。

我始终认为，张鲁原的创作是突出的。他的坚忍执着是应该肯定的。他不甘寂寞，不甘平庸，老有所为，老有所成。他全身心地投入写作，不打牌，不饮酒，不清谈。他是一步一个脚印走出来的，干出来的。他潜心古籍资料的整理和研究；他勇于跨界思考和发声；他敢于标新立异，突破前人定论。我以为是写者的标兵，是作家自觉有为的典型。作为一名退休人员，孤军奋战，成绩斐然。实为奇人！张鲁原身上表现出来的执着与坚定，令人赞叹！

我不否认，他身上有知识分子的局限性，成名成家的意识很浓厚。他为人不注意社会方方面面的关系，情商不高。率性而为，得罪的人多，长期不被官方认可，影响力也不够深远。

2003年，我任邮中校长，他立即找到我，要求平反。他曾是邮中教师，因为创作受到批判。我经过了解，他虽受批判，并未形成政治结论。我耐心解释，他终于认可。他多次为其他事情上访，强烈表达诉求。虽无大错，但在关键节点，牵制了部门和单位领导的精力，也给人留下了难以沟通不好说话的印象。这不能不说影响到社会某些方面对他的评价。他在晚年，手捧许多著作去广电台找我帮他加入中国作协。他找不到可推荐他的人。我推荐了一位熟悉的中国作协的知名作家帮他，但最终未果。不能不说是他终身的遗憾。其时，他已八十有五。

三、关于"四书志"碑

张鲁原立碑的初衷，可能是未被社会充分认可。但当时，宣传的力度他不满意。他曾写信给有关领导，表达立碑的意愿。但相关部门认为不合规，引发争议和矛盾。立碑，拆碑，又立碑。最终同意其在寓所街墙立碑。从中国传统文化的角度看，有了成就最好让别人说，要当谦谦君子，不宜自己说。但张鲁原不这么看，他很直率。成绩摆在那儿，你们不说，还不让我自己说？基于此，他立碑自申其志。他在碑上刻道"四书志"，立碑其意有四：一是创下老有所为的奇迹，二是创下搜集资料并深入研究上万部古籍的奇迹，三是创下平民为维护版权击败权威专家、著名大学教授的奇迹，四是创下跨学科写作并连续出版两部书的奇迹。他自豪并自诩，这是"中国当代民间第一碑"。因为是活人碑，似乎与中国文化传统不相容。或许，不立碑更好。立碑的效果恰恰相反。这也从一个侧面印证了张鲁原的放不开或不够豁达。中外历史上生前穷困潦倒、身后显赫无比的例子太多了。

斯人已去，但著作留存。也许，他至今也未赢得人们的一致赞同。但他的成就是辉煌的。他在简陋的环境中孤独地、勤奋地、顽强地、快乐地甚或是痛苦地形成的数百万文字，仍跳跃着思想的光辉。

高邮南门大街174号那简破的平房和"四书志"碑仍在，对面的大运河东堤依旧草色青青。

大运河水日夜流淌。晚风吹拂，寂静无声。也许，奇人张鲁原并未真正走远。

2021年9月12日

九十一　小院竹子青

苏东坡曾说，宁可食无肉，不可居无竹。可以看作是他对竹子的偏爱。二十年前我搬家的时候，就在小院里栽了几根小紫竹。

竹子开始时生长是缓慢的。新栽的竹子许久才缓过神来，逐渐有了生机。原先光秃秃的竹竿，冒出新叫，嫩嫩的，偶尔也有几只小鸟飞落在上面。

第二年竟长出竹笋子来。阳光雨露，小竹无声生长。小笋渐渐变小竹，很脆弱，稍碰即折。新竹追着阳光生长，渐渐长高了，枝杆也硬了起来。从三四根竹子变成了几十根竹子，似乎有成群的样子。风吹过来，小竹摇摆，竹叶飘逸。坐在室内，能感受到竹影婆娑。

不久，就有了些烦恼。竹子虽雅，但时有落叶。落叶在自家院子倒也罢了，勤扫扫就行了。问题是有风的时候，吹落到邻家。虽然邻家没明说什么，但扫地的时候会说，哎呀，竹叶子还不少哩。终于有一天，邻居敲响了我家的门，告知说，我家的竹子长得太高太密，遮挡了他家阳台的光线。没办法，我只有赶快修剪。把那些过高过大的竹杆砍去，以减小对邻家的影响。说实在的，砍自己栽种的竹子心里很难受，它们长这样高大多不容易啊。青青的枝干，翠绿的叶子，简直不忍下手。没办法，不弄不行啊。于是，边砍边自语，小竹呀，为什么要长这样高大呢？对不起了，竹子。可怜的小竹顿时萎靡不振，但过了多久，小竹又精神起来。

从此成为惯例，每年夏天，都要修剪处理一番。每年初春的时候，邻居隔墙高声说，竹子又长高了。我便立即修理。小竹子本是小雅之景，不能引发别人的不快。

小竹的生命力极强。竹根能伸得很远，能从别处冒出来。竹子还和其他植物竞争，一点也不示弱。我的小院中还种了一棵桂花树和蜡梅树，竹子和它们竞争生长。桂树已有四五米高度，竹子很快就超过它。高高的竹枝如胜利飘扬的旗帜，随风荡漾。

竹子长得太欢，忘乎所以。它们穿越树的空隙，向上蓬勃。风儿从竹竿上游走，竹叶青青。春雨蒙蒙，竹叶越发翠绿。由于长得过密，枝叶竟包围了二楼的空调室外机，致使一台新空调损坏，是竹枝缠绕了室外机的风扇。我内心有点懊恼，这疯狂的小竹！修空调的师傅说，这竹子没什么用，不如全都砍了。我忙说，不可，不可。小竹虽然惹点小祸，不至送命。

我每年都将修剪下来较长的枝干保存在院子的一角。长年积累，小竹竿竟有上百根。我很感慨，它们当时也曾生机盎然，鲜活动人。刚放在墙角时很长一段时间，仍是青青翠翠的。现在，几乎都是枯黄的，沧桑难尽。这颇像许多有故事的人的经历，让人感叹！不过，这些小竹竿有时也有点用场，做成扫帚、支撑蚊帐、支撑花木之类的。这似乎和竹子的美丽和品格不相匹配。

小院里的竹子已有数年了，竹下有一块太湖石，算是一个成景了。古人对竹子是不惜赞美的。唐代王维《山居即事》云：

"绿竹含新粉，红莲落故衣。"又在《竹里馆》说："独坐幽篁里，弹琴复长啸。"我当然是没有王维的独思和雅致的。我对于竹，更多的是对一种生命蓬勃的景仰。尽管我每年都要为修竹忙得灰头土脸，大汗淋漓，但我十分快意和欣慰。我更喜欢南北朝诗人吴均《山中杂诗》中的句子："鸟向檐上飞，云从窗里出。"也喜欢秦观的"西窗下，风摇翠竹，疑是故人来"（《满庭芳·碧水惊秋》）。竹子的灵动，只有朝夕相伴，方可有较深的感悟。

小院有竹，蕴藏幸运。可看生命蓬勃，可看阳光明媚，亦可感月色如水，亦可知市井人情。

2020 年 11 月 7 日

九十二 戴个眼镜像干部

想不到,时间一晃,我戴眼镜已有四十多年了。那是我上大学的第三年,上课时老是看不清黑板上的字。没办法,只好配了一副眼镜,在扬州国庆路大光明眼镜店配的。近视度数也不深,200多度。戴上眼镜看黑板上的字立刻清晰,眼镜里的世界很亲切美好。放假回来去看望姑母,姑母笑着说,牛罐儿戴个眼镜像干部。

只有姑母叫我牛罐儿,知道的人很少。我本来是有个哥哥的,在很小的时候得了脑膜炎夭折了。到我出生的时候,又是一个男孩。算命先生说,这个孩子要认个姓牛的干亲。于是,父母想法和跑大船的牛家认了个亲。牛家送了个瓦罐子将胎衣密封起来放在床肚下。要到十岁才能埋了。这个事知道的人不多,姑母是参与者之一。我姑母那时已七十多岁了,嫁的是大户人家。她说我戴着眼镜像干部,是拿我调侃,我哈哈一笑。的确,那时候,戴眼镜的人不太多。有的也确实是当干部的。

其实,我小时候眼睛是非常好的,算得上是眉清目秀。从来没有想到有一天我会戴上眼镜。我上小学时，背地里称呼戴眼镜的老师为"四只眼"。那时常猜的谜语是，稀奇真稀奇，鼻子当马骑。谜底就是眼镜。我读小学时，同学没有一个戴眼镜的。上到初中时，才有个别女学生戴眼镜。哪像现在，满街都是戴眼镜的。特别是看到有的幼童，也竟然戴上眼镜，心甚纠结。

戴上眼镜，似乎和世界就隔了一层，总觉得不太舒适。世界依然美好，我却感到有点失落。

戴眼镜有诸多不便，感到很别扭。一是打篮球不安全。我上大学时喜欢运动，经常在课余打篮球。有几次戴眼镜上场，激烈对抗中几次眼镜滑落，又容易将眼镜打碎。只好不戴眼镜打球，全凭自己的感觉投篮，很是影响投篮的命中率。像我国第一块奥运射击金牌获得者许海峰不戴眼镜，凭近视模糊感觉夺冠，真是奇迹。二是下河游泳不方便，看不清方向。没办法，只好戴着眼镜下水，用橡皮筋勒着镜架和脑袋。这颇使我感到不爽，一点潇洒劲儿都没有。还有去浴室洗澡，刚走进去，眼镜一片雾气，什么也看不见，十分狼狈。三是遭遇尴尬。1988年夏天，我在青岛参观水族馆。这是一个精彩的海洋世界，看兴正浓，不知是谁碰了我一下，眼镜落地，跌坏了一个镜片。于是，我十分懊恼，再也无心观看，无奈离开水族馆。带晚走遍了青岛街市，补配了一个镜片。我那时戴的是变色近视镜，第二天早晨起来一看，两个镜片的色彩并不一致。没办法，只好将就戴着色彩不一的眼镜，继续游览了崂山，后又登上了泰山。一路上，因为眼镜的脱落和色彩有异，被同伴取笑了不少。

我这人有点粗心，眼镜也乱放。有次参加监考，需要提前出发，就是找不到眼镜，不知放在哪儿了，急得满头汗。妻说，好好想一想，几个可能的地方。饭桌，书桌，床头儿，洗漱台？后来还是在书桌上找到了。

我戴眼镜多年，深感不便和无奈。以前，总认为是读书多了才戴眼镜，后来发现，有的人不读书也戴眼镜。这不仅涉及科学用眼的问题，更是涉及审美和时尚的问题。我有一熟人，初中都没毕业，也没有多大的学问，也弄个眼镜装饰起来。他戴着眼镜颇有点气度，真倒是像个干部。还有一人，眼睛并不近视，某日又戴上了眼镜。私下询之，乃是平光眼镜，为拥有斯文气而为之。有时，我乱想，主动戴眼镜的大多是为了时尚和审美。被动戴眼镜的大多是为了必需的视力。

这些年，戴眼镜的人多了起来，特别是在校学生的比例较高。这也透视出基础教育的一些不良现象，课业作业负担太重。

我戴眼镜的四十余年，几乎见证了眼镜的发展和变迁。最早是玻璃镜片，度数越高，镜片越厚。甚至有些人像是戴了一双酒瓶玻璃底子，既不美观，也不方便。后来是树脂镜片，轻盈薄透，也很耐磨。有变色镜和近视变色镜，当然，还有各式各样的墨镜。后来，又有了博士伦隐形眼镜。镜架更是五花八门，品种繁多。还有老人专用的老花镜，且可折叠。眼镜是个较大的产业，很是兴旺。但是，想要戴精品高档的眼镜，必须舍得花大价钱。我因为戴眼镜年代久了，也不甚考究。每年去一趟丹阳眼镜城，价廉物美。

我戴眼镜四十余年，自感并没有增加多少文气，更不像是一个干部。我始终认为，戴眼镜是人生的一个遗憾，是人与自然不够和谐的补救措施。我很羡慕那些无须借助眼镜看世界的人们。

再好的眼镜，也比不上健康有神的眼睛。

戴眼镜并不代表读书好，恰恰表示不一定是真好。

通过眼镜，我们更应看清社会需要改进的症结。

上苍给你慧眼，让你自由看世界，珍惜才好。

2021 年 8 月 10 日

九十三 喝酒的兄弟

在中国文化里，不喝酒成为兄弟的，几乎没有。在古代，真有交情的兄弟，不仅要喝酒，还要歃血为盟。当然，也有失败的，酒也喝了，血也歃了，不管用。但绝大多数还是有一点用的。现在，人们似乎早已不信这个了，认为是封建社会的狭隘陈旧理念。但我信。刘伯承元帅在红军长征途中不也是和彝族部落首领小叶丹大碗喝酒歃血为盟，才让红军得以顺利通过四川彝族凉山地区的。从这个意义上说，喝酒的某些行为，也是有助有功于事业推进的。

我相信传统文化。从高中求学起，我就有数位喝酒的同学兄弟，几十年过去了，我们的友情不仅没有削弱，似乎在退休后还有所加强。同学间的最主要的交流形式，就是相聚喝点小酒。谈天说地，指点江山，大家其乐融融，十分投机与惬意。谁有点小困难，还是能倾力相助的。看来，我这辈子注定是和这些同学酒友做兄弟了。有没有喝了酒不算数的，不按社会约定俗成的规矩办事的？也有，比较少，我工作后也遇到一些人，大块吃肉，大碗喝酒，信誓旦旦，但不久便忘了的；极个别的还忘恩负义、落井下石，但总体较少，似乎不是传统和市井文化的主流。

喝酒的兄弟相处有原则。大的方面讲政治，其他方面讲道义。一般是讲交情和友谊的。我有一位高中同学，考上大学后就各奔东西，但友情始终如一。后来，也做了不大不小的官员，只要他回家乡，酒还是要喝的，能帮助的事他是必定要做的。大的帮助家乡招商引资，小的方面帮助解决一点实际问题。除了叙旧，喝酒似乎是同学兄弟最好的交流方式。喝足一次，似乎友情就又巩固了一次。有时，我也困惑，似乎除了喝酒，没有更有力有效的沟通渠道。

我以为，喝酒只是情感交流的基础方式。喝了酒，就是朋友。不喝酒，也能成为真朋友的，很少。当然，酒肉朋友失义的也有很多，但我以为那是因为并没有达到心灵的交流，没有真正刻在心上。社会很复杂，以利相交者、以势相交者、以权相交者，很多。但也不是一概而论的，我有不少朋友是通过喝酒后相交的，成为小人的很少。我还有一种偏见，要做真朋友，似乎不用一场大酒验证并不足以表达其诚。喝了酒，便记住了。不喝酒，见了10次也没用。

我有喝酒的好兄弟。我年龄略长，他们都是用大杯子满口敬我，拦都拦不住。我相信，这是出于诚意，我也愿意接受。我以为，他们虽然喝的是酒，表达的却是浓浓的情。

如果说，你处于某个有优势的岗位上，别人有求于你，这也好理解。别人和你喝酒，是希望你在某些方面有予帮助。但是，你已退休，失去了权力的优势，别人仍是和当初一样的敬你，大口地喝酒。这就不能不认为这是一份友情，一份交情了。真朋友往往是布衣之交，我深信不疑。

无疑，喝酒朋友的情况也是复杂的。人在处社会的发展进程中，利益总是不能回避的。交情疏远了，不和你喝酒的有之，尚存一点感激，稍为和你喝一点的有之，不需要你关照或认为你已无力关照，而完全不和你喝的也有之。当然，也有不少人从不请你帮忙，一心只想做朋友，始终热烈和你喝酒。有些人，甚至会说，我以前并不刻意地和你喝酒，现在，你和我一样，是普通老百姓了，我偏要和你喝酒。因为，你是值得敬佩的朋友。我敬的是你的为人，而不是其他。

真正的朋友，当然是会常在一起喝酒的，这是生活的乐趣。有些人，当官的时候，朋友很多。不当官的时候，几乎没有朋友，找个喝酒交心的人都没有。有些人，虽然不当官了，朋友仍然很多。有许多人，不仅可以喝喝酒，还可以请托办一点小事，那便是可以深交的挚友。

会喝酒乐于敬酒的人，不等于就是酒徒。其实，许多人喝酒甚或畅饮，注重的是情谊。他们深知喝酒的要义，是为了加深彼此的印象和了解。而不是嗜酒如命，毫无原则，甚至喝而忘义。

喝酒的兄弟，当然是值得尊敬的。因为酒很有凝聚力和穿透力，敞开喝酒并满怀真诚的人，都是值得留恋和回忆的。当然，我也没有忘记先辈的教导，喝酒要讲原则，也要有选择。

愿喝酒的兄弟安好。

2021 年 10 月 3 日

九十四 秋草

> 立秋了，秋色迅猛。仿佛一夜之间，草坪似乎铺了一层金，秋草黄了。风吹在脸上凉意明显，秋天已无处不在。

不要说古人有感慨，我面对秋草，也有十分的况味。秋草很像我们的人生，由小而大，由青而黄，由盛而衰。

似乎还在梦中，一切就结束了。留下许多遗憾，我们和秋草都成为天地间的匆匆过客。甚至，有些事情才刚刚甚至还未开始。秋草像鸽哨一样在风中渐远，只留下空旷的云天和若干想象。秋草也像一首激扬动人的歌，还没有完全到达至高的境界，却已下滑和减弱。

大自然是丰富的，万物纷繁最为常见。那些无名小草更像是苍天和大地的信使，传递着更迭和变化的讯息。野草装点了世界。因为先有野草，才有那些花儿和那些传奇般的故事。野草是世界的底色，没有野草也就没有缤纷。没有秋草，秋天也就没有什么魅力。

野草展现了生命的力量。只要有雨水和太阳，很快便会有草的出现。没有奢求，静寂无声。草在水边，在山间，在荒漠悄然而生。野草改变了大自然的面貌，使得苍凉丰润起来，使得单调鲜艳起来。野草使世界拥有生气和活力。野草像灿烂的云朵飘浮在自然和文明的上空。

野草追着春天愉快地生长。有的长出细长的叶子，在风中摇摆。有的开出无名的小花，傻傻地笑着。野草的家族庞大无比，千姿百态。野草让世界显得很丰富而美好。

然而，野草中的秋草是最令人难忘的。野草经过春的勃发和夏的储存，丰姿绰约，魅力十足。秋草的绿色逐渐变浅，淡后而黄。但秋草在风中独立，昂扬镇定，秋阳和秋雨使她更有韧性，很像是旷野上无数执着的勇士。而那些在平原上的秋草，焕发出一生的热烈和精彩，红得发紫，紫得无边，黄得如金，金色耀眼。而在那些荒山，秋草越发演绎着野性和骄傲，姿态独特，硕果满枝。许多的草籽和果核已随风随雨深埋土中，生命的基因已经延伸。草充满了神奇。

野草经历的风雨是频繁巨大的。野草有着惊人的耐力和韧性。狂风可以摧毁一棵大树，却很难摧毁一棵小草。即使身处最恶劣，只要有一丝的生机，就会有野草。野草充满生命的魅力，而秋草更具有悲壮性。在河边，在道旁，在长亭外，秋草枯而不倒，凛然挺立，在秋风中荡漾。

我赞叹秋草，是因为她从容不迫，坚定按照既定规则往前走。不悲伤，不抱怨，不狭隘，是真正的大自然的绅士或淑女，把优雅保持到最后。秋草枯黄了，是因为她耗尽了最后的绿素。

我赞叹秋草，是因为她充满自信，始终有一个平常的心。无论花儿多么出尽风头，秋草总是微笑地站在边角，不争，不抢，不闹，保持着一贯的谦逊和低调。她似乎是永远的陪衬，甘居平凡，但她却是真正的智者。

我赞叹秋草,是因为她不仅执着,而且具有非凡的韧性。秋草的枝条耐磨耐力,她们是百折不挠的绳,她们是承载重物的筐。她们赢得了人们的信任和尊敬。

　　秋草或许最终将会消失。她来自大地,始终不忘馈赠大地。秋草的归宿是彻底的奉献。有一些野草回归到自然,还有一些野草化作瞬间记忆存活在人们的心中。社会发展前进的历史,也是秋草和花朵交织发展的画卷。

　　秋草是大自然的草。秋草也是人类历史的文化情愫和最普通的文化符号。秋草是诗歌和散文,让历代的文人和诗人惊心动魄,久久不忘。诗经楚辞汉赋,唐宋元明清,秋草是最重要的底色,舍草其谁?

　　秋草曾经来过,由青而黄,展示生命的过程和价值。即使寒冬,冰天雪地,秋草只是凋零和沉默。等到南风再起的时候,我还会想起并看见那些生机勃勃的秋草。

2021 年 8 月 7 日

九十五 冬天的树

似乎在一场大雪之后,绿色逃遁了许多。河边的那排高大的杨柳树没了精气神,叶子几乎落光,满眼都是枯枝。虽然树干仍然很粗壮,却了无生气。柳树本是一个伟岸的帅哥,现在却像一个沧桑的老者,十分落寞。小河也结上了一层薄薄的冰,上面落满了枯黄的柳叶。

严寒对于树木是致命的考验。许多树木都失去了往日的风采。灵气和漂亮都在冬天里沉沦。那些如美女般鲜亮的枫树也飘落了最后的一片红叶,风骨全无,像拔了羽毛的凤凰。而那些曾经满身丰硕的枣树,显得十分孤单和衰败,但却仍然傲立。许多树木在冬天里无限地沉寂,让人感叹寒冷的威力。但也有一些树木,在冬天里一如往常,比如桂树和香樟,仍然是青枝绿叶,仪态优美,在寒风中保持着尊严,让人眼睛一亮,并不由自主地觉得可贵和钦佩。

我们当然不能无原则地责备那些树。任何超越法则的要求都不合情理。即使再顽强的勇士,面对超出极限的寒冷也无法自我保全。我家曾有两棵铁树，生长在大盆中已有十余年。铁树的生命是比较顽强的，阴冷和大雪并不能使之屈服。养护了多年，我既有信心，又很放心。却在一个极寒的冬天之后，走向了终极。我很自责没有给予铁树充分的保护，信任大于关心和呵护。人世间有许多失误和此事十分类似。

　　冬天是树木陷于困顿或正值至暗时刻。缺乏阳光的温暖，缺乏充足的养料，甚至也缺乏必要的关注。当人们在寒风中行色匆匆，或是人们欣喜地拍摄着飘飞的雪花，甚至赞叹大雪满原的时候，有谁想到过那些脆弱的瑟瑟发抖的树呢？对于绝大多数树木来说，冬天是它们的黄昏，甚至是漫漫的长夜，更多的不是生的乐趣，而是生存的挣扎。寒风吹过时，鸟儿早已飞得精光，只有那些树在低头颤动。

　　冬天的树似乎更多一些孤独。树和树虽然紧挨着，却是无助和互悯。那些路边的树都在沉睡，冷风掠过没有叶子的枯枝，无声无趣。冬天的雨，阴湿寒冷，冷到骨子里。雪花在枝头凝结的时候，树儿只能昏睡。太阳如灯，有光没有热，只有一些树枝的影子在地面上晃动。

　　冬天的树似乎沉浸在回忆中，就像一名老者回忆青春。所有的快乐都在无尽的回忆之中。那时是多么美好啊，阳光，和风，绿叶，风姿绰约，吸引了那么多爱慕的眼神。即使有几只讨厌的爬虫爬来爬去，很快就被眼快的鸟儿捕捉。那么多甜蜜的果儿，那么多诗一般的赞美，那真是难忘的高光时刻。值得回忆和品味。然而，这一切都随风飘拂而去。

　　冬天的树也在轻轻叹息。曾经是那样的蓬勃和具有活力，魅力似乎散落在每一个枝头，每一片树叶。无数的美好都在树荫下聚集。遮阳伞，野炊炉，浪漫的歌声。这些树也曾是多少人心中的风景。只可惜那些浪漫的足音已经越来越远。

冬天的树，虽然沉闷，但更多的是在积蓄和等待。且不说大漠中的胡杨令人尊敬和赞叹，就是那些普通的树木在冬天也显示出足够的气节。树叶可以凋零，但树干树根并未死去，更多一些沉默和等待。我曾在运河边上看见一棵无名的小树，落光了叶子，却还留着几粒黑色的果粒在枝头。尽管枝干枯黄，却迎风独立。我忽然想起了历史上许多令人敬畏、弹尽粮绝的勇士。寒风和冰霜雨雪并不能使它倒下。它在屹立中等待。

冬天的树，尽管有些悲怆。但却是树木不可逾越的季节。就像人类不可能逾越过去的时代。树木之于冬天，就像我们和民族之于历史的某个阶段，总会遭遇至暗时刻。事实上许多树木度过了冬天，我们也从遥远的地方风雨兼程，一路走来。树木在冬天的等待是最好的选择。

2021 年 1 月 15 日

九十六 银杏的落叶

小区院子里有几棵银杏树正在落叶，满地的金黄。既好看又惹人怜爱。落叶黄黄的，一点儿也不打卷，很精致，像个艺术品。

已经是寒冬了，银杏树上叶子已经不多。阳光照着，依然黄灿灿。我静静站在树旁，不时有叶子飘落下来，悄无声响。有风吹过时，叶子纷纷扬扬，并不飘远。只围在树下的一圈。很快，便是满地的黄叶。不久之后，银杏树就成为满目枯枝，像一个年迈的老者。

银杏的叶子哪里去了呢？有些被风吹远，散落在泥土里。有些被人扫去，沦为垃圾被焚烧，也有一些被那些怜爱者收起，珍藏在书本的夹页中。叶子的去向是不经意的，就像许多人，悄悄地来，悄悄地去。

经常听到一些上了年纪的人在一起聚会说，张三走了，李四也没了。大家都说，那么好的人啊，怎么这样快就没了呢？我想起了银杏叶，那么好看，那么优雅，一到冬天，怎么就没了呢？再美丽的回忆都不如留在树上的一叶。

银杏叶就像我们的人生。银杏叶也曾经是一粒嫩芽,在阳光雨露中成长。晨风,秋雨,霞光,霜雾,冰雪都曾是亲历的风景。银杏也曾在风中细语和爱恋,满树的硕果创造着价值。银杏叶从绿到黄,开启了耀眼的灿烂。

人们对银杏叶的欣赏是非常确凿的。古人称银杏叶为飞蛾叶,鸭脚子,是深秋初冬的奇景。唐代王维诗云:"文杏裁为梁,香茅结为宇。不知栋里云,去作人间雨。"郭沫若先生深情地写道:"秋天到来,蝴蝶已经死了的时候,你的碧叶要翻成黄金,而且又会飞出满园蝴蝶。"银杏的落叶简直就是永生的精灵。

欣赏银杏的地方很多,银杏落叶几乎营造了童话般的意境。那么,银杏的落叶到底美在哪里呢?我以为是最从容的亮色,在万物凋零之时,如蝶的落叶优美谢幕,没有喧嚣,没有抱怨,也没有炫耀。发源于树,回归于土。

没有多余的话,人们记住银杏的落叶。

2020 年 12 月 19 日

九十七 冬日行走

虽然每天都坚持行走，但心情是不同的。冬天的行走，除了寒冷，更多的是凄凉。看着往日走过的风景，逐渐枯萎甚至消失，心里始终热不起来。

我走在小河边，看见河面结了薄薄一层冰，而且水很浅。我的心一下子提了起来。我仔细地看着，那些往日生机勃勃的锦鲤鱼儿去了哪里？水是如此的浅，它们能生存下去吗？寒风吹过，似乎吹没了许多生气，灵动输给了季节。

我从那些花丛走过。大多数花儿早已枯败，还有一些花儿顽强地开着，但已缺乏鲜艳的光泽。蟋蟀的鸣叫似乎全停止了。还有一些正在开的花蕾冻僵在那里，寒风带走了生命的动能。冬天，似乎吸干了花的血色。

还有那些曾经蓬勃的草儿，有的伏地，有的半绿半黄，像沉寂的战场。只在那些角落里，仍有一些秋草顽强地站着，落尽了叶子，枯枝峥峥，依然保持着固有的姿态。寒风吹过，只是一丝的颤动而已。

冬天的行走，同行者少了许多。看见熟人，心里有些温暖。由于天亮得迟，我也比秋天从家里出来晚一些。我从心中佩服那些不畏寒冷的劳动者，他们即使在严冬，仍然是最早的行路人。我在寒风中走过菜场时，里面已是一片忙碌了。当然，是卖菜的多于买菜的。冬天的行走，除了风冷令人却步，雨也是令人难以应付的。小雨还好，穿着羽绒服戴着帽子，行走并无大碍。倘是雨很密集，就要撑伞行走。行走就成为一种坚持。如果鞋子再漏水，那就很狼狈和难受。只能盼着立即回家了。

雪后的行走是很美妙的。你置身于一个银色的世界，以往熟悉的景观呈现出异样的精彩。美丽也是需要特定的装扮和场景的，你会觉得自己很幸运和自豪。你和大自然同步了，你会觉得冬日的行走价值无限。我曾在大雪后行至大运河边近望二桥，十分壮美。回望雪地上自己行走的脚印特别有豪情。偶尔，遇见几个抢拍雪景的摄影爱好者，大家都会心一笑。

冬天的行走，是一个不断聚集热量的过程。从开始的寒冷，到逐渐的平和，再到浑身发热直到出汗，心情也逐渐舒畅起来。你会感知到空气的清新，本来凝固的景色也鲜活起来。你呼出的热气，在透明地舞动。生机仍然是无所不在。冬天的世界，只是沉寂，并不是真正的凝固。

冬天的行走，看见的是雾霾遮掩的小路。这是必不可少，也回避不掉的季节。其实，不仅自然界如此，人生又何尝不是这样。但还必须不停行走，没有春的温暖，没有夏的热烈，也没有秋的厚重。一切都在阴阳转换之中。

当你在寒冷走出很远，冬阳在云彩里跳跃，小鸟依然在树枝上鸣叫，你突然心地一亮，豁然开朗。你会从心底里想喊上一句，冬天的行走真好。

2020 年 12 月 18 日

九十八 当一名安静的看客

以前读鲁迅的作品，感到他对"看客"是极其反感的。鲁迅的反感是基于"看客"对民族国家以及自身命运的麻木和游离。其实，在历史的长河中，每个人都将成为看客。昨天你可能还是演员，甚或是主角儿，今天或明天你可能只是坐在观众席上，当一名看客。

当看客其实也很好，省却许多烦恼。关键还是要真正当好一名合格的看客。

有人可能曾经是一名好演员，却不一定能当好一位好看客。有的人既不是好演员，也不肯当好一个看客。首先，是喜欢乱指点，乱评论。人家演得正起劲，他就在下面乱说一气。或许说得有些道理，或许根本不了解情况，只是吸引众人眼球而已。其次是不讲究看德。任何事情都要遵守游戏规则，按理出牌。这类看客不是这样，人家在台上唱，他在台下嘘。大声喧哗，扰乱秩序。再次是放大别人缺点，彰显己能。严格说，绝大多数人当然都是有这样或那样的瑕疵的。但有的却是瑕不掩瑜。善良的人一般都能容忍和理解。然而，这类看客大多是有意放大别人的缺点，高言别人这也不行，那也不行。甚至把别人说得一团糟，好像只有他自己演艺精，水平高。

这就不是一个合格的看客。

现实中许多名人在离开自己的演出舞台后，很乐意当好一名看客。有位重要领导人在离职告别时说，希望人们尽快忘掉他。绝大多数人当观众时，都很有分寸感，从不轻易点评当台演员。真可谓是语从轻言，笑不出声。

怎样才能当好一名安静的看客呢？

首先是尊重别人的劳动。别人在台上演，一定是下了必备的功夫的。这也是属于别人的机会。尊重别人的阐释和演绎，是基本的规则和素养。只有认真地看完，才具备评论的前提。尊重同行，尊重对手，是通行的规则。

其次是宽容别人的不足。也许，别人的演出，会有这样那样的不足，宽容就需要气度。理性客观地评价别人是必要的底线。作为曾经的演员，今日的长者，更能理解别人的稚嫩甚至欠缺，成长是渐进的。有时候，即使别人有明显的不足，也不妨先让子弹飞一会儿。

其三是不轻易指责。批评也是可以的，出于善意，能给别人温暖和启迪。大可不必居高临下，给予全盘的指责。只要不是方向性的、重大原则性的失误，都是可以原谅的。不添乱，不添堵，会显得更有职业道德和操守，也可能更切合自己的身份。

其四是祝贺别人的成功。别人的演出，总有些独到和创新。那就衷心地为别人高兴，甚至喝彩。更何况，事业的传承既是自然规律，更是历史的规律。合格的看客需要宽广的心胸和情怀。不吝啬祝贺和祝福，正是人情美、人性美的光辉。

因此，当好一名安静的看客，既是客观现实的需要，也是历史责任的必然。

2021 年 1 月 5 日

九十九 定下心来看风景

以前,常听人说,定不下心来读书。的确,读书是需要定下心来的。心态浮躁,一是读不进去,二是读不深入。其实,看风景也是需要静下心来的。心不静,不仅看不下去,而且看得心烦。

看风景确实是需要心情的。记得以前上学时,听老师讲过一个例子。往昔有一知识女青年和一位"大老粗"谈恋爱。女青年是有些浪漫的,晚上喜欢看月亮,并在月下散步,而那位"大老粗"有点不耐烦,不理解,心里纳闷,这月亮有什么好看的。于是就推开窗户说,你看你看,这月亮有啥好看的呢?

看风景当然是需要一些文化积累的。有文化的人看风景不仅津津有味,而且收获很多,感悟也深。而少有文化趣味的人看风景乐趣也少,似乎就缺乏理解和生动。比如,看大海,有文化的人看到了深邃,宽容,看到惊人的净化力,看到生命的蓬勃力量,看到了大自然的永恒魅力。没有文化内涵的人,只是感到大海的大,或者太大太大,甚至单调枯燥。比如,看山,有文化就气度不凡。孔子登东山而小鲁,登泰山而小天下。这是何等的胸怀和视野。如果没有文化的积淀，东山和泰山无非是巨石摹崖而已。

看风景也是需要一定的定力的。风景到处都有，能称之为风景，当然是需要定力和眼光发现和欣赏的。看风景的人有积极的人生态度，则到处都是风光无限的风景。杨柳岸，依依惜别的场景。大漠孤烟，人生无助的情思。高山望远，不可限量的人生。海上孤独，人生迷茫的窘境。纵马奔驰，人生不可多得的机遇和快意。空中盘旋的恐怖，人生阅历的厚重一页。而历经苦难后的淡定，才是人生收获的总结。

看风景还需要一定的情怀。千古以来，无论风景多么变幻，感受的人无非经历的不同。有大智慧的人，任何艰难无助的风景，无非是经历。是人生道路上的一个路碑。李白一生眼观无数风景，成就了许多不朽的名作。杜甫历经安史之乱，他的眼中满是百姓苦难，成就了"三吏""三别"的历史名篇。历史风云是风景，春花秋月是风景，历史光阴中的任何一点都是至关重要的风景，都会给人留下深刻的记忆。

看风景还需要一定的历史责任。有责任的风景就是历史。历史上著名的篇章都是鲜活的风景。历史的记载是冷静的，但历史的风景却是生动壮阔的。比如抗美援朝的长津湖之战，那些无声的战士的冰冻雕塑，却隐藏着无私无畏的爱国情怀。近期发生的班公湖中印军队的对峙，却是一曲我边防将士舍身为国的热血之歌。读懂的便是风景，知晓却只是新闻。实践告诉我们，越是艰苦危难的风景离我们越远。越是孤独的风景我们越是不甚知晓。越是不甚知晓的风景，恰恰是我们最激动最流泪的触点。

生活中的风景真的是很美。很值得我们去认真体味和思考。我以为，在现实生活中，已经注意到看风景的人已有诸多良知。能够怀有感恩之心的人去看到各种风景内涵的人已是善者。那些已看到风景深处的艰辛与不易的人，无疑是智者。真正读懂风景并眼看到未来的风景的人当然是具有时代和历史的良心和良知。

风景到处有，关键是你怎么看。风景都有内涵，关键是你怎么想。风景无处不在，关键是你如何发现。风景本身就是历史，关键是你如何去感悟。风景永远是正在发生和不可逆转的状态。

风景是什么呢？是正在发生的变化，是人们正在深切的感受，是历史正在前进的步伐，是正在凝固并发光的历史。有文化的风景好看，但没有任何风景的表述便是文化的贫乏。风景涵盖了当今所有的自然和生活状态。

定下心来看风景吧。有记忆的风景一定是精彩和难忘的。

2021年2月20日

一百　黄昏也明媚

正如每个人都拥有朝阳一样，每个人都会同样拥有黄昏。这是人生的必经之路，世人概莫能外。

黄昏的时候风景依然很美。阳光还是明明的，似乎不缺乏魅力。天边看上去很远，其实已经更远了，但满天的云霞十分灿烂。眼前的河流无声地流过，湍急而执着，虽然已经流去了许多美好和精彩，仍时有浪花飘逸。树林有些模糊，暮霭渐合，满树的鸟儿，叽叽喳喳。风吹过来，掀起一群老者的花发，迎风有泪。听到儿童和少年骑车呼啸而过，老者们眼睛一亮，笑意追送他们很远。

广场上的灯光亮起来。舞曲响亮。黄昏的颜色似乎被夜晚的氛围所吞没。那些衣着鲜艳的老太和老爷子似乎又变成大姑娘和小伙子，情意浓浓，忘忧而舞。生命的活力在这一刻特别耀眼，年龄被忽略，流动的仍是激情和活力。

黄昏的生活仍然丰富。我曾看见一位老者每天拎着一个水桶用大笔在广场上写大字。从穿着打扮上看，不像是学者的气质，一打听，原来是一位退休老工人。刚开始写字不怎么样，也有人嘲笑。这点写字的功夫也敢拿出来亮。但半年以后，再看老工人写的大字，犹如字帖一般，神形兼备，围观者多有赞叹。老工人在广场上专心写字，从容淡定。不以物喜，也不以己悲，心有所乐，怡然自得。

广场上唱扬剧的几乎也是老人居多，他们都是自发的扬剧爱好者。自备遮阳遮雨伞和音响设备。拉胡琴的几位功力深厚，点什么拉什么。他们每天自发组团，吹拉弹唱，自由自在，身心愉快。既弘扬了地方文化，又成为广场一景。广场上也有自由健身的。几位大爷在抖箜竹，乐趣满满，这是个技术活，没有一点功力是玩不转的。抖箜竹是我国特有的传统民族健身运动。全凭手上的一根线，做出多种抖箜竹的动作，技巧性协调性很强。可以一个人玩，也可以几个人玩。只见那边一个大爷将线一抖，箜竹高高地抛过来，这边老大爷将线一迎，接住。高高地抛过去，轻轻松松地接住。你来我往，颇为投入。当然，少不了看热闹的。

广场上也有下棋打扑克的。打扑克有好几个石桌子，早晨就有人开打。有的是老班子的，也有临时组合的。来迟的只好站着看后影子。规矩是大家都要遵守的，观牌不语。打牌的人认真，观牌的人快乐。有人忙看几家牌，能看出各人出牌的水平。有人大笑，也有人懊恼。

黄昏的广场，老人似乎更多一些从容和温馨。更有老人将广场当作每天上班的地方。在这里，他们会见老朋友、老同事、老同学。广场是会客厅，交流新闻，评论世风，家长里短，房价菜价，孙男孙女，孝与不孝，旅游心得。广场既是健身之地，跑步、唱戏、写字、遛狗；广场更是老年生活的大舞台，夕阳红的各种故事和才艺在这里上演。

在南门大街，中老年旗袍秀正在上演。各式各样的旗袍正在展示。那些中老年大妈们神采自信，优雅大方，赢得观者称赞不绝。

　　还有人整天忙着拍抖音，发抖音，不时查看粉丝数量。一天不发抖音，心里便闷得发慌。

　　中国已步入老龄化社会，黄昏的广场无疑是老人社会生活的一扇重要窗口。我很庆幸老人们在广场上自由自在，身心放松。试想，还有什么更好地方适合老人们呢？有广场溜达的老人是幸福的，至少他们现在还拥有健康，能够有交流的伙伴。我相信，一定还有一些老人目前还无法拥有广场，只能孤独地面对夕阳。还有那些失去健康的老人，他们是多么渴望能徜徉在广场。

　　黄昏的广场既热闹又安详。这里是人生路上的不可或缺的驿站。无数的烦恼在这里随风飘散，无数的喜悦在这里得到分享，无数的感慨在这里得到劝慰，无数的期盼在这里得到共鸣。云彩散落在每一个人的脸上，让黄昏的风景厚重而难忘。

　　让我们更多地关注广场上的老人吧，期盼他们更多一些快乐和精彩，让人生的黄昏更加诗意无限。

　　其实，我知道黄昏不仅仅是落寞，夕阳当然也是可以热烈绽放的。

2021 年 3 月 9 日

一百零一 遥远的英语

学英语对于大多数中国人来说，没多大用处；对于少数人来说，有用，甚至英语就是一块敲门砖。1972年我小学毕业前，是没有英语的概念的。我出生成长的年代学习氛围似乎不那么浓郁。

上初中了，多了一门新学科，便是英语。虽然很新奇，但那时并没有学英语的环境。教英语的是印寿英老师，端庄严谨，教学十分认真，板书清秀娟丽。她是汪连生老师的妻子。汪曾祺称呼汪连生为小爷，印寿英老师即汪曾祺的堂房小婶娘。印老师先从26个字母教起，然后是音标，再后来是英语单词、造句和语法。单词和造句似乎并不难，语法有点绕人，外国人喜欢倒着说。那时候，会几句英语单词就很兴奋，同学之间每天都来几句。主要是问候语，什么早上好、晚安等，很熟。有些悟性稍弱的学生，干脆在英语下面注上汉字读音，也能顺口读起来。

初一的时候，学校搞过一次英语单词比赛。大家都认真准备。看谁掌握的英语词汇多，并且能够准确地写出来。顿时，学校里掀起了一股学习英语背单词的热潮。竞赛的那一天终于到来，先是听写英语单词20个，老师说中文，我们要写下英文。然后是试卷答题，主要是中译英，英译汉之类的。结果也不意外，我是一等奖获得者之一。全年级3个班，一等奖共5人。奖品是笔记本1个。这是一次轻松学英语的实践。因为获了奖，我对学英语激情大增，又背会了许多单词。我有两个邻居是我上两届的，似乎我英语不输他们。

1975年我上了高中，学英语的热情有所下降，主要是学英语没有用。同时，心也静不下来。高一英语老师是冯敏娟女士，无锡人，江苏师院英语系毕业。冯老师那时很年轻，教学也很认真。但大多数男生上课是不听或听不懂的。只有杨玲等少数女生上课听得专注。那时，英语考试很简单，轻易就能应付过去。但有一次英语考试却让冯老师大跌眼镜，对我刮目相看。甚至，时至今日，几十年过去了，冯老师也不知道原委。1976年的高一时，学校推行教学改革，英语实行开卷考试。大约百分之九十的考试内容是书本上的，还有百分之十是课外的。英语试卷是下午发下来的，第二天上午交卷。可以看教材，可以相互交流讨论。我拿试卷看了一下，百分之九十是可以做出来的。但最后一题10分无论如何也答不出来。那时，又没有高考，谁会在意这答不出来的10分呢？大约是出于好胜心态，我想弄个好成绩碾压杨玲等好学生。傍晚放学了，我苦思冥想，还是答不出来。我心有不甘，总不能就这样把试卷交上去，弄个90分又不能显示突出。我忽然灵机一动，想起了朱国祥认识县中教英语的薛老师。我认为这是一个机会。

此时正值1976年底的冬天，天气很寒冷。晚上八九点钟，街上已没什么行人了。我们几个男生跑到中市口薛老师家去敲门。因为薛老师和同学朱国祥的父母很熟。薛老师开门了，很惊讶。朱国祥介绍我说，这是我的同学，很喜欢学英语。他有一个问题想请教您。那个年代,又是冬天的晚上,还有中学生钻研英语,热爱英语。薛老师大为感动,立即让我们坐下来说。我说,我发现一个英语的语法现象,不太理解,我有点想不通。顺手递上字条,上面即是抄写的英语试卷的最后一道题的内容。薛老师看了字条说,小伙子英语写得不错,有点基础。这个问题中学英语一般不涉及,你不理解很正常。然后,薛老师认真解析了一遍。我听得专注,记住了。我们谢过薛老师告辞。朱国祥等说,我们最后一道题不答了,答了老师也不信,就你一个人回答。第二天,冯老师批阅英语试卷,非常流畅。因为最后一题基本是空白,即使回答的,也是错的。就连杨玲这样的好学生也只能得九十分。批阅到我的试卷时,冯老师正准备用红笔打个大大的"×",但手到半空停住了。左看,右看,仔细看,反复看,答对了,只能打个"√"字。我英语得了一百分,冯老师很费解:这个男生平时并不特别认真,怎么就得了满分呢?从此,冯老师对我刮目相看,经常夸赞我学习钻研。当然,朱国祥等也守口如瓶。

两年的高中,很快就过去了。我插队劳动,英语已几乎不再关注。不久,恢复了高考。因为英语不计入高考总分,我也没有认真复习。但还是考上了大学。

大学三年级的时候,学校举办了英语学习班,主要是为考研的同学提供服务。那时候考研的英语要求并不高,能考及格是足够的了。我还有读研的梦想,就报了英语中级班。教英语的宋老师是一位四十来岁的女教师,温柔漂亮,教态亲切,特别认真,特别负责,全程英语授课。她每讲一个问题,都要学生逐个回答。我开始还能适应,后来渐渐感到吃力。因为每节课都要回答问题,压力很大。

那时,年纪轻,爱面子。生怕答不出来让别人讥笑。时间长了，竟然怕去上英语课。最后，终于真的不敢再去了。这就等于放弃了考研。现在，回想起来，实在是对不起宋老师。宋老师的初衷是好的，逼大伙儿学。主要是我的心理承受力不够强大，未能坚持下去。否则，命运也有可能会改写。那个英语班，刚开始60人，最后只剩20人。全都英语过关，考上了研究生。

后来，到中学教书，运用英语的机会就更少了。只在2004年我率团访问澳大利亚汉密尔顿学院时，在欢迎仪式上用过一次。我在致辞的最后部分脱稿讲了一段英语，还算流畅。澳方师生听懂了，报以热烈的掌声。

英语对我来说是越来越遥远了。我不是一个学习英语的成功者。这限制了我的进一步发展，这不能不说是一个永远的遗憾。

2020年9月9日

一百零二 野草马齿苋

马齿苋是一种极为普通的野草，很美。虽然，无品无位，玩花草的人也许不屑为伍；但马齿苋独特，有韵味。既可观赏药用，又可食用推广。她还有一个好听的名字，叫长寿草。《本草纲目》云"马苋，五行草，五方草，长命菜，九头狮子草。酸、寒、无毒"。又说她叶如马齿，性滑利似苋，故名。我从小就知道马齿苋，而且十分喜爱。

我幼时体质不强，皮肤经常过敏，会出疹子。吃了不少药，效果不大。我曾吃过知了壳。把壳压碎成粉状，夹在烧饼里，蘸着麻油吃下去。因为皮肤痒得难受，也用韭菜根擦过。后来，有人指点用马齿苋捣碎擦之，果然有效果。后来大约读初一的时候，我耳后忽然长出一个小肿块，老不见消。有邻居老人说，还是用马齿苋试试。母亲找来马齿苋，洗净，捣烂，以纱布敷之，反复几次。竟然就好了。马齿苋对我来说，就是幸运的神草。

马齿苋因为太普通了，到处都有。有时，竟然不知道从哪里冒出来的，默默地生长，无须关注。她可以在墙角，在路边，也可以在旷野、荒地甚至废墟。她先是冒出绿豆般成对的小嫩叶，然后不慌不忙地生长，变成一丛，接着绿油油的马齿状的叶子，红红的柔软的茎蔓。她非常朴实，低低地匍匐着，紧紧地贴着泥土上。只要有阳光和雨水，就足够了。她愉快地看着世界，表现出应有的沉稳。她顽强低调，从不炫耀，像一个农家的孩子躲在一个角落。但她的品质无疑是优良的。狂风可以摧毁一个骄傲的大树，却不能摧毁一棵低矮的马齿苋。无论环境多么恶劣，马齿苋都能茁壮成长。

初春的时候，各种花儿竞相开放，争奇斗艳。先是栀子花，香喷喷的。接着是蔷薇花，灿烂耀眼。而马齿苋仍然土里土气地举着绿齿叶子，红红的茎蔓随意地铺延着。马齿苋在等待。当南来的风越来越热烈的时候，其他的花儿，或谢或萎。马齿苋却似乎一下子突然灿烂起来了，给人们带来巨大的惊喜。她的花朵虽然很细小，却很艳丽明媚。果实也很细小，像黑芝麻或黑珍珠。

我几十年前第一次去未来的岳父岳母家的时候，就是一个热烈的夏天。刚走进小院，映入视野的就是满院缤纷的花朵。仔细一看，竟是我最熟悉最有缘的马齿苋。五六盆马齿苋一溜排开着花，红的，黄的，紫的，粉的，蓝的，好不热闹。小院充满了生机勃勃的欢快气氛。马齿苋真是我的吉祥之草。马齿苋的花朵并不大，但生机盎然。异常的鲜艳，令人赞叹。我的第一次拜访十分成功，我在内心感谢上苍的帮助，当然其中有美丽的马齿苋的身影。

现在，人们越来越重视马齿苋了。除了观赏，更多的是药用，还有将其当作美味食品。马齿苋有着广阔的发展前景。

我家的小院也种植了一些花草。马齿苋是必不可少的。我在用心关护栀子花和蔷薇的同时，从没忘记过马齿苋。马齿苋很美，低调内敛。我喜欢她的朴实，赞赏她的顽强，认同她的恬淡，讴歌她的实效，难忘她的热烈。她是我心中的野草英雄。

我结识了马齿苋，很想更多地赞美她。遗憾的是历史上很少有关于马齿苋的诗文。可见人们对其重视的程度是远远不够的。愿大自然更多地给马齿苋生长的空间。愿人类社会多一点马齿苋这样朴实的成员。大自然足够接纳马齿苋的朴实美丽，世界也会给她足够的发展和表现的空间。马齿苋需要人类，人类需要马齿苋。

2020 年 6 月 22 日

一百零三 柘垛粮站的日子

五十余年前，我那会儿读小学。每年夏天暑假一到，母亲便催促我去司徒柘垛粮站。原因是，她管不住我。

我每天都要偷偷地去大运河游泳。三五成群，颇有些凝聚力。让我去柘垛，是因为我父亲在粮站工作，当看样员，可以阻断我去游泳的念想。

没办法，只好去司徒。到大淖河边去坐小轮船。记得第一次是随邻居时家大姐去的，她下放在司徒。以后就一个人自己去了。我上小学二年级，九岁。扛着一个竹枝鱼竿，口袋里装着弹皮弓，手上拎着草帽，在大淖等小轮船。大淖热闹得很，我从斜坡下去，是泥砖子路，河边是跳板。船很多，大部分是木船，有运砖运草的，还有许多帮船。做小生意的也不少，提篮子卖烧饼油条的，卖花生五香豆的，还有卖卤鸡蛋卖汽水的。是一个充满生气的码头。远处是绿茵茵的芦苇，很美。河水清亮，很生态。清晨六点半的时候，登船，买票。票价已记不清了，因为我是小孩，半票。小轮船可以坐几十个人，前后两舱。发动机响起来了，船尾翻起浪花。沿河东行，弯弯曲曲。浪花冲击着河边，那些在河边洗衣的女人们慌忙避让,怕被浪花打湿。我觉得好玩,一会儿跑前,一会儿跑后。船上有个服务员认识我,船老大以为我是他的亲戚。没人阻止我乱动。

中午已过,快下午一点钟的时候,终于到柘垛了。司徒粮站就在码头边上,父亲早已等候在那里。我从轮船上飞步而下,手里紧紧抓着鱼竿和草帽。新生活开始了。

柘垛粮站在司徒镇的北边,是全县规模较大的粮站。父亲的宿舍在一个高高的平台上,一排房子大约七八间。东边两间是周站长住的。他原先是粮食局的股长,人们都叫他"周大股",大名是周瑞峰。他很幽默风趣,他的几个儿子和我年龄相仿。他喜欢和我开玩笑。父亲的宿舍在中间,纱布的蚊帐,空荡荡的。傍晚时分,我便在宿舍前边的大院子里吃晚饭。粥是食堂打的,黏稠稠的,很香。父亲拿出自己腌制的咸鸭蛋,是盐水腌的,有点黑。"周大股"见了便说,小王啊,这个蛋不能吃,是臭蛋。你爸爸舍不得花钱买好的。要是我,就扔了。我闻了闻,不坏,颜色有点不中看。我说,能吃哩。傻小伙!"周大股"说。以后,每吃晚饭,周站长就说,呆小伙,又吃臭蛋啦。玩笑归玩笑,周站长为人很好,还借《三国演义》把我看。我连续看了几遍,有些章节,烂熟于心。

夏天正是收粮的季节。粮站外排满了卖粮的船。我曾随父亲去上班,太阳高照,父亲要去每条船上察看,主要是判断粮食的水分含量,然后评定等级。现在看来,父亲的工作算是有点小权。如果水分高了,就要下船暴晒,合格了才收购入库。我看了两天,就不再去了。一是不懂,二是枯燥。父亲也不想让我晒着,就要我自己玩,把作业做好。五十年后,我在广电工作,老父生病住院,有一位老同志来探望。想不到,老父眼一睁,说道,这不是小马吗?我忙说,是马老,老干部老书记。马老笑道，你老父说得不错，我那时在司徒当大队会计，常找你父亲卖粮，喊小马是对的。病房里响起了笑声。

我在柘垛粮站到处闲逛，玩了几天，终于有一点收获。后来，在此还有点小名气。一是钓鱼。粮站宿舍后边有条河。河水清澈，两岸绿树，水中有落叶水草之类。清晨，我挖蚯蚓为钓饵，用带来的竹竿钓鱼。不一会就上了几条，有小草鱼，丁鱼，还有小白条。上午收获十余条。父亲也高兴，拿去食堂加工。放一些葱花姜蒜作料，清蒸，吃起来香喷喷的。二是打麻雀。我来的时候就带了弹皮弓，粮站里麻雀特别多。那时，麻雀属"四害"之一，是可打的。我就追着麻雀打，从屋外追到粮仓内。粮仓的房屋很高大，透风。打累了，就一个人在高高的粮堆上发呆。有一次竟然睡着了。父亲到处找不到我，急死了。发动全粮站的人帮忙找。天黑了，我睡醒了。自己从粮堆上走下来，口袋里装着十几只打死的麻雀。父亲看见我，眼泪流了下来。我在柘垛粮站打麻雀就有点名气了。有一天，我在粮站里转悠，"周大股"说，小王，打一只麻雀看看。我掏出弹弓，抬手一弹，将电线上的一只麻雀打落。边上的钱会计赞道，小伙子厉害，这在过去就是百步穿杨的功夫啊。大伙儿笑着对我父亲说，老王啊，你文质彬彬的。你家小伙，可是员武将呀。

过了几天，父亲见我整天钓鱼打鸟，并不埋头学习。就说了，我有点忙，你帮我做点事。我欣然应允。父亲拿出一个小图表说，你把这个放大贴在收粮的地方。我一看是各种价目表，不难。我找了几张大纸，一一画好、写好，晚上和父亲贴好。第二天，大家都说表格清爽，好看。我父笑而不言，我却暗中得意。

司徒柘垛粮站的日子既痛苦又快乐，既漫长又短暂。所谓痛苦，是远离了亲密的小伙伴。所谓快乐，是和父亲在一起的时间长了。我父亲长期在农村工作，回家的次数并不很多。而暑假是我们父子团聚时间最长、最难忘的日子。

　　我写此篇的时候,我父已逝去五年。周瑞峰老站长也逝去多年。谨志,纪念先人。

2020 年 2 月 22 日

一百零四 说"威吓"

威吓是丛林法则的余韵。威吓的时代似乎逐渐过去，威吓的手段也已不太管用。

威吓历来既是战略也是战术。大国博弈中屡见不鲜，军事的、经济的，经常用。有的小国，实力不足，在某些大国的威吓下，放弃抵抗。某些大国则不畏惧威吓，始终保持定力，让那些威吓者无可奈何。其实，在日常生活中，也常会遇到威吓。这是一种自壮声势的手段，有时也能奏效。威吓，俗语称为"大奶吓唬细娃"。有时候的确能够成功，"细娃"也能被"大奶"镇住。现实中也有些武林高手，自称某派传人，比画几个动作，也是不同凡响，能够震慑一方，让对手自叹不如，自甘落败。我幼时遇到过一件事，有点类似于威吓。那时县举行小学生田径100米比赛，某个学生服装独特，赛前又蹦又跳，气势逼人，看架势冠军必得。同赛的几个小土佬，已被吓得不知南北。但有一小学生不为所动，沉着应战。比赛枪响，一马当先，成功夺冠，威吓并未取得完胜。威吓战术在武林对决中，也是形形色色。有些人仗着人高马大，趾高气扬，以为胜券在握。殊不知，那些貌不惊人的"弱者"，实力不弱，总是笑到最后，成为真正的赢家。

威吓者的初衷，当然是想以势压人，让对手屈服。如果，对手不为所动，威吓者往往恼羞成怒。最近，我就看到，某个当权者要评为院士，威吓不成，竟然，对合作者饱以拳脚，嘴脸暴露得太快，斯文扫地，举世哗然。

说威吓者完全出于无知，也不尽然。一般情况下，威吓者成功的案例也是很多的，也可以说是一种常态。"大奶"为何能够威吓住"细娃"？首先是具备一定的实力，或官，或商，或红道、白道，甚至黑道，给人的感觉方方面面有人、有力量，让你惹不起，不能惹。其次，对手的确是个"细娃"，没什么实力，远远不是一个级别的对手。那些平头百姓，底层草根。要人没人，要权没权，要钱没钱。威吓者谅你翻不了天，掀不起浪。现实中，有些"大奶"常常口出狂言，有本事去告，看你能咋的。再次，靠强权的确也能吓得住人。现实中，以大欺小，以强凌弱的事例仍很普遍。自然界的丛林在缩小，但丛林法则并没有改变。现实的纷争中，往往是"大奶"获胜，"细娃"多败。由此，似乎形成一种心理定势，"细娃"怕"大奶"，既胜不了"大奶"，又无奈于"大奶"。以往历史的许多篇章，几乎都是"大奶"横行的时代。

威吓既是一种不光彩的恶习，严格说来，也是一种欺凌文化。况且，威吓还有很强的遗传性。威吓者的传人也擅长威吓，其技术手段更有发展和提升。而那些"细娃"的后人，有些也是很有一些奴性的。我曾看到过一则报道，说抗日战争时期，有十余个日本人，押着数千名中国人，挨个枪毙，竟没有一个反抗的。让人实在郁闷和无语。这是"细娃"悲哀的极致，不在沉默中爆发，必将在沉默中灭亡。这真是超越时代的惊雷。

当今"大奶"依然横行,有恃无恐,以为自己仍是天下无敌,碾压必胜。但威吓终究只能得逞于一时,不可能得逞于一世,更何况数世?其实,"细娃"早已觉醒和成长,抗压抗争已成为必然。有时,不能说是完胜,也能打它个平手。当然,威吓者的手段已非往日,可以说是无所不用其极,是全方面的出击。既是军事的,也是经济的,更是技术的。威吓得越厉害,反弹就越厉害。威吓取胜的梦幻,早已远去。威吓的文化和实践,都已被曾经的"细娃"颠覆或改写。

我依然相信,威吓作为一种战略和战术,仍然会存在下去。世界上也仍会有形形色色的"细娃"们存在。但随着时代的觉醒和进步,"细娃"的数量应该会逐渐地减少。作为一个国家,一个民族,一个独立人格的个体,谁会愿意甘心永远当"细娃"呢?

至少中国不会。我们这些草根的人群也不会。

2021 年 7 月 7 日

一百零五 说说"草"

世界复杂奇妙。真正要弄懂弄通一个事物并不太容易。比如说"草"。既简单也不简单,谁敢说自己真正就懂了。我是不敢这样说。明朝李时珍的《本草纲目》是专门的著作,权威性强,但也并非尽述之,只是较全面地展示了草本的自然属性和药用功能。

"草"是什么?比较公认的解释是,对高等植物中除了树木,庄稼,蔬菜以外的茎秆柔软植物的统称。广义上是指茎干比较柔软的植物。现实生活中,我们对于草的认识是很有限的。"草"的最初本义是草字头,加个早。意思是春天最先最早发芽的植物。世界上关于草的品种统计成千上万。我国北方草原就有2000多种草类植物,其中有毒的就有200多种,即所谓"毒草"。我们对于"草"的认识早已不仅仅是其自然属性,更多是从观赏性、实用性和社会性等方面了解草、评价草。随着社会的发展,草的多种属性已经融合在一起,严格区分并不太容易。

一、自然之草

"天苍苍,野茫茫,风吹草低见牛羊"(《敕勒歌》),就是草原上的自然之草。朴素无华，自然生态。《汉乐府》里的"青青河畔草"，很美。"我从山中来，带来兰花草"，很雅。"池塘生春草，园柳变鸣禽"，说的是初春的草。严格说来，竹子也是草类。尤其是紫竹，是比较雅致有格的。人们对环境美的追求，最倚重的就是大自然的草。草用于观赏已经十分普遍。我幼时，由于认识局限，长期以为草是有害无用的。劳动实践的主要内容就是拔草除草。后来，听说还要种草，真是大跌眼镜。其实，我们现在看到的许多漂亮的草坪，都是种植的。说到观赏，我认为还是自然生态的野草更有趣味。那些生长在路边、山坡、林间、河坎的野草似乎更有魅力。我在晨练时，看见狗尾草就十分亲切欣赏，高高的茎秆、毛茸茸的草籽，像狗尾巴迎风摇曳，很生动。自然之草是世界的底色，也是重要的地表衣衫，是精彩的自然杰作。虽然无品无位，却是必不可少。

二、文学之草

文学是自然和社会生活的反映。世界万物很自然和文学结缘。小草当然不能例外。古往今来，写草的作品很多，名句迭出。大约知名度最高的，当属唐代白居易的《赋得古原草送别》："离离原上草，一岁一枯荣，野火烧不尽，春风吹又生。远芳侵古道，晴翠接荒城。又送王孙去，萋萋满别情。"这是写草的传神巅峰之作。写出了小草的顽强和坚韧，光照千古。唐太宗李世民也有写草的名句："疾风知劲草，板荡识忠臣。"一个"劲"字，将草人格化。这哪里是一棵草，明明是一条好汉。韩愈的"天街小雨润如酥，草色遥看近却无"，写出初春的隐隐气息。白居易"乱花渐欲迷人眼，浅草才能没马蹄"，写的是小草的茂盛。许多文学大家诗人都对草情有独钟。东晋陶渊明在《桃花源记》中用花草赞叹理想世界："芳草鲜美，落英缤纷。"李白《日出入行》："草不谢荣于春风，木不怨落于秋天。"杜甫

《旅夜书怀》叹道:"细草微风岸,危樯独夜舟。"李商隐《晚晴》诗云:"天意怜出草,人间重晚晴。"苏轼《蝶恋花》唱曰:"枝上柳绵吹又少,天涯何处无芳草。"这里的芳草,既是美人,更是知音了。元代的白朴《天净沙·秋》更是用草将秋天写得既美丽又伤感:"孤村落日残霞,轻烟老树寒鸦,一点飞鸿影下,青山绿水,白草红叶黄花。"清代袁枚《偶作五绝句》写出了草趣:"儿童不知春,问草何故绿。"由此可见,文学之草,既是我们探知自然的窗口,更是品味文学佳作的窗口。

三、社会之草

"草"字从诞生起,就被赋予了社会的内涵。但中国文化里草是最不入流的。凡事和草连在一起总是不怎么样,如"草芥""草民",地位极低;"草菅人命",把人的生命当作一文不值的野草。《汉书·贾谊传》:"其视杀人,若艾草菅然。"指责秦二世把杀人看作像割野草一样。"草包"是指腹中空空,一点学识也没有。"草率""草莽"指态度粗鲁,缺少精细修养。"草台班子"原意是乡村条件简陋的戏剧曲团,即指条件差,水平差,品位低,是登不了大雅之堂的。"墙头草"是讥讽投机者。还有直接是开骂的,比如"草狗",下贱的母狗。

当然,也有一些是中性的,比如,草书,是汉字的一种书写体。狂草,是一种书法艺术。但还是贬义多,比如"潦草",就不是书法,是指一种极不认真的态度。

在社会属性中有少量和草相关的,能够得到人们首肯甚至称赞的。例如,"草船借箭",表现的是诸葛亮的智慧;"三顾茅庐",表现的是刘备求贤若渴;"结庐在人境,而无车马喧",表现的是陶渊明的田园之乐。唐代诗人孟郊的《游子吟》中的名句,是对小草的正面较高的评价:"谁言寸草心,报得三春晖",有谁敢说,子女像小草那样微弱的孝心,能够报答得了像春晖普泽的慈母恩情呢?

"草"是自然界最常见的植物,却具有非凡的象征力、影响力。绿颜无芳香,无香几分姿。任凭狂风雨,唯它不低颅。一首《小草》的歌曲,几十年经久不衰。"没有花香,没有树高,我是一棵无人知道的小草"。小草以自己谦逊、顽强和坚韧,赢得世人的尊敬。近年来,"草根"一词得以流传和普及。其实,该词来源于英文直译,其意有二。一是指同政府或决策相对立的势力。二是指一些民间组织,称为"草根阶层"。"草根"现在一般是指基层人民或零起点的创业者。

"草"是有魅力的。尽管大众平凡,但品格独特。正因为有小草的存在,人类世界才更显得丰富多彩。我就是一棵小草。我不以为卑,反以为荣。

2020年6月26日

一百零六 我喜欢每一种植物
——再听张泽民老师讲故事

去年深秋，我们扬州师范学院中文系78级4班同学重返母校参加入学四十周年聚会活动，筹备组邀请到当年的写作课老师，曾担任扬州师范学院中文系主任的张泽民教授参加。张老师年逾八旬，精神矍铄，思维敏捷，即席做了精彩的发言。

张泽民老师说，接到聚会的通知，像小时候盼过年一样盼望再和同学们相会。他的话语让与会的36名同学暖意浓浓，如沐春风。张老师笑道，今天我要给大家讲一个小故事。

张泽民老师操着苏南口音地说，扬州籍有一位植物学大师吴征镒，是享誉国际的植物学家，1955年就成为中国科学院学部委员（即后来的院士）。从事植物科学研究六十年，成果丰硕，人称中国植物学界的"活词典"。有一次，吴院士参加一个植物学术会议，有一位很有身份的女士请教吴院士，说您从事植物研究六十年，接触过成千上万种植物，您最喜欢哪一种植物。吴院士默然，并不回答。该女士数次追问，吴院士目视全场，平静地说，"我喜欢每一种植物。因为它们都是鲜活的生命"。

故事讲完了。沉静了一会。张泽民老师说，今天的同学聚会，来的都是扬州师院中文系的学子，也都是学校和老师的骄傲。同学们走出校门几十年，在社会各条战线都作出了自己的努力，有的成为行业领军人物，有的成为地方党政主官，有的成为教育教学专家，也有的成为平凡的劳动者。同学们努力了，燃烧了，奉献了。我很难说特别喜欢谁，就像吴征镒院士说他很难最喜欢哪一种植物。因为，每一种植物我都喜欢，我喜欢我的每一位学生。

掌声，热烈的掌声。除了敬佩，还是敬佩。犹如一阵清风掠过，散发着文人的芳香。虽然，我们已经离开母校和老师三十六年，张泽民老师又给我们上了生动深刻的一课。

在社会经济快速发展的今天，教育问题尤其令世人关切。我们常常会听到或看到一些教育不公平、不和谐的事例。这表明注重师德建设，提升思想道德境界仍将是教育战线的一项重大任务。能否公平地对待每一位受教育的孩子，能否关注关爱到每一位孩子，就显得特别重要和现实。教育均衡发展首先是教师均衡、博爱理念的确立，面对纷繁复杂的社会形态，教师要坚守道德和职业操守，保持高尚独立的人格，关爱每一位学生，均衡施教。

吴征镒院士喜欢每一种植物，其本质是博爱和公平。不因为某一植物是高贵还是普通，不因为它是高大还是弱小，不因为它是漂亮还是陋丑,而是因为它们都是可供研究的植物,都是大自然有价值的生命。

　　张泽民老师喜欢每一位教过的学生,其本质是尊重和关爱。我们十分期盼每一位老师都能够喜爱自己的学生,不因为他是否有特殊的家庭背景,不因为他是否拥有财富或其他资源,不因为他的天赋、肤色、性别、健康和性格……

　　倘能如此,岂不甚好?

2019 年 10 月 5 日

一百零七 悲剧和喜剧

生活中有些巧合，真是很难说清楚。说不清楚就是一个悲剧。说得清楚，就是一个喜剧。

邻县有一村民，人称陈老五，光棍。夏日天热，上身赤膊，下身穿大布短裤，是老式的那种。一天中午，他去地里干活回家，突然发现一只野鸡。大喜，真是天助我也。晚上的下酒菜有了。他就捉野鸡。但野鸡很灵活，跑到一个干涸的水渠里。他从这头下去，野鸡从那头跑了。难捉，怎么办呢？

由于是在田野中，一时找不到工具。其时，气温很高，他已是满身大汗，湿透了。突然，他灵机一动，有主意了。阳光正照，四周寂静无声。他见四下无人，便脱光了衣服，用裤衩堵住小渠沟的另一头。为了确保堵的效果，他用小树枝将裤头的裤口支撑起来。他从另一头驱赶野鸡。估计，这一下野鸡是跑不掉了。他小心地驱赶，汗水滴在地下，<u>丝丝</u>的风儿让他体会了一些舒适。野鸡慢慢地向前，距离堵点大约还十米远了，他加快了速度，眼看就要捉住野鸡了。突然野鸡飞了起来。天哪，世界竟然有这等巧合之事。慌乱中野鸡的双翅竟然穿过两个裤口,飞起来将他的裤头穿在身上带走了。

他目瞪口呆。站在那里发愣。正午的阳光炽热火辣,金色的麦浪随风起伏。他光光地站着。怎么办?回村还有一段路,遇到人怎么办?就在这时,远处有人骑着自行车过来了。他没办法慌忙躲到麦丛中。等自行车过去了,他才出来。现在,正是吃饭的时间,路上人多。看来,还得躲一会儿。

他一路小跑,一路躲藏,终于到了村边。突然听到有几个人说话,走过来了。他连忙躲藏,溜进一户人家,见无人,赶忙躲到人家的床肚下。这户是新婚人家,按照乡风要每家每户去打招呼。新娘是外地嫁来的,就利用中午挨家跑动。只听新娘对老公说,你们这里有点奇怪,野鸡还穿衣裳。刚才在刘大爷家,就捉到一只穿裤衩的野鸡,大伙儿纷纷称奇。刘大爷说,他活了八十岁,野鸡穿裤衩还是头一回。那陈老五在床肚下听得真真切切。猛然冲出来说,野鸡的裤衩是我的。

新婚夫妇看见一个赤裸汉子从床下冲出来,惊恐万状。等到缓过神来,大喊,捉流氓,捉流氓啊!叫喊声惊动了邻居,大家一看这家伙全身光光,躲在人家新婚夫妇家里,不是公然耍流氓吗?不由分说,众人一顿暴揍,将其扭送派出所。陈老五大喊冤枉,可有谁信呢?

还是在邻县一个乡村,夏天的时候张老三去赶集,由于家里穷,上身赤膊,下身穿一个大裤衩。太阳出来了,张老三跑了一身汗。张老三也是一个光棍,心想,裤衩汗湿了,回去还要自己洗。见河堤上四下无人,便脱了裤衩赶路。张老三顺手就将裤衩挂在扁担头上,扛在肩头走着。

四周的风景很好,张老三的心情也愉快起来。光身子跑路真是爽得很,他竟然哼起了小调。看见路边有桃树,长满了桃子,摘几个解渴，感觉还不错。不知不觉很快就要到集市了。张老三准备穿上裤衩了。可回头一看，扁担头上的裤衩没有了。找了好一阵子，找不到。或许是被风吹落到河中了。怎么办呢？张老三进退不得。

没办法，硬着头皮往前走。突然发现路边有一户人家有夏天衣衫晾晒。张老三一看有条男式的蓝色大裤衩，大喜过望，立即穿起来，大摇大摆地赶集去了。话说这家主人起身也准备去赶集，突然发现自己晾晒的裤衩不见了。很是烦恼，谁会拿我的裤衩呢？要说偷吧，其他的衣服都在。这个人也是一根筋，认定了是过路人拿走了他的裤衩。他就站在路边等。

下午散集了。张老三果然打此路过，被等候的抓了个正着。但张老三死也不承认是拿了他的裤衩。两个吵到乡司法助理那里，请其断案。司法助理让两个逐个陈述。被偷者说，这条裤衩是他的，颜色和样式他能认定。张老三说，相同的东西多了，颜色和样式相同就是你的？张老三提高了声调，我为什么要偷你一条裤衩呢？难道我是光屁股赶集吗？

司法助理听张老三说得在理，判张老三胜。

2020 年 11 月 2 日

一百零八 好的表达

我每天看不少的文章，也读诗。有时候我也写些小文章和诗。但有一个问题会常常紧逼我，你想表达什么？什么才是好的表达。

带着这个问题我读别人写的文章和诗，有的能看懂，颇有收益。有的暂时还不完全懂，只得放下。有时候眼花缭乱地看了半天，也不知道作者想表达什么。

我喜欢朴实的文章，只要是思想清晰便好。文采其实并不那么重要。再好的文采都是为内容为主题服务的。主题就是大道，内容就是风景，文采就是路边的花花草草。我讨厌故弄玄虚的花架子，或者怪里怪气。不管是大众的或者是小众的，都要言之有物。

我喜欢有思想的文章。为文为诗总得要有些新意。写一个人，写一件事总要有自己的眼光，不能人云亦云。清新的见解，欣赏的人往往会心一笑。即使有点偏激，总比老调要好得多。下笔的时候，要问自己，我和别人相同吗？有什么不同吗？相同就不写，不相同就可以写。

我喜欢轻松的文章。文如其人，文章轻松，好似为人亲切随和。侃侃道来，有理有节有序，易接受，无压力，真享受。如果过于凝重，犹如说者过于严肃，听的人也会感到紧张。遇到这种情况，就是赶快逃走。

写文章就是表达。好的文章就是明朗的表达。表达既有定法也无定法。让别人知道你是谁，把你想表达的说得清清楚楚便可。如果你的表达，既给别人增加了知识，又有情感上的熏陶，那就更好了。

好的表达，需要 向名家大家学习。比如读莫言的文章《最上等的职业还是当官》，就很平实，观点很鲜明。讲道理心平气和，很接地气。所列举现象真实可信。他写道：一个教师被任命为乡长了，大家都为之祝贺。但反过来，一个乡长当教师了，就无人祝贺。这就是平实的力量。还有贾平凹的散文就是质朴，不说假话和虚话。他的散文《古土罐》开篇写道：我来自乡下，其貌亦丑。爱吃家常饭，爱穿随便衣。收藏只喜欢古土罐。只简单几句，便交代得清清楚楚。名家大家为文有自信，并不因为长短、文采所限，通篇自然自信，读来亲切有趣。汪曾祺有一篇散文《下大雨》，通篇不到300字，只叙述了下大雨的几个画面，简约、传神。谁能说这不是非常好的表达呢？

你想表达什么，就需要你关注和研究什么。名家大家的文章看上去轻松，信笔漫谈，实际上他们的造诣是很深厚的。开口小，挖掘得深。就是举重若轻。研究也是渐进的，积累的东西多了，好比土壤的肥力很足，就容易生长植物，既长得快又很好看。既然是表达，可是正面赞扬的，也可以是批评的。不管怎样，都要有善意。

好的表达前提是有效的学习。只有学习，且有一定深度的研究，你方有东西要表达。好的表达一定是经过深入思考的，是有思想闪光的东西。实现好的表达最有效的办法就是写自己最熟悉的，写那些在你眼前晃悠，在你心里挥之不去的东西。或爱，或恨，或喜，或悲，你将充满自信并得心应手。写得多了，写得熟了，你将拥有好的表达。你也便成了令人羡慕并敬佩的高手名家。

2019 年 4 月 26 日

一百零九 人生的价值

有些人有故事不等于有价值。有些人有价值不等于有故事。有故事的人往往活得很精彩，有价值的人一般都活得比较枯燥。

汪精卫活得很精彩。年轻时意气风发，刺杀清摄政王载沣未遂，赋诗云"引刀成一快，不负少年头"，何等豪气。后追随孙中山，成为著名国民党人。再后来当了民族败类汉奸，所谓"曲线救国"，被永远钉在历史的耻辱柱上。潜艇之父黄旭华，几十年隐姓埋名，一心埋头科研，没有浪漫，没有灯红酒绿，却活得有价值，他为祖国和人民做出了贡献。

有一位知名的影视演员曾自豪地说，我们都是有故事的人。言下之意，我们都不是普通人。有故事表明不平淡，有奋斗追求，广义上是不错的。他能站在这个平台说这样的话，已经是某种意义上的成功。关键还是要看这种成功对人类民族是正能还是负能。一切对人类民族有意义的努力往往是值得肯定的。

但是，有时候事情并不这样简单。以前，我们讲科学无国界，科学家是有国界的。从当前的世界激烈的博弈来看。不仅科学有国界，科学家更是有国界。从华为的被打压事件就看得很清楚。令人感到难堪和可悲的是，世界芯片的10名顶级科学家有6名是中国人，其中5人毕业于中国科技大学。他们都拿了绿卡，效忠于美国。他们的价值在美国，甚至价值越大，负能越大。一切过往的理论伪装变得一文不值。技术竞争的实质还是意识形态的竞争。这无法绕过去。

那么，什么才是真正的有价值呢？这就需要有评判的标准。老的标准似乎已经不那么灵验了。比如某人，中国培养了他，他却为别国效力，甚至成了帮凶。虽然他在科学上有建树，但他的建树却被用来对付他的祖国。汉奸余茂春就是鲜活的例子。他是重庆永川中学的高考状元，后留学美国。成为美国蓬佩奥的首席智库专家后，专门针对中国，针对中国共产党，毒计频出，是十足的汉奸败类。最近，安徽余氏家族将其从族谱上剔除。也许，他的个体是成功的，甚或也是有价值的，但从国家和民族层面上是没有正向价值的。中国培养了一个科学家，却是祖国的敌人。

这似乎又回到狭隘的价值论上来了。这是残酷的现实。别人容不得你崛起，更容不得你强大。美国的政客就狂言，中国人就不允许过上和美国人一样的生活。想想钱学森真是了不起，是一位有民族情怀的知识分子，他要把知识和技能奉献给祖国，为此，甘愿放弃已获得的一切，甚至甘心坐牢。钱学森即使生活在美国，也许个人是有价值的，但他回国的价值更大。相比改革开放以来，我们的知名大学向外国输送了那么多人才，可真正为祖国效力又有多少呢？有些人甚至早已忘记自己是中国人了。

价值无所不在。我们做任何事最终都是用价值来评判的。毛泽东主席的价值就是推翻了压迫在中国人民头上的三座大山，建立了中华人民共和国，建立了社会主义制度。鲁迅的价值就是深刻地解剖人性，唤起民众的觉醒。雷锋的价值就是乐于助人，心甘情愿地成为国家机器上一颗有用的螺丝钉。钟南山的价值就是勇于担当，关键时刻为了人民的健康竭尽全力。

有价值才有动力。前几日看电影《八佰》，很是感动。400余名中国军人号称800人坚守在上海滩与日军作殊死抵抗，可歌可泣，其价值就是中华民族的不屈精神。电影运用对比的手法震撼人生。河的两岸竟是两重天两个世界，也是不同价值观的比照。一批热血军人英勇抗争，视死如归。另一边也是中国人，却是那样的温顺，虽有激愤，终是看客。我们记住了那些浴血奋战的战士，也记住了危难时刻慷慨赴死的市民。

有价值的人生的基础当然是人的价值观。不论时世如何变，道德底线是不能变的。这就是做一个正直的人，做一个感恩的人，做一个有益于民族和祖国的人。

2019年8月14日

一百一十 假山不是山

我家小院里有一块小风景石，立在几棵竹子旁。山石不大，黄碣色，多孔，造型一般。但也算是一景。

刚开始，觉得不错，时间长了，并不以为意。有朋友来访，说像太湖石，小假山。我问，为什么不是太湖石呢？朋友说，太湖石为黑褐色。这块石头来自安徽广德山里的，很普通。

既然是山里来的，又是风景石，怎么就是假山呢？看来，石块离开了大山母体，虽然还是那块石头，仿佛就少了一些野性和灵气，被称为假山也是有道理的。人们弄些石头装点，无非是想靠近亲近大自然。难怪人们喜欢种点花草之类的，目的是近距离地感受大自然的生机。

前几年家乡兴建东塔市民广场，在净土寺的小河北边，凭空磊起了一大排山石，造型多变，让平淡的草地增添了几许豪迈。应该说是不错的风景。因为我们这里是水乡平原，有个小土堆就被称为泰山了。文游台以前就被称为泰山庙。或许是因为东塔广场新建的假山有趣，且有一定的规模，引得许多小孩爬上爬下，攀来攀去。管理者感觉到这样有点危险，就竖牌警示，曰：此山非真山，宜看不宜攀。石洞虽幽静，危险不可玩。小孩子们把这片假山当作真山攀玩了。这山景虽然好看，却不那么坚固，攀爬容易造成石块松动，引发事故。

  我不知道这些山石来自哪里。我也不知道它们从大山深处被移到这里是好事还是坏事。可以肯定的是，它们在大山里，曾经是山体的一部分，应当是充满生命活力的。它们以树为友，常有风云际会。如今被移到这里，只能充当装饰，陪衬风景，被称假山。这是不是有点悲哀。

  风景石一样的假山的确不是山。它没有原生的生命力，当然也没有牢固的根基。它只是一块石头，或者是一堆石头。它不是当地的原生态，它几乎丧失了作为山的一些重要属性。首先，山是高大伟岸的。一般的风景石都不太高大，人们选用它们更多的是讲究一种意趣，相当于国画中的写意。一块风景石表达的是对山野自然的向往，填补环境生态形象的不足，更多的是陪衬。这当然不可能具有大山的震撼力。其次，假山没有真山的深刻寓意。雄伟的大山寓意很丰富，可以豪迈，可以沉着，可以坚定，可以神秘，但风景石一样的假山却大打折扣。人们可以对一座气势磅礴的大山顶礼膜拜，抒发豪情，却很难对一座假山如此感情冲动。因为大山是真人，假山却是木偶。再次，假山只是大山的微量部分。如果大山是龙，假山只是一鳞。如果大山是虎，假山只是一根虎毛。区区一石，无论如何也不能彰显大山的风采。要想人们真正叹服，怕是很难。

  然而，谁能否认风景石曾经是生机盎然的真山呢？

  它们也曾是大山的一分子，具有大山的一切禀性。只是人们的任性迁移，造成了它的灵性丧失。

  看来照搬和迁移不一定能获取预期的效果。生活中诸如拿来主义的例子很多。不顾条件的生搬硬套，结果是死。有的即使不死，也没有了先前的生机。聪明人已经注意到了这一点。

假山不是山。自然还保留一点山的野趣。世界上没有绝对的好，也没有绝对的不好。照搬和迁移作为实用主义的有效手段，自然不会荒废。有时候，下气力搞照搬和迁移的人，恰恰是有工作责任感和使命感强的表现；恰恰是想做事，也许能做成事的有为之辈。假山作为风景石，作为一种常见的社会形象，无疑将会继续下去，相关的议论当然还会继续有。但这能改变什么呢？

被称为假山的风景石肯定不是真山，但有真山的气象是无疑的。有时假山也是很好看的，喜欢的人也不少。

2021 年 9 月 3 日

一百一十一 你包装了吗？

小时候吃董糖，觉得装董糖的盒子很漂亮，长方形，印有宝塔图样，很精致。以至于一直舍不得拆开来吃。后来，等到拆开，发现盒子里还有包装，再拆，是一层粉红的油皮纸。真正的董糖就是那一小块，其实就是层层叠叠的酥糖。一口吃到嘴里，像面粉似的"扑"地一下，嘴唇一圈白。当然，味道还是不错的。要说失望也是有的，董糖就是那么一小块，干吗要用那么多层的包装，左一层，右一层的。大人说，小孩不懂，这就叫包装。有些东西靠的就是包装，否则，根本不值钱，也卖不掉。

长大了，终于弄懂。包装很重要，甚至是一门很大的学问。同一样东西，包装不包装，差别很大。有时候，不仅包装上要讲究，名称也十分重要。有些很土的东西，名字改一下，身价立刻不同。当今社会，特别盛行包装，也看重包装。这也是有些人成名的必要手段。因为善于包装，于是高雅了，神秘了，高端了。不包装的人显得莽撞，无异于就是裸人，不包装的行为就是裸奔。

包装成为共识，人和物都如此。包装一下的确能收到效果，光泽立显。我有一小友，做生意刚起步的时候，因为不懂包装自己，人家连大门都不让他进。后有人指点，你这样谁和你做生意呢？身穿皱皱巴巴的旧西装，开着破旧的桑塔纳车，头发乱蓬蓬的，开口讲话有浓重的方言口音。这样肯定不行。于是，他咬牙包装，新购奥迪一辆，两万元的西装，牛皮包，名牌鞋，头发雪亮，鼻上架上金丝眼镜，尽量说普通话。如此这般，果然有效。车子刚到人家门口，大门就自动开了，生意大进，对方尊敬有加。于是，又进一步延伸，名片上弄出一大堆头衔来，光环一层层的。既物质又精神的，几乎蜕变成为知名的成功人士。

　　因为社会认同包装。现在是善于包装的人吃得开，混得风生水起。包装也成流行化趋势。包装什么呢？从开始的装大款，到现在装有文化。以前叫什么什么老板，现在流行叫老师。有位名人对此很看不惯，他说道，现在什么样的人都要称老师，就连妓女也要称老师。不得不承认，现在最流行的文化就是包装。装这装那，装有品位，装脱俗高雅，装有文化学养。这是最上档次的包装。因为，一般的共识是，富不等于贵，贵不等于雅。雅才是人们尊敬的境界。

　　比如现在流行的微信抖音，属新兴的大众文化，良莠混杂。好的的确有创意，给人启迪，满满的正能量。其中有一些就有比较浓厚的"包装"的色彩。为了展示自身的不凡的才艺，有人装歌星，但在抖音上并不是真唱，而是动动口型装做样子。有人装舞星，展示舞技，只是摆几个简单造型，并不具备舞蹈的基本功。放眼望去，"装"的形式多种多样，形形色色：装有文化，装高雅；装有钱，装有见识；装有才艺，装有美貌；装有档次，装有成就。

　　包装从本质上说来多少有点不自信，或是不具备社会普遍认同的条件。不包装美化似乎是不太可能取得成功。当然包装也许是具备一定的合理性的。土的变洋了，粗的变精了，俗的变雅了，锐利的变圆润了。比如，现在网络上做营销的，往往不是直接说是卖什么的，而是先讲情感故事，十分动人，巧妙地将所要卖的产品成为故事的道具。主人公或是给曾经的恋人送饼干，或是送精致的女鞋，或是送多情的雨伞。最后让人恍然大悟，这些产品正是要推销的。

包装的另一个重要功效是弥补不足。本质上是不自信，或是距离成功有所欠缺。有的产品，本身过硬，不包装也能成功。但大部分产品就需包装才可能成功。包装，从本质上讲是社会生态所必需的，是一种大众认同的社交文化。包装使得原生态成为社会生态。当然，这也不是绝对的。有些产品，本来就好。即使没有所要求的包装，也是可以独闯一方，成绩斐然的。

包装本质上是寄托浓浓的企盼。为什么要包装？包装是一种文化手段，目的是为了顺畅的推介。包装有时能起到提炼、点睛和传神的作用。任何的包装，只是外在形式的美化。包装得好，效益可能是最大化。包装得不好，效果自然不理想。

包装可能还有一种从众心理。别人都在包装，你如果不包装似乎有吃亏的感觉。人都生活在一定的环境氛围中，包装的文化是很有力量的。如果一个小圈子中张三是老板，李四是官员，王五是艺术家，可能你也要想办法包装一下成为一个什么家。不包装就显得落伍和另类。

我认为，万物或许需要包装，因为此举让事物更容易被人接受，甚至更美好。人们都生活在包装的文化氛围中。包装后的万物，更适合人们的需要。包装既要注重外在的形式，更应提升看不见的内涵。内涵的力量才更令人震撼和难忘。那些成功被包装的万物，正是传统文化和流行文化恰当的点染，甚或是人情和亲情的闪烁。

看来，包装适合每一个人。必要的包装正是时代文化的特征。毋须包装是一种理想的率真境界，直来直去，自然呈现。巧妙包装是一种艺术的时尚境界，人情世故，顺势而为。适当包装是一种大众的认同境界，扬长避短，彼此彼此。过度包装是一种庸俗的造假境界，刻意而为，动机不纯。

在纷繁的生活中，你包装了吗？

2021 年 5 月 26 日

一百一十二　自得其乐

世间的烦恼几乎都是因为名利而起。钱多钱少，名高名低，官大官小。抛开这一切，就省却了许多烦恼。

比如写作，如果被名利所困，就没有什么乐趣。要发什么级别的媒体，就要投其所好，跟着人家所要求的文风走，委曲求全是常有的事。有时，你自认为文章写得很好，但不合人家趣味，只好作罢。如果你根本不想在那个地方发表，就自由快乐得多。你看不上我，我还不一定看得上你。我随便写，发不发无所谓。我很佩服有些作者，很硬气。要发就原样发，要么就不要发。因为我写我快乐。

如果写作很介意别人的评价，那的确算不得内心真快乐。只有真正地放下了名利，才是真快乐。比例陶渊明弃官而去，隐居山林。自耕自足，饮酒作诗。他的境界实现了人生的超越。心净了才能纯，心纯了才能乐，心乐了才算是成功。陶渊明作诗决非刻意要流传千古，他只是如实地记录自己的心迹。他是自娱自乐，自得其乐。人们赞叹感佩陶渊明，除了其突出的诗歌才华，更主要的是因为他对人生的感悟和豁达。真放下才有真快乐。快乐是目的，其他似乎都是形式和途径。以乐为乐，甚至以苦为乐。表面上放下而内心不能真正放下，快乐就很少。

突然想到，现在许多做科研的人也不快乐。我国为什么顶尖人才出得少，国际大奖获得者少，说白了，还是氛围不佳，急功近利。一线做科研的人太辛苦了，生活保障不够，科研氛围不佳，人文关怀不足，多种考核不断，还规定必须要发多少篇论文。各种压力巨大，他们怎能快乐呢？这就必然导致过度焦虑甚至弄虚作假。没办法，不出大文章不行呀。国外许多科学家，都是腰缠万贯的富豪，衣食无忧。搞科研纯粹是个人的爱好和乐趣。做得出来与做不出来并不那么迫切，几乎没有任何的生存压力。也没有这考核那考核，快乐做科研，快乐出成果。

如果你投身官场，那快乐可能就更少些。许多人官场浸淫久了，身不由己，人性发生了异化。虽然还是原先那个人，但其内涵已完全变了。这也怨不得你，你也很艰难。首先是万分努力获得功名，其间辛苦非一言可以尽述。其次生存和保住既得名位，也不是那么简单，实干，投机，善变，隐忍，牺牲，缺一不可。要说快乐，当然也是有的。你许多场面上的风光，有时候也让人羡慕。但你自己内心是否真正快乐，就不得而知了。

自得其乐当然是要自得。什么是自得，就是最适合自己的。我以为这三个条件是必不可少的。一是愿意，二是合适，三是不奢望。选择适合自己的恰当方式，当然非常重要。喜欢唱歌的唱歌，喜欢跑步的跑步，喜欢垂钓的垂钓，喜欢旅游的旅游，喜欢打牌的打牌，喜欢喝酒的喝酒，喜欢跳舞的跳舞，喜欢玩抖音的玩抖音，不一而足。快乐就在自我选择中，也在那一分恰当之中。当然，自得其乐的前提是不影响他人，不损害他人。

自得其乐还必须要自信。我前些时候观看某个舞蹈运动协会的年会表演，就感受到舞者满满的自信和陶醉。那些六七十岁的老妇登台表演，充满了生气和活力。有一种自嗨的精气神。也许，舞技算不得精湛，但是，她们眼神中充满了笑意和阳光。她们投入、忘我，谁能否定她们内心的释放和快乐呢？

说到底，任何人的快乐都是成功做人的快乐。自得其乐，就是自我选择合适的快乐，也是不懈坚持有所心得感悟的快乐。

远离名利场，比较充分地展示真实的自我。这样的自得其乐，当然是真快乐。

2021年5月4日

一百一十三 梦想去当兵

　　我从小就向往当兵，但一辈也没有当成兵。参加工作后，在预备役里算是一个兵，曾担任过团动员部的副部长。遇到那些真正当过兵的人，我就自称是民兵。

　　其实，我也是有过当兵机会的，差一点就当成了。那是1976年我读高一时，全县招空军飞行员。学校里的男生都要报名。先是目测，后是初检。最后只剩四五人，再复检。这时候的医生全都是军医了。我那时十六周岁，眉清目秀。又爱好体育运动，身高1.75米，体重59公斤，视力5.0，看上去很匀称。记得在外科时，我右手拇指上长了一个小鸡眼，军医左看右看，不能确定。请来许多军医会诊，大约十多人，几经讨论，最后形成结论，不影响飞机操纵杆操作，合格。这样的体检经过若干次，最后一次，一位年长的军官对我说：祝贺你，小伙子。综合条件不错。如果不出意外，你将享受几百元一个月的待遇。1976年的时候，一般人的月工资只有三四十元。我听了既吃惊，更是兴奋。美滋滋地在家等消息。

我的理想和激情已被激发。无数次向往去航校深造训练，想象着驾驶银燕在蓝天翱翔，是多么地自豪和光荣。班上的同学，也为我高兴。只有刘奇堂老师冷静地说，俊坤体检成功，也只是万里长征的第一步。我全然不顾，我觉得离当飞行员已经不远了。时间一天天过去，我在家盼望着通知的到来。

时间过去了一个多月，仍然没有消息。我心里有点着急起来。虽然没有听说谁拿到了通知，但心里有点慌。小学时的班主任尹老师的先生是县里的干部，我便跑到尹老师家里请她帮助了解情况。不久，尹老师传话请我去她家一趟。

尹老师住的是县委大院，周边邻居都是县领导。她帮我问了某领导。领导说知道这个娃，各方面条件都不错，但在最后的定兵会上政审未通过。我感到吃惊，在记忆里我的政审应该没问题。我父亲是工人出身，政治上很清白。领导说，他家有亲戚成分不好。我无语，失望至极。回家立即询问父亲，父亲也说不清楚。父亲见我十分失望，宽慰解释说，可能是他姐姐嫁给地主家。我惊叹于招飞政审的严格细致。我当飞行员算是没希望了。后来，我又有一点抱怨甚至记恨这位县领导。认为他有点武断，或许是那个时代的特有的思维定势。我想说，尽管我家亲戚有人成分不好，但自以为，我生在新社会，长在红旗下，从小爱党爱国，积极上进。小学就是少先大队长，初中是班长，高中是团支书。想不到，党组织竟不信任我。这是我一生中第一次重大的政治挫折。

高中毕业后，插队劳动。到年底时县里又在农村征兵了。我又偷偷报了名，参加验兵，一路绿灯。体检合格，甲等，就是可以当装甲坦克兵，或特种兵。但由于下放未满一年，龙奔公社不予通过。

接着是恢复高考。1978年我考上扬州师范学院中文系，时年十八岁。刚入校不久，就是为期二十天的军训。主训官兵是南京军区六十九师的官兵。班长叫俞志仁，大我两岁，宁波人，瘦小精干，与我关系十分和谐亲密。他担任教官，动作干净利落，要求严格。在经过一系列常规训练后，重头戏就是射击和投弹。我射击成绩一般，五六式步枪10发拿了72环。接着是投掷手雷实弹。地点是在瘦西湖北。那时还是荒地，是军训靶场。由于是实弹，老师和同学都有些紧张。连长亲自指挥监督。有几个女生，颤抖着将手雷投出几米远就爆炸了，教官们十分紧张。终于轮到我了，我将手雷握在手中，导火索环紧扣指上，憋足了劲，猛地摔了出去。只见手雷在空中飞驰，在五六十米的地方爆炸。连长大惊，好！扔这么远，再来一个！于是，我又扔了一个，50多米。连长忙上前握住我的手，说，兄弟，厉害。我是六十九师的投弹标兵。你要是到六十九师，我的投弹标兵的称号就是你的了。我忙说，谢谢连长鼓励。其实，我投弹成绩好也不奇怪，我爆发力强，曾在中学生运动会上获得投掷手榴弹冠军。成绩就是58米。

我遗憾一生也没能真正当成兵，更没能当上飞行员。这是我永远的缺憾。后来，我当了教师，当了校长，亲自送多名学生去空军航校成为飞行员，数十名学生入伍当兵。这也许就算是圆了当兵梦吧。

2020年3月9日

初级诗人 一百一十四

有一个胖子是千万富翁，他想当一名诗人。他去拜访当地的一位大师，去了几次都未成功。富翁随即派人送去重礼。回话来了，明日去见。

第二天，富翁盛装登门。开门的是位超级美女，身材高挑，美艳可人。美女说，大师不见凡人。但大师交代了，先生如想成为诗人，必须先立即减肥。诗人没有大胖子。胖子说，好的。我先减肥。

胖子开始减肥，效果却不明显。虽然增加了运动量，但美酒美食并未少吃。这一天，胖子又登门求教。开门的美女说，当一名诗人是不容易的。你身体这样胖，又这么有钱。你要循序渐进才行。这样吧，第一步，你先追上我。我会教你如何做诗人。说着边慢跑边招手，胖子一看，上去就追，但始终追不上。胖子天天来追，美女天天跑在前头。跑过小河，绕过树林，追月掬花。过了三个月，胖子体重从三百斤降至一百五十斤。这一天，胖子终于追上了美女，他拉住了美女的手。美女说，我愿意成为你的女友，也愿意成为你诗作的第一个读者。你第一步算是成功了，下一步你必须去炒股。

于是，胖子就去炒股。买进卖出，整天出入于股市，忙得劲头十足。炒赚了就笑，炒赔了就骂。不出半年，胖子赔了几千万，整天骂骂咧咧，哭哭笑笑。精神也有点恍惚，经常自言自语，别人不知所云。甚至忘了要当一名诗人。

这一天，胖子又走过大师的门口，遇见美丽女友。美女说，现在你已经是初级诗人了。明日来考核，要求也不高。吟出四句即可。美女温柔道，有信心否？胖子回答，没问题。第二天，美女出题《学诗》。胖子思考片刻，吟道："掉肉百余斤，赔钱上千万。喜怒皆失常，快要神经病。"美女大赞，好诗，好诗。初学即达此高度，不易。不过，要想成为一名真正的诗人，还不够。下一步，话未说完，胖子说我只想当一名初级诗人。

美女说，怎能半途而废！你是有畏难情绪。懦夫不可成为诗人，你请回吧。胖子想想也是，怎能胆怯后退，非壮士所为。美女正色疾声道，历史上哪位名诗人没遭受人生磨难呢？投江的投江，没钱的没钱，抑郁的抑郁，流放的流放，但青史留名。你听到过哪些有钱人留名的，你听到过哪位有钱的胖子留名的？诗人就这样好当的？你不过掉了些肉，损失了些钱，离家破人亡还远着呢？要想成为一名诗人，虽不经八十一难，但必须脱胎换骨，成为异类。告诉你吧，青史留名却是拿命换来的。不濒临死的深渊，就想成为一名诗人。简直是痴人说梦。老实告诉你吧，就是你所崇拜的大师，已经久病卧床，早就精神失常了。对外是一名诗人，在家就是病鬼子。

胖子大惊，泪流满面。作揖鞠躬，谢美女，愧泣曰，生平愿做初级诗人，足矣。大师者，人杰也。诗人者，鬼神也。

数年后，初级诗人竟成大师。声名远播，求教者甚众。门开后一位白发魔女曰，学诗乎？众曰然。魔女说，先增肥，方可为诗。先富财，方可为诗。众人不解。魔女曰，身体不肥不可经历磨难。身无财富不可经历世态沧桑。无此，想成为初级诗人尚且不可，而况名诗人乎？众人听罢一哄而散，惊恐而逃。魔女仰天长叹，悲夫！时无诗人矣。

2021年9月12日

一百一十五 风和树

风和树是相辅相成的。树因为有风而显得灵动有活力。风也因为有树显示出它的存在和魅力。风成就了树,树也成就了风。倘若没有风,树即是呆树。倘若没有树,风更是无形或无奈。我以为风和树相安便是和谐世界。

大多数的时候,世界是平和的。树和风成为一道道风景。微风徐徐,树叶安宁,在枝头凝望远方。满树的花儿,像一群盛装的小姑娘,美丽而富有朝气。风轻轻地走,花儿悄悄地开。风有的是对树儿的爱恋。风是活力源,风是发现者。树很安详。

风活跃的时候,树也很活跃。风很自信,拂过高山大海,掠过平原湖泊。当然也掠过成片的树林。树林是热烈的响应者,树林的枝叶哗哗作响,演奏着轻盈生命的乐章。树是真诚地为风而歌唱。每到高潮,树林起伏叠,汹涌澎湃,树也兴奋,低沉而鸣,呈现出彻底通透的欢乐。树因为有风,而呈现出激情和欢歌。风和树的激情,相辅相成,而没有一点点的伤害。树为风的魅力而感到骄傲。

风始终处于优势。风狂放激烈的时候，似乎对树就会有一些伤害。风似乎居高临下，肆意而为。树叶飘落，令人伤感。那些脆弱成为老朽的树叶，随风乱舞，四处飘零。在小路，在河边，或者随风消失。飘零的有的是黄叶，自然淘汰。有的却是嫩叶，经不起劲风的扫荡。树在激烈的风中坚持甚至哭泣。风和树处于相持的状态。风的劲吹，有时也是帮助树自我更新。秋冬到达顶点的状态。寒冷来了，风有点亢奋，一路怒吼，在林间乱闯。树叶飘散，低眉而无助。树艰难挣扎，只有枝杆沉默，维持着最后的尊严。风还招来暴雪，在树间堆积。树始终沉默，迎接风的一次又一次的无情扫荡。树自认为是风的朋友，而且是对风十分崇拜，但风并不这样想。它已经习惯了自大和放纵，少许的友情并不能改变它的主意。风最终走向失控。当风在凌空长啸的时候，所有的友谊和关注显得空洞而呆板。只有风压树林，寒意凝滞。树在寒意中沉思。

疯狂必然带来伤害。狂风过后，大树被连根拔起，大树在河畔哭泣。几十年的小心谨慎，毁于风的一时狂野。树是无辜的受害者，而风却落下了骂名，成为人人讨厌的暴徒。风无常，树始终有节。

风和树，让人产生许多遐想。风是主导者，当其有节有序时，树很美好，世界也和谐可爱。当风得意而不过分时，树在坚持，不断地喝彩，为风的激荡而奉献所有的动人姿态。当风失控疯狂，树呜咽而坚韧，有时，宁可树毁景亡而不偷生。没有树的存在，风并不算什么。

世界很奇妙，你或者是风，或者是树。和谐便是美景世界。如果硬是要不和谐，风便不是善类，树也自认命苦。一般的看法是风须收敛，树可张扬。世界已经给出证明，最好的风是清新灵动的，最好的树是蓬勃优雅的。

2021 年 5 月 5 日

一百一十六 打牌

人生如打牌。有时是一手的好牌，却打得不太美妙。有时看似一手的糟牌，却是打得顺利，精彩纷呈。

打牌的人都知道，三分靠牌技，七分靠运气。有时候高手摸不到好牌，照样很失落。而有的寻常之人，却是好牌连连，轻松取得佳绩。许多人内心很不服，甚至大发感慨。也有人认为，这是天意，各人造化不同，结果自然不同。

细思之，既有道理，也不尽然。除牌运之外，这还与各人的品性和为人有着极大关系。

纵然有人取得一手好牌，这是上天给的，还要操作得当才行。人生场上须沉得住气。我曾看一友人打牌，摸得一手好牌，几乎是占有先机。但有点过于张扬，过早暴露获胜的意图。求胜心切，一出手便超越常规，引起对手的警觉。对手紧盯不放，一着不让。友人最终不仅未能成功，而且输得一败涂地。一手好牌，本有希望胜出，结果却出人意料。后友人私下和我交流，认为这完全是自己的错。一开始就过早地暴露实力，过于张扬。如果低调行事，按部就班，隐藏实力，自然可水到渠成。

有时一手庸牌，既无亮点，也无撒手锏。但打牌的人，审时度势，谨慎操作，却能夹缝求生，顺势而为，取得令人意外的战果。

由此可见，摸牌固然重要，这就好比人的出身。有人出身的底子好，几乎不用怎么努力，便可轻易地获得成功。有人出身很差，好比一手烂牌，无论怎样努力，结果好不到哪儿去。但也有人将烂牌打得很好的。还有一些人，出身很好，天生有一副好牌，却没能把握机遇，赢得一个预期的结果。也有人出身一般，犹如一手常态之牌，却能打出好的效果，甚至令人赞叹。

分析成功者的原因，有的是自我把控得好，有的是和别人配合得好，有的则是借力借得好，有的则是胆识超人争得好。

细思成功者都有共同的规律。一是自知。对自己的实力有清醒的认识。知道自己的优势，又深知自己的不足。有所为而又有所不为。认清大势，该顺则顺，该忍的忍，该出手时则出手，该张扬时则张扬。二是配合。不讲配合的人永远不会取胜。懂配合，善配合，是取得成功的重要保证。那些自私自利，只顾保存自身实力，该出手时不出手，应该牺牲而不肯牺牲的人，都不可能获胜。配合是最讲究情怀的，也是最实用的。自身力量不足，配合别人取胜。自身价值当然是水涨船高了。第三是自律。这是制胜的关键。越是自律的人，对自己的要求越高。越是细心谨慎，越是能发挥出自己的实力。纵观世间百态，成大事者，无一不是自律的典范。常言道，站在风口的人，只要站稳了便已是成功。有人飞得很高，但不稳。又高又稳才是理想的境界。自律无敌。

打牌也是人生。

2021 年 2 月 28 日

一百一十七 春雨潇潇

元宵节的时候，下起了春雨，连续两三天，可谓是春雨潇潇了。春雨似乎很得人心，多有好评。春雨贵如油，对农事有益。杜甫诗曰，"好雨知时节，当春乃发生。随风潜入夜，润物细无声。"这是对春雨的至高礼赞。

春雨似乎并不太猛烈。大多是夜间而至，清晨时依稀听到轻轻的雨滴声，打开门一看，呵，地上全都湿润润的，有些地方竟然积水亮晶晶的。院中的花草似乎很满足，惬意地睡着。雨水从竹枝上飘落，风吹得很紧，让人感到一丝寒意。

我照例去户外健走。春雨很密，风是一阵阵的。虽然撑着伞，刚走了一会儿，衣服有点潮湿。走到南门大街，灯笼和彩旗在风中摆动，春雨打湿了空荡荡的街砖。几位保洁员打扫着昨晚残留的垃圾。刚刚保洁过的老街又落满了树叶。春天很可爱，春风和春雨却像一个冒冒失失乱闯的孩童。

走在运河大堤上，已经是郁郁葱葱了。但看到脚下却忍不住心疼。垂柳在风中劲舞，地上竟是满地的柳芽，绿茵茵的，一大片一大片的。还有桃花杏花之类的,也是散落一地。春风和春雨也不完全是那么温柔的。

春雨滋润的土地,真是有点神奇。河堤一下子似乎绿意大增。万物在苏醒后竞相快意勃发,多种花儿仿佛听到春的号令,都释放着自然本色。年前,许多靠在河边的货船都已悄悄离开。对于以劳动为生的人们,春天是不能等待的。

过了运河二桥,便是高邮湖边,这里是看春的好去处。春雨在下着,风依然很有劲。湖上是一派苍茫,只有红色的灯塔依稀可见。要是在往年,初春的湖上是非常忙碌的,捕鱼的船儿来来往往,湖边码头上正是交易的好时刻。而如今,万物宁静,只在倾听春风和春雨的诉说。

向南行是西堤文化公园,这里是颇有一点名气的网红打卡地,是利用明清运河故道打造的一个旅游景区。一边是湖,一边是运河故道。既有文化内涵,也有独特的自然风光。运河故道的草已有过半返青了,看上去有点斑驳。经年的芦花,白且黄,仍是昂然而立。路边的各种草花儿也开了不少。边上是栈道长廊,陈列着系列的大运河历史沿革的史料和图片。在潇潇的春雨中,湖边的杨柳婀娜多姿,是真正的烟柳。远看雾气缭绕,或明或暗,或动或静。近观杨柳则是柳叶新眉,惹人喜爱。忽然,听到一声,上鱼了。只见雨中一名钓者有了渔获。这种意境,唐诗宋词中曾有,而今,就在眼前。

沿着湖堤南行,伴着春风和春雨浏览着春景。不时,有人迎面而过。任何时候,都不缺乏早起和看春的人。这一段湖堤是著名的唐代平津堰,是唐代淮南节度使李吉甫修筑的一道安全的围堰,现在是世界文化遗产,青史留名,光照日月。今日已是后人观光览胜之地。这里又打造了许多旅游基础设施,平津堰的春天似乎已经款款走来。抬头一看,镇国寺已在眼前。风雨中的镇国寺和镇国寺塔从容屹立，看惯了岁月沧桑、风云变幻。镇国寺塔是全国罕见的方塔，见证了运河两岸的无数春秋。犹如一位沉默寡言的长者，阅人无数，阅景无数。运河和珠湖的春天已经深深地刻在浓厚的记忆中，也在激荡的春风和细绵的春雨中，依稀听到孙觉、秦观等乡贤诗人的吟唱。

"一宵春雨晴，满地菜花吐。"这是宋代诗人郭仁的名句。春风春雨中的湖畔花海，正在孕育之中。不消多日，漫天的菜花将很快灿烂起来，美爆高邮湖，犹如一块引力巨大的磁铁，从天而降。届时人潮如涌，成为秦邮新景。如诗如画的春天势不可挡，彩云飘落在这里。

突然想起宋代释普度的一句诗："春风卷春雨，春树生春烟。"非常硬朗，正合我意。四季轮回，惟春潇洒。对于春，谁也不会怠慢。不能忘，不可忘，不敢忘，也不愿忘。

又一个春天在潇潇的春雨中如约而至。

2021 年 2 月 28 日

一百一十八 粽叶飘香

　　晨练的时候，又看见太平庄上的老人蹲在路边卖粽箬了。一个清水桶，一把把青翠欲滴的粽叶，2元一叠。许多路人买回家包粽子。又到了粽叶飘香的季节。

　　端午节快要来了，吃粽子当然是必不可少的。以前只知道吃粽子，却不知道粽箬为何物？

　　可以用作包粽子的植物叶子很多，据说有几十种。但必须符合三个条件。一是无毒，对人体有益。二是质地柔软宽大，便于包裹。三是耐煮不烂，保持完整。北方人包粽子主要是芦苇叶子，南方人则主要是用箬竹叶，一般称为粽箬。高邮位于长江以北，用的是芦苇叶子。

　　卖粽叶的大多是太平庄的居民。为何？以前太平庄是个渔村，就在大运河东堤下，住的基本上是渔民。他们常年靠捕鱼为生，非常熟悉河湖之滨的芦苇荡。每年四月，高邮湖滩芦苇蓬勃生长，那些长得比较肥大的芦叶就会被采摘下来成为粽叶，当地人称为"打粽箬"。"打粽箬"是一个苦活，人要钻进芦苇荡里,去找那些芦苇秆上大的叶子用刀割下来。既不能太小太嫩,又不能过老。一枝芦苇秆上有用的叶子也就只有那么几片。四月的时候,太阳已经很有劲了,"打粽箬"的人不一会儿,就已大汗湿透。要打到好的粽叶,他们有时还要撑着小木船在芦苇中穿行。那种富有诗意的人在芦苇海中出没的画面,外人看起来很美,可采粽叶的人却很辛苦。

太平庄的粽叶质量等级很高,青翠整齐。刚从清水里拿出来,散发着悠悠的清香。粽叶上的水珠,晶莹剔透,惹人喜爱。据说,用优质芦苇叶子包裹的粽子,不仅芳香味美,而且利于储存。

包粽子自古就有,文化内涵很丰富。粽子最早称为角黍。有祭祖说,纪念屈原说等等。吃粽子也是一种传统。描写粽子的名句,我以为当属唐代元稹的诗,传神且精当:"彩缕碧筠粽,香粳白玉团"(《表夏十首》)。粽子的品种繁多,有白粽子,甜的咸的。有赤豆粽子,还有鲜肉和咸肉粽子。包粽子也是个技术活,技艺高的,会包出多种样式,粽子不仅紧实,而且不会煮破。有三角四角的,还有小脚形状的。一般是用麻线包扎。现在许多年轻人不会包粽子,社区就请经验丰富的老大娘作示范。还组织居民裹粽子,送给敬老院的长者。每年的四五月正是粽叶飘香的季节,也是乡情亲情满满的时刻。人们现在似乎分外重视端午节的仪式感,分享和传承着浓浓的传统文化。

以前,高邮人过端午节是有一点讲究的。家家门楣上要挂上一把艾草驱除病魔,还有人要洗艾水澡,消除病菌。中午一顿饭要有"十二红",即十二种红色的菜肴瓜果。这"十二红"既有原生红的,也有配制成红的。汪曾祺先生的《端午的鸭蛋》一文说:"高邮人过端午,中午有个习俗,就是十二红,是十二道红颜色的菜。"有人总结汪曾祺先生的汪氏家宴"十二红"是,炒苋菜、咸鸭蛋、红烧黄鱼、红烧老鹅、红烧仔鸡、烧龙虾、鲜肉粽子、西红柿、樱桃、杨花萝卜、枇杷、雄黄酒。淮扬菜大师概括说,一是取食材"红色",二是取"红烧"之色。端午节将临,人们仿佛又听到了遥远的儿歌:五月五,是端阳。门插艾,香满堂。吃粽子,洒白糖。龙舟下水喜洋洋。

春意正浓,芦苇繁盛。当春风在大街小巷游走的时候,粽叶飘香,轻轻剥开绿色的粽叶,一股粽香扑鼻而来,露出乳白色的糯米来。蘸点白砂糖,仔细品尝。这不由得令人想起远在天堂的亲人和往昔的时光。粽叶里的家国情怀和那融进血液的乡愁,永远难忘。

2021 年 5 月 2 日

后记

王俊坤

这些散文，绝大多数是写于退休之后，主要是源于一些生活积累和感悟。我无意成为一名作家，只想当一名我的生活圈的记录者和见证者。其中，有一些篇章曾在报刊发表过。

我工作了四十三年，经历过多种岗位。在每一个岗位，还算敬业。工作就是学习，学习则是为了更好地工作。退休前的一年，我几乎把上大学时的教材又通读了一遍，又有了新的收获。退休后，更是以学习为乐。人生的积累和感悟随之而生，用写作的表达方式就顺其自然。所收散文，大致分为四个板块的内容。一是关于北门的回忆。这是我出生和成长的地方，有许多难忘的人和事。可惜我并没有本领真实、完整、传神地复原，但我写得很快乐。那时，北门的生活虽然很穷困，但很淳朴正直。这在我的性格中深深扎了根。二是关于大运河畔的点滴记录。大运河是我的母亲河，我喝着运河水成长，深深感恩于她。大运河丰富美丽的景色，由此飞扬的生活浪花，是我生活的永恒背景。我想着她，描述着她，牵挂着她。三是工作以及生活经历。阅历既是窗口，也是财富。人在生活中总会遇到一些印象深刻的人和事，有时会自觉或不自觉地把它呈现出来。四是一些生活感悟。人过花甲，算是见识略多。自然风景、人生百态、社会万象以及历史变迁也领会了一部分，自然会有一些认识和思考。表达是必须的，至于是否深刻、独到那是另一回事。世界很大，充满了各种声音。我并不因为自身的平凡和缈小，而失去应有的自信。我也有自己的声音。

韩愈在《送孟东野序》中说"大凡物不得其平则鸣"。我则是由于内心的不平静而写。这个内心的不平是丰富的，可以美，可以赞，可以喜，可以乐，可以悲，可以叹，可以讽，可以恨。如此而已。

本册成书的过程，得到了许多领导和朋友的帮助。老领导王正宇书记、朱延庆主席欣然作序。邱谨根老校长题写了书名。江苏省报告文学学会的张茂龙副会长、高邮文联赵德清主席给于鼓励和支持。袁峰、陈维松先生给予热忱的帮助。在此，一并谢忱！

2021 年 9 月 30 日